깨달음으로 가는
여행 1

—돈연 스님—

소설
손오공

깨달음으로 가는
여행 1

소설
손오공

머리말

♣

  이 책에는 중국 당나라시대에 실제 있었던 삼장스님(602~664)이 17년 동안 중국에서 인도로 불경을 구하러 여행할 때 일기 속에 적었던 신기한 불교의 이야기들을 토대로 인도의 신들과 중국의 환상모험이야기들(자연에 있는 수많은 신들: 하늘의 신들, 땅의 신들, 신선들, 강물과 바다 속의 용왕들, 산과 물 속의 괴물들 등······)을 모아 서로 간의 질서와 싸움, 재치와 풍자, 불교와 도교의 훌륭한 사상들을 섞어 즐겁게 읽히도록 쓰여졌다. 이 이야기들은 한 시대에 쓰여진 것이 아니고 거의 9백여 년 동안(당나라 초기부터 명나라 말기까지) 많은 이들이 편집하여 쓰고, 다시 재구성하여 쓰여졌다.

  독자들이 이 책을 읽으면서 자연의 아름다운 조화를 느끼고 우리 내부에 있는 영원히 부서지지 않는 행복한 참 나를 발견하는데 도움이 된다면 내가 이 책을 새롭게 쓴 보람이 되겠다.

  이 책 속엔 신기하고 괴기한 내용들과 풍자적이면서 익살스러운 말, 재치 그리고 약간의 에로틱과 슬픈 사랑의 이야기, 아름다운 자연경관과 섬세한 감성의 시들 및 불경과 선사들의 가르침이 있다.

  주인공이라고 할 수 있는 손오공과 삼장스님. 그리고 관음보살. 버릇없지만 쇠같이 강하고 자연스러우며 활발하여 막힘이 없는 작고 귀여운 손오공은 무엇이

♣

든 끊임없이 열심히 노력하며 끈기와 재치를 살려 모든 문제점들을 해결해 나간다. 정 어려울 때엔 관음보살의 도움을 받아야 하지만! 예의를 잘 알고 불법을 배운 삼장은 위엄이 있고 고지식하면서도 마음이 여리다. 그리고 전 불교 역사상에서 가장 중요하고 유명한 자애로운 관음보살. 그녀는 손오공과 삼장스님이 어떤 어려움에 처하더라도 어머니같이 친절하게 도와주고 모든 이들이 스스로 마음을 밝히도록 이끌어 준다. 관음보살은 우리 내부의 깨끗함과 무량한 가능성을 보여주는 상징이다. 삼장 일행이 가는 멀고 먼 여행 길에 끊임없이 벌어지는 신비하고 괴기한 일들…….

　　　　수많은 방해들에 그들이 겪어야 하는 고생과 유혹들. 어려움들을 해결할 때마다 느끼는 즐거운 보람. 부처님을 만나 불경을 받으러 꾸준히 길을 가는 것은 바로 우리의 깨끗한 마음(자성)을 밝히는 내면의 여행 길이다.

　　　　　　　　　　　　　　　　　독일의 검은 숲에서 돈연 씀

1. 손오공의 탄생 · 9
2. 왕이 되다 · 14
3. 수보리존자 · 17
4. 수보리존자에게서 쫓겨나다 · 29
5. 소마왕 · 33
6. 여의봉 · 38
7. 지옥에 잡혀가다 · 45
8. 지장보살을 만나다 · 48
9. 고발장 · 51
10. 하늘과 같은 큰 성인 · 54
11. 복숭아 파티 · 67
12. 오공, 하늘나라로 잡혀 가다 · 75
13. 태상노군의 팔괘화로 · 84
14. 관음보살 · 87
15. 현장스님 · 101
16. 황하의 용왕 · 108
17. 최판관과 지옥 · 125

18. 삼장법사 · 139
19. 여행의 시작 · 155
20. 삼장과 오공의 만남 · 163
21. 금테 머리띠 · 168
22. 백마 · 176
23. 검은 바람의 괴물 · 181
24. 유성장군 · 194
25. 오소선사와 운문선사 · 202
26. 노랑 바람의 괴물 · 210
27. 끝없이 거칠게 흐르는 강 · 220
28. 꽃의 여인들 · 227
29. 인삼과일 · 237
30. 깊은 산속의 아름다운 여인 · 265
31. 사랑의 아픔 · 271
32. 금뿔마귀 은뿔마귀 · 305
33. 한밤중에 비에 젖어 나타난 왕 · 326
34. 벌거숭이 아기 요괴 · 357

손오공의 탄생

이 세상이 열리기 이전에 아무 형체도 없이 혼돈되어 분별도 없이 있다가 차츰 무언가 움직이기 시작하며 그 사이로 점점 태양빛이 스며들어 빛이 통할 수 있는 밝고 가벼운 것들은 올라가 하늘이 되고(양기), 그렇지 않은 어둡고 무거운 것들은 내려가 굳어져 땅이 되며(음기), 땅의 외부에는 물이 생기고 땅의 내부에는 불이 생기며, 하늘에는 공기가 생기니 이를 사대 즉, 네 개의 큰 물질 땅·물·불·바람이라 한다.

그러나 물과 땅은 혼돈되어 아무렇게나 흐르고 불 기운은 아무 때나 여기저기서 치솟고 하루에도 몇 번씩 천둥 번개가 치며 괴기한 짐승들만이 나타나고 온 세상이 어두컴컴했다. 그러다가 차츰 햇볕이 나고 물들은 깊은 데로 모여 강과 바다, 그리고 높은 곳은 산이 되어 바람을 만나 풀과 나무, 짐승들이 자라나며 사계절이 생기고 밤낮이 정기적으로 운행하니 천지의 거친 기운도 차츰 조용해져서 천둥 번개 태풍도 줄어 들었다.

그래도 어쩌다가 땅이 갈라지고 그 속에서는 맹렬한 불길이 치솟아 오르며 바다가 움직여 다른 쪽의 바다가 마르고 산들이 새로 생기며, 하늘에서는 끝없는 비가 내리는 등 아직도 이 세상의 기운은 조화되지 않았다. 어떤 나무들은 너무 크게 자라나 큰 산을 뒤덮고, 어떤 산들은 너무 높아서 신들의 나라까지 닿으며, 사람과 짐승이 태어나도 뱀의 몸에 사람 머리, 소의 머리에 사람 몸, 말의 몸에 사람 머리 등 서로 혼동되어 있었다.

그들은 음양 오행의 이치에 따라 곡식을 심고, 약초를 발견하며, 불을 쓰고, 물을 다스리며, 나무를 이용하고, 쇠를 사용하며, 땅을 개간하는 등 생활에 필요한 기술들을 발전시켜 가며 왕족시대를 확립한다.

음과 양이 교합하여 만물이 생기니 거의 모든 것들은 음양과 오행의 이치에 있다. 해의 뜨고 짐에 따라 12시가 결정되고, 계절의 지남에 따라 일 년이 완성된다. 그리고 세상의 모든 것들은 시간의 끊임없는 흐름에 따라 멈추지 않고 변하니 태어남, 자라남, 늙고 병듦, 죽음 등의 피할 수 없는 운명에 속하며, 이것이 자연의 무상함(머묾이 없이 끝없이 흘러가는 시간)이다. 또 이 무상 속에서 모든 존재들은 태어나고 죽는 삶을 반복하니, 이것을 윤회의 법칙이라고 한다.

하루의 시간을 볼 때,

쥐의 시간 ; 밤 11시부터 새벽 1시 사이. 하늘은 어둡지만 차츰 양기가 생기기 시작하니 이를 계절에 비교한다면 겨울의 끝인 동지와 같고.
소의 시간 ; 새벽 1시부터 3시 사이에는 아직도 어두워 빛이 통하지 않고,
호랑이의 시간 ; 새벽 3시부터 5시 사이에는 차츰 밝아지며,
토끼의 시간 ; 아침 5시부터 7시 사이에는 닭이 울며 해가 떠오른다.
용의 시간 ; 아침 7시부터 9시 사이에는 아침을 먹고 난 시간이요,

뱀의 시간 ; 아침 9시부터 11시 사이에는 해가 높다랗고,
말의 시간 ; 오전 11시부터 오후 1시 사이에는 해가 하늘 중턱에 뜬다.
양의 시간 ; 오후 1시부터 3시 사이에는 점심을 먹고 난 후요,
원숭이의 시간 ; 오후 3시부터 5시 사이에는 해가 약간 기울고,
닭의 시간 ; 오후 5시부터 7시 사이에는 황혼이 되며,
개의 시간 ; 오후 7시부터 9시 사이에는 드디어 날이 캄캄하며 어두워진다.
돼지의 시간 ; 저녁 9시부터 11시 사이에는 모든 생물들이 잠을 자도록 되어 있는 것이다.

이것을 천지의 큰 운수에 비유한다면, 12동물(쥐·소·호랑이·토끼·용·뱀·말·양·원숭이·닭·개·돼지)들의 모임이 다 모여서 한 개의 원(둥근)이 되는데, 이 하나의 모임이라는 것은 9천 년에 해당하는 것으로 12동물의 모임을 전부 합치면 108,000년이 된다. 이 원이 다시 12번이 지나면 일겁이 되니 그 연수는 1,296,000년이 된다. 쥐의 모임에 원기가 생기기 시작하니 차츰 밝아지며 하늘에는 근원이 생기기 시작하고 이렇게 하여 9천년이 지나 소의 모임이 오면 맑고 밝은 기운은 올라가고 무거운 것은 내려가며 천지가 뚜렸해지고 땅·물·불·공기가 생긴다. 이 9천 년이 지나 호랑이의 모임이 오면 천지의 음양이 교합하여 풀·나무·짐승들·사람 등이 생겼으니, 이렇게 하여 세상의 만물이 전부 갖춰진 것이다.

이 모든 것들이 음양의 이치에 있는 것처럼 이 우주에는 태양의 빛을 받고 살아가는 밝은 세계들이 있다면(양기) 그 반대로 태양의 빛이 미치지 못하는 어두운 우주 공간(음기)이 있다. 이 우주의 모든 별들은 각자 자리를 정하여 태양을 중심으로 시간의 흐름에 따라 돌고 있으니 이것을 소우주라고 한다. 이 우주 속에는 33개의 각기 다른 하늘나라들이 제석천의 옥황상제를 중심으로 있고, 그 아래에는 이 세상(지구)이 있다.

다시 아래에 9개의 지옥세계가 있으며, 태양빛이 미치지 못하는 어두운 세계에 또 다른 존재들(큰 마왕들)이 살고 있다. 그러나 이 거대한 우주 공간의 주인은 여신 아카샤이며 귀부인이라는 뜻이다.

이 우주가 천 개 모여서 소천세계라 하고, 다시 천 개가 더 모이면 중천세계라 하며, 또 천 개가 더 모이면 대천세계라 하니 이를 전부 합쳐서 삼천대천세계라고 한다. 이 책에 수록된 것은 삼천대천세계의 하나 중, 이 세상에 있는 여섯 개의 대륙 중 하나인 동쪽의 바다 저쪽에서 생긴 일들이다. 동쪽의 바다 가운데 화과산이라는 명산이 있는데 1년 내내 꽃들과 과일들이 열려 이렇게 이름된 것이다. 여덟 개의 팔괘 명산들에 둘러싸여 신비한 기운을 받고 있는 이 화과산 꼭대기에 하나의 돌알이 있는데 사방으론 훤하여 막히는 것이 없고 단지 난초들만이 엉켜 있었다.

이 돌알이 오랫동안 태양을 쏘이고 바람을 맞고 비에 젖어 천지의 기를 받아 차츰 산크리스털로 변하더니, 어느 날 108,000년 만에 한 번씩 내려오는 아카샤의 정기를 받아 돌원숭이로 변한다.

이목구비가 뚜렷하게 생기고 팔다리가 생기기 시작하더니, 금방 기어 다니고 걸어 다니는 깜찍하게 귀여운 작은 원숭이가 되어 상하팔방을 둘러보니, 두 눈에서는 두 줄기 금빛 광채가 발하여 하늘나라에까지 뻗쳐 올라갔다.

그 놀라운 금빛 광채는 하늘에 있는 신선들과 옥황상제를 깜짝 놀라게 했다.

옥황상제는 신선들을 모아놓고 번쩍거리는 금빛 광채를 바라보며 천리안의 거울로 조사해 보았다. 그것은 동쪽바다에 있는 한 섬의 산 위에서 금방 태어난 작은 돌원숭이로 난초와 물을 먹기 시작하자 그 빛은 차츰 사라졌고,

지상의 생기는 일들은 하늘과 땅의 기운으로써 태어나는 것이니 이상하게 여길 것 없다고 옥황상제는 부드럽고 인자하게 결정을 내렸다.

그 돌원숭이는 산속에서 걸어 다니고 뛰어다니며, 초목을 건드리고, 돌 위에 앉다가 엎드리기도 하고, 물을 마시고, 산꽃들을 마구 따고, 열매를 따 먹으며 다른 짐승들(사슴·늑대·곰등)과 벗삼아 논다.

왕이 되다

어느 여름날 날씨는 찌는 듯이 더워서 돌원숭이는 다른 원숭이들과 함께 더위를 피하여 소나무 그늘에서 쉬고 있었다. 무수한 원숭이들이 노는 모양은 정말 가관이었다.

가지에 매달려 노는 놈, 무작정 돌을 다른 짐승들에게 던지는 놈, 돌부처님께 절을 하는 놈, 짚신을 삼는 놈, 수다를 떠는 놈, 부모 형제 간의 정으로 서로 이를 잡아주는 놈, 털을 긁는 놈, 무언가 골똘히 생각하는 놈, 볼을 비비는 놈, 산골짜기의 물에 빨래를 하는 놈 등……. 여러 원숭이들은 함께 실컷 뛰어놀고 난 후에 냇가로 목욕하러 갔다. 굽이쳐 흐르는 시원한 냇물은 원숭이들을 기분 좋게 했다.

"이 물은 도대체 어디서 흘러오는 것인지 오늘 할 일도 없는데 물의 근원이나 찾아보자!" 하고 한 원숭이가 제안하자, 여러 원숭이들은 와글와글 소리를 지르며 좋다고 물줄기를 따라 달음질을 치며 올라간다. 거의 물의 근원인 산꼭대기에 이르니, 그곳에는 한줄기 폭포가 쏟아 떨어지며 작은 호수를 이루고 있었다.

그들은 손뼉을 치고 찬양하며,

"멋지다, 멋져! 이곳의 밑바닥은 곧장 바다로 연결되는 곳이로구나! 누군가 저 물속으로 들어가 물의 밑바닥을 보고 온다면 우리는 그를 임금으로 모시기로 하자!"라고 누군가 외쳤다.

모두가 물속에 들어가기를 주저하는데, 여러 원숭이들 틈에서 돌원숭이가 문득 나오며 크게 외쳤다.

"내가 가지! 내가 들어갔다 돌아오지!"

돌원숭이는 몸을 움츠리고 눈을 감더니 단숨에 폭포 물속으로 뛰어 들어갔다. 얼마 후에 홀연히 눈을 뜨고 머리를 쳐들어 보니, 그곳은 하나의 커다란 동굴로 물도 있고 돌다리가 걸려 있었다. 그는 정신을 바짝 차리고 자세히 주위를 휘둘러보니 폭포가 힘차게 다리 앞의 문처럼 이곳을 막고 있었다. 다리 주위에는 꽃과 나무들이 있고 돌로 지은 방, 돌솥, 돌그릇, 돌화로, 돌침대, 돌탁자, 돌걸상들이 있으며 넓고 평평하여 수천이라도 들어올 수 있었다. 돌원숭이는 기뻐서 어찌할 줄 모르며 급히 밖으로 나와 이 이야기를 하자, 원숭이들은 손뼉을 치며 좋아라 말한다.

"그럼, 네가 앞장서서 우리를 안내하고 들어가!"

돌원숭이는 "좋아!"라고 답하며 즉시 물속으로 뛰어들면서 친구들을 불렀다.

원숭이들 중 대담한 놈은 첨벙 소리를 내며 뛰어들고, 소심한 놈들은 머리를 긁적대고 아우성을 치며 쩔쩔매더니 결국은 모두 뒤를 쫓아 물속으로 뛰어든다. 이 동굴에 들어온 원숭이들은 방정맞게 까불며 그릇들을 먼저 가지려고 했고, 또한 서로 빼앗고 야단법석을 떨며 잠시도 가만있지를 않았다. 나중에 기진맥진하여 잠잠해졌을 때, 돌원숭이는 윗자리에 단정히 앉아 이렇게 말한다.

"너희들은 누군가 물속에 들어가 근원을 알고 오면 그 사람을 임금님으로 모시겠다고 하더니, 이렇게 훌륭한 곳을 찾아준 나에게 어째서 임금님으로 떠받들지 않지?"

이에 원숭이들은 약속대로 돌원숭이 앞에서 엎드려 절을 하며 "대왕님!" 하고 불렀다.

수보리존자

왕이 된 돌원숭이는 여러 가지 꽃들과 과일로 나날을 즐기니 이렇게 하기를 250년…… 하루는 원숭이들과 주연을 베풀며 기쁘게 놀다가 무엇이 근심스러운지 닭똥 같은 눈물을 뚝뚝 흘리며 슬퍼한다.

여러 원숭이들은 당황하며 급히 묻기를,

"대왕께서는 무슨 일로 그리 슬퍼하십니까?"

"지금 우리들에겐 이곳이 먹을 과일들이 끝도 없이 많고 누구에게도 간섭받지 않는 복된 땅이지만, 앞날에 나이 먹고 늙어 갑자기 죽음이 다가오면 이 세상에 태어났다는 것도 헛된 것일뿐, 그것을 생각하니 슬퍼서 눈물이 나온다……."

이 말을 듣자 여러 원숭이들은 가슴을 치면서 울며 슬퍼한다. 그러자 여러 원숭이들 틈에 한 늙은 원숭이가 나서더니,

"대왕께서 앞으로의 죽는 날을 걱정하신다면 도를 닦으십시오. 이 세상의 모든 살아 있는 것들 중에 염라대왕도 마음대로 잡아갈 수 없는 세 가지가 있는데 그것은 불법·신선도·성인으로서 지옥·짐승·인간·천상 등에 윤회함을 멈추며 불생불멸한다 하옵니다."

돌원숭이 왕은 기뻐서 얼른 묻기를,

"그 세 가지는 어디에서 배울 수 있느냐?"

늙은 원숭이가 대답하기를,

"그들은 인간 세상에 살고 있지만, 아주 산세가 수려한 곳에 살거나 사람들이 거의 살지 않는 한적한 곳에서 도를 닦고 있습니다."

돌원숭이 왕은 좋아서 어쩔 줄 모르며 말한다.

"나는 내일 여기를 떠나 세상을 두루 돌아다니며 기필코 이 세 가지를 찾겠다. 그러면 죽음에 대한 걱정을 하지 않아도 되겠지!"

여러 원숭이들도 기뻐하며 말한다.

"좋아요. 좋습니다! 대왕님께서 내일 떠나신다니 저희들이 오늘 성대한 잔치를 올리겠습니다."

그들은 산을 돌아다니며 온 섬 안의 신기한 꽃들과 과일들과 맛있는 술을 모아놓고 밤새 즐겼다. 그 이튿날, 미후왕은 아침 일찍 일어나 대나무로 상앗대를 만든 다음 소나무로 만든 뗏목에 과일을 가득 싣고 원숭이들의 전송을 받으며 노를 저어 바다 한가운데로 나아갔다. 때때로 거센 파도와 강한 바람에 시달리긴 했지만, 그래도 운이 좋은지 순풍이 며칠 불어 인간들이 산다는 남쪽대륙 육지에 도달했다.

돌원숭이는 뗏목 위에서 육지로 펄쩍 뛰어올라와 사방을 살펴보니, 해변가에서는 사람들이 고기도 잡고 소금도 만들며 일을 하고 있었다.

돌원숭이가 큰소리로 고함을 치자, 사람들은 모두들 놀라 연장들을 놓고 달아났고 그 중에 우물쭈물하며 도망가지 못한 사람의 옷을 벗겨 뺏어 입고는 다른 마을들을 지나며 인간들의 흉내를 내면서 말하는 것도 배우고 절하는 법도 배우니 제법 반 인간의 모습이 되었다. 그러나 돌원숭이가 진실로 찾으려 했던 불·선·성의 길을 배우는 곳은 찾을 수 없고, 세상 인간들을 바라보니 거의가 가족의 번영과 이익만을 추구하는 무리들뿐이었다.

돌원숭이가 이리저리 돌아다닌지도 그럭저럭 8~9년이 지난 후, 다시 다른 대해를 건너 서쪽을 향해 얼마를 가고 있자니 난데없이 숲이 울창하고 찌를 듯이 높은 수려한 산들이 겹겹이 보인다.

천년의 늙은 소나무들과 바람에 일렁이는 거대한 대숲들 사이로 신기로운 풀들과 난초들이 얽혀 있고, 바위마다 이끼가 끼었으며, 골짜기는 끝없이 깊어 그야말로 신선이 살 만한 조용한 산속이었다.

날은 차츰 어두워지고 해서 그는 달을 바라보며 솔뿌리를 베개 삼아 누워 하루저녁을 지내고, 다음날 아침 계곡을 따라 산속 깊이 걸어 갔다. 얼마를 가자 전망이 훤히 트이고 상서로운 기운이 감싸인 듯한 곳에 조용히 서 있는 한 절이 보인다. 돌원숭이는 기뻤지만 커다란 사원 문은 굳게 닫혀져 있어 감히 문을 두드리지 못하고 잣나무 위에 올라가 잣을 따먹으며 안을 살펴보고 있었다.

잠시 후, 얼굴이 아주 맑고 준수하게 생긴 속세의 물이 전혀 들지 않은 예쁜 동자승이 문을 열고 나오더니 큰소리로 외친다.

"누가 거기서 소란을 떨고 있는 거요?"

돌원숭이는 나무에서 훌쩍 뛰어내려와 동자승에게 허리를 굽혀 절하며 말을 한다.

"동자스님, 저는 도를 닦고자 신선님을 뵈러 온 거지 소란을 떤 일이 없습니다."

동자승이 말하길,

"우리 스승님께서는 지금 법상에 오르셔서 우리들에게 도를 설하고 계시다가, 갑자기 날더러 밖에 나가서 문을 열고 도를 배우러 온 손님을 데리고 오라고 하셨습니다. 나를 따라오십시오."

돌원숭이는 경건한 마음으로 복장을 단정히 하고 동자를 따라 사원 깊숙이 들어갔는데, 가면 갈수록 그 안에는 조용하고 그윽한 집들이 그칠 줄을 몰랐다.

잠시 후, 스승될 분이 설법을 하시는 집에 도착하니, 수보리(Subhuti) 조사가 법을 설하는 높은 자리에 단정히 앉아서 삼십 명이 채 안 되는 승려들에게 공법을 조용히 말씀하시고 있었다.

아아! 그 조사는 누구인가?

티끌 없는 자태로 크게 깨달음을 얻은 부처님의 10대 제자 중 공의 제 일인자. 그의 깊은 선정은 누구도 깨트릴 수 없고 그가 그저 정원에 앉아 있는 것만으로도 하늘의 신들은 말 없음의 고요한 설법에 감동하여 꽃들을 뿌리며 감사한다. 끝없이 흘러가는 영원한 시간 속에 영겁의 하늘과 수명을 같이 하는 불생불멸의 대스승 수보리 존자!

돌원숭이가 법을 듣고 있는 제자 승려들을 가만히 살펴보자. 그 얼굴들 또한 가을의 맑고 깨끗한 푸른 하늘과 같고, 삼매의 즐거움과 함께 모두들 성인의 경지에 오른 이들처럼 보인다.

돌원숭이는 이제까지 보지 못한 이 조용하고 성스러운 광경에 감동이 되어, 그만 넋을 잃고 털썩 주저앉아 절을 하며 간신히 입 속으로 말한다.

"사부님! 이 제자는 지극한 마음으로 예를 올립니다."

이때 조사가 묻기를,

"그대는 어디에서 온 사람인고?"

"저는 동쪽의 대륙, 작은 섬의 화과산이라는 곳에서 왔습니다."

존자는 이 말을 듣자 엄한 소리로 꾸짖듯이 말씀하신다.

"너의 말이 정말이냐? 그곳과 이곳 중간에는 두 개의 큰 바다와 하나의 대륙이 막혀 있는데 어떻게 그 먼 곳에서 여기까지 올 수 있단 말이냐?"

돌원숭이는 다시 엎드려 경의를 표하며,

"저는 10년간 바다에 떠돌고 이곳저곳을 방황하며 도를 찾고자 이곳까지 온겁니다."

"그럼, 너의 이름은 무엇이냐?"

"저는 부모가 없이 화과산 꼭대기의 돌 속에서 태어났습니다."

조사는 이 말을 듣더니 매우 흥미 있어 하면서,

"그러면, 너는 천지가 낳아준 몸이로구나. 어디 일어나서 한번 걸어 보아라!"

돌원숭이가 벌떡 일어나서 대여섯 걸음 걷자,

조사가 빙긋이 웃으시며,

"너의 몸은 작고 얼굴은 귀엽지만 과일을 따먹고 사는 원숭이와 비슷하니, 성을 호라고 해주고 싶지만 이 글자 속에 오래됨과 음기가 있어 노음이라면 도를 닦을 수 없다. 그러니 손이라 하자! 그 뜻은 몸속에 성스러움을 기른다는 뜻이다."

돌원숭이는 대단히 기뻐하며,

"좋습니다, 감사합니다! 사부님의 자비심으로 오늘에야 성이 생겼으니 이름도 지어 주시면 고맙겠습니다."

"이곳은 공(emptiness)법을 닦는 곳이니, 너의 이름을 공을 깨닫는다는 뜻에서 오공이라 하자."

돌원숭이는 싱글벙글 웃으면서 말한다.

"좋습니다, 아주 좋습니다! 이제부터 저는 손오공이라고 하겠습니다."

이날 오공은 형님뻘 되는 여러 제자들에게 절을 하고 저녁이 되자 복도 한구석에 자기의 자리를 정한 다음, 다들 함께 자는 큰방에서 마지막 자리에 누워 잠자리에 들었다.

손오공은 이튿날, 간단하게 남들과 인사하는 법, 청소하는 법 등의 여러 가지 사원의 예절을 배웠다. 그리고 여러 형님 제자들과 경을 읽고, 도를 논하며 글씨도 배우고 향불도 피우며 나날을 보냈다. 때로는 마당도 쓸고 밭도 가꾸며 꽃들과 나무들도 손질했다. 그러길 2, 3년 지난 어느 날 수보리존자가 법상에서 법을 설하시는데,

"이 세상은 허공의 꽃과 같고 물거품과 같으며 시간은 멈추지 않고 흘러서 살아 있는 모든 것들을 죽음으로 사라지게 하는 무상한 것이다. 그러니 마음에 흔들림이 없는 선정을 닦아 깊은 도에 들면, 하늘에선 꽃들이 떨어져 내리고 땅속에선 금연꽃이 솟아나며 세상의 미묘한 모든 법들도 잘 알게 되어 걸림이 없이 정신이 자유자재할 것이다."

오공은 한구석에서 이 법문을 앉아 듣고 있다가 어찌나 기뻤던지 마치 자기가 깨달은 양, 볼을 긁고 손을 휘두르며 발로 껑충껑충 뛰었다.

조사가 그 광경을 보고 묻는다.

"애야, 오공아! 너는 왜 미친놈처럼 펄펄 뛰고 있느냐?"

"저는 사부님의 성스러운 소리를 듣고 감격해 기분이 좋아 그만 뛰고 말

앉습니다. 무례를 했다면 용서하십시오."

"네가 내 법문을 알아들었다면, 너는 잠깐이라도 무아의 경지에 든 적이 한 번이라도 있었느냐?"

"예, 사부님! 제가 이 사원의 뒷산에 수많이 달려 있는 맛있는 복숭아들을 실컷 먹으면서 맛이 너무 좋아 모든 것을 잊어버린 적이 몇 번 있었습니다. 뭐, 그런 것이 아닐까요?"

"그것은 맛에 탐착하여 네가 할 일조차 잊은 거지 선정에 든 것은 아니다. 그런 걸 먹는 삼매라고 한단다. 너는 머리가 영특해서 많은 것들을 잘 알아듣지만, 아직도 잡생각들이 많아서 올바른 삼매에 들 수 없다. 이곳에서 산을 세 개 넘으면 목련존자가 계시는 절이 있는데 내가 소개장을 써 줄테니, 몇 년 그곳에서 살며 몸과 호흡과 정신통일을 수련한 후 다시 이곳에 와라."

"예, 사부님 말씀대로 하겠습니다!"

라고 시원스레 대답하며 당장에 작은 보따리를 싸서 어깨에 걸쳐매고 산들을 넘어 부처님의 10대 제자 중 신통제일이라는 목련존자의 사원에 도착했다.

그곳엔 물구나무서기로 호흡법을 하는 승려, 앉은 채 허공을 빙빙 날아다니는 승려, 거북이처럼 엉금엉금 기며 몸을 천천히 움직이는 승려, 학처럼 우아한 모습으로 호흡에 맞춰 손·발로 이상한 동작들을 지어내는 등 전혀 분위기가 다른 곳이었다.

소개장을 받아 읽어본 목련존자는 눈에는 자비심이 있었지만 수보리 존자의 지극히 조용한 모습과는 달리, 무언가라도 금방 휙! 하고 번갯불처럼 움직일 것인양 이 존자의 자태에는 굉장한 힘과 활력이 살아 넘쳐 흐르고 있다.

"그래 네가 불법의 바른길인 공법을 이해 못하고 이곳으로 왔단 말이지. 여기에선 육체와 호흡 그리고 정신집중을 잘 단련해서 몸을 부드럽고 강하게 하여 몸을 장수하게 하고, 술법을 익혀 자유자재로 하늘을 날기도 하며, 마음을 바꿈에 따라 다른 동물들로 몸을 바꿀 수 있는 등 여러 가지 기술을 배울 수 있다. 너의 몸을 보아 하니 팔이 길고 몸과 마음이 가벼워 재주가 있을 듯 하구나."

그리하여 오공은 목련존자에게 술법을 배우기 시작하자 정말로 재주가 많아서 5년 만에 구름을 불러 하늘을 날며 땅속으로 숨고, 새와 들짐승, 아니면 돌이나 나무처럼 몸을 바꾸기를 하는 등 72가지의 술법을 다 배웠다.

목련존자는 오공의 재주를 기특해 하시면서,

"너는 역시 생긴 대로 영특하고 재주가 좋아 몸도 튼튼해졌고 많은 술법을 배웠다만, 이것들은 모두가 마음의 장난으로써 물속의 달을 잡으려 하는 것처럼 바른 깨달음에 이를 수는 없다. 이것들은 모두 그림자일 뿐, 진실된 것은 아니다. 네가 좀더 삼매와 지혜를 터득한다면 네 마음의 한계성을 지나 술법을 써도 바른길에 쓸 수 있을 것이니 이제 다시 너의 스승에게 돌아가도록 하라."

오공은 목련존자에게 그 동안의 은혜에 감사의 절을 하며 아직도 그 불생불멸의 도를 알고자 함을 가슴에 품은 채 수보리존자에게로 돌아오는데 갈 때는 걸어서 갔지만 이제는 구름을 타고 날아온다.

    맑은 이슬은 차고
    달은 밝은데,
    반딧불들은 날아 흩어지고
    깊은 숲 속의 새들은 잠에 든다.

차가운 골짜기 물들은 굽이쳐 흐르고
　　기러기 떼는 구름을 헤치며 달빛 속으로 날아간다.

　오공은 옛날의 익숙한 길들을 보며 뒷문 위로 날아 들어가 조용히 옛날에 함께 자던 선배들의 방에 들어가 잠을 청했다.

　다음날 저녁, 수보리존자는 오공을 불러 함께 붉게 물든 황혼을 구경하다가 문득 오공에게 묻는다.

　"너는 그 동안 목련존자에게서 배운 재주를 한번 보여봐라."

　"예, 사부님!"

　오공은 즉시 구름을 불러 힘과 재주를 다하여 훌쩍 몸을 날려 공중으로 치솟아 허공에서 엎치락뒤치락 몸을 돌리며 단숨에 구름에 서서 거의 1km 되는 곳을 날아 갔다가 눈 깜짝할 사이에 조사의 앞에 돌아와 내려서 절한다.

　"이것이 바로 구름을 타는 술법입니다."

　조사께선 혀를 차시며 말한다.

　"그까짓 것을 갖고서야 어찌 구름을 탔다고 할 수 있겠느냐? 고작 구름 위를 기어 올라갔다고 할 정도이다. 옛 신선들은 아침에 북쪽바다에서 놀다가 동쪽, 남쪽, 서쪽바다를 돌아다니다가 저녁에 다시 북해로 돌아왔다고 한다."

　"그건 매우 어려운 일입니다."

　"오공아! 내가 보통 술법은 가르치지 않지만, 너의 하는 것을 보니 딱해서 도와 주겠다. 정신을 집중하여 삼매(samadhi)의 힘이 강해지면 그냥 앉은 채로도 구름 위에 올라가는데, 너는 그렇지 못하고 엎치락뒤치락하여 간신히 올라가니, 그 모양을 본따 내가 특별한 법을 가르쳐 주지!"

조사는 오공에게 주문을 외워 주며,

"이 진언을 외며 주먹을 단단히 쥐고 몸을 부르르 떨면서 뛰어오르면, 한 번 몸을 뒤집혀 재주를 부리는 동안에 9,000km를 날아갈 수 있다."

그날 밤에 오공은 온갖 정신을 기울여 빨리 나는 법을 연마하고 나니, 다른 술법에도 자연히 더욱더 익숙해졌다.

오공은 스승 수보리존자의 놀라운 비법에 감탄하며,

'우와! 스승님의 비법은 끝도 없이 대단하겠구나!'

이렇게 스스로 속으로 감탄하고 있을 때, 귓속에 속삭이듯 가깝고도 멀리서 갑자기 스승 수보리존자의 목소리가 정확하게 들려온다.

"애야, 오공아! 그렇다고 그것을 전에 네가 배운 목련존자의 술법에 비교하면 안 된다. 전에는 너의 집중력이 아직 약했었고 마음 깊이 무르익지 않았으므로 약했던 거다. 신통제일의 목련존자로 말할 것 같으면, 나는데 구름도 필요없고 그저 앉아서 눈 깜짝할 사이에 천당이든 지옥이든 자유자재로 왔다갔다 하실 수 있단다. 너는 어려서 모르겠지만 옛날에 그분이 지옥에 있는 어머님을 구하러 부처님의 허락을 받고 갔다 온 일이 있었단다. 모든 이 세상의 신기한 법은 마음으로부터 생겼고, 공에서부터 만들어졌으니 선정력을 키우는 것에 전념하고 자잘한 술법에 너무 시간을 쓰지 마라!"

오공은 깜짝 놀라 의아심에 묻는다.

"스승님, 어디 계시는데 제가 볼 수 없습니까?"

그러자 다시 존자의 목소리가 들려온다.

"너의 마음이 약간 열려서 내 목소리를 들을 수 있는 것이다. 공을 터득한 이들에겐 목소리 없는 목소리(진리)를 들을 수 있고, 이 우주의 모든 것들을 빠짐없이 볼 수도 있지. 그들은 모두 여섯 신통을 갖추었으며, 네가 무서워하는 윤회에서 자유롭다."

오공은 그 육신통이란 소리에 가득 의문을 품으며 묻기를,

"그 여섯 가지 신통이 뭔데요?"

"그것은 어느 곳이든 상관없이 무엇이든 다 볼 수 있는 천안통(하늘 눈의 신통), 어떤 장벽이든 상관없이 무엇이든 다 들을 수 있는 천이통(하늘 귀의 신통), 삼계(하늘 · 이 세상 · 지옥)에 걸림없이 날아다닐 수 있는 신족통(신의 발), 다른 이들의 마음을 다 꿰뚫어 볼 수 있는 타심통, 모든 생물의 전생을 알 수 있는 숙명통, 모든 번뇌의 근본을 끊어버린 최고의 누진통(번뇌의 먼지가 없어진 신통)이다."

오공은 놀라며,

"우와! 스승님, 그럼 내가 배운 것들은 애기들 장난이네요?"

"그렇지, 네가 더 깊이 공부해 가면 이 모두를 이룰 수 있다."

그러나 재주를 즐겨 하는 오공은 그 다음날부터 무덤덤하고 지루한 선정 삼매보다 술법 익히기를 더 즐겨한다.

그러던 어느 날 조사께서 여러 제자들에게 법을 설하시길,

"너희들은 눈 · 귀 · 코 · 입, 그리고 피부를 통하여 즐길 수 있는 이 다섯 가지 욕망의 즐거움을 절제하라! 이것들은 마치 꿀맛처럼 감미롭지만 그것들은 잠시에 불과할 뿐 모든 괴로움의 근원이 된다. 그러나 한번 이 욕망들의 맛을 보면 마음은 잠시도 쉬지 않고 이것들을 구하고자 함이, 마치 불에 마른 나무를 더하는 것과 같이 욕망을 격하게 하여 그 불길을 더욱더 성하게 한다. 이것은 마치 바람에 맞서서 횃불을 든 사람처럼 스스로를 불태운다. 이 욕망들은 마치 꿈속에서 얻은 것과 같이 깨고 나면 없어지는 근원이 없는

잠시인 것이지만, 세상 사람들은 미혹하여 다섯 가지 욕심에 탐내고 집착하며 죽음에 이르기까지 이것들을 원하니, 바로 이것이 후세에까지 한없는 고통의 씨앗을 만드는 원인이다. 이 오욕은 짐승들도 가지고 있으며 삼계의 모든 이들이 많든 적든 지니고 있으니 이것들은 선정을 닦는데 가장 장애가 되어 이 다섯 가지 욕심에 걸림이 없이 자재하면 그를 스승이라 하고, 이 오욕에 부림을 받으면 그들을 노예라고 한다."

그리고 곧 시를 지어 노래하시길,

> 살고 죽음이 끊어지지 않는 것은
> 탐욕으로 인하여 맛을 욕심내기 때문!
> 지혜 있는 이들은 바르게 몸과 마음을 지켜보아서
> 세간의 일들에 물들거나 탐착하지 않는다.
> 번뇌가 없고 욕망이 없는 편안함,
> 이것을 참다운 열반이라 한다.

오공은 법문을 듣자 두려움과 부끄러움을 느꼈다. 자기가 배운 것들은 모두가 이 오관(눈·코·귀·입·피부)을 통하여 닦는 술법들이 아닌가?

그러자 스승은 곧 오공의 마음을 알아차리시고,

"얘야, 오관에 죄가 있는 게 아니라 그 오관을 즐김에 지나치게 관심을 쏟아 마음이 어지럽게 되어 이 우주의 조용하고 거대한 공의 실체인 영원한 삶(진실)을 알지 못하므로 그런 뜻이란다."

오공은 반은 알아듣고 반은 못 알아들어 고개를 갸우뚱한다.

수보리존자에게서 쫓겨나다

오공은 어느 날 다른 제자들과 함께 소나무 그늘 아래서 이야기를 하다가 문득 몇 친구들이 묻기를,

"너는 목련존자에게서 몇 년 동안 술법을 배웠으니 좀 보여 줄래?"

오공은 이 말을 듣자 신이 나서 원숭이의 근성이 드러나 자기의 재주를 마음껏 자랑하고 싶었다. 이제까지 혼자만 연습해 왔지 않은가?

"보여 주고말고! 그럼, 내가 몇 가지 변신술을 보여 주지!"

오공이 진언을 외우며 몸을 한번 꿈틀하자, 어느새 한 그루의 오래된 소나무로 변한다.

구름과 연기 속을 가르고
꼿꼿이 서 있는 미끈한 자태.
영특한 원숭이의 모양은 흔적도 없고

오로지 서리와 눈을 겪은 고고한 가지뿐이로구나.

그리곤 갑자기 새매로 변하여 하늘 높이 치솟아 날아 올라갔다 내려온다. 친구들은 감탄을 그칠줄 모르며 손뼉을 치며 말했다.
"훌륭한 원숭이다! 정말 멋있는 원숭이다!"라고 하며 야단법석을 떠는 바람에 수보리존자는 깜짝 놀라서 문밖으로 나온다. 갑자기 나타난 스승의 모습에 제자들은 당황해 했고, 오공도 본래의 몸으로 돌아와 제자들 틈에 끼었다.

조사는 엄하게 꾸짖는 목소리로,
"너희들은 수행하는 사람들로서 왜 이렇게 소란스러우냐? 도를 닦는 사람이란 입을 열면 정신이 흐트러지고, 혀를 움직이면 시비가 생긴다는 것을 모르고 어째서 이렇게 웃고 떠든단 말인가?"

제자들은 황송해서 몸을 잔뜩 움츠리고 있다가 조심스럽게 말하길,
"실은 저희들이 오공에게 술법을 보여 달라고 해서 오공이 소나무로 변하고 새매로 날아 올라갔다 왔기에 박수갈채를 보내 이렇게 시끄럽게 됐습니다. 부디 용서하시길……."

"너희들은 저쪽으로 가 있거라!"

조사는 오공을 불러 말씀하신다.

"너는 무슨 잘난 체로 그런 재주를 보이는 거냐? 다른 사람이 어떤 재주를 가지고 있으면 너도 물론 그것을 알고 싶을테지? 그러니까 다른 이들도 너의 재주를 보면 반드시 너처럼 해보고 싶은 것이다. 네가 보여 준 재주는 불법의 바른길이 아님을 너도 알텐데 왜 친구들에게 보여 도 닦는 마음을 어지럽게 하느냐?"

오공은 머리를 조아리며 조그만 목소리로 말한다.

"사부님, 저의 잘못을 용서해 주십시오."

"내가 너의 죄를 벌하고자 하는 것은 아니지만, 너는 여기서 떠나야 한다는 것을 알아야 한다."

오공은 이 말을 듣자, 그만 스승을 떠나야 한다는 슬픈 감정에 눈물이 비 오듯 쏟아지며 얼굴을 타고 흘러내린다.

그러면서 얼마간 목메어 울기만 하다가 겨우 묻기를,

"사부님, 저는 갈 곳을 모르는데 어디로 가야 합니까?"

"너는 어디서 왔느냐? 본래 있던 곳으로 돌아가는 것이 좋겠다."

오공은 즉시 알아차리고 눈에 생기가 돌며,

"예, 제가 갈 곳을 잘 알겠습니다."

"네가 여기 있을 땐, 이곳은 평화로운 곳이라 말썽도 없고 네가 배운 술법도 이곳에선 별거 아니지만, 보통 사람들이 사는 세계에선 굉장히 위험스러울 수 있으니 배운 재주를 함부로 쓰지 말고 스스로를 지키고 남을 도와 주는데 써라! 그러나 아무래도 너는 감성이 많고 영특하여 난폭한 짓을 해서 화를 저지를지 모르니, 만일 어떤 일을 저지르게 되면 나의 제자라고 하지 말아라! 만에 하나라도 그런 소릴 하면, 그 즉시 하늘에선 이유 없는 벼락이 네 골수에 내리쳐져서, 너의 몸속에 있는 음기의 불이 치솟아 발바닥부터 타기 시작하여 머리끝까지 타올라 오장은 금방 재가 되며, 사지는 사해로 날아가서 바다 밑으로 가라앉고 동시에 혼을 녹이는 바람이 신체의 아홉 구멍에 들어가 온몸을 녹여 육체는 사라지고, 혼은 지옥의 깊은 세계로 눌려 들어가 영원한 시간이 지나더라도 다시 태어나지 못할 것이다! 이것은 네가 그런 술법을 배웠기에 스스로 불러 생기는 것이니라!"

오공은 스승의 이 말씀에 놀랍고 두려워서,

"스승님, 결코 그런 말은 하지 않겠습니다! 저 혼자 도를 터득했다고 하겠습니다."

소마왕

 오공은 스승과 친구들에게 아쉬운 작별을 하며 구름 위에 올라가 동해바다 향하여 날아가니 순식간에 화과산의 옛날 살던 곳에 당도한다.
 오공은 나지막이 시 같은 소리를 혼자 중얼거리기를,
 "갈 때는 보통 몸이라 무겁더니, 도를 얻은 뒤엔 가볍고 또 가볍네! 당시의 바다는 바람과 파도에 막혀 나가기 어렵더니 오늘 돌아오기는 참 쉬운 걸!"
 오공이 구름에서 훌쩍 뛰어 내려와 동굴 앞에 이르니 이상하게 아무 기척도 없이 조용하다.
 "얘들아, 내가 왔다!"
 오공이 소리치니 절벽 아래, 바위틈 등에서 수천 마리의 원숭이들이 풀과 숲 속을 헤치며 몰려나와 오공을 둘러싸며,

"대왕님, 어찌하여 이제야 오십니까? 저희들은 대왕님을 얼마나 기다렸는지 모릅니다. 근래에 한 마리의 요마가 갑자기 나타나 이곳을 빼앗으려고 하고 있습니다. 우리는 목숨을 걸고 그와 싸웠지만 힘이 약해서 어린것들이 포로로 잡혀 갔습니다."

"도대체 그런 못된 짓을 하는 녀석이 어떻게 생긴 놈이고, 어디에 사느냐? 내가 당장 가서 혼을 내 주지!"

"그놈의 몸은 1,000kg도 나갈 성싶은 큰 몸에 철갑옷을 입고 북쪽에서 갑자기 나타나 우리와 싸우다가 바람과 같이 사라졌습니다."

"그래? 내가 당장 가서 찾아보고 오지!"

오공이 훌쩍 몸을 솟구치더니 한번 몸을 가볍게 뒤집자, 벌써 북쪽 산들에 다다랐다. 사방을 둘러보니 아! 이곳은 하늘로 올라가는 곳인가?

험하게 서 있는 산은 허공을 찌르는 듯 우뚝 솟아 있고 굽이치는 깊은 산골짜기의 물은 끝이 없이 길다. 여기저기 기이한 꽃에 둘러싸여 있는 몇 그루의 노송들은 푸르름을 더욱 빛나게 하고 왼쪽 산은 마치 용이 날아가는 듯! 오른쪽 산은 마치 호랑이가 기어가는 듯! 오공이 잠시 산들의 경치를 구경하고 있자니 험준한 산속의 동굴 앞에 조그만 요괴가 뛰놀고 있다가 구름 위에 서 있는 오공을 보고 달아나려 하였다.

"꼬마야, 도망가지 마라. 나는 내 친구들을 데리러 왔으니 너의 아빠에게 이 말을 전해라."

그 조그만 요괴는 줄달음을 쳐서 쪼르르 동굴 안으로 뛰어들어 간다.

"아빠, 큰일 났어요! 원숭이 두목녀석이 밖에 날아와서 싸우려 합니다."

마왕은 웃으며,

"그 조그만 녀석들 중에 출가해서 도를 닦는 놈이 있다는 소릴 들었는데,

지금 그놈이 바로 그놈일 게다. 내가 상대해 주지!"

하고 철갑옷에 큰 칼을 뽑아들고 동굴 밖을 나가보니, 거기에는 손에는 아무것도 없이 까까중의 머리에 붉은 옷을 입고, 노란 띠를 허리에 두르고, 검은 장화를 신고 있는 오공이 보인다.

마왕은 피식 웃으며,

"중도 아니고 속인도 아니며 도사 같지도 않은 쪼그만 녀석이 웬 큰소리냐!"

오공은 눈을 똑바로 뜨고 그 마왕을 살펴보니 머리에는 금빛 투구를 썼으며, 몸에는 누렇게 빛나는 쇠 갑옷을 단단히 입었고, 꽃무늬의 가죽 신발을 신었다. 허리의 굵기는 열 아름도 더 되어 보이고, 머리에는 커다란 두 뿔이 솟아나 있으며, 키는 3m가 넘겠는데 그 녀석의 머리통은 흡사 소의 마귀 같다. 손에 움켜진 한 자루의 큰 칼은 바위라도 가를 수 있을 것처럼 시퍼런 광채가 일어난다.

오공은 질세라 목청을 돋구어 소리친다.

"이 눈이 큰 마귀 놈아, 너는 그렇게 무지하게 큰 머리통에 뿔도 달렸으니 뭔가를 좀 알 것 같은데 이 손 도사님도 몰라본단 말이냐!"

마왕은 껄껄 웃으며,

"키 작고 볼품없는 녀석아! 네 나이는 10살도 못되겠는데 어찌 나 같은 어르신네한테 감히 큰소리를 치니? 다시 네 엄마한테 돌아가 젖이나 더 먹고 와라!"

오공은 매우 화가 나서 몸을 부르르 떨며 소리친다.

"네놈은 정말 머리만 크지, 유명한 인사님을 모르는 구나. 나는 금방 1,000m라도 키가 커질 수 있고, 나의 손은 달에까지 뻗칠 수 있으니 겁먹지 말고 나의 주먹이나 한 대 맞아라!"

하며 오공은 펄쩍 뛰어서 소마왕의 얼굴을 한 대 친다.

소마왕은 그것을 한 손으로 막으며,

"나 같은 큰 인물이 꼬마를 상대하는데 칼을 쓴대서야 체면이 서겠나! 내가 너를 죽인다 해도 남의 웃음거리만 될 뿐이다."

하며 칼을 놓고 맨주먹으로 싸우기 시작한다. 둘이서 엎치락뒤치락하며 얼마를 싸우는데, 크고 긴 주먹보다는 작고 짧은 팔이 억세어서 마왕은 몇 번이나 호되게 얻어맞는다.

마왕은 급히 넓고 큰 칼을 집어들어 오공을 향해 내리치며 찔러 들어가니, 오공은 그것을 살짝살짝 피하면서 자신의 꼬리털을 한 줌 뽑아 입으로 불며

"변해라!"

하니, 당장에 이삼십 마리의 작은 원숭이들로 변하여 마왕 주위를 빙 둘러싸 버린다. 이것은 오공의 꼬리에 있는 털들이 무슨 물건으로라도 변하게 하고 싶으면 마음대로 변할 수 있게 할 수 있는 것이다. 작은 원숭이들은 날쌔고 잽싸게 앞뒤로 뛰어 덤벼들어 마왕의 귀를 잡아당기고, 사타구니를 파고 들어가며, 다리를 물고, 털을 뽑고, 눈을 찌르는 등 하면서 공격한다. 이 틈에 오공은 마왕의 칼을 뺏어들고 마왕의 머리를 큰 칼로 내려치니, 금세 큰 소머리가 두 쪽으로 되어 피를 흘리며 땅에 떨어져 굴러간다.

작은 오공들은 전부 우르르 동굴 속으로 들어가 작은 요괴들, 큰 요괴들 할 것 없이 전부 쳐서 죽여버리고, 뽑았던 털들은 다시 꼬리에 붙여 놓았다. 그런데 꼬리에 붙지 않는 놈들이 있어 가만히 보니, 그들은 마왕이 잡아온 작은 원숭이들로 5~6십 마리나 된다. 오공은 그들을 데리고 동굴 밖으로

나와 동굴을 깨끗이 불태워버리고 원숭이들을 구름에 태워 돌아왔다.

동굴에서 기다리고 있던 원숭이들은 오공을 둘러싸고 일제히 절을 하며 경의를 표한다. 그리고는 술과 안주, 꽃과 과일 등을 가득히 준비하여 오랫동안 못본 정과 싸움의 승리를 축하하였다.

원숭이들은 침이 마르도록 오공을 찬양하면서,

"대왕께서는 어디에 가셔서 그런 놀라운 솜씨를 배우셨습니까?"

하고 물으니, 오공은 그 동안의 경과를 쭉 얘기하면서 수보리존자의 이름은 빼고 그저 늙은 신선 한 분을 만나서 불생불사의 술법을 배웠노라고 말한다.

"그리고 우리에게 축하할 또 하나는 우리 집안에 성이 생겼다. 성씨는 손, 이름은 오공!"

원숭이들은 손뼉을 치고 좋아라 하며 잔치를 즐겼다.

여의봉

고향에 돌아온 손오공은 소마왕을 무찌른 뒤 매일 매일을 부하들과 같이 무예를 연마하기 시작한다. 부하들에게는 대나무 창과 나무 칼을 들게 하고 깃발을 정돈하며 진영을 지키고 성을 공격하는 군사놀이를 하면서 날들을 보냈다.

어느 날 오공은 혼자 조용히 앉아서 우리들이 이런 실없는 장난들을 하고 있으면, 어쩌면 인간 세계의 왕을 놀라게 하고 다른 짐승들의 왕이나 도깨비들을 놀라게 하여 우리를 죽이러 올지 모르니 대나무 창이나 나무 칼로는 상대가 안 되겠고 무슨 방법이 없을까? 하며 잠시 곰곰이 생각하더니 부하 원숭이들에게 말한다.

"내 잠깐 어디 좀 다녀오겠다."

라고 부하들에게 말하고는 구름에 올라 당장에 인간 세계로 날아간다.

"이곳에는 반드시 만들어 놓은 무기들이 있을 것이다. 돈도 없는데 빌리기를 애쓰는 것보담 신통술을 써서 손에 넣어야지!"

주문을 외우며 숨을 한번 들이쉬었다가 후! 하고 내뿜으니 순간에 사나운 바람이 일며 돌과 모래를 날린다. 성안의 사람들은 놀라서 모두들 어디론가 도망가고, 오공은 병기를 넣어둔 창고에 가서 칼·창·도끼·활·화살 등을 모두 가져가려고 털을 한 개 뽑아 큰 포대 자루를 만들어 그 안에 넣어 가지고 돌아온다.

여러 원숭이들은 칼을 휘두르고 활을 잡아당기며, 고함을 치고 아우성치며 무기를 운반한다. 이런 일들은 이 산속에 있는 모든 짐승들과 다른 요괴들을 두렵게 만들었다. 그래서 그들은 오공을 찾아와 "큰형님"이라고 부르기도 하고 "대왕님!"이라고 하면서 조공을 바치면서 한패가 됐다. 맹렬한 군사훈련으로 인하여 화과산은 철벽처럼 견고해졌고 오공은 거기에 만족했지만, 그 스스로는 인간 세상에서 만든 무기가 맘에 들지 않아 궁리하던 중 문득 어느 원숭이가 말하길,

"혹시 동해바다 속 용궁에 가서 알아보는 것이 어떻겠습니까?"

라는 의견에 좋아라! 하며 즉시 바닷물속으로 뛰어들어 깊은 바다 밑 용궁에 도착한다.

용궁의 성문 앞을 지키고 있던 야차는 묻기를,

"이 깊은 바다를 헤치고 여기까지 오신 신선은 누구시오? 성함을 밝히시면 대왕에게 영접하겠소."

"나는 하늘과 땅이 낳아준 손오공이오. 화과산에 살고 있으며, 이곳 동해 용왕과는 이웃 사이라 인사하러 왔소."

이 말을 전해 들은 동해 용왕은 급히 궁궐 밖으로 나와 영접하며,

"상선께서 어떻게 이렇게 오셨습니까?"

라며 자리에 앉히고 차를 대접하며 묻는다.

"제가 안목이 없어서……실례하지만 선인께서는 언제 어떻게 도를 닦으셨습니까?"

"나는 태어나면서부터 도를 닦아서 죽지 않는 몸이 되었소. 요즘은 후손들을 훈련시켜서 내가 살고 있는 산을 지키려고 하는데 나에게 이렇다할 훌륭한 무기가 없어서 혹 용왕님께서 신기한 무기를 가지고 계시면 좀 빌려주십사, 해서 이렇게 왔습니다."

용왕은 딱 잘라 거절할 수도 없고 해서 신하에게 넓고 큰 칼을 가져오게 한다. 이 칼은 한 가닥의 머리카락만 떨어트려도 그 머리카락의 무게만으로 인해 삭 하고 베어지는 굉장히 날카로운 칼이다.

오공이 이 칼을 보고는,

"나는 칼을 쓸 줄 모릅니다. 다른 것을 보여 주십시오."

용왕은 다시 힘센 군사들을 시켜 끝이 일곱 개가 날카롭게 갈라 벌어진 창을 가져오게 한다.

오공은 얼른 뛰어가 그것을 받아 몇 번 휘둘러보고는,

"가볍구나, 가벼워! 이런 건 쓸모가 없어! 다른 것을 보여 주십시오."

용왕은 빙긋이 웃으며,

"손님께서는 모르시겠지만, 이것의 무게는 360kg이나 되는 무기입니다."

"글쎄 쓸모가 없습니다!"

용왕은 다시 사람을 시켜 끝이 두 개로 갈라진 날카로운 창을 가져오게 하였는데, 이것은 무게가 900kg이나 되는 무기로 20명의 장사들이 겨우 수레에 올려 끌고 온다.

오공은 이 창을 간단히 한 손으로 잡고 몇 번 가볍게 휘둘러보고는,

"아직도 멀었어! 이것 역시 너무 가벼워!"

용왕은 가슴이 뜨끔하여 속으로 겁을 먹으며 조심스럽게 말한다.

"신선님, 이것은 저의 용궁에서 제일 무겁고 날카로운 것으로서 더 이상 다른 무기가 없습니다."

오공은 "하하하!" 웃으면서,

"'용궁에는 없는 물건이 없다' 라는 옛말이 있지 않습니까? 다시 한번 찾아 보십시오. 가격은 내 얼마든지 지불하겠습니다."

이렇게 말을 하자 공주가 그 옆에서 듣고 있다가 말한다.

"아버님, 며칠부터 보물창고에 있는 쇠뭉치가 이상한 광채를 내며, 번쩍번쩍 상서로운 기운을 보이는데 아마도 저 손님을 만나고 싶어 그러는 것이 아닐까요?"

"얘야, 그것은 옛날 우임금이 이 세상의 물을 다스릴 때 강물과 바다 밑바닥을 다지는데 쓰였던건데 어떻게 저 손님이 사용할 수 있겠느냐?"

"그건 저 손님의 마음이고, 어쨌든 저 반갑지 않은 손님을 내 보내실 수 있잖아요?"

용왕이 그 뜻을 이해하고 오공에게 말하길,

"저의 보물창고에 보물이 하나 있으나 너무 무거워서 이리로 가져올 수 없으니 공주와 같이 가시지요."

오공은 아름다운 공주를 따라 창고 안으로 들어가 보니 그 어두침침한 곳에서도 무언가 빛을 환히 발한다.

"저 금빛 광채를 발하는 것이 그것입니다."

하며 공주 자신은 궁 안으로 돌아간다.

오공이 다가가서 자세히 보니 둘레가 한 아름이나 되고 길이가 10미터가 됨직한 금빛 쇠몽둥이로 양쪽 끝은 둘레보다 더 큰 둥근 모양으로 만들어졌다.
그리고 한 귀퉁이에 〔여의봉〕이라고 새겨져 있다.
오공은 '여의봉이라면 내 맘대로 커졌다 작아졌다 할 수 있겠지?' 라고 생각하며,
"작아져라, 작아져라!"
라고 속으로 말하니, 그 큰 철봉은 어느 정도 작아진다. 오공은 매우 기뻐서 그 여의봉을 마음대로 줄였다 늘였다 하면서 궁전 안으로 들어오니 용왕은 너무 놀라서 몸을 부들부들 떨었고, 거북·문어·왕새우·게·상어 등의 신하들은 혼비백산하여 목을 움츠리고 있다.
오공은 신이 나서 싱글벙글 웃으며,
"이렇게 좋은 것을 주셔서 대단히 감사합니다. 그런데 이것을 갖고 보니 몸에 입을 갑옷이나 투구가 있었으면 좋겠는데 그것들 좀 주십시오."
"그런 것은 없는데요."
"아 참, 용왕님도! 친절을 베푸시려면 끝까지 베푸시지 왜 그러십니까?"
"손님께서는 혹시 다른 바다를 더 돌아다니시면 그런 것들을 얻을 수 있을지 모르겠습니다."
"이 집 저 집 돌아다니는 것보다는 한 집에 계속 붙어 있으라고 하지 않습니까? 꼭 얻어 가야겠습니다."
"정말 없습니다!"
"그래요? 그럼 이 여의봉이나 한번 시험해 볼까요?"
용왕은 지극히 당황하여 손을 저으며,

"자, 잠깐만 기다려 주십시오! 제 아우들에게 물어 보지요."

"그들은 어디 있습니까?"

"남해·서해·북해에 있습니다."

"안 가요, 안 가! 그 먼데는 안 간다구요."

"손님께선 몸소 가실 필요가 없습니다. 제가 이리로 부르지요."

동해 용왕이 위급할 때 쓰는 쇠종을 치자 곧 삼해의 거대한 용왕들이 도착한다.

"형님, 무슨 급한 일이 있습니까?"

동해 용왕이 자초지종을 설명하니 남해 용왕은 크게 성을 내며,

"우리 형제들이 힘을 합해서 그 녀석을 잡아버리면 안 됩니까?"

"안 되네, 안 돼! 그 여의봉은 조금만 닿아도 몸에 상처가 나고 슬쩍 잡기만 해도 죽는다네. 그리고 또 저 녀석이 화가 나서 이 용궁을 부셔버리면 어쩌나?"

그러자 그들은 할 수 없이 북해 용왕의 구름으로 만든 신발, 서해 용왕의 황금으로 만든 갑옷, 남해 용왕의 봉황털로 장식한 투구를 주기로 했다.

그것들을 받아 입은 오공은 신이 나서 싱글벙글 웃으며 말한다.

"너무 소란을 피워서 미안했습니다."

그렇게 말하고는 바람처럼 용궁을 나와 물속을 헤치고, 바닷속에서 힘차게 튀어 솟아 나온다. 오공이 물 한 방울도 젖지 않고 금빛이 번쩍번쩍 빛나는 모습으로 돌아오자, 그 모습을 본 많은 원숭이들은 환성을 지르며 외친다.

"대왕님, 정말 멋지고 훌륭하십니다!"

오공은 느긋하게 만족한 듯 웃음을 띄우며 여의봉을 마당 한가운데 꼿꼿

이 꽂아 놓고서 자리에 앉아 그것을 바라보며 즐긴다. 원숭이들은 제각기 덤벼들어 여의봉을 잡아 당기고 건드려 보았지만 마치 모기가 쇠로 만든 소등에 앉은 것처럼 털끝만큼도 움직이지 않는다.

　오공은 그 물건을 힘 하나 안 들이고 척! 잡아 뽑더니,

　"애들아, 특별한 물건에는 따로 주인이 있단다."

　하며 "작아져라, 작아져라!" 하니 순식간에 바늘보다도 더 작아진다.

　원숭이들은 놀라움에 환성을 지르며,

　"대왕님, 다시 한번 크게 해 보십시오!"

　이에 오공이 "커져라, 커져라!" 하니 단숨에 두 길도 넘게 길어진다. 다시 "더 길게 뻗어라!" 하니 길이가 1,000미터가 넘도록 주욱 뻗어 위로 올라간다.

지옥에 잡혀가다

이후부터 오공은 허구한 날 구름을 타고 바람을 날리며 사해바다로 다니며 널리 다른 친구들을 사귀면서 놀았다. 글을 읽고, 무예를 닦으며, 때로는 술을 마시며 노래를 부르고 춤도 추는등…….

그러던 어느 날, 술에 잔뜩 취하여 소나무 그늘에 누워 코를 골며 낮잠을 자고 있는데, 난데없이 나타난 두 사나이가 각기 도깨비 방망이를 들고서 다짜고짜 술취한 오공을 묶어 그의 영혼을 유명계로 끌고 가는 것이 아닌가?

술에 취해 정신이 없던 오공은 저승 문에 와서야 문득 잠이 깨어,

"이곳은 지옥 같은데 왜 내가 여기 오게 되었지?"

라고 혼자 중얼거리자 지옥의 사자들은 엄한 목소리로 말한다.

"너의 목숨은 이제 끝났다!"

밧줄에 꽁꽁 묶인 오공은 어두컴컴한 주위를 돌아보며,

"이 손 도사님은 과거 현재 미래도 초월하고 하늘과 인간에서 가장 유명하고 존귀하신 몸이신데, 감히 저승사자 따위가 나를 잡으러 오다니!"

화를 벌컥 내며 밧줄을 끊어 버리고 귓속에 숨겨놓은 여의봉을 꺼내서 지옥의 귀졸들을 때려 죽이고는 저승 성문 안으로 뛰어 들어간다.

오공이 성안으로 뛰어 들어가 보니, 엄청나게 큰 무시무시한 붉은 불들과 검은 연기들이 여기저기 피어오르며 소대가리 귀신, 말대가리 귀신들이 사람들을 불에 지지고, 창자를 꺼내어 끊어내고 머리를 눌러 짓이겨서 눈알이 튀어나오게 하고 골수가 흘러나오게 하며 끓는 물에 집어넣기도 하고 혀를 잡아 빼서 못으로 여기저기에 박고 팔다리를 여러 토막으로 잘라서 지옥의 개들에게 주는 등 아주 험악한 광경이 보인다.

이런 것들과는 상관없이 제 혼자 달려오는 오공을 지옥의 역사들이 보곤, 하던 일들을 그만두고 그 무시무시하고 갈고리 같은 억센 손들로 오공을 잡으려고 하는데, 오공은 화가 나서 닥치는 대로 그들을 쳐서 죽이니, 그 광경은 정말 지옥에 지옥을 더한 것이었다.

덤벼드는 거의 모든 귀졸들을 단숨에 해치운 오공은 죽은 혼들을 심판한다는 그 유명한 궁전으로 들어간다. 거기엔 열 명의 지옥왕들이 근엄한 얼굴들로 혼들을 심판하며 앉아 있다가, 오공이 귀졸들을 쳐서 죽인 그 피 묻은 여의봉과 살벌한 얼굴로 문을 벌컥! 열며 다짜고짜 들어오자, 다들 깜짝 놀라 일어났다가 겨우 다시 앉으며 당황해 하면서 묻는다.

"신선님, 누구신지 모르지만 제발 성함을 말씀하시고 고정하십시오! 제발!"

오공은 험악한 인상을 지으며 말한다.

"이 귀하신 몸을 몰라 보고 귀졸들을 보내 이리로 끌고 오다니! 나는 화과산의 자연이 낳아준 거룩하신 손오공이란 분이신데 그대들의 관직은 무엇인가? 빨리 대지 않으면 당장에 모두 때려 죽일테다!"

열 명의 지옥왕들은 황급히 허리를 굽혀 절을 하며,

"저희들은 이곳의 왕들로 죽은 혼들을 재판하는 일들이 우리들의 임무입니다."

"그대들은 왕위에 앉아 있으면서 신령한 통찰력이 있을텐데, 어찌하여 하늘과 같은 수명을 가진 나를 몰라보고 더럽고 어두운 이곳으로 끌고 왔는가?"

"신선님, 오해를 푸시고 화를 진정하십시오. 세상에는 같은 이름의 사람들이 많은데 아마 심부름한 자들이 잘못 착각한 것 같습니다. 저희들이 지금 알아보지요."

지옥의 왕들은 신하들에게 오공의 수명이 적힌 책을 가져 오라, 하니 인간들·짐승들·새들·곤충들·물고기들·식물들의 책들을 뒤져 보았으나 오공의 이름을 찾아내지 못한다.

본래 원숭이란 사람을 닮았으면서 사람에 속할 수 없고, 짐승들과 비슷하지만 짐승들 틈에 끼일 수 없으므로 따로 장부가 준비되어 있었다. 그 따로 찾아온 장부를 뒤적거려보니 거기에 손오공의 이름이 적혀 있는데 수명이 3백 42세, 끝을 잘 마친다, 라고 주석까지 붙어 있었다.

'내 스스로도 몇 살인지 모르지만 이름만 지워버리면 되겠지!' 생각하며 옆에 있는 붓으로 먹을 듬뿍 묻혀 자기의 이름과 원숭이들의 이름들을 모두 지워버리고 그 책을 집어던지며,

"됐다, 됐어! 이제부터는 아무에게도 간섭을 받지 않겠지!"

하곤 여의봉을 어깨에 메고 지옥을 나와 버린다.

지장보살을 만나다

지옥의 왕들은 겁이 나서 감히 지옥을 나가는 오공의 근처에도 가지 못하고, 일제히 지장보살에게 가서 사태를 보고 하며 어떻게 할까를 여쭈었다.

이 지장보살은 누구인가?

        철장 하나에 가사를 걸쳐 입고
        머리를 깎은 점잖은 대사.
        스스로 죄를 지어 벌을 받는 지옥의 영혼들을
        일깨우고 도와주고자
        억만 겁을 지옥에서 사시네!
        "한 사람이라도 이 지옥에 남아 있다면
         결코 부처가 되지 않겠노라!"고
        서원하신 끝없는 연민을 가지신 분.
        그 스스로가 지옥의 연기에 얼굴과 몸이 검게 그을리고
        가사자락이 지옥의 불길에 타더라도 개의치 않고,

오직 지옥의 끝없는 무서운 고통 속에 빠진
고독한 혼들을 위로하시네!
어느 성인이라도 이곳에 오길 싫어해서
그래서 아무도 그를 도와주는 이 없지만,
혼자서 수많은 지옥의 영혼들을 구제하시는 분!
세월이 흐르면 지옥의 왕일지라도 바뀌지만
지장보살은 이곳에서 억 겁을 지내시네!

지장보살은 전말을 들으시고는,
"그것 참, 이상한 일이군. 내가 이곳에 수만 겁을 살아왔지만 이런 일은 처음 듣네! 내가 가서 그가 누구인지 보고 오지!"
하며 오공이 간 쪽으로 날아간다.
이때 오공은 어두컴컴한 지옥 길들을 두리번거리며, '어느 쪽으로 나아가면 세상으로 나갈 수 있을까?' 하고 생각하고 있는데, 저 멀리서 스님 복장을 한 지장보살이 한 손에 철장을 잡고 이리로 날아오고 있는 것이 눈에 띄었다. 길을 물어볼까 싶어 다가가서 보니, 비록 얼굴은 검게 그을렸고 옷은 보잘것 없지만 오공은 태어난 이래로 그렇게 성스러운 고귀한 분위기를 본 적이 없었다.
마음이 자연스럽게 편안해진 오공은 조심스럽고 정중하게 길을 묻는다.
"거기 오시는 스님, 밝은 세상으로 나가는 길이 어디오?"
"그대가 이 지옥을 소란케 한 인물인가? 이 철장을 받아볼 수 있으면 나가는 길을 가르쳐 주지!"
하며 휙 던진다.
오공은 속으로 생각한다.

'용궁에서 가장 무겁다는 여의봉도 이 손 안에서 가지고 노는 난데 그까짓 거야' 하며 척 잡는데, 너무 무거워 오공은 금세 기진맥진해졌고 손발이 떨리며 겨우 철장을 다시 대사에게 건네준다.

지장보살은 놀라며,

"이 철장은 수만 겁 동안 지옥의 영혼들을 도와 주는데 쓰인 것이다. 그 한없는 죽은 이들의 무거운 고통들처럼 무게가 나가는데, 자네는 그것을 거뜬히 받아 쥐니 그대는 보통 사람이 아닐세! 누구의 옳고 그름을 심판하는 것은 내가 할 일이 아니라 그대를 놓아주니 세상에 나가는 길은 이 길이네!"

하시며 철장으로 한곳을 가리키니 그쪽에서 훤하게 빛이 나오며 밝은 세상이 저 멀리 보인다. 한편으론 그 대사가 자기를 꾸짖는 것 같아 두렵기도 하고, 그래도 어쩐지 그 점잖음에 안심도 되지만 그 철장 때문에 싸울 기력도 없이 힘이 빠졌으므로 고맙다고 말할 겨를도 없이 급히 몸을 날려 도망치듯 날아간다. 그러다가 그만 풀포기에 걸려 넘어졌다. 깜짝 놀라 눈을 뜨니 이야말로 일장춘몽!

허리를 쭉 뻗어 기지개를 펴며 주위를 바라보니, 원숭이들의 소리가 들린다.

"대왕께서는 얼마나 술을 많이 드셨기에, 하룻날 하룻밤을 주무시고도 아직도 잠에 취하십니까?"

오공은 지옥의 이야기들을 하면서 원숭이들의 이름을 지웠다고 말하니, 이때부터 늙지 않는 원숭이가 많아졌다 한다.

고발장

어느 날, 하늘의 옥황상제는 여러 신선들과 아침 모임을 갖던 중 선동이 와서 동해 용왕이 고발문을 가지고 왔다고 하였다. 옥황상제가 들어오라고 허락을 내리자 동해 용왕은 들어와 엎드려 절하며 이렇게 말한다.

"얼마 전에 화과산의 원숭이 신선 손오공이란 자가 동해 용궁에 와서 술법과 위력으로 저의 여의봉과 남·서·북 삼해 용왕들의 신발·갑옷·투구를 강탈하고, 거북과 큰 새우 등 물고기들을 희롱하고 갔습니다. 이 방자하게 까부는 조그만 요선을 잡으시어 물속을 편안하게 해 주시기를 엎드려 바라옵니다!"

옥황상제께서는,

"알았으니 그대는 돌아가라! 내가 하늘의 군대를 풀어 그 요사스런 신선을 잡으리라."

용왕은 감사히 물러나서 가고, 곧 이어 다른 천사가 와서 지옥의 첫 번째 저승왕이 상주문을 가지고 왔다고 아뢴다. 옥황상제가 들어오라고 윤허하자 얼굴이 넓고 수염이 많은 저승왕은 엎드려 절하며,

"저승의 세계는 땅의 음에 속하고, 하늘은 양에 속하며 하늘에는 신이 있고 땅속에는 귀신이 있어 음과 양의 기운이 돌아 날짐승들이 생기고, 들짐승들이 죽고 태어남을 반복하며, 남자와 여자가 나타나고, 초목이 자라니 이는 자연의 정해진 운명입니다. 그런데 얼마 전 하늘이 낳았다는 화과산의 손오공이란 자가 명이 다해서 지옥의 부름에도 불구하고, 무지한 완력으로 지옥의 옥졸들을 모두 때려 죽이고 지옥왕들에게 폭력으로 위협하여 원숭이들의 생사를 기록한 책을 모두 지워 버려, 윤회를 끊어서 죽음을 없앴나이다. 바라옵건대, 부디 그 녀석을 잡아 음 · 양의 법칙을 정리하시고 지옥을 편안케 하옵소서!"

옥황상제는 지옥의 왕에게 "하늘의 군대를 풀어 그를 잡아들이리라!" 하시곤 여러 신선들에게 묻는다.

"그 원숭이는 3백년 전 천지의 정기를 받고 태어난 작은 돌원숭이가 아닌가?"

신선들이 "그렇습니다!"라고 말하자,

"그 작은 동물이 어디서 신선술을 배워 용궁과 지옥을 어지럽히지? 하여튼 하늘의 장군들은 그를 곧 잡아오라!"

명령하시니 신선들 중 금성이란 분이 앞으로 나와 절하며 말한다.

"폐하, 삼계(천상 · 인간 · 동물 · 지옥) 속에 몸에 9구멍을 가진 자들은 모두 신선의 도를 닦을 수 있나이다. 그 원숭이는 해와 달의 정기를 받고 자연에서 몸을 받아 선도를 닦아서 이미 인간과 거의 같으니, 천군을 놓아 번거

롭게 일을 만드시는 것보다는 자비로움을 베푸시어 그를 상계로 불러 자그마한 관직을 주시고, 그래도 그것을 거역하면 체포하시는 게 어떻겠습니까?"

옥황상제는 이 의견에 매우 기뻐하시며,

"그럼, 그대가 갔다 오는 수고를 해 주시오!"

신선 금성은 곧 하늘의 남쪽 문을 나와 오공이 사는 화과산 앞에 당도한다. 여기저기서 뛰어놀던 여러 원숭이들은 하얀 긴 수염에 도복을 입은 신선이 허공에서 내려오는 것을 보며 어리둥절해 한다.

하얀 도복을 입은 금성은 점잖게 말한다.

"너희들의 대왕을 하늘나라로 모셔 가기 위해 옥황상제의 어명을 받고 왔으니 빨리 이 소식을 전하라!"

동굴 안에서 이 소식을 들은 오공은 매우 기뻐하며 말한다.

"그렇지 않아도 나는 하늘나라를 한번 며칠 다녀올까 했는데 잘됐다!"

오공은 옷을 바로 하고 동굴 밖을 나와서 금성에게 정중히 인사하며,

"신선님께서 이처럼 찾아주셔서 정말 감사합니다!"

즉시로 부하들에게 명한다.

"잔치를 열라!"

금성은 속으로 '원숭이들과 잔치를 즐겨?' 생각하곤 손을 저으며,

"아니오, 천제께서 급히 부르시니 곧 우리는 떠나야 하오!"

오공은 원숭이들에게,

"내가 가서 잘 둘러보고 돌아와서 너희들을 구경시켜 줄테니 집을 잘 보고 있어라!"

하며 금성과 함께 구름을 일으켜 하늘나라로 치솟는다.

하늘과 같은 큰 성인

오공과 금성은 산속에서 같이 나와 구름을 타고 날기 시작하는데, 원래 오공의 구름 타는 기술이 기막히고 독특하게 빨라 금성을 저 멀리 뒤로 하고 날아간다. 금방 남천문에 혼자 도착하니 천문을 지키는 증장천왕이 다른 장수들을 거느리고 오공을 막은 채 들여보내질 않는다.

오공은 화가 울컥 치밀어,

"이 금성이란 늙은이가 손도사를 희롱하는구나!" 하며 여의봉으로 그들을 한 대 치려고 하는 찰나, 금성이 훌쩍 나타나니 오공은 금성에게 화를 벌컥내며,

"이보시오, 금성! 그대는 나를 갖고 놀리는 거요? 어찌하여 이놈들을 시켜 나를 가로막고 안으로 보내주지 않는거요?"

금성은 웃으며 부드럽게 말한다.

"대왕님은 하늘에 한번도 오신 적이 없는지라 하늘의 장군들이 몰라보고 그런 거니 진정하시오. 이제부터 천존님을 뵙고 관직을 받으시면 자유자재로 드나드실 수 있습니다."

오공은 아직도 기분이 상해서,

"그래도 나는 들어가지 않겠소!"

금성은 오공의 옷자락을 가볍게 끌며,

"자아, 그러지 마시고 나와 함께 들어갑시다!"

하곤 높은 음성으로 천문 밖에서 크게 외친다.

"이분은 하계의 신선님으로 옥황상제의 명령으로 오시는 분이니 그대들은 문을 여시오!"

하고 소리치니 장군들은 하늘의 성문을 열며 옆으로 비켜선다. 그제서야 오공은 금성과 함께 천천히 걸어 들어가며 주위를 휘둘러보니, 정말 그야말로 하늘에 온 기분이었다.

오공은 넋을 잃고 그 처음 보는 광경들을 바라본다.

> 사방에 빛나는 금빛들은 천길만길
> 상서로운 기운은 여기저기서 자줏빛 안개처럼 피어나며,
> 눈이 부신 푸른 유리로 만든 남천문은
> 보석으로 장식되어 번쩍거리네!
> 몇 개의 큰 기둥에 휘감겨 있는 붉은 물용들은
> 금비늘을 번쩍이며 움직이고 있고
> 깨끗한 호수 위에 날아다니는 봉황새들은
> 채색된 아름다움을 과시하는 양!
> 짙푸른 안개는 주위에 아련하게 퍼져 있고
> 밝은 노을처럼 빛나는 열 개의 태양들은
> 어두워지지 않고 하늘나라를 항상 밝게 비추네.

이 하늘에는 서른 세계의 나라들이 있는데 각자 정신의 맑음과 선행에 따라 더 높은 하늘로 올라갈 수 있다. 탐욕과 성냄·의심·많은 잠·산란한 마음등이 적을수록 죄 짓는 마음이 적으며, 몸과 마음은 고요하고 즐겁게 된다.

그리고 선정을 닦아 정신세계가 높아지면 몸도 경쾌해지고 공덕도 높아져 다른 높은 신들과 접하며 그들의 세계에 살 수 있다. 이를 일러 지상에서는 '마음이 맑고 조용하며 즐거우면 그것이 천상이다!' 라는 말이 생겼다.

그 삼십삼천 중 예를 들면 어떤 하늘은 궁전의 기둥들이 모두 옥으로 만들어져 있고, 지붕과 문들은 천연 단목에 보물들로 장식되어 있으며, 연못 주위에는 세월이 지나도 시들지 않는 아름다운 여러 가지 꽃들이 피어 있다. 향기로운 약초들의 향기는 깨끗하여 시원한 바람을 타고, 지나치는 그 냄새만 맡아도 기분이 상쾌해지고 즐거워지며, 음식들은 달콤하지만 지나치게 달지 않고, 새콤하되 지나치게 시지 않아서 입에 넣는 것마다 오행의 조화를 따라 만들어져서 아무리 먹어도 싫증이 나지 않고 항상 새로운 맛을 볼 수 있다.

그러나 삼재(물·불·바람)가 한번 일면 이 세상이 바람에 불어 녹아 날아가고, 물에 잠기며, 거대한 불에 타서 종말이 오듯이 천상의 세계들도 시간이 다하면 언젠가는 붕괴되기 시작하는데, 그 중 도솔천이란 하늘은 부처님과 태상노군이 사는 세계로 영원하여 괴멸되지 않는다.

오공은 금성을 따라서 하늘 북이 울리는 소리를 따라가니, 그곳에는 어마어마하게 큰 훌륭한 궁전 안에 수백 명의 위엄 있는 신선들이 서 있고 그 모임을 호위하는 하늘의 장수들은 무시무시하며, 얇은 비단옷들을 입은 허리가 가늘은 예쁜 선녀들은 유리쟁반에 단약과 향기로운 차들을 나르며 신선들에게 드리고 있었다.

　이야말로 세상에서는 구경도 상상도 할 수 없는 듣지도 보지도 못한 신기한 물건들이 천궁에 다 모인 것 같다. 이윽고 옥황상제가 나타나시니 모든 신선들이 줄을 서서 일어나 허리를 깊숙이 숙이며 공손히 절을 하는데 오공만 뻣뻣이 서서 그들이 하는 것을 바라보기만 한다.

　금성은 오공을 제치고 한 옆에 서서 정중히 말한다.

　"명을 받들어 여기 요선을 데리고 왔습니다."

　옥황상제께서 점잖게 물으신다.

　"요선은 어디에 있는고?"

　오공은 문득 저를 부르는 줄 알고 한 발 앞으로 나서며 머리만 끄덕하곤 큰소리로 말한다.

　"제가 바로 그이입니다."

　신선들은 모두 놀라며 중얼거리는 소리가,

　"이 버릇없는 원숭이 놈이 어찌 크게 엎드려 절하지 않고, 건방지게 고개만 끄떡한단 말인가? 이런 천하에 버릇없는 놈 같으니라구!"

　옥황상제가 말씀하시길,

　"이 손오공이란 요선은 원숭이의 몸에서 이제 겨우 인간의 몸이 되었으니 어찌 이곳의 예의를 알겠느냐? 이 점을 용서하라!"

　하니 모두들 다시 크게 절들을 하며,

　"관대하신 처분이옵니다!"

　라고 길게 말한다.

　오공은 그제서야 무언가 눈치채고 "네!" 하고 길게 땅 위에 뻗어 엎드린다.

　신선들 중 관직을 맡아보는 신선이 앞에 나오며,

깨달음으로 가는 여행

"천궁에는 지금 비어 있는 자리는 없고 단지 말들을 키우는 직책이 있습니다."

하니 옥황상제께서는 명령하신다.

"그러면 그자를 말지기에 임명하라!"

여러 신선들과 오공은 모두 감사하다고 절을 하고 궁전에서 나왔으며, 오공은 크게 기뻐하며 관직을 정하는 신선을 따라 말 있는 곳에 가서 마구간의 모든 것들을 점검하고 장부와 말 수를 대조한 결과, 거기에는 천마 9천 마리와 따로 더 훌륭한 1천 마리가 있음을 알았다.

이리하여 오공은 날마다 조수들을 데리고 말먹이를 잘 관리하고 말들을 씻어 주는 등 밤낮을 가리지 않고 천마들을 돌보아서, 천마들은 그들을 보기만 해도 귀를 일으켜 세우고 발굽으로 차며 기뻐했다.

어느덧 20일이 지나 천마들은 살이 토실토실하게 찌고 해서 한가한 날을 잡아 일하는 조수들과 함께 주연을 베푸는데 오공은 술잔을 놓으며 문득 묻기를,

"그런데 내 말지기란 관직은 어떻게 높은 건가?"

하니 여러 조수들이 대답한다.

"직명 그대로입니다."

"이 직명은 몇 등급째지?"

"뭐, 몇 등급이라고 할 것도 없습니다."

"그래? 그렇게 등급을 매길 수 없도록 높단 말이지?"

"높고말고요! 이런 종류를 끼지 않는 직명이라 하지요!"

"낄 수 없는 종류라니?"

"이 자리는 제일 낮고 시시해서 그저 말들이나 돌본다는 뜻이지요. 당신

이 여기 온지 얼마 되지 않아서 말들이 살이 쪘지만 고작 '수고했네!' 라는 말 한마디뿐, 만일 말들 중 하나라도 비실거리면 거기에 대해 혼쭐을 받습니다."

이 말을 듣고 오공은 문득 가슴에 울화가 치밀어 올라 스스로 말한다.

"이렇게 손도사를 우습게 보다니! 화과산에서는 나를 대왕님! 조상님! 하며 받드는데!…… 그런 나를 속여 마부꾼을 시키다니, 간다! 가! 나는 그만 돌아가겠다!"

하고 당장에 상을 뒤엎어 버리고 화가 나서 여의봉을 꺼내 휘두르며 남천문을 지나 순식간에 날아서 화과산에 도착한다.

"얘들아! 내가 돌아왔다!"

여러 원숭이들은 우르르 몰려들어 손오공을 안으로 모시면서 절을 하며 술을 준비하고 묻는다.

"축하드립니다! 대왕님께서 하늘에 가신 지 20년이 지났으니 좋은 일들이 있으셨겠지요?"

"나는 겨우 20일 남짓 그곳에 있었는데, 그새 20년이나 흘렀단 말인가?"

"왜 '신선놀음에 도끼자루 썩는 줄 모른다' 라는 말이 있지 않습니까? 그런데 그곳에서 어떤 벼슬을 받으셨습니까?"

"글쎄…… 말하기 곤란하지만, 그 옥황상제는 인물님을 몰라보고 날 보고 마부꾼을 시키셨다. 나중에 그 벼슬이 시시껄렁한 것을 알고 상을 박차고 그곳을 나왔지!"

"대왕님께서는 놀라운 신통의 힘을 가지고 계신데, 겨우 남의 마부가 되시다니……."

오공은 그 말을 듣고 보니 기뻐서 이렇게 말한다.

"그렇지! 그렇고말고! 얘들아, 빨리 깃발을 만들어 제천대성이라 크게 써서 밖에 내걸어라! 이제부터 나를 그저 대왕이라고 부르지 말고 하늘과 같은 큰 성인님! 이라고 불러라!"

한편, 하늘에선 옥황상제에게 어제 손오공이 마부 직위가 시원찮다고 화를 내며 떠나갔다고 보고가 들어오니, 옥황상제는 즉시 그 건방진 원숭이를 잡아오라고 하신다. 이에 이천왕이라는 왕과 그의 셋째아들이 "저희가 잡아오겠습니다!" 하고 나서니 이천왕은 하늘나라의 가장 힘센 네 왕들 중의 하나요, 그의 아들은 옥황상제의 측근이며 머리가 세 개 팔이 여섯 개 그리고 아홉 개의 눈을 가진 키가 18m나 되는 장사로, 입으로는 푸른 구름을 토하고 한번 호통을 치면 번개가 치듯 구름이 내려앉고 비가 오며, 천지가 진동한다. 옥황상제는 매우 만족해 하시며, 하늘의 군사 삼천 명과 말들 삼천 마리를 주셨다.

이천왕과 그의 셋째아들 나탁태자는 다른 장수들과 군사 삼천을 정비한 후, 곧장 하늘 문을 열며 천마들을 타고 지상으로 내려간다. 그들은 손오공이 산다는 화과산 주위에 내려와 원숭이 한 마리도 도망가지 못하게 군사들을 배열한 후, 먼저 몸이 거대하게 큰 거령신에게 싸움을 걸게 하였다.

그 몸이 거대한 신은 갑옷을 입고 자그마한 원숭이 동굴 앞에 가서 벼락같은 고함을 친다.

"이 작은 녀석들! 나는 하늘나라의 장군으로서 마부인지 뭔지 하는 보잘것 없는 너의 주인녀석을 잡으러 왔으니 어서 빨리 나오라고 일러라!"

오공은 동굴 속에서 이 소리를 듣고 재빨리 갑옷과 투구를 쓰고 여의봉을 잡고 나온다. 거령신이 멀리서 바라보니 실로 오공의 모습은 볼 만할 만큼 굉장하다.

작은 몸에는 금빛 갑옷을 입어 빛을 번쩍이며 머리 위의 금관 또한 봉황의 깃털로 장식되어 눈부시게 빛나고 두 눈은 괴상한 광채를 내며 반짝거린다. 두 눈썹 또한 무섭게 추켜 올라갔으며, 목소리는 세상이 쩌렁쩌렁 울리도록 쇳소리가 난다.

"너는 어디서 온 덩치만 큰 너절한 신이냐? 이름과 이유를 대라!"

"이 건방진 원숭이 놈! 우리는 옥황상제의 명령을 받고 너 같은 조무래기를 잡으러 왔으니 항복해라! 그렇지 않으면 이 산속의 모든 짐승들조차 죽음을 받을 것이다!"

오공은 크게 성내며 소리친다.

"이 엉터리 신아! 내 너와 뒤에 있는 녀석들을 모두 때려 죽이고 싶지만, 그리되면 알아줄 이가 없으니 당분간 너의 목숨을 살려주겠다. 빨리 하늘에 돌아가 옥황상제에게 전하라! 그는 나 같은 지혜 있는 이를 쓸 줄 모른다고! 이 손도사는 헤아릴 수 없는 많은 재주를 가지고 있는데 어찌 겨우 마부로 삼는가? 내 깃발을 보아라! 그가 나를 저 이름과 같은 자리에 취임시킨다면 내가 군사를 움직이지 않겠지만, 만일 그렇지 않으면 당장에 그의 궁전으로 쳐 올라가 옥황상제를 쫓아내고 말테다!"

거령신이 눈을 돌려 깃발을 보니 거기엔 정말로 '하늘과 같은 큰 성스러운 분'이라고 쓰여 있다.

거령신은 맹랑한 오공의 이 짓에 어이없어 껄껄 웃곤,

"이 작은 원숭이 놈! 네가 이런 큰 인물이 되고 싶거든 먼저 내 도끼 맛이나 좀 보아라!"

하며 큰도끼를 휘둘러 손오공의 머리에 정면으로 내려치니 오공은 여의봉으로 재빨리 막고 휙! 돌려치며 덤벼 싸우는데 하늘에서도 힘세고 싸움

잘하기로 이름난 몸이 큰 거령신은 오공의 빠르고 매서운 손놀림에 결국 짧은 시간에 도끼를 떨어뜨리고 도망간다.

오공은 깔깔대고 웃으며 말한다.

"이놈! 잊지 말고 내 뜻을 잘 전해라!"

쫓겨온 거령신은 이천왕에게 무릎을 꿇고 숨을 헐떡이며 말한다.

"그 마부 원숭이 녀석은 역시 소문처럼 대단해서 싸움에서 이기지 못하고 이렇게 돌아왔습니다."

이천왕은 성을 발끈내며,

"이 머저리 같은 놈! 우리의 예기를 꺾어놓다니, 어서 이놈을 끌어내어 참하라!"

하니 그의 셋째아들이 나서며,

"아버님, 제가 그놈과 대결해 볼테니 잠깐 화를 거두어 주십시오."

이천왕은 아들에게 싸움을 허락하고 거령신은 근신하고 있으라고 한다. 아들 나탁태자는 무장을 단단히 하고 곧장 오공에게 달려가니, 오공은 마침 군사들을 거둬들이고 있던 참에, 문득 뒤에서 늠름하게 서 있는 태자를 보곤 묻는다.

"너는 어디서 온 도련님인데, 이곳에 와서 무엇 하시는고?"

"이 원숭이 놈아! 나는 이천왕의 셋째아들인 나탁태자이고, 너를 잡으러 왔다!"

"하하하! 철없는 태자! 입에서는 젖비린내가 나고, 몸에는 솜털도 마르지 않은 놈이 어찌 그렇게 큰소리를 탕탕 치느냐? 목숨만은 살려 줄테니 너의 아빠에게 가서 빨리 본대로 전해라! 내 깃발에 써 있는 대로 관직에 임명한다면 별일 없겠지만, 그렇지 않으면 내가 하늘로 쳐 올라간다고!"

태자가 그 깃발을 문득 쳐다보곤, 다시 호통을 친다.

"이 건방진 원숭이 놈아! 너는 무얼 믿고 이런 엄청난 칭호를 쓰느냐! 도망가지 말고 내 칼을 받아라!"

"그래? 그럼 나는 이렇게 가만히 서 있을 테니, 어디 네 힘대로 쳐 보아라!"

태자는 화가 치밀어 모습을 바꾸니 당장에 머리가 세 개 달리고 팔이 여섯 개 달린 무서운 모습으로 변한다. 거기에다 여섯 개의 각기 다른 무기들을 가지고 날카로운 손 움직임으로 덤비니 그는 마치 신의 춤을 추는 것 같다.

오공은 이 모습을 보고 속으로 깜짝 놀라며 '음, 이 녀석이 제법 잔재주가 있는 걸! 어디 내 맛 좀 보여주지!' 하곤 주문을 외우며,

"변해라!"

하니 그도 역시 3두 12비로 변한 후, 여의봉을 빙빙 휘두르며 주문을 써서 6자루로 만들어서 열두 손으로 요리조리 돌리며 대적한다.

이 싸움이야말로 땅이 흔들리고 산이 무너지는 듯해서 주위의 모든 동물들은 기겁을 하며 사방으로 도망가고, 원숭이들만 남아서 어쩔 줄 모르고 벌벌 떨며 바라보기만 한다. 태자가 도끼를 잡은 손으로 오공의 머리를 내리치면, 오공은 그걸 막으며 다른 봉으로 태자의 허리를 가르며 치고, 태자가 그걸 창으로 막으며 다른 손의 칼로 가슴을 찌르면, 오공은 재빨리 반원을 돌며 피하며, 3자루의 여의봉으로 동시에 어깨·머리·다리를 공격하며 다른 세 자루는 준비자세로 빙빙 돌리니, 태자는 몇 미터 펄쩍 뒤로 물러서며 이번에는 마치 육각의 모양처럼 칼로는 정면으로 위에서 밑으로 내려치고, 창으론 가슴과 배를 찔러대며, 도끼로는 어깨 위를 비스듬이 내려치고, 채찍으로 다리를 휘감아 자빠뜨릴 듯하며, 불 바퀴로는 빙빙 돌리며 오공의 여의봉을 막아내고, 낫으론 마치 과일을 따려는 듯 오공의 목을 향하여 전번보다도

더 빠르게 움직이니, 그 움직임들은 천변만화하여 눈을 현란하게 한다.

오공도 질세라 그 빠른 손들을 더 빨리 움직이며 말한다.

"흥! 네가 육각의 법을 쓰면, 이 형님은 팔각을 쓰지!"

하며 두 팔과 두 자루의 봉을 더 만들어 마치 사각에 사각, 육각과 이각(여섯개의 봉으로 태자와 같이 대적하며, 다른 2개의 봉으로 태자의 머리·발 등을 따로 공격), 4개의 2각(각 2개의 여의봉으로 짝을 지어 음양의 법처럼 한 봉으로 막으며 다른 한 봉으로 치는 비법), 팔각의 원법(여덟 개의 봉)으로 어떤 봉은 반회전, 어떤 봉은 역회전, 어떤 봉은 큰 회전, 어떤 봉은 마치 회오리바람 같은 회전형으로 풍차처럼 돌리며 찌르기, 치기, 돌려치기, 감아치기 등을 능숙하게 움직이니 이 팔각의 원법은 봉술의 최고 기법으로써 음양의 태극과 팔괘를 원리로 하여 그 변화가 무궁무진하다. 이 원숭이는 천지음양과 팔괘산들에 둘러싸여 태어난 몸이 아닌가? 하늘에서 두 번째라면 서러울 정도로 싸움에 이름 높은 이 유명한 태자도 저 원숭이의 태극팔괘의 끝없이 자유자재한 동작들을 보자, 그만 탄복을 하며 혀를 내두른다. 그 기미를 알아챈 오공은 재빨리 꼬리털을 한 개 뽑아 자기와 같은 작은 원숭이를 만들어 태자에게 던지니 갑자기 날아 다가오는 오공의 작은 모습에 태자는 멈칫하며 주춤 피하는 순간, 오공은 재빨리 태자의 오른팔을 힘껏 봉으로 내려친다.

오공의 철봉에 맞아 오른팔이 부러진 태자는 그만 도망가고 만다. 그것을 본 이천왕은 크게 성내며 자기가 직접 싸움에 나갈까 했으나 그는 다른 세 명의 천왕들과 같이 옥황상제의 다음 가는 지고히 높은 존재가 아닌가? 만에 하나라도 원숭이와의 싸움에서 진다면 그 무슨 체면 안 서는 일인가 싶어 부상당한 태자와 함께 하늘로 돌아가 옥황상제에게 상황을 아뢰며 원숭이의 뜻을 전한다.

옥황상제는 기가 차다는 듯이,

"그 요사스런 원숭이가 그렇게 재간이 있고, 미친 짓을 한단 말이냐?"

말하시니 신선 금성이 앞으로 나서며 말한다.

"그 녀석은 입으로만 큰소리를 치지 사리를 판단하지 못하는 원숭이라, 또 군대를 보내어 소란을 떠니, 성인의 은혜로움을 베풀어 그에게 원하는 관직을 주되 공직(자리 없는 자리)을 주시면 어떻겠습니까?"

"공직이라니 무슨 뜻인고?"

"이름만 있고 봉록을 주지 않는 것으로써 관리할 일들을 주지 않고 단지 그 녀석을 하늘나라에 두어, 미친 짓을 막자는 것입니다."

옥황상제는 그 뜻을 아시고 허락하시니, 금성은 다시 오공이 있는 산 동굴 근처에 내려온다. 무수한 원숭이들과 근처의 요괴들은 살기 등등하게 칼과 창을 휘두르며 아우성을 치다가 금성을 보자 우르르 덤벼들어 공격하려고 한다.

금성은,

"나는 그대들과 싸우러 온 것이 아니고 그대들 대왕에게 그가 원하는 하늘의 관직을 주러 왔다!"

그 말을 전해 들은 오공은,

"기다리고 있었지! 그는 아마 전에 왔던 금성일 게다!"

하곤 그를 만나며 신선들이 하는 대로 허리를 굽혀 정중히 인사한다.

"전에 하늘나라를 잘 구경한 후, 고맙다고 인사도 못한 참에 이렇게 다시 만나게 되는군요."

금성은,

"전에 하늘의 장군들과의 싸움은 잊어버리시고, 옥황상제께서 대왕님의 직함을 허락하셨으니 나와 함께 올라갑시다!"

오공은 이 말을 듣고 기뻐서 싱글벙글 웃으며 묻는다.

"전에도 금성께서 그렇게 수고하셨는데 이번에 또 저를 위해 수고를 해주시다니! 그런데 정말 이 제천대성이란 자리가 하늘에 있습니까?"

금성은 대답한다.

"그 관명은 옥황상제께서 허락하신 것이니 분명합니다."

오공은 정말 기뻐하며,

"잔치를 열어라!"

소리치니 금성은 '이 냄새나는 원숭이들과 같이 놀아?' 생각하며 사양하는지라 오공은 구름을 타고 금성과 하늘로 곧장 날아 올라간다.

남천문에 도착하니 전번과는 달리 유명해진 오공에게 하늘의 장군들은 손을 마주 잡고 인사를 하며 영접한다.

금성과 오공이 오는 것을 보며 옥황상제께서는,

"오공아, 이제 그대에게 제천대성이라는 높은 이름의 관직을 줄테니 다음부터는 경거망동을 삼가라!"

하시니, 오공은 그 전에 했던 것처럼 "예!" 하며 바닥에 쭈욱 엎드린다.

옥황상제는 즉시 오공을 위하여 복숭아 밭 옆에 새로 집을 짓게 하고 따로 동녀동남들을 보내어 그를 시봉하게 하였으며, 오공에겐 신선술 2병, 금으로 된 꽃 열 송이를 주어 마음을 편안케 하시었다.

그 새로운 집에 도착하자마자 오공은 많은 하늘의 관리들과 잔치를 베풀고 즐기니 그 만족감과 기쁨은 이루 형용할 수 없고, 이리하여 오공은 천궁의 쾌락과 편안함에 나날을 보낸다.

복숭아 파티

영리하면서도 무언가를 모르는 원숭이, 오공은 제 등급도 봉급의 많고 적음도 모르고 그저 해주는 밥이나 먹고 밤이 되면 잠이나 자고, 심심하면 친구들과 놀고 천국을 유람하는 등 시간을 보내며 옥황상제를 만나면 "폐하!" 태상노군(신선 중의 가장 높은 이)을 만나면 "님!" 사대천왕을 만나면 "당신!" 그 밖의 다른 장군들과 관리 신선들을 만나면 "너!" "여보게!" 하며 불렀다.

오공은 매일 사방으로 돌아다니며 제멋대로 놀면서 시간을 보내니, 그것을 아는 신선들은 걱정이 되어 옥황상제에게 아뢴다.

"허구한 날 하는 일도 없이 제멋대로 놀고 있는 원숭이가 있사온데, 이대로 놔두면 그가 어떤 일을 저지를지 모릅니다. 어느 적당한 일을 시켜 불상사를 미연에 막으심이 어떠하신지요?"

이 말을 들은 옥황상제는 오공을 즉시 불러오라고 하시니, 오공은 아무 까닭도 모른 채 싱글벙글 웃으며 들어온다.

"폐하! 어떤 상을 주시려고 부르셨습니까?"

"내가 듣자하니 너는 빈둥거리고 놀고만 있는 모양인데, 내 한 가지 일을 맡기려 한다. 너는 당분간 복숭아 밭을 관리하거라. 아침부터 저녁까지 잘 주의해서 돌보아야 한다!"

오공은 큰절을 넙죽하며 "예!" 하고 큰소리로 대답한다.

그리고는 즉시 복숭아 밭으로 달려가니, 소식을 들은 그 밭의 관리들은 오공에게 밭 안을 안내하는데 항상 신선하고 화창한 따뜻한 봄의 날씨에 피어나는 아름다운 복숭아 꽃들과 잘 익은 복숭아들은 마치 온 들을 수놓은 것처럼 화사하다.

나무들 밑에 자라나는 기이한 풀들과 꽃들은
여름과 겨울도 없이 사시사철 한결같으니
이들은 모두 옥황상제의 어머니
서왕모(西王母)가 손수 재배하신 것들이네.

관리인들은 오공에게 설명한다.

"복숭아 나무들을 전부 다 합치면 3천6백 그루이고, 앞에 있는 천2백 그루는 3천년 만에 한번 익는데, 이것을 먹으면 신선이 되고 몸이 가벼워지며 또 단단해집니다. 그 가운데 있는 천2백 그루는 꽃들이 여덟 겹으로 피고 열매가 매우 단데, 6천년 만에 한번 열매를 맺습니다. 그걸 먹으면 아지랑이를 타고 하늘로 올라갈 수 있고 불로장생을 할 수 있지요. 맨 안쪽에 있는 천2백 그루는 씨가 작으며 과육이 많고 맛은 이루 형용할 수 없도록 미묘하며,

9천년에 한번 열매를 맺습니다. 그걸 먹으면 보통 사람이라도 하늘이나 해·별들처럼 수명을 같이할 수 있지요."

오공은 영리한 두 눈을 반짝이며 설명들을 다 듣고 신기하여 친구들도 만나지 않고, 밖에 나가지도 않으며 복숭아 꽃들만 구경하고 다녔다.

어느 날, 나뭇가지의 복숭아들이 모두 익는 것들을 보니 오공은 갑자기 복숭아들을 맛보고 싶었지만 옆에서 항상 따라다니는 관리들이 있어서 어쩔까? 하다가 문득 한 가지 꾀를 낸다.

"나는 피곤해서 이 정자에 잠시 쉬었다 갈테니, 자네들은 먼저들 가게!"

그들이 가자마자 오공은 입던 옷들을 훌훌 벗어던지고 큰 복숭아 나무 위로 기어 올라간다. 그리고는 복숭아들 중에서도 가장 잘 익은 크고 훌륭한 복숭아를 따서 나뭇가지에 걸터앉아 먹는데 맛이 기가 막히므로 배가 터지게 따 먹고는 나무에서 기어 내려와 옷을 입은 다음 아무 일도 없었던 것처럼 관리들에게 돌아간다. 며칠이 멀다 하고 오공은 그 복숭아들 맛이 생각나 꾀를 부려 가지고 복숭아를 실컷 훔쳐 먹는다.

어느 날, 옥황상제의 어머니 서왕모는 복숭아들이 다 익었으리라 짐작하곤 맛있는 음식들과 같이 잔치를 열려고 일곱 선녀들을 불러 복숭아를 따 오라고 시킨다.

선녀들이 복숭아 밭에 가서 관리들에게 이야기 하자 관리들은 오공한테 허락을 맡아야 된다고 하며 오공을 찾았으나 정자 앞엔 오공이 벗어놓은 옷들만 있을 뿐, 할 수 없이 관리들은 일곱 선녀들에게 말한다.

"우리들이 나중에 말할테니 복숭아들을 따 가지고 가십시오!"

선녀들은 앞 줄에서 세 광주리, 중간에서 세 광주리를 따고 뒤쪽으로 오니 안 익은 복숭아 2~3개가 달렸을 뿐이다.

깨달음으로 가는 여행

그들은 겨우 반쯤 익은 복숭아 하나를 발견해서 그것이나마 따고자 나뭇가지를 잡아당겨 딴 후에 휙 놓으니, 그곳에 바로 오공이 복숭아 벌레로 변신해서 낮잠을 자고 있다가 깜짝 놀라 본 모습으로 돌아와 여의봉을 잡고 발가벗은 원숭이 몸으로 선녀들에게 호통을 친다.

"누가 감히 남의 복숭아들을 훔치려 하느냐? 너희들은 어디에서 온 도깨비들이냐?"

놀란 선녀들은 일제히 무릎을 꿇고 말한다.

"저희들은 서왕모님의 일곱 선녀로 잔치에 쓸 복숭아를 따러 온 것뿐입니다. 대성님을 찾았으나 옷만 있어서 말씀 못 드리고 이렇게 따던 중이었습니다."

무섭게 화냈던 오공의 얼굴이 부드럽게 풀어지면서,

"선녀님들! 그 잔치에는 누가 초대 받습니까?"

"옛날부터 거기에 초대 받으시는 분들은 석가모니 부처님, 아미타 부처님, 관음 보살님, 보현 보살님, 문수 보살님, 지장 보살님, 여러 나한과 성스러운 스님들, 그리고 태상노군님, 옥황상제님과 다른 높은 신선님들, 용왕님과 지옥의 염라대왕 등입니다."

오공은 싱글벙글 웃으며 묻는다.

"나는 초대하지 않소?"

"그런 말씀은 모르겠는데요?"

"나는 관직이 높은 제천대성이오. 나를 초청해도 별 탈은 없을텐데! 그럼, 내가 직접 가서 초청되나 안 되나 알아보고 오지!"

하며 술법을 써서 선녀들을 입도 몸도 움직이지 못하게 복숭아 밭에 굳혀 놓고서, 구름을 타고 서왕모의 궁전으로 날아간다.

그런데 도중에 맨발의 한 신선을 만나니 오공은 곧 꾀를 내어 묻는다.

"노인께서는 어디를 가십니까?"

"왕모님의 초청을 받고 잔치에 가는 중이지요."

"아! 그래요? 그런데 제 구름이 빨라서 왕모님의 명을 받고 알려 드리는데, 사실은 다른 궁전으로 잔치를 옮겼으니 그리로 오시라고요."

하며 손가락으로 다른 방향을 가리키니 그 신선은 "고맙소!" 하며 그곳으로 날아간다.

오공은 즉시 그 신선의 몸으로 변신해서 짧은 순간에 잔치를 준비하는 궁전에 도착하여 살그머니 그 안을 기웃거리며 들여다보니,

아름다운 음식 향기 냄새는 오공의 가슴을 울렁이게 하고,
희한하게 익힌 여러 가지 색깔의 음식들은
바라보기만 하는 눈으로도 군침을 생기게 하네.
멋지게 그려진 아홉 봉황새의 병풍에
여덟 가지 보물로 장식된 기다란 탁자들과
금빛 비단으로 잘 정돈된 많은 의자들
천 가지의 꽃들로 장식된 이 궁전 안은
마치 천상 최고의 잘 가꿔진 정원 같네.
탁자에는 용의 간과 봉황새의 골수
곰의 왼쪽 발바닥과 원숭이의 입술
악어의 혓바닥과 토끼의 자궁
그 외에 끝도 없는 진기한 과일에
맛있는 안주와 한 잔을 마셔도 오백 년은 더 장수한다는
감미로운 신선술!
이곳에는 누가 초대 받나?
삼계(천상·인간·지옥) 중에서 가장 성스러운 분들!

오공은 이렇게 귀한 음식들과 향기로운 술 냄새에 그만 군침이 도는 것을 참지 못하고 그것들을 맛 좀 보려고 궁전 안을 가만히 살펴보니, 몇 명의 도사들은 술을 나르고 있고 동자들은 과일들과 채소들을 준비할 뿐 아직 손님들은 없었다. 오공은 꼬리털을 몇 가닥 뽑아 술법을 써서 그들을 깊은 잠에 빠지게 하고는, 잔칫상 위에 올라가 잘 정돈된 음식들과 술들을 닥치는 대로 먹는다.

그렇게 한참 동안 잔칫상들을 난장판을 만들며 술을 마시던 오공은 마침내 잔뜩 취하여 생각하기를 '아이구, 내가 너무 많이 마셨구나! 금방 손님들이 올거고 나를 보면 가만두지 않을텐데! 빨리 복숭아 밭으로 돌아가 잠이나 자는 척 해야지!' 하며 비틀거리면서 날아가다가 잘못 길을 들어 도솔천궁에 들어가고 만다.

오공은 깜짝 놀라며 혼자 말한다.

"아니! 이곳은 삼십삼천의 천궁들 중에서도 제일 간다는 부처님이 사시고, 태상노군이 사시는 곳인 도솔천궁이 아닌가? 내가 어떡하다가 여기까지 왔지? 어쨌든 전부터 그분들을 한번 만나보고 싶었는데 기회가 없었으나 이왕 여기에 온 김에 그 노인이라도 만나서 인사나 하고 가자!"

오공은 안을 기웃거리며 소리친다.

"거기 할아버지 계십니까?"

하고 부르니 아무 대답이 없다.

이때 부처님과 태상노군은 다른 곳에서 불법과 도를 가르치고 있었다.

오공은 옷매무시를 다시 가다듬고 정중하게 대문에 노크를 하며 정원까지 들어가니 어디선가 은근히 향기로운 약 냄새가 난다. 문득 뛰어올라가 그 방 안을 보니, 화로 옆에 가지런히 놓여 있는 5개의 작은 단지 속엔 향기로운 단약들이 가득 들어 있는 게 아닌가?

술에 취한 오공은 크게 기뻐하며 홀로 외친다.

"이것들은 죽은 사람도 한 알 먹이면 다시 살아나게 한다는 영험 있는 단약들이 아닌가? 이 손도사님은 전부터 한번 금단을 만들어서 남들을 구해주고 싶었지만 그 동안 시간이 없었는데, 어디 맛이나 한번 보자!"

한 알 한 알 맛을 보는 오공은 그만 그 신기한 맛에 볶은 콩을 집어먹는 것처럼 재빨리 다섯 단지의 금단들을 다 먹어 버린다. 금단을 많이 먹은 오공은 금세 술이 깨니 겁을 더럭 낸다.

"이런, 어쩌지! 큰 실수를 저지르고 말았네! 옥황상제께서 아시면 살아남지 못할텐데! 가자, 가! 땅으로 돌아가 왕 노릇이나 하자!"

오공은 꽁무니가 빠져라 할 속도로 도솔궁을 빠져나와 서쪽 하늘 문으로 몸을 숨기는 술법을 써서 도망간다.

금방 화과산에 날아온 오공은 소리친다.

"얘들아! 내가 돌아왔다!"

이 소리에 여러 원숭이들은 우르르 몰려들며 말한다.

"아이구 대왕님도 무심하시지 백 년 동안이나 소식도 없으시구!"

"뭘, 겨우 석 달 좀 지났을 뿐인데! 어쨌든 이번에는 옥황상제님이 날 귀여워해 주셔서 모든 것을 내 뜻대로 해 주시고, 그래도 내가 심심해 할까봐 복숭아 밭에 놀라고 보살펴 주시는 등……."

중얼중얼 자기 자랑을 한다.

부하들은 기쁘다며 술을 한잔 따라 주는데 그것을 받아 마신 오공은 얼굴을 찡그리며,

"이건 너무 맛이 없군! 너희들이 하늘의 술맛을 모르는데 내가 금방 가서

몇 단지 가져오지!"

 말하며 휙! 밖으로 나가 재빨리 하늘의 잔치를 연다는 그 궁전에 다시 가 보니 아직도 잠들을 자고 있었다.

 오공은 자기의 팔을 길게 만들어 큰 두 단지는 각 옆구리에 팔로 끼고, 작은 두 단지는 각각 손으로 잡으며 힘차게 다시 원숭이들에게 날아 돌아와 같이 마시니 그 향기 좋은 맛을 처음 보는 원숭이들은 기분 좋고 신이 나서 그야말로 난장판이다. 흥에 겨워 노래하는 놈들, 춤을 추는 놈들, 좋아라 껑충껑충 뛰는 놈들, 술에 약해 주정하며 싸우는 놈들, 취하여 상을 엎지르는 놈들, 밖에 나가 대마초를 피우는 놈들, 나무 위에 올라가려다 떨어지는 놈들, 북을 치며 노래하는 놈들 등…….

 이 세상에 잔치를 여는 존재들 중에서 제일 시끄럽고 질서 없이 어지럽게 되는 파티가 바로 원숭이들 잔치가 아닌가?

오공, 하늘나라로 잡혀 가다

한편, 하늘에선 누군가 저지른 사건들(복숭아 훔쳐 먹은 일, 잔치 궁전에 숨어들어 좋은 술과 맛있는 음식들을 모조리 먹어버린 일, 금단약을 훔쳐 먹은 일)을 보고 받은 옥황상제는 '오공의 짓일 거라!'고 생각하며 매우 불쾌해져 있는데, 복숭아 밭의 관리들이 보고하기를 "어제부터 밖으로 놀러나간 오공이 안 보입니다" 하여 더욱더 그를 의심사던 차에, 맨발의 선인이 나오며 오공이 어제 거짓말로 그를 따돌린 것을 보고하니 옥황상제는 점점 더 놀라시며,

"그놈이, 이 모든 큰일들을 저지른 것이다! 당장 어디에 그 원숭이가 있는지 알아보라!" 하시니 신하들은,

"그는 벌써 제 본래의 동굴로 돌아갔습니다. 폐하!"

옥황상제는 크게 노하시며 하늘의 4왕들, 스물여덟 개의 별들, 12동물들

의 신들, 아홉 개의 성주들과 10만의 하늘 군사들을 보내시어 화과산을 포위하고 그 오공녀석을 잡아오라고 하신다. 여러 신들은 즉시 천궁을 출발하니 하늘에서 천마를 타고 내려오는 그 장엄함은 정말 아름답다고 할 지경으로 휘황찬란하다.

오공이 전에 잘 키워놓은 살이 찐 건장한 힘찬 천마들과 그 위에 올라탄 금빛 갑옷들의 십만 천군들. 칼과 창 등 모든 병기들은 예리하고 질서 정연하게 서 있으며, 대장의 명령 없이는 하나의 눈썹이라도 깜빡이지 않는다.

십만 천마들의 울음소리와 말발굽 소리를 내며 하늘 군사들의 내려오는 소리는 하늘이 무너지는 듯, 천 개의 벼락이 같은 시간에 연이어 치듯이 혼이 나갈 듯 요란한데 원숭이들은 술에 취하고 잔치에만 정신이 팔려 있다.

화과산 주위를 포위한 천군들은 사방으로 18겹의 천망(하늘 그물 sky net)을 둘러쳐서 작은 새, 개미 한 마리라도 도망 못가게 하였다.

이천왕이 먼저 9명의 성주들을 보내 싸움을 걸게 하니 그들은 동굴 앞에 와서 소리친다.

"큰 죄를 지은 오공은 나오너라!"

원숭이들은 깜짝 놀라며 이 말을 전하니, 오공은 다른 마왕들과 술을 마시고 있다가 들은 척 만 척 지껄인다.

"술이 있으면 시가 있고 노래하는 즐거움이 있으니 놔둬라, 놔둬! 문전의 시비는 상관 않겠노라!"

그 말이 채 끝나기도 전에 "대왕님, 아홉 명의 신들이 문을 부수며 들어오고 있습니다!" 하니 오공은 그때서야 크게 화내며 갑옷을 입고 여의봉을 빼들고는 적들에게 획 달려 나가 철봉으로 몇 번 마구 휘두르니 아홉 신들은 뒤로 주춤 물러서며 호령한다.

"네 이놈! 지은 큰 죄들을 모르고 함부로 날뛰다니, 어서 무릎 꿇고 항복해라!"

오공은 흥 하고 비웃으며,

"그래, 이미 지난 일들을 갖고 어쩌겠다는 거냐?"

"네가 항복하지 않는다면, 이 산속의 모든 짐승들과 동물들을 불살라 버리겠다!"

그 말에 오공은 대단히 화를 내며,

"감히 여기가 어디라고 그런 소릴 하느냐!"

라며 즉시 여의봉으로 거세게 치고 들어가니 아홉 신들 중 여덟 신들은 팔괘의 진을 치며, 한 신은 위에서 공격한다. 그걸 구궁팔괘진(팔괘:여덟 방향, 구궁:중간의 아홉 번째)이라고 하는데, 오공은 바로 그 안에서 태어난 원숭이가 아닌가?

오공은 눈을 감고도 칠 정도로 익숙하게 팔방에서 변화를 바꾸며 공격하는 신들을 요리조리 피하며 그들을 때려준다. 그들이 패하여 도망 오는 것을 본 이천왕은 즉시 하늘의 모든 대군들을 진격시켜 오공의 동굴을 공격하니, 하늘이 놀라고 땅이 흔들리는 싸움으로 살기에 찬바람은 거세게 불고 피 안개는 골짜기에 자욱하다. 새 한 마리도 쥐 한 마리도 도망가지 못하며 떨고 있고, 큰 돌들이 구르고 흙먼지들은 일어나 흩어져 세상이 어둡고 혼미하다.

어느새 해가 기울어 황혼이 지기 시작하자, 오공의 부하들은 거의 잡혀갔고 몇 마리의 원숭이들만 간신히 동굴 속으로 숨어들어 갔다.

오공은 하늘의 네 왕들, 스물 여덟의 별들, 12동물들의 신들에 둘러싸여 싸우다가 저녁이 되자, 꼬리의 털들을 뽑아내며 "변해라!" 하니, 순식간에 50여 마리의 오공으로 변해서 하늘의 장군들을 공격하며 물리치고 동굴로 돌아와 몇 마리의 부하들에게 "걱정마라! 내일은 내가 위대한 신통력을 써서 그들을 물리치고 부하들을 구해오지!" 하며 잠자리에 든다.

한편, 사대천왕들은 싸움에서 일단 물러나 군사들을 다시 정비하고, 잡아온 원숭이들을 점검하니, 거의 4만 8천 마리나 되었다. 이날 저녁 그들은 하늘의 거울로 화과산 주위를 낮과 같이 환하게 밝히며, 하늘의 북과 징을 힘차게 치면서 다시 경계를 철저히 한다.

　　　　한 요망한 원숭이의 장난으로
　　　　삼계三界가 발칵 뒤집히니,
　　　　이 우주가 생긴 이래로
　　　　이런 일은 처음!

다음날 아침 일찍, 사대천왕은 오공이 벌써 밖에서 싸움을 걸어오고 있다는 보고를 받고 급히 무장을 한 후에 다른 장군들과 함께 나가 싸우는데, 여의봉과 하늘의 칼, 창들이 부딪힐 때마다 불꽃은 사방으로 튀어 보는 이들로 하여금 무섭게 하고, 서로 마주치고 싸우는 모습에서 날카로운 정기精氣가 번뜩번뜩하며, 흐트러져 포위을 풀면 곧 다시 불붙으니 그 살기들이 하늘을 찌른다. 하늘의 북소리와 징소리들에 괴상한 안개와 침울한 구름들은 땅 위에 내리고 그들의 싸움은 어제의 그것과는 달리, 인간의 상상으로 생각조차 할 수 없는 정말 거대한 신들의 싸움이다. 얼마 지나지 않아, 여의봉과 마주치는 하늘의 왕들과 장군들은 팔과 어깨가 시큰거리고 아프며 몸과 다리도 후들거려, 그만 천망(sky net) 밖의 진영으로 도망하고 만다.

사천왕들은 "정말 놈은 대단하다! 그렇게 힘과 재간이 뛰어나다니!" 하며, 즉시 도와달라는 편지를 써서 큰 칼을 찬 한 장수를 시켜 하늘나라에 보

내니 그 소식을 받은 옥황상제는 쓰디쓴 웃음을 지으며,

"요사스런 원숭이 놈!…… 10만의 천병에도 끄덕없으니 정말 기가 막힌 재간을 가진 놈이로다! 이제 어떤 장군을 보낸다? 그렇지! 내 조카인 옛날에 잡기 힘들었던 여섯 괴물들을 잡은 그 애에게 부탁하자!"

조카인 진군에게 신하를 보내어 당장 출동하라고 명령하시니 이 진군은 북쪽 하늘의 마치 커다란 묘 같은 큰 성에 살며, 따로 무시무시한 군대를 갖고 있는데 천제의 명을 받자, 크게 기뻐하며 특별히 훈련시킨 하늘의 매와 사냥개들을 데리고 거센 바람을 일으키며 순식간에 바다를 지나 화과산에 당도하니 하늘의 그물들이 여러 겹으로 둘러싸여 들어갈 수가 없었다.

진군이 소리를 지른다.

"옥황상제의 조카 진군이 그 원숭이 놈을 잡으러 왔다. 그물을 열어라!"

사대천왕 왕과 인사를 한 후, 그간의 경위를 간단히 들은 진군은 직접 데리고 온 장수들과 하늘의 매와 3미터가 넘는 북쪽 하늘의 개들을 데리고 포위망을 좁히며 오공을 소리쳐 부른다.

"이 거창한 이름만 좋아하는 말썽 많은 원숭이 놈! 곧 나오너라!"

오공이 나와 진군을 바라보니 얼굴이 잘생기고 옷차림도 마치 사냥을 온 귀족처럼 싸우는 장수답지 않게 잘 차려입었다. 꽃무늬가 잘 새겨진 가죽옷에, 북쪽 산에 살고 있는 매의 깃털로 장식한 털모자를 쓰고 초승달 같은 활을 등에 메고는, 위로 세 갈래 밑으로 두 갈래로 갈라진 긴 창을 잡고 눈에서는 광채가 나며 위풍이 당당하다.

오공은 소리친다.

"너는 산에 가서 토끼나 찾으며 돌아다니지 여긴 왜 와서 큰소릴 치느냐?"

"네 이놈! 나는 옥황상제의 조카로서 북쪽의 큰 산에 살고 있는 왕이시다.

어서 이리 와서 순순히 항복해라! 그렇지 않으면 사냥하듯 너를 몰아 잡을 것이다!"

"아하! 얼마 전에 옥황상제의 여동생이 속세가 하도 그리워서 누군가에게 시집 가서 아들을 하나 낳았다던데, 그게 바로 너였구나! 내가 너를 때리자니 네가 잘못한 일이 없고, 너를 죽이자니 원수진 일도 없으니 너의 목숨이 무서우면 빨리 네가 사는 곳으로 돌아가라!"

진군은 이 말을 듣고 성을 발끈 내며 "이 발칙한 놈!" 하면서 창으로 산이 무너져라 하고 힘껏 오공에게 내려치니, 오공은 그것을 재빨리 피하며 마치 바다를 가를것 같은 힘으로 진군을 내리친다. 그들의 싸움은 마치 호랑이와 호랑이가 서로 싸우고 용과 용이 서로 싸우듯이, 하늘이 울리고 산이 쓰러질 듯 용맹하고 거칠며 승부를 내기 힘들다.

한편, 옥황상제는 어머니와 태상노군을 모시고 그들이 어떻게 싸우나 궁금하여 많은 다른 신선들과 힘센 장수들의 호위를 받으며, 화과산 위의 멀리서 구름 위에 앉아 보시는데, 그 원숭이의 말재주와 싸움을 보시며 그만 혀를 내두르신다.

"저 녀석이 저렇게 재주와 힘이 있다니!"

진군의 모습은 마치 거대한 검은 용이 거센 바람과 구름을 몰고 번개를 치는것 같으며, 오공은 진군의 주위를 팔괘의 방향으로 요리조리 자유스럽게 날아다니며 공격하니 보통 인간의 눈으로서는 보이지 않을 만큼 빠르고 격렬하다.

진군이 문득 몸을 한번 꿈틀하자, 키가 10,000m 높이로 커지니 그 모습은 검붉은 피부에 불쑥 튀어나온 이빨의 무서운 얼굴로 오공을 겁주며 창으로 무섭게 공격한다. 오공도 진군과 똑같은 크기의 몸으로 변하며 대항하니,

그들의 몸은 하늘에서 가장 높다는 곤륜산보다 더 높다.

둘이 한참 싸우다가 문득 아래에서 원숭이들의 비명소리가 들리기에 오공이 내려다보니 하늘나라 장수들이 매와 큰 개들을 풀어 원숭이들을 물어오게 하며 활들을 쏘는 것이 아닌가?

저 아래에서 기겁들을 하며 당황해 하는 원숭이들을 보자, 오공은 문득 본래의 모습으로 돌아가 도망친다. 그러나 다른 일곱 명의 하늘 장군들이 오공을 막고 섰으니, 오공은 재빨리 참새로 변하여 숲 속의 나뭇가지에 앉아 참새와 같이 짹짹거린다. 그것을 본 진군은 즉시 새매로 변하여 참새를 공격하니, 오공은 벌써 펠리칸으로 변하여 점잖게 펄럭펄럭하며 저 멀리 날아간다. 진군도 즉시 바다 학으로 변하여 그를 쫓아가니, 오공은 문득 물고기로 변하여 시냇물속으로 풍덩 뛰어들어 사라진다.

진군은 갑자기 오공이 사라지자, '이놈이 물속에 숨었겠지!' 생각하며 물고기를 잡아먹는 부리가 긴 새로 변하여 쪼아 먹으려고 물속을 보며 찾는다. 오공은 물속 풀 옆에 숨어 있다가 한 마리의 새가 보이는데 따오기 같으면서 대가리에 갓끈이 없고, 황새인가? 했더니 다리가 붉지 않다. '아, 이건 진군이란 놈이구나!' 생각하며 즉시 물을 휘정거려 놓고 급히 달아나 버린다.

그것을 본 진군은 잉어 같지만 꼬리가 붉지 않고, 쏘가리 같지만 머리에 별이 없어 '이놈은 원숭이가 나를 속이는 거다!' 생각하며 급히 쫓아가 부리로 찍어 버리려 하니, 펄쩍 하며 물 밖으로 뛰어오른 오공은 물뱀으로 변하여 풀 속으로 숨는다. 그것을 본 진군은 급히 학으로 변하여 쇠집게같이 강하고 뾰족한 부리를 써서 쪼아 버리려 하니, 물뱀은 문득 넉새로 변해서 시치미를 뚝 떼고 저쪽 한구석에 우뚝 서 있다.

그걸 보는 진군은 오공의 변신술이 참 천하다고 생각한다. '새들 중에 가장 천한 새는 넋새이다. 두루미·매·참새·까마귀 등 어떤 새들 하고도 교미를 하는 새가 아닌가?' 진군은 가까이 가지는 않고 다시 사냥꾼으로 변하여 활을 당겨 팽 하고 쏘니, 그 넋새는 언덕 아래로 굴러 떨어지며 토지신(땅을 지키는 신)의 묘로 변하여, 이빨은 문살로 되고, 혓바닥은 계단이 되며, 눈은 창문이 되었는데, 꼬리를 감출 수 없어 깃대로 만들어 뒤에 세웠다.

언덕을 쫓아 내려온 진군은 아무것도 볼 수 없고 외로운 벌판에 있는 자그마한 묘만 보이기에, 가서 자세히 보니 깃대가 뒤에 서 있다.

진군은 "하하!" 웃으며,

"이것은 바로 원숭이 녀석이다! 내 이때까지 묘라는 것은 많이 보았지만, 깃발을 뒤에 세운 것은 처음 본다. 내가 이 묘 안으로 들어가면 한 입에 깨물겠지! 그렇다면 우선 문짝을 걷어차고 주먹으로 창문을 부수며 들어가야지!"

그 말을 들은 오공은 "그들은 내 입이고 눈인데!"하며 껑충 위로 올라 뛰며 사라진다. 진군은 급히 몸을 솟구쳐 공중으로 올라가 사방을 보았으나 오공은 없다. 할 수 없이 이천왕에게 달려가 무엇이든 다 볼 수 있는 하늘의 거울을 들여다보았으나 역시 이 세상 어디에도 오공을 찾을 수 없다.

이천왕은 문득 껄껄 웃으며,

"진군, 서두르시오! 그 녀석은 은신법을 써서 벌써 북쪽의 묘에 가 있소!"

진군은 이 말을 듣고 북쪽의 하늘로 날아간다.

오공은 북묘에 이르자, 문득 진군의 몸으로 바꾸며 그곳을 지키고 있는 관리들의 인사를 받으면서 세상 사람들이 바친 제물들을 검사한다. 소·양·돼지·돈·과자·과일 등…… 이때 진짜 진군이 곧 도착하니 관리들은 깜짝 놀라 혼동되어 어쩔 줄을 모르는데, 진군이 문 안으로 들어서니 진군으

로 변한 오공이 자기 자리에 앉아서,

"진군, 조용히 하고 나에게 절을 해! 이제부터 이 사당은 내 것이니까!"

하고 말한다.

진군은 화를 내며 창으로 찌르고 내려친다. 오공은 막고 치고…… 그들은 서로 욕을 퍼붓고 고함을 지르며 구름을 타고 싸우다가, 어느새 다시 화과산에 도착한다.

그들의 싸움을 바라보시는 옥황상제는 태상노군에 묻는다.

"내 조카를 도와 주고 싶은데, 노군께서 어떤 생각이 없으십니까?"

노군은 왼팔목에서 팔찌를 벗으시며 말한다.

"이 팔찌는 제가 직접 만든 것인데 어떤 불에도 녹지 않고 신령한 기운이 있어 무엇으로라도 변할 수 있으며, 금강석처럼 강해서 어느 무기에도 부서지지 않으니, 이것을 저 원숭이의 머리에 던져 맞춰보겠습니다! 죽지는 않아도 기절은 할테니 그러면 잡을 수 있겠지요."

하며 멀리 구름 위에서 팔찌를 휙 던지니 그 팔찌는 산을 넘어 오공의 머리를 정통으로 맞추며 떨어진다. 오공은 불쌍하게도 비실비실거리다 쓰러져 다시 엉금엉금 기어 달아나려고 하는데 하늘 개들이 달려들어 오공의 넓적다리, 배를 마구 무니 신장들이 모두 덮쳐 잡는다.

그들은 즉시 긴 쇠바늘로 오공의 머리골을 꿰뚫어 변신술을 못쓰게 만든다.

그리하여 이 소란한 싸움은 끝나고 옥황상제와 많은 신선들은 하늘나라로 다시 돌아가고, 하늘의 장군들은 승리를 축하하며 꽁꽁 묶인 오공을 데리고 하늘 궁전에 도착한다.

얼마 후, 옥황상제는 오공에게 사지를 찢어버리고 목을 베는 형을 내리시니, 그 형을 집행하는 장수들은 참요대(요괴들을 베는 곳)로 끌고 간다.

태상노군의 팔괘화로八卦火爐

끌려 가는 오공은 어느 누구라도 그것에 묶이면 아무 힘도 쓸 수 없다는 기둥에 묶이어 처형을 받게 됐으나 오공의 몸은 칼·도끼·창·망치·화살 등 어느 것으로도 털끝 하나 다치게 하질 못한다. 화가 난 장수들은 불에 태워 죽이려 했지만 타지도 않아, 큰 번갯불을 써서 못을 박듯 수없이 엄청나게 많이 오공을 쳤으나 털 하나도 안 탄다.

할 수 없이 그들은 이 사실을 옥황상제께 아뢰니, 옆에서 그 말을 들은 태상노군은 말한다.

"그 원숭이 녀석은 복숭아를 훔쳐먹고, 신선술을 마셨으며, 또 내 단약까지 훔쳐먹어 삼매화三昧火의 작용으로 강철보다도 더 튼튼하게 되었으므로 처벌하기가 쉽지 않을 겁니다. 제가 단약을 고는 팔괘화로에 넣고 49일을 태우면 자연히 재로 변할 겁니다."

태상노군은 꽁꽁 묶인 오공을 도솔천궁으로 데리고 가서 묶인 줄을 풀어주고 머리골을 꿰뚫은 긴 바늘을 뽑아준 후, 오공을 화로 안에 넣고 불을 때기 시작한다. 몸이 풀린 오공은 재빠르게 팔괘(여덟 방향) 중에 바람이 들어오는 위치에 붙어 있으니 바람이 있으면 괜찮은데, 그렇지 않으면 연기가 많아 눈이 빨개지며 아프고 눈물이 난다.

시간은 흘러가는 구름처럼 어느덧 7주가 지나 그러니까 49일째 되는 날, 단약도 제법 고져서 줄어들고 엉겨붙게 되기 시작하자, 태상노군은 불을 약하게 하여 살그머니 솥을 옆으로 치우며 안을 들여다본다.

오공은 그때까지 두 손으로 눈을 가리며 흐르는 눈물을 닦고 있는데, 불기운도 줄어들며 위에서 시원한 바람이 들어오고 빛이 쏟아지자, 그 즉시 껑충 뛰어올라 화로를 발로 차서 쓰러뜨리고 솥을 뒤엎으며 간질병에 날뛰는 호랑이와 같이 뜰에 뒹굴며 날뛰니, 그런 미쳐서 날뛰는 외뿔용 같은 오공을 시종들이 잡으려 했으나 모두들 나가떨어지고, 태상노군도 쫓아가 오공을 잡았으나 뿌리치는 바람에 그 노인 역시 나가떨어지고 말았다.

도솔천궁을 도망나온 오공은 걸릴 것 없이 닥치는 대로 여의봉으로 치고 휘두르고 해서 궁궐들을 부수며 나아가니 이 미친 듯한 원숭이에 겁이 난 하늘의 아홉 신들과 사대천왕 등은 어디론가 숨었고, 옥황상제의 본궁을 마구 부수며 들어오는 그 모습은 정말 여지껏 본 적이 없는 어떤 괴물보다도 날뛰는데, 그곳 궁전을 지키는 금 채찍을 들고 있는 신장은 오공을 보자 소리친다.

"이놈, 어디에서 함부로 날뛰는 거냐!"

하며 금 채찍으로 빠르게 오공과 싸우며 한편으론 부하를 시켜 36명의 번갯불 장군들을 부른다.

그들은 곧 오공을 포위하고 사방팔방에서 도끼를 날리고 번갯불을 쓰며

망치 등으로 공격을 하자, 오공은 여의봉으로 용감하고 능숙하게 많은 장수들을 상대하며 싸운다.

빛이 둥글둥글 번쩍번쩍!
예부터 항상 있었으니
그 누가 이것을 아는가?
불에 들어가도 타지 않고
물에 빠져도 젖지 않으며
칼이나 창에도 상하지 않는다.
착할 수도, 악할 수도 있으니
눈앞의 선과 악을 마음대로 다룬다.
착할 때는 신선도 되고 부처도 되지만
악할 때는 털을 쓰고 모든 것들을 부순다.
빠르기는 빛보다 더 빠르고
변화가 무궁무진하여
천궁을 어지럽히니
그 어느 하늘의 신들도
그를 잡을 수 없네!

관음보살

 이렇게 여러 신장들이 오공을 포위한 채 왁자지껄하는 소리가 옥황상제에게 까지 들렸다. 옥황상제는 급히 하늘의 두 신장들을 남해의 보타산에 사시는 관음보살님에게 오공을 잡아달라는 부탁을 전하라고 보내신다.
 두 신장들은 남해 바다의 보타산에 신속히 날아가 사실을 전하니, 관음보살은 쾌히 승낙하시며 신장들과 같이 날아가시는데, 관음보살은 한순간에 몸을 어느 곳으로도 나타내는 신통력으로 벌써 하늘 궁전 앞에 도착하시니, 문득 우렁차게 싸우는 함성 소리들이 들려온다.
 관음보살은 하늘 장군들에게 싸움을 멈추고 오공을 놓아주면 자기가 알아서 하겠노라고 하시니 모두들 보살에게 공손히 절을 하며 물러선다. 오공은 갑자기 나타난 관음보살을 물끄러미 바라본다……

아, 아!
그녀의 자태는,
요염하다고나 할까! 성스럽다고나 할까!
빛나는 긴 머리카락을 둥글게 휘감아 머리 위에 올리고
그 말아 올린 머리카락을 묶은 작은 금관은
푸른 보석들과
붉은 꽃으로 장식됐네!
봉긋하게 올라온 아름다운 젖가슴 사이에
매달린 붉은 꽃 모양의
보석은
어느 긴 세월 이전에 누가 선물했던가?
반 나체의 허리에 감긴
구름무늬 놓인 짙은 옥색치마는,
상서로운 빛이 감돌고
어깨만을 약간 가리운 금실로 짠 천은
바람에
가볍게 나부끼네.

무상한 이 세상과 공의 진리.
그 중간에
깊이 선
그녀의 지혜는
바다보다 넓고 깊다.
중생들의 많은 죄와 고통들이
본래는 없는 것을
잘 아시면서도
그 한없는 번뇌에
같이
슬퍼하시는
깊은 연민의 눈길.
그런 끝없는 슬픔과

사랑의 눈을 가졌으면서도,
깊은 열락(희열)에 젖은
그녀의 눈빛은
바로 억만 겁의 선정삼매력 때문!

부드럽게 미소 짓는
아름답고 도톰한 입술과
차마 가련하다고나 할
가느다란 허리의 약간 비틀은 듯함은
풍만한 몸의 곡선과 함께
비밀의
에로틱한 분위기를 더하네!

모든 중생들의
어떠한 어려움이라도 도와주시니
천 번을 부르면 천 번을 도와주시고,
만 번을 원하면 만 번을 도와주신다.
이 세상이 삼재(물·불·바람)를 만나
거대한 물길은
온 세상을 뒤덮어 버리고,
강한 불길이 치솟아
세상이 전부 타버리며,
거센 바람이 불어
온 세상의 것들을 날려 버리는
불운이 오더라도,
오로지 한마음으로
관음보살을 부른다면
그녀는 즉시 나타나시어 도와주리라!

오공은 대자대비한 관음보살의 말로 표현할 수조차 없는 이 모든 훌륭한 점들을 아는지 모르는지 그녀를 바라보며 투덜거리는 거친 음성으로 묻는다.

"너는 누구인데 남의 싸움을 방해하느냐?"

관음보살은 빙긋이 웃으며 대답한다.

"나는 남해에 살며, 누구든지 어려움에 빠져 도움을 청하면 그들을 도와주는 관음보살이다. 그대는 어떤 원숭이로서 이렇게 삼계(三界 : 하늘·땅·지옥)를 어지럽히는가?"

오공은 다음과 같이 시로 대답한다.

"천지와 자연이
나를 낳아 길렀고,
신선의 영혼과 혼합됐으니
스승을 찾아서
장생의 법과 많은 술법을 배웠노라!
평범한 세상에 살자니
땅이 너무 좁아서
넓은 하늘나라에 살고자 한다.
하늘의 궁전은
옥황상제의 것만이 아니니
후대의 어진 왕에게 당연히 물려주어야 하리라!
강한 자는 존귀하므로,
나에게 양도할 것이며
영웅은
여기에 이렇게 서서
당당히 앞에 서기를 다툴 뿐이다."

이 말을 들은 관음보살은 크게 웃으며,

"그대는 불과 요정으로 변신한 작은 원숭이인데 어찌 감히 스스로의 마음을 속이고 제 분수도 모르며 옥황상제님의 자리를 빼앗으려 하느냐? 그분은 무려 1,550겁劫의 도를 닦고 덕을 쌓으신 분이다. 그대는 어려서 모르겠지만, 일겁一劫이란 1,296,000년 영겁 이전의 대도를 터득하기 위해서 얼마나 많은 세월이 흘러야 하는지 그대는 아는가? 그대와 같이 날뛰고 가벼운 마음으로 어찌 이 세계의 주인이 되고자 하는가?"

이 말에 오공은,

"옥황상제가 아무리 오랜 세월 동안 도를 닦았다고는 하나, 영원히 이곳에 살아야 한다는 법은 없을 것이오. 나에게 이곳을 넘겨주고 그가 이곳을 떠나면 될 게 아니오? 그렇지 않다면, 언제까지라도 소란을 피워 마음 놓고 살 수 없게 하겠소!"

"그대는 무슨 재주가 있기에 그렇게 대담하지?"

"나는 72가지의 변화술법과 죽지 않는 법과 구름을 타면 9,000Km를 단숨에 날아갈 수 있는 재간이 있소. 이만하면 하늘 황제의 자리에 앉을 수 있지 않겠소?"

"그렇다면, 나와 한 가지 내기를 하자! 그대가 나의 손바닥 밖으로 날아갈 수 있다면 그대가 이긴 것으로 괴로운 싸움을 할 것도 없이 옥황상제에게 청을 드려 내가 사는 곳으로 옮기게 하고 천궁을 그대에게 넘겨주지! 만일 그대가 내 손바닥 밖으로 벗어나지 못한다면, 그대에게 좋지 않은 일이 생길 것이다."

오공은 그 말을 듣곤 속으로 코웃음을 친다.

'흥, 보살이란 것도 기막히게 얼빠진 존재로군! 내가 구천 킬로미터나 단숨에 날 수 있다는 소리도 못 알아듣다니! 그까짓 손바닥을 아무리 크게 벌려 봤자 얼마나 크랴!' 생각하며 묻는다.

"정말 약속할 수 있소?"

"보살은 거짓말을 안 하네!"

말하며 관음보살이 오른손을 벌리니 마치 커다란 연꽃과 같다.

오공은 그 위에 펄쩍 뛰어올라 관음보살의 손바닥 한가운데 우뚝 서며,

"자아! 나는 간다!"

소리를 지르는 순간, 한줄기 빛처럼 번쩍 하더니 사라진다.

보살이 지혜의 눈으로 똑바로 자세히 살펴보니, 오공은 마치 원숭이가 재주넘듯 빙글빙글 엎치락뒤치락하며 앞으로 앞으로 날아간다. 얼마를 날아왔는지 갑자기 오공의 눈에 구름과 안개에 싸인 다섯 개의 거대한 붉은 기둥들이 보이는데, 그곳에는 상서로운 기운들로 가득 차 있다.

오공은 여기가 하늘 끝인가 싶어 '가만 있자! 이곳에 무슨 증명할 수 있는 표적을 남기자! 그 보살과 따지게 된다면 보여 주어야지!' 생각하며 꼬리털을 한 가닥 뽑아 먹물이 듬뿍 들은 붓을 만들어, 맨 가운데 선 가장 높은 기둥에다 '손오공이 이곳에 와서 즐기고 가노라!' 라고 큼직하게 쓴 후, 그 기둥 밑에다 오줌을 싸고 나서 곧장 구름을 타고 휘파람을 불며 날아와 처음 있었던 관음보살의 손바닥 위에 서며 말한다.

"자, 나는 지금 날아갔다 돌아왔소. 어서 당신의 친구 옥황상제에게 말하여 이 하늘을 나에게 주시오!"

그 말이 끝나기도 전에 관음보살은 오공을 야단치듯이 말한다.

"이 오줌만 싸고 돌아다니는 말썽꾸러기야! 나에게도 그런 거짓말을 하다니!"

"보살은 모르시오? 나는 하늘 끝까지 날아가서 그곳에다 표적까지 남기고 왔소! 믿지 못하면 나와 같이 가 봅시다!"

"거기까지 갈 것 없이 너의 뒤를 보아라!"

뒤를 바라보는 오공은 놀라 눈이 커지며 당황한다.

이게 어찌된 일인가?! 보살의 가운데 손가락에는 분명히 자기가 쓴 글씨가 쓰여 있고, 그곳에 싼 오줌이 아직도 냄새가 나고 있질 않은가?

"이, 이런 일이 있을 수가? 나는 분명히 하늘 기둥에다 글씨를 쓰고 왔는데? 모를 일이네!? 이건 분명히 저 보살이 내가 모르는 술법을 썼을 것이다! 내가 다시 한번 가 봐야지!"

오공이 급히 몸을 돌려 다시 튀어 나가려고 하니 관음보살은 즉시 손을 탁 뒤집으며 손가락으로 오공을 땅으로 튕겨 버리고, 하늘이 무너져 내리는 듯한 거대한 소리들이 나면서 큰 돌들과 흙들이 날아 떨어져 내리며 다섯 손가락들이 마치 연이어 서 있는 것 같은 큰 산을 만들어 오공을 내리누른다. 보살은 이 산꼭대기에 '옴 마 니 파드 메 훔'이라는 진언을 금 종이에 써서 산 위의 큰 돌에 붙이니 그 당장에 산 밑에서 뿌리가 내린다.

차츰 정신이 든 오공이 머리를 들고 자기 주위를 바라보니, 겨우 숨쉬고 길 수 있는 작은 돌 감옥 속에 자기의 몸이 갇혀 있음을 느낀다.

> 그 당시 돌알이 변하여
> 태어났다가 이제 다시 돌 속에 갇히니
> 아, 가련한 원숭이!
> 언제나 몸이 풀려 나올 수 있을까?
> 한때는 스승을 찾아
> 도를 닦더니
> 스스로 다섯 개의 꽃 화살들(오욕의 욕심들)을 맞아
> 선단을 훔쳐먹고,
> 하늘의 높은 지위를 탐내어
> 악이 그득하여

이제 그 벌을 받으니
수명은 길어 죽을 수도 없고
오직 관음보살의
자비심만 기다려야 하네.
만약 다시 나오게 된다면
새로 불법을 배워 마음을 깨끗이 하리라!

관음보살은 오공을 누른 뒤에 이 산의 산신을 불러 말한다.
"이 산의 이름을 오행산(불·물·나무·쇠·땅)이라 하고, 만일 원숭이가 배가 고프다고 하면 철알(쇠알)을 주고, 목이 마르다고 하면 쇳물을 마시게 하라! 때가되면 자연히 그를 구해주러 오는 이가 있으리라!"
하시곤 남해의 낙가산으로 다시 돌아가려고 하는 차에, 어디선가 하늘의 두 신장들이 급히 관음보살을 부르며 공손히 절을 하곤 말한다.
"보살님! 지금 옥황상제께서 이곳으로 오시니, 잠시만 기다려 주십시오."
이 말이 채 끝나기도 전에 하늘에서 웅대하고 조용한 음악이 나오며, 많은 신선들과 신장들을 거느리고 하늘의 황제만이 쓰는 커다란 보석으로 장식된 우산을 시종들에게 들리고 옥황상제께서 나오시는데 천녀들이 한없이 하늘꽃들을 보살의 주위에 가득히 뿌린다.
옥황상제는 정중히 관음보살님께 합장으로 예를 드리며,
"보살님의 커다란 법력으로 저 요망스러운 원숭이를 진압하여 감사하옵니다! 바라옵건대, 하루 만이라도 하늘에 머무르시어 저희들이 베푸는 간단한 저녁잔치를 받으시옵소서!"
관음보살은 합장하며,
"이 모든 것이 옥황상제님과 다른 신들의 큰 힘이었지, 제가 한 일은 별로 없는데 감사를 표하신다니 부끄럽습니다."

　그러나 옥황상제는 모든 신들과 신선들에게 보살님의 수고에 감사의 절을 하게 하고 잔치를 베풀라고 하시니, '하늘을 평화롭게 하다!' 라고 이름 지은 이 잔치는 정말 굉장하다.

　　　　천제天帝의 어머니가 베푸는 복숭아 잔치는
　　　　원숭이가 흐트려 버렸으나,
　　　　이번 잔치는 더욱 크네!
　　　　수많은 신들과 신선들의 모임과
　　　　그 주위에 널리 퍼져 울리는 음악소리는
　　　　하늘 위에 가득히 퍼지다 못해
　　　　이 땅 위에까지 들리는 듯하네!
　　　　고귀한 향기들은 전 우주에 퍼지고
　　　　진귀한 음식들과 맛있는 신선술들은
　　　　온화하고 화기애애한 이 잔치의 밤을 더욱더 무르익게 한다.

　다음날, 관음보살은 온 하늘신들의 감사와 존경의 배웅을 받으시며 남해로 돌아와서 동쪽 나라들의 불법이 약함을 아시고는, '누군가 인도에 가서 불법의 경전들을 가져와 부처님의 가르치심을 번역할 사람이 있으면 좋겠는데!……' 하고 생각하신다.

　이로부터 오백 년이란 세월이 흘러, 당나라 시대가 오니 나라의 경제는 부유해지기 시작하고 문화수준도 높아져 관음보살은 이제 차츰 시기가 무르익는다 싶어, 스스로 중국에서 인도까지 날아가며 그 길이 얼마나 멀고 험한가를 살펴보는데, 산들은 겹겹이 험악하게 가로 막고 있고, 바다같이 드넓은 강물들, 그리고 끝없는 사막……, 많은 도둑들과 요괴들이 곳곳에 살고 있어 보통사람으론 도저히 여행할 수 없을 것 같다.

관음보살은 이왕 인도에 온 김에 석가모니 부처님을 뵙고 인사드리며 자신의 생각을 말씀드리니 부처님께선 지극히 기뻐하시며 말하신다.

"참으로 좋은 생각이오! 동쪽 나라의 많은 착한 사람들이 스스로의 깨끗한 마음과 자유로움(해탈)을 알지 못하고, 단지 속세의 법에만 묶여서 사니 어찌 가련한 일이 아니겠소! 내가 부처를 이룬 것도 그대가 끝없는 자비심의 보살이 된 것도 고통 속에 허덕이는 이들을 도와주기 위함이 아니겠소?

모든 이들의 마음은 본래 깨끗하여 부처님들의 미묘하고 밝은 마음과 같지만, 그들의 선정삼매력과 지혜는 너무 약해서 스스로의 자유스러운 참된 마음을 보지 못하니, 정말로 그들에게 바른길을 닦을 수 있는 가르침이 필요하오!

이 가르침들은 나고 죽는 윤회(삼사라)의 굴레와 모든 고통의 속박에서 자유스러울 수 있는 길이지만, 보통 사람들에게는 믿기 어려울 것이오!

나에게 있는 가사 한 벌을 줄테니 누군가 이곳에 와서 불경을 가지러 오겠다는 이가 있으면 내 옷을 주시오! 이 옷은 그를 보호할 것이며, 어떤 어려움이 그에게 다가와도 마지막엔 그를 다치지 않게 할 것이오!"

뚜렷하고도 지극히 조용한 부처님의 말씀이 끝나자, 온몸에서는 사리의 광명이 뻗치며 42줄기의 흰빛이 무지개가 되어서 온통 하늘을 뒤덮고 사방으로 연결시킨다. 이 상서로운 빛을 보는 하늘의 신들과 천이백오십 명의 제자들, 그리고 오백 아라한들과 여덟 금강신들은 관음보살님과 함께 더 깊은 선정력을 얻었으며, 지극한 공경심으로 부처님께 절을 한다.

부처님의 탄생은 별들의 움직임에 의하여 중국의 먼 옛날 주나라에까지

불가사의한 상서로움을 알렸으며, 그 후에 금빛을 띤 부처님의 모습은 가끔씩 훌륭한 제왕의 꿈에 나타나 약간의 불법을 받아들였지만 이제서야 관음보살의 힘으로 부처님의 많은 가르치심이 동쪽으로 전해지리라!

무상과 해탈의 법을 설하시는 부처님의 주위에 신들이 하늘꽃들을 분분히 날리며 공경하는 것은 그들조차 듣기 힘든 고귀한 가르침이기 때문!

> 어떤 이라도 삼계(천상·인간·지옥) 안에 살고 있는 한
> 윤회에서 벗어날 수 없지만,
> 불법을 깨달을 이들은
> 영원한 자유를 얻는다.

관음보살은 부처님에게 작별인사를 하고 다시 동쪽으로 날아가는데, 거의 중국 국경을 지나자니 하늘에서 한 마리의 젊은 용이 공중에 매달려 슬피 울고 있다.

보살은 다가가서 묻는다.

"너는 왜 이렇게 고생을 받고 있느냐?"

눈물을 흘리던 용은 보살에게 고개를 숙이며 말한다.

"저는 동해 용왕의 아들입니다. 그런데 장난으로 잘못 불을 내어 많은 진주들을 태워버린 죄로 옥황상제께서는 이곳에 매달고 곧 사형에 처한다고 하시니 보살님께서는 저를 좀 도와 주십시오."

보살은 즉시 하늘문에 다다르니 신장들이 공손히 절을 하며 어떻게 오셨느냐고 묻는다.

"옥황상제를 만나러 왔소."

그들은 곧장 보살을 궁전 안으로 모시니, 옥황상제가 친히 나오시며 영접

한다. 서로 인사를 마친 후 관음보살은,

"공중에 매달려 있는 죄 지은 젊은 용을 만났는데, 그를 살려주시면 서쪽으로 불경을 가지러 가는 사람의 말이 되게 할까 하여 여쭈옵니다."

하니 옥황상제는,

"당연히 그렇게 하지요!"

하시며 곧 신장을 불러 용을 놓아주라고 하신다.

풀려나온 용은 보살에게 깊은 감사의 절을 하며 보살의 말씀대로 큰 연못 속으로 들어가 나중에 올 주인을 기다린다.

관음보살이 다시 얼마를 날아가자니, 자기가 옛날에 오공을 눌러놓은 오행산이 보인다. 그 당시 산 위에 있는 큰 돌에 붙여놓은 〈옴 마 니 파트 메 훔〉이라는 진언이 잘 붙어 있으니 '그 원숭이가 아직도 갇혀 있겠구나!' 생각하시며 그를 불쌍히 여기시어 산 위에서 시를 한 수 읊으시니,

불쌍하다, 원숭이!
몰래 복숭아 잔치 궁전에 들어가
많은 음식들을 훔쳐먹고
맘대로 도솔천궁에 침범하였네!
망녕되게도 영웅이 되고자 뽐내었고
대담하게도 10만의 하늘 군사들과 싸웠었네!
가련한 원숭이!
스스로 죄를 지어 이런 고통을 받으니
언제 다시 나와 좋은 일들을 할 수 있을까?

이 소리를 들은 오공은 깜짝 놀라 큰소리로 외친다.

"웬 녀석이 산 위에서 남의 험담을 늘어놓는 게냐?"

이 고함소리를 들은 보살은 산을 내려가시는데, 큰 바윗돌 낭떠러지 아래

에서 산신은 보살의 발 앞에 큰절을 하며 오공이 갇혀 있는 곳까지 모시고 간다. 보살이 조용히 오공을 바라보자니 오공은 몸도 제대로 움직이지 못하고 말 만 할 수 있게 돌 속에 갇혀 있다.

"손 도사, 그대는 나를 알아보시겠소?"

하고 보살이 물으니, 오공은 금빛 나는 눈을 크게 뜨고 머리를 끄덕이며 큰 소리로 대답한다.

"그럼요! 나를 속여 이 산속에다 가둬버린 지 오백 년이 지나도록 나는 꼼짝도 못하고 있는데 이렇게 찾아와주시니…… 제가 여기에 갇혀 있는 동안 아는 사람이라곤 한 사람도 찾아준 이가 없었습니다. 모든 이들을 고난에서 건져주신다는 대자대비의 보살님께서는 어서 저를 여기에서 구해 주십시오!"

"그대는 영특한 마음에 꾀가 많고 또 많은 큰 죄를 저질러 놔서 내가 그대를 놓아준 후, 또 나쁜 일들을 저지른다면 오히려 좋지 못한 결과가 될 것이다."

"저는 이미 한마음으로 후회하고 있습니다. 자비하신 보살님께서 저를 이곳에서 풀어주신다면, 진심으로 다시 바른 도를 닦겠습니다!"

이 말을 들으신 보살은 매우 기뻐하시며, 오공에게 말한다.

"그 말이 착하면 천리 밖에서도 이에 응답하고, 그 말이 착하지 않으면 천리 밖에서도 이를 멀리한다고 했소. 그대가 진정으로 뉘우치니 동쪽에서 경을 가지러 오는 이가 이곳에 올 때까지 기다리면, 그 사람으로 하여금 그대를 구하도록 하리라! 오공, 그대는 그의 제자가 되고 불문에 들어와 바른길을 닦으시오."

오공은 큰소리로 대답한다.

"네! 좋습니다! 그렇게 하겠습니다!"

"그런데 한 가지 묻겠는데, 그대의 이름 '오공'이란 뜻, 즉 공空을 깨우친다는 의미는 분명히 대승불법의 이름인데, 누구에게서 어떻게 그 이름을 받았소?"

오공은 보살의 이 질문에, 그만 옛 스승 수보리존자의 말씀이 생각나 간담이 서늘해지며 얼버무리며 답한다.

"그냥, 제가 스스로 이름 지은 겁니다."

보살은 오공과 작별하며 한 훌륭한 스님을 찾아 길을 떠나니 하루도 채 안 되어 대당大唐나라의 수도 장안長安에 도착한다.

보살은 안개와 구름을 거두고 한 명의 거지 승려로 변하여 해 저무는 성 안으로 들어가 큰 번화한 시내를 지나 사방을 살펴보니, 중심가에서 외떨어진 사당이 저 멀리 어둠 속에 서 있는 게 보였다.

보살이 그 사당 묘 안으로 들어서니 그곳에 있던 토지신과 귀신들은 거지 승려의 몸에서 내뿜는 엄청난 힘의 둥근 빛에 당황하여 어쩔 줄 모르고 벌벌 떨더니, 잠시 후 그분이 관음보살인 줄 알고서야 발 밑에 절을 하며 영접한다.

이곳의 토지신은 시내 주위의 모든 성황과 각 묘의 크고 작은 귀신들에게 알리니 모두들 나와 절을 한다.

"저희들이 미리 나와 영접하지 못해서 죄송합니다!"

"나는 이 도시에서 누군가 부처님에게 가서 경전을 가지러 갈 사람을 찾고 있는 것이니, 그대들은 절대로 이 사실을 인간의 세상에 전하지 말라! 이 묘에 며칠 동안 머물면서 진승眞僧을 찾는 대로 돌아갈 것이다!"

현장스님

당나라 삼대三代 태종황제가 제위에 오른 지 삼 년이 지난 정관正觀 3년, 그러니까 서기 629년, 금산사라는 큰 절에 이름 높은 젊은 법사가 있으니 그의 법명은 현장玄藏, 어렸을 적부터 많은 경전들을 통달하여 28살이 되는 그는 벌써 중국에서 경전을 가르치는 유명한 대법사가 된다.

그의 전생은 또한 스님이었으며, 그 이야기를 하자면 이렇다.

어느 작은 시골 산의 산수山水 좋은 암자에 백학이라는 나이 많은 선승이 살고 있었는데, 노승은 꽃이 떨어지는 것을 보며 문득 깊은 선정에 들고, 밥을 먹다가도 문득 선정의 고요함에 들기도 하였다.

하루는 제자를 불러 이렇게 말한다.

"얼마 지나지 않아 나는 육체와 헤어질 시간이 오니, 내가 고요함에 들면 나의 혼을 따라가서 다시 이곳으로 데려오라!"

젊은 제자는 스승에게 그러겠다고 약속한다.

며칠이 지난 후, 그 노스님은 입적하시고 제자는 정정(定)에 들어 스승의 영혼이 어디로 가시나 선정의 힘으로 지켜보니, 그 절에서 그리 멀지 않은 작은 초가집에 들어가심을 볼 수 있었다. 제자 스님은 즉시 그곳으로 가 보니 나이 어린 예쁜 여자애가 혼자 뜰에서 꽃을 따며 놀고 있다가 스님을 보자 부모를 부른다.

그때 마침 나이 지긋한 부부는 낮에 서로 침대에서 자고 있었는데 어떤 젊은 스님이 와서 말한다.

"내년에 나의 스승이 이곳에 태어날테니, 오 년 후에 다시 와서 스승과의 약속대로 다시 절로 데리고 가겠습니다!"

그 부부는 얼굴을 붉히며 대답한다.

"그러시지요!"

일 년 후, 그들에겐 아들이 생기고 세월은 흘러 소년은 벌써 다섯 살이 되어 누나와 함께 들꽃들이 가득한 들판에서 뛰놀다가 문득 다시 방문한 스님을 만난다. 소년이 고개를 들어 스님을 바라보니, 처음 보는 모르는 스님인데도 어쩐지 친근한 느낌이 든다.

스님은 빙긋이 웃으며 소년에게 말을 건넨다. 소년과 스님이 금방 친해지는 것을 보는 부모들은 희한한 일이라 생각하고 있는데 스님은 말한다.

"이제, 약속대로 이 소년을 데려가겠습니다."

부모들은 어린 아들과 헤어지기 아쉬워서 스님에게 말한다.

"우리 아이가 아직 어리니 몇 년 더 있다가 오십시오!"

그 오고 가는 말들을 듣고 있던 소년은 문득 부모에게 말한다.

"나, 저 스님을 따라갈래요!"

부모와 누나는 서운해서 울며 전송하고, 소년도 정이 들고 좋아하던 누나와 헤어짐이 슬퍼서 고개를 떨구고 있으니 스님은 소년에게 말한다.

"우리가 사는 곳이 이곳에서 그리 멀지 않으니, 너의 부모님과 누나에게 가끔씩 놀러 오시라고 하자!"

소년은 부모와 누나와 작별하는데 때는 마침 초가을,

　　　선선하고 쓸쓸한 바람은
　　　살며시
　　　피부를 스치고
　　　가슴속까지
　　　외로움은 파고들어
　　　왠지 슬픔으로
　　　눈물이 쏟아질듯
　　　울렁이게 한다.

　　　저 높이
　　　펼쳐져 있는
　　　파아란
　　　가을하늘
　　　아래

　　　스님과 소년은
　　　손을 잡고
　　　가을 들꽃들을
　　　지나며
　　　저 멀리
　　　걸어가고 있다.
　　　소년은 벌써
　　　누나가 그리워

자꾸
뒤를 되돌아본다.
아홉 살의
해바라기 같은
해맑은 얼굴을 가진
소녀는
호수 같은 눈동자에
어린 동생이 차츰 작아지며
사라지자,

그만
왈칵! 큰 눈물 방울이
주르르 흘러내리며
울음이 난다.
사랑하는 이와
헤어짐은
이 세상의 고통 중에서
가장 큰
괴로움이라.

스님과 함께 작은 암자에 온 소년은 며칠째 집생각과 누나가 그리워 침울하게 있으니 스님은 소년을 달래듯이 말씀하신다.
"애야, 누구라도 이 세상에선 한낱 나그네에 불과하고 언젠가는 떠나야 한단다. 그렇게 연약하게 슬퍼하고만 있으면 어쩌니?"
다음날, 스님는 그 소년을 데리고 방 안의 문 앞에 가서 문에 작은 구멍을 만들고는 큰 흰소 한 마리가 오나 보라고 하시니, 어린 소년은 매일 그곳에 앉아 뚫린 문구멍으로 밖을 바라보며 소가 오나 안 오나 바라본다.
하루는 스님이 부엌에서 밥을 짓고 있을 때, 소년의 외치는 소리가 들린다.

"스님, 스님! 빨리 오세요. 큰 소가 들어와요!"

스님이 급히 방으로 들어와 보니, 소년은 벌써 커다란 소가 작은 문 틈으로 들어오는 것에 놀라 뒤로 벌렁 나자빠진 후였다. 정신을 차리고 일어난 소년은 미소 지으며 스님의 머리를 쓰다듬으며 말한다.

"고맙다, 제자야! 나를 다시 일깨워줘서!"

스님은 소년에게 큰절을 한다.

"예, 큰스님! 다시 오셔서 반갑습니다!"

소년은 다섯 살에 자기의 전생을 본 것이다. 이리하여 소년은 경전들을 배우기 시작하는데, 어찌나 영특한지 배우는 것마다 모두 이해하고 외운다.

소년이 16세가 되자, 더 이상 스님에게 배울 것이 없이 많은 것들을 알고 있지만 아직도 감성이 여리어,

> 산길을 걷다가
> 파란 하늘 아래
> 흔들리며 서 있는
> 꽃들을 바라만 보아도,
> 이른 아침
> 풀잎 끝에
> 매달려 있는
> 이슬방울을
> 바라보아도
> 눈물을 글썽인다.
>
> 어쩌다가
> 누나가 방문하고
> 돌아간 후엔

온 가슴이
텅 빈 것처럼
허전하다.

그 외로움을 잊고자
산길을 걷다가
갈림길을 만나면,
그 길들이
영원히
이별로 끝나는 것
같아
더욱 슬퍼져
눈물이 난다.

떨어지는 꽃은
향기가
더욱
아름답고

헤어지는
누나의 얼굴은
더욱더
예쁘다.

지는 황혼빛을 받으며 떠나는 누나.
눈물 없는 눈으로는 바라볼 수 없을만치 슬프고 예쁜 누나!

나의 눈에
새겨진
누나의 얼굴은
파란 하늘

나의 가슴에
　　　새겨진
　　　누나의 손금은
　　　짙푸른 강물

　　　만일
　　　그 예쁜
　　　누나의 얼굴이
　　　내 눈에서
　　　떠난다면
　　　그 슬픔은 어떤 울음보다도 더 아프리라.

　이 총명하고 마음 연약한 소년은 어느덧 18세가 되어 정식으로 스님이 되는 계를 받으니 법명(스님의 이름)을 현장玄奘이라 한다. 이름 그대로 경전에 밝다는 뜻이다.

　현장스님은 이 작은 암자에 외로이 살고 있는 것보다는, 큰 절에 가서 더 공부하여 많은 이들의 마음을 밝히고자 하는 열망에 당나라의 수도인 장안長安에서도 제일 크다는 금산사로 길을 떠난다. 젊고 풍모가 뛰어난 현장스님은 말수도 적고 행동에 있어서 흐트러짐이 없이 몸가짐이 의연하여, 이곳 금산사 스님들의 존경을 받으며 23살에 강사가 되고 28살에 대법사가 된다.

황하의 용왕

　이 당시 중국에서 가장 큰 도시는 장안으로서 역대의 제왕들이 수도로 정한 곳이다. 당나라의 황제도 역시 이곳에 자리잡고 정치를 한 지 3대째, 역사상 그 유명한 태종이 임금이 된 지 3년, 그들의 세력은 점점 강해져서 사방의 나라들을 굴복시키며 나라를 넓혀 나간다.
　수도 장안의 주위로는 3개의 큰 강물이 흐르며 땅들을 기름지게 만들고, 그 중 가장 큰 황하는 정말로 넓어서 바다와 같다. 이 황하 강변에 한 나무꾼과 한 어부가 살고 있었는데, 그들은 남의 밑에서 일하는 관리가 되기 싫어 시골에 묻혀 사는 학문 높은 은사들이었다.
　어느 날 그들은 시내에서 나무를 팔고 물고기를 팔아서 주막에 들러 서로 거나하게 취하도록 마시고는 술병을 하나씩 들고 그 넓은 황하 강변을 천천히 걸어서 집으로 가는 길에 각기 시를 읊는다.

먼저 나무꾼이,
싱그럽고 푸르른 풀밭
언덕 위에
자그마한 정자 하나
지어놓고
그 안에 누워
하늘에 뜬 흰구름을
바라본다.
술이 생기면
아내와 더불어 같이 마시고
해가 뜨면
거북이와 같이 논다네!

다음은 어부가 한 수 읊는데,

작은 배 타고
가는 곳마다 내 집이니
끝없이
도도하게 흐르는
물결 속에
배를 띄우네.
고기를 많이 잡으면
시장에 나가 팔아서
맛있는 술과 바꾸어
취하도록 마시지.
술에 취하면
소나무 그늘에서 한숨 자고
인간 세상의 흥망성쇠는
내 알 바가 아니네.

나무꾼은 다시 시를 받아 읊는다.

    나의 멜빵과 동아줄은
    끝이 다 풀렸고
    바위 위에 비스듬이 기대 누워
    풀벌레 소리를 듣네.
    봄 산이 적적할 땐
    사람도 만나기 드물고
    여름 밤엔 초가집에서
    편안히 잠자네.
    가을 달이 밝을 땐
    홀로 외로운 산길을 거닐고
    겨울 밤엔 친구와 같이
    마른 소나무를 때며 감자를 구워 먹지!

어부도 질세라,

    하얀 파도가
    만 리나 뻗친 강물에
    조각배를 두둥실 띄우고,
    말없이
    외로운 돛대에
    기대 서면
    쓸쓸한
    기러기 울음소리
    사방에
    맴돌아 들리는 듯!

    한가로이 풀 속과
    소나무 그늘 아래

앉아
도를 즐기고
모래 위 갈대 우거진
강물가에서 천지와 더불어
웃으며 지내지.
술에 취해 자다가
문득 깨고 나면
강물소리만
고요히 들리고
부귀영화도 치욕도 번뇌도 없네.

이렇게 두 사람은 서로 시를 주고받으며 갈림길에 이르러 서로 헤어지는 인사를 하는데 어부가 말한다.

"그대, 산에 올라갈 때 호랑이를 조심하게! 만일 무슨 일이 일어난다면 내일 길거리에 친구 하나 적어졌다는 말이 나올 것이니!"

나무꾼이 받아서 말한다.

"허! 자네 걱정이나 하시지! 내가 호랑이를 만난다면 자네는 파도를 만나 배가 뒤집힐 걸!"

어부가 대답하길,

"절대 그런 일은 없지!"

나무꾼은,

"세상에는 알 수 없는 재앙이 갑자기 생길 수도 있는데, 자네는 어찌 그렇게 확실하게 장담할 수 있지?"

"그대는 잘 모르겠지만 성안에 용한 점쟁이가 살고 있는데, 나는 시장에 갈 적마다 그 선생에게 큰 고기를 한 마리씩 선물하지. 그럴 때마다 선생은 나를 위해 점괘를 뽑아 고기가 많이 잡히는 곳을 가르쳐 주거든, 그 선생의 말대로 그물을 던지면 백발백중이야!" 하며 자랑한다.

이야말로 방 안에서 은밀히 속삭여도 벽에 귀가 있고, 길가에서 이야기를 하면 풀 속에 사람이 있다는 말처럼, 그때 강물 속에서 순찰하던 용궁의 물고기가 그들 곁을 지나가다가 '백발백중' 이라는 말에 깜짝 놀라 급히 용왕에게 달려가 황망히 아뢴다.

"큰일 났습니다, 큰일 났습니다!"

용궁의 화려한 의자에 앉아 한가롭게 차를 마시던 용왕이 묻는다.

"무슨 큰일이 났는고?"

"제가 물속을 순찰하다가 나무꾼과 어부의 이야기를 들었는데, 어부가 말하길 장안 거리의 용한 점쟁이가 있어 점괘를 뽑을 적마다 백발백중이라 했습니다. 이리 되면 우리 물속의 가족들은 곧 멸종될테니 어찌 용궁을 유지할 수 있으며, 파도를 일으키고 비를 오게 하는 등의 용왕님의 위력을 보전할 수 있겠습니까?"

용왕은 크게 화내며 단숨에 성안으로 들어가 점쟁이를 찔러 죽이고자 한다.

그러자 용왕의 아들들, 신하들이 말리며 말하길,

"용왕님께서는 잠시 노함을 참으소서! 그렇게 화를 내시며 성안으로 들어가시면 반드시 큰 구름과 거센 바람이 불고 많은 비가 내릴 것입니다. 그렇게 되면 성안 사람들이 놀랄 것이고, 이에 옥황상제께서 벌을 내릴 것이옵니다. 용왕님께서는 누구도 알 수 없게 선비로 변하시어 만일 성안에 그런 자가 있다면 그때 제거하시어도 늦지 않을 것입니다!"

용왕은 그들의 말대로 보검을 거두고 구름과 비도 일으키지 않고 가볍게 물속에서 땅 위로 솟구치며 몸을 바꾸니, 순식간에 흰옷을 입은 선비로 변하였다.

아리따운 자태와
점잖은 걸음걸이.
빼어난 몸매와
귀족적인 얼굴은
이 세상의 어느 왕족이라도
그를 따를 수 없네!
백금으로 장식된
크고 긴
흰 비단옷의 호화로움은
어둠조차 밝힐듯!
그 위에 걸쳐 입은
푸른 빛나는 외투는
고귀한 몸매를
더욱더 귀하게 하네!
머리카락은 단정히 말아 올려
그 위에
구름무늬의 긴 모자를 썼고
발에는
꽃무늬로 장식된
비단 가죽 신발을 신었다.

용왕은 이윽고 성내에 들어서자 큰 거리를 지나 사람들이 많이 있는 시장 옆에 찬란한 비단 깃발을 나부끼며 대문에는 음양과 팔괘가 그려져 있는 큰 집에 사람들이 모여 웅성거리는 것을 본다.

그 중에 한 사람의 말소리가 들리는데,

"토끼띠는 원숭이띠를 싫어하오! 왜냐하면 원숭이의 엉덩이 색깔은 토끼의 눈과 같으므로, 뱀은 개를 싫어하지! 왜냐하면 뱀이 허물을 벗을 때 쉿소리 나는 개 짖는 소리를 들으면 그 강한 소리에 머리 골수가 녹아들면서 죽기 때문이지. 껍질을 벗고 다시 태어나는 때의 뱀은 굉장히 예민하거든! 용띠는 돼지띠를 무척 싫어하오! 왜냐하면 용은 본래 12동물의 장점을 모아서 만든 신령스러운 동물인데, 그 중에서 자기의 가장 싫어하는 부분, 즉 코의 모양이 돼지 코를 닮았거든 그래서 용은 돼지를 볼 적마다 화를 내지. 이러한 관계를 서로 부딪친다고 하여 결혼이나 사업상대자로서 마땅치 않소! 그러나 그 오행상의 사주를 자세히 보면 다르게 될 수도……."

용왕은 이 말을 들으며 이곳에 그 점쟁이가 사는 것을 알고 사람들을 헤치며 안을 들여다보니, 용모는 기이하고 자태도 보통이 아닌 수염이 긴 선생이 앉아 있다. 이 사람이야말로 정부의 높은 관리들도 와서 점을 묻는 성 내에서 제일 가는 그 어부가 말했다는 점쟁이, 백운(흰구름) 선생이 아닌가!

용왕은 문 안으로 들어서서 그 선생과 마주 대하고 선다. 서로의 인사가 끝나자 선생은 용왕을 청하여 윗자리에 앉힌다.

가볍게 차를 마신 뒤에, 선생이 용왕에게 묻는다.

"손님께선 무슨 일을 물으시러 오셨습니까?"

"언제쯤에나 비가 오겠는가 날씨에 대해 말해 주시오."

선생은 점괘 통을 흔들며 한 괘를 빼내더니,

"구름이 산 꼭대기에 걸려 있고 축축한 안개가 숲의 나뭇가지 끝에 매달려 있으니, 내일 꼭 오리라!"

"내일 언제쯤 비가 오고 얼마나 많이 내리겠습니까?"

"아침 8시에 구름이 하늘에 펼쳐지고, 11시에 천둥이 일어나며, 12시에 비가 내리기 시작하고, 오후 3시가 되면 비가 그칠 것이오. 떨어지는 물방울은 3.6Cm에 48방울!"

용왕은 웃으면서 말한다.

"절대 농담으로라도 그런 말씀을 하지 마십시오! 만일 내일 비가 오는데 선생의 말씀과 정확하게 맞다면 내 선생께 금 500을 주겠소! 그렇지 않고 시간이나 양이 틀린다면 선생을 이 성안에서 내쫓아 버리고 이 집도 부셔서 없애 버리어 사람들을 더 이상 현혹하지 못하게 하겠소!"

"좋소! 손님 말대로 합시다. 내일 비가 온 다음에 다시 만납시다."

용왕은 그 선생과 작별하고 황하 용궁으로 돌아와 크고 작은 물의 신들에게 그 점쟁이와 만난 이야기를 하니 그들은 웃으며,

"용왕님께서는 이곳 주위 여덟 강물의 총책임자이시고, 비를 마음대로 내리시는 큰 용의 신이시니 비가 오고 안 오는 것은 대왕님의 뜻이거늘 어찌 그자가 그런 장담을 합니까? 내일의 승리는 반드시 용왕님의 것입니다."

이렇게 용궁의 신하들이 웃으며 이야기하고 있을 때, 반공중(강물 위에서 그리 높지 않은 공중)에서 황하 용왕을 부른다는 외침이 들린다. 모두들 머리를 들고 위를 바라보니 금옷을 입은 하늘의 장수 한 사람이 옥황상제의 명령이 들린 편지를 들고 공중에 서 있다.

용왕은 급히 옷을 바로 하고 향을 피우며 공손히 편지를 받아 열어보니, '여덟 강을 다스리는 그대 용왕에게 명하노니, 내일 비를 내려 성 안팎의 곡식들과 사람들을 이익케 하라!' 라고 적혀 있으며, 그 시간이나 분량이 그 점쟁이의 예측과 하나도 틀림이 없다.

용왕은 깜짝 놀라며 소리치듯 말한다.

"인간 세상에 그와 같이 신령한 사람이 살고 있다니! 그야말로 천지의 이

치에 통달한 사람이구나! 어찌 내가 그를 이길 수 있겠는가!"

이때 신하 중에 자라같이 생긴 자가 나서며 아뢴다.

"소신에게 그자의 주둥이를 막을 계책이 있사오니 너무 염려하지 마십시오. 비를 내리시되 그 시간과 분량을 약간 틀리게 하시면 그자를 쫓아낼 수 있지 않겠습니까?"

좋은 생각이라 여긴 용왕은 다음날이 되자 바람의 신, 구름의 신, 천둥번개의 신, 비의 신 등을 거느리고 곧장 성안의 높은 하늘에 위치한 후, 구름을 부르고 천둥을 치며 비를 내림을 각 30분씩 늦게 하고 물방울의 분량을 여덟 방울을 적게 내린 후에 여러 신들은 각기 자기의 처소에 돌아가게 한다. 그리고 스스로는 구름을 내려 흰옷을 입은 귀족으로 변해서 점쟁이 선생의 집으로 걸어가는데, 거센 바람이 용왕의 주위에 불어 장터의 많은 물건들을 날려 버리니 두려움에 사람들은 놀라서 도망가고, 용왕이 곧장 그 선생의 대문 안으로 들어가는 순간, 깃대는 부러져 날아가고 큰 대문과 담들도 무너져 내리며 선생의 앉아 있는 곳에도 수많은 기왓장들이 거칠게 날아들어 붓이며 벼루며 책들이며 가구들을 모두 쳐부수나, 그 선생은 의자에 앉은 채로 꼼짝도 하지 않는다.

용왕은 화를 내며 무서운 목소리로 호통친다.

"자연의 비밀을 함부로 말해 많은 이들을 현혹시키는 요사스러운 놈아! 너의 점괘는 맞지 못했다. 빨리 이곳을 떠나 없어져 버려라! 허무맹랑한 미친 소리만 지껄이는 네 놈의 죽을 죄는 용서해 주마!"

그 선생은 눈꼽만큼의 놀라움이나 두려움도 없이 여전히 꼼짝도 하지 않은 채, 조용히 얼굴을 들어 하늘을 쳐다보며 엷은 웃음을 지으며 말한다.

"그대야말로 죽을 죄를 지었으니 그것이 걱정이오. 다른 이들은 몰라도 나는 그대를 잘 알고 있소! 그대는 이 세상의 귀족이 아니고 황하의 용왕이오. 그대는 하늘의 명령을 어기고 시간과 물의 양을 틀리게 했으니 하늘의 법을 어긴 것이므로, 내일 그대는 잘못을 저지르는 용을 처벌하는 곳에 끌려가 큰 칼을 맞아 목이 잘릴 것이오!"

이 말을 듣는 용왕은 그만 심장이 떨리고 온몸이 후들거려 그 자리에 서 있기조차 힘들었다.

용왕은 의관을 바로 하고 선생 앞에 꿇어앉아 엎드려 절하며 사과한다.

"지금까지의 저의 농담을 선생께서는 불쾌해 하지 마시기 바랍니다. 선생의 말씀대로 하늘의 벌을 어겼으니 이 일을 어찌하면 좋겠습니까? 저를 구해 주십시오! 만약, 말씀을 안 하신다면 저는 죽어도 선생을 놓지 못하겠습니다."

"나는 그대를 구할 수 없소. 어쩌면 그대가 살아날 수 있는 꼭 한 가지 길을 알고는 있지만……."

"그럼 제발 그 길을 가르쳐 주십시오!"

"그대는 내일 낮 열두 시 삼 분에 인간 세상의 승상인 위징에게 목을 잘릴 것이오. 살고 싶으면 현재의 당나라 태종황제에게 도움을 청해 보시오. 그 승상은 황제 밑에 있으니 황제께서 돕겠다고 약속한다면, 그대의 목숨을 구할 수 있을 것이오."

용왕은 이 말을 듣고 슬픈 눈물을 머금으며 선생과 작별하고 돌아간다.

어느덧 해는 서산에 떨어지니
어두워지기 시작하는 하늘에
별들이 나타나기 시작한다.
어두워지는 석양 속에

보랏빛 연기는
저 멀리 산골짜기에
가득히 깔리고
나루터 기러기들은 갈대밭에 잠든다.
먼 길을 걷는 나그네들은 여인숙에 들고……
은하수는 나타나 강물에 비추이며
외로운 마을의
불빛은 희미하다.
달빛은 꽃들을 비추어
꽃 그림자들과
속삭이고

깊은 밤에
별빛과 강물은
슬픈 듯
그저 고요하다.

용왕은 용궁으로 돌아가지 않고 강물가에 서서 밤이 깊도록 기다린 후, 궁궐 밖에 다가간다.

이때 당나라 태종황제는 꿈에 궁궐 밖으로 걸어 나가 달 아래 꽃 그림자들을 밟으며 산책하는 중 홀연히 한 사람의 귀인이 발 아래 엎드려 슬픈 울음 섞인 목소리로 애원한다.

"폐하! 저를 구원하여 주십시오!"

황제는 놀라며 묻는다.

"그대는 누구인고? 짐이 할 수 있다면 그대를 구해 주리라!"

용왕이 사실을 이야기하자 태종황제는,

"짐의 승상이 목을 자르는 일을 맡았다면, 그대를 구해 줄 수 있으니 안심하고 돌아가시오."

용왕은 감사의 절을 하며 물러간다.

아침이 되자, 태종은 어젯밤 꿈의 일들을 잊지 않고 아침 모임을 갖는 시간에 문무백관들이 다 모여 자기에게 절을 하며 인사를 하는데, 오직 승상만 보이지 않는다. 태종은 신하 한 사람을 시켜 승상을 불러오라고 한다.

한편, 승상은 어젯밤에 하늘을 바라보며 향을 피우고 조용히 앉아 있노라니 홀연히 높은 하늘에서 신선이 학을 타고 내려오며 옥황상제의 칙서(명령서)를 건네주고 날아갔는데, 거기에는 이렇게 써 있다.

'내일 12시 3분에 황하 용왕의 목을 자르라!'

승상은 자기에게 이 중대한 임무를 준 하늘에게 절을 하며, 다음날 아침 내내 몸을 바로 하고 호흡을 깊게 조절하며 정신을 가다듬느라고 조정의 아침 모임에 나가지 못하였다. 10시쯤 태종의 명령을 받은 신하 한 사람이 와서 '그대는 빨리 궁궐로 오라!' 는 연락을 주니 승상은 황공하여 어쩔 줄 모르고 급히 옷을 바로 차려 입고 황제 앞에 나아가 죄를 청하니, 이때까지 신하들은 궁궐에서 물러나지 않고 있었다.

태종황제는 말한다.

"그대에겐 죄가 없도다."

황제는 "모든 이들은 물러가라!"고 명령한 후, 승상만을 데리고 다른 방으로 가서 함께 나라의 중요한 일들을 의논하는데 거의 12시가 다가오자 궁녀들에게 명령하여 "바둑판을 가져오라!"고 하니 여러 궁녀들은 바둑판을 가져와 조심스레 벌려 놓는다.

황제와 승상은 바둑을 두기 시작하는데, 바둑의 도는 근엄함과 음양 팔괘의 이치에 있다. 판의 중간에는 높은 자가 있고 변두리에는 낮은 자가 있지만, 모퉁이라 할지라도 중심이 될 수가 있으니 이는 바둑의 근본이다.

차라리 한 점을 잃을지라도 큰 모양을 보아라!

왼쪽을 치면 오른쪽을 느끼고 앞을 치면 뒤를 조심할지니, 사방팔방으로 활발하여 마치 삶을 잘 기르듯 하되 모조리 살려고 이어 나가지 말라!

넓다고 해서 너무 느슨하지 말고 좁다고 해서 너무 긴장하지 말라!

한 점에 미련을 두어 그것을 구하느라 애쓰기 보다는 차라리 이것을 버리고 승리를 취하라! 저편이 많고 내편이 적으면, 먼저 살기를 꾀하고 저편이 적고 내편이 많으면, 세력을 뻗치는데 힘써라!

잘 이기는 자는 다투지 않고, 진을 잘 치는 자는 싸우지 않는다. 잘 싸우는 중이라도 거만하지 말고 패하는 중이라도 스스로의 마음을 어지럽히지 말라!

처음에 올바르게 화합하면 끝에 가서 승리를 할 수 있다!

만일 상대가 나를 도와주는 척 한다면 침범하여 끊으려는 뜻이 있고 적은 것을 버리고 구하지 않는다면, 큰 것을 노리는 마음이 있기 때문이다. 손 가는 대로 바둑을 두는 자는 무모한 사람이요, 생각하지 않고 응하는 자는 스스로 패하기를 원하는 것이다! 가장 중요한 것은, 꼼꼼히 조심조심 주의를 기울이되 넓은 안목으로 움직여라!

얼마 되지 않아 12시가 되자, 바둑을 두던 승상은 문득 피곤한 듯 잠을 자기 시작한다.

태종황제는 웃으면서 승상을 보며 말한다.

"그대는 나라를 튼튼하게 하고 경제를 부유하게 하고자 일을 많이 하여 지 쳐서 잠을 자는 모양이구나!"

태종은 자는 대로 놔두고 깨우지 않았다. 잠깐 사이에 승상은 잠에서 깨어나더니, 감히 황제 앞에서 잠을 잤던지라 땅에 꿇어 엎드려 말한다.

"제가 죽을 죄를 지었습니다. 폐하를 모시는 중에 잠이 들었으니 이 무례함을 용서해 주십시오!"

"그대에게 무슨 죄가 있겠소. 어서 일어나시오. 다시 한번 바둑을 둡시다."

이때, 궁궐 밖에 요란한 소리가 들리더니 신하들이 피가 뚝뚝 떨어지는 거대한 용의 머리를 가지고 들어와서 황제 앞에 바치며 아뢴다.

"폐하, 바닷물이 줄어들고 큰 강물이 마르는 일은 일찍이 보았으나, 이런 괴이한 일은 처음입니다!"

용의 머리를 본 태종은 깜짝 놀라, 벌떡 일어나며 묻는다.

"어디에서 용의 머리가 떨어졌느냐?"

"폐하께서 거쳐 하시는 궁궐 위 하늘에서 떨어졌습니다."

태종은 대경실색하며 얼굴이 파래져서 승상에게 묻는다.

"그대가 자고 있을 때 손끝 하나 움직이지 않았는데, 어찌 이런 일이 있을 수가?!……."

승상은 말한다.

"제가 좀전에 갑자기 졸음이 와서 잠을 잘 때, 꿈속에서 궁궐을 떠나 구름 위로 올라가 꽁꽁 묶인 용에게 다가가서 '너는 하늘의 법을 어겼으니 죽어 마땅하다! 그대를 베리라!' 하니 그 용왕은 살려달라고 몇 번 애원하더니, 금세 포기했는지 큰 눈물만 흘릴 뿐 더이상 애걸하지 않더군요. 저는 정신을 가다듬고 그 옆에 놓여 있는 하늘에서 쓰는 서릿발 같은 큰 칼을 높이 쳐들고 크게 소리치며 단번에 내리쳤습니다!"

이 말을 듣는 태종은 놀라움과 슬픔에 눈물이 그렁거린다.

'꿈속에서 용왕에게 살려 주겠다고 약속했는데, 이렇게 되다니!……'

죄 지은 것 같은 깊은 슬픔에 마음이 무겁고 답답해진 태종은 자기의 거처로 돌아와서도, 어젯밤 꿈속에서 용왕이 살려달라고 애처롭게 호소하던 일들이 머릿속에 생생하게 기억되어 이 생각 저 생각으로 고민하며 마음이 점점 불안해지기 시작했다.

그날 밤 자정이 다가오자, 방문 밖에 어디선가 흐느끼며 소리치는 소리가 나는 듯하여 태종의 두려움과 놀라움은 점점 더 깊어져 정신이 산란해진다. 그러다가 문득 잠이 들었을 때, 몽롱한 의식 중에 손에 피가 뚝뚝 떨어지는 머리를 들고 황하 용왕이 나타나더니 고함을 친다.

"여보시오, 태종황제! 나를 살려 내시오! 엊그제 밤, 나를 살려 주겠다고 약속하더니 어째서 승상을 보내어 나를 베었습니까? 이리 오시오! 당신은 나와 함께 지옥에 가서 염라대왕에게 심판을 받읍시다!"

이렇게 용왕이 외치며 태종을 붙잡고 끌고 가려고 하자, 가지 않으려고 애써 버티는 태종은 두려움으로 그저 전신에 땀을 뻘뻘 흘리며 죄스러움에 아무 말도 못하고 죄인처럼 서 있는다.

이렇게 쩔쩔 매고 있을 때, 남쪽 하늘에서 상서로운 구름에 휘감겨 찬란한 안개 바람을 나부끼면서 한 선녀가 나타나더니 손에 있는 꽃송이를 한 번 흔들자 머리 없는 큰 용은 슬피 울면서 서북쪽으로 사라진다.

사실, 이 선녀는 관음보살로서 서쪽 땅으로 가서 경을 가지고 올 사람을 찾기 위하여 이곳 성 내에 머물고 있다가, 한밤중에 어느 귀신의 흐느끼는 소리가 들려오자 이곳에 나타나 태종을 구한 것이다.

겨우 잠에서 깨어난 태종은 외친다.

"살려 주시오, 살려 주시오! 누가 나 좀 도와 주시오!"

이 소리에 놀란 모든 왕비들이며 시중 드는 신하들은 당황하여 날이 새도록 한잠도 자지 못했다.

아침 해가 높이 뜨자, 모든 문무 신하들은 황제에게 아침 인사를 드리고 나라 일들을 논의하는 아침모임에 궁궐에 모여서 황제를 기다리는데 점심때가 다 되어도 태종황제는 나타나지 않다가 사람을 보내어 말하길,

"짐의 마음이 편안치 않으니 모든 신하들은 해산하도록 하라!"

그 후 5~6일이 지나도 아무 소식이 없자, 모든 신하들은 걱정하며 몇 사람의 높은 고관들은 태종의 침실궁궐 밖에 가서 문안을 올리고자 전한다.

잠시 후에 황제의 병세를 보살피는 의사가 오더니 말한다.

"황제께서는 놀라시어 맥이 고르지 못하고, 허약하시어 귀신을 보시는 등 오장이 매우 약하십니다. 길어야 7일을 넘기시기 힘들 겁니다."

이 말을 들은 높은 고관들은 대경실색하여 어쩔 줄을 모른다.

그 날 태종은 전쟁터에서 많은 공을 쌓은 두 장군을 불러 힘겹게 말한다.

"짐이 19살부터 그대들과 함께 남쪽과 북쪽의 나라들과 싸우고 동서의 나라들을 정복하는 등 많은 전쟁을 겪었으나 일찍이 이와 같은 요사스런 귀신을 본 적이 없도다. 그대들은 믿기 어렵겠지만, 밤만 되면 문 밖에서 벽돌과 기왓장을 던지며 나를 붙잡고 화를 내며 울부짖고 하니 심히 견디기 어렵도다. 오늘 밤은 두 장군들이 내 방문 앞에 서서 지켜 주시오!"

두 장군은 절을 하며 말한다.

"저희들은 폐하의 태자 시절부터 같이 무수한 전쟁터에서 수많은 살인을 해 왔는데, 어찌 귀신을 두려워 하십니까? 오늘 밤 저희들이 어느 귀신인지 밝혀 보겠으니 걱정하지 마시옵소서!"

깨달음으로 가는 여행

그런 뒤 이상하게 3일 동안을 조용하기만 하더니 4일째 밤엔 갑자기 뒷문 쪽에서 기왓장들이 요란하게 떨어지는 소리가 나며 태종을 부르며 다시 놀라게 한다. 그래서 용왕의 머리를 자른 승상에게 부탁하여 뒷문에 지켜 서게 하니 그의 엄하고 영웅적인 기세에 다시 조용해졌다. 그러나 황제의 병은 점점 악화되어 태후(황제의 부인)는 신하들과 장례를 치를 준비를 상의한다.

승상 위징은 태종에게 다가와서 차분하게 말한다.

"폐하, 너무 염려하지 마시옵소서. 폐하께서 다시 살아 돌아오시도록 하겠습니다."

"짐의 병세는 이미 골수에까지 사무쳐 목숨이 다하였는데, 어떻게 그런 말을 하는 거요?"

"폐하의 선제(태종의 아버지, 고종) 때 관리를 지냈던 최씨라는 사람이 있었습니다. 당시에 우리는 의형제를 맺고 친하게 지냈었으나, 얼마 전 그는 이미 세상을 떠나 저승에서 생사를 다스리는 판관의 자리에 있사오며 꿈속에서 저와 가끔 만나고 있사옵니다. 제가 쓴 이 편지를 드릴 테니 폐하께서 저승을 가시오면 그에게 주시옵소서! 그가 저와의 우정을 생각해서 폐하를 도와드릴 겁니다!"

태종은 이 말을 듣고 편지를 받아 가슴에 간직하더니, 드디어 눈을 감는다.

최판관과 지옥

태종은 이상하면서도 몽롱한 상태에서 그 영혼이 침실에서 나와 서북쪽으로 몇 걸음 걸으니 황제가 사냥할 때 쓰는 말들과 마차가 서서, 태종에게 사냥을 가자고 한다.

태종은 홀연히 그들을 따라서 휘적거리며 성 밖으로 나가는데, 한참을 걷다보니 사람들도 말도 다 없어지고 홀로 황량한 들판을 거닐고 있다. 깜짝 놀라 당황하여 어쩔까? 하며 망연히 서 있는데, 누군가가 크고 우렁찬 목소리로 외친다.

"당나라 태종 황제폐하! 이리 오십시오!"

태종이 고개를 돌려 그곳을 바라보니 머리에는 오사모를 쓰고 관리들의 옷같은 이상한 검푸른 모시옷에 서각띠를 둘렀으며 손에는 상아로 만든 홀을 들고 어둠 속에 서 있는데, 몸에는 서광이 서리는 듯 위엄이 가득 차 있다.

가까이 다가가서 그의 얼굴을 보니 차가운 얼굴은 어둠 속에 더욱 냉랭하여, 태종은 머릿속이 섬뜩하여 조심스레 묻는다.

"그대는 누구인데 나를 부르는고?"

그는 거만한 듯한 모습으로 태종에게 약간 고개 숙여 인사하며 말한다.

"저는 인간 세상에서 수명이 끝마친 영혼을 저승으로 데려가는 최판관입니다. 폐하의 삶은 이제 끝났으니 저를 따라 오십시오!"

차갑게 말을 마치며 돌아서는 그에게 태종은 안심한 듯 가슴 품속에서 편지를 꺼내어 그에게 건네준다.

"이것은 승상 위징이 그대에게 주라는 편지요."

최판관이 받아 뜯어보니,

최판관 형님에게!
세월은 빨라 형께서 저승으로 가신 지 벌써 몇 해가 지났건만,
옛날 우리가 친분이 두터워 자주 오고 가던 때를 생각하면
최형의 음성과 용모가 아직도 살아 계신 듯 하옵니다.
계절을 따라 형님께 제사를 받들었사오나, 받으셨는지 모르오며
또한 아우를 잊지 않으사 꿈속에 나타나시니 고맙기 그지없고
음양이 서로 막히고 세계가 각각 달라서
만날 수 없사오니 심히 안타까울 따름입니다.
지금 태종황제께서 문득 돌아가시니
형께서는 부디 우리 폐하를 이 세상으로 다시 돌려보내 주시기를
간절히 비옵니다!

아우 위징 올림.

편지를 읽은 최판관은 엄하고 차갑던 얼굴이 약간 부드럽게 온화해지며 말한다.

"제가 할 수 있는 데까지 폐하를 도와 드리겠습니다."

어느덧 어둡고 음산한 지옥에 도착하여 검고 붉은 듯한 무시무시한 공포감이 드는 큰 성문을 지나 큰 거리를 따라 안으로 깊이 들어가는데, 좌우를 살펴보니 집들은 기둥이랑 대문 등 모두 단청 없이 그저 어두운 검은 밤색으로 칠해져 사람들도 거의 없고 마치 죽음의 도시 같다.

이때 거리의 한 옆에서 선왕 이연과 형 건성, 아우 원길이 나타나면서 고함치며 말을 한다.

"세민이가 왔구나! 세민이가 왔어!"

하더니 갑자기 달려들어 옛날에 죽음을 받은 원한을 갚으려고 한다.

당시 황태자이던 큰아들 건성은 진왕으로 있던 세민의 위력과 명성이 날로 커지자, 그것을 불안하게 여겨 작은 아우 원길과 함께 계략을 써서 세민을 죽이려고 하던 차에 세민은 그들의 음모를 알아차리고는 현무문에서 그 두사람을 먼저 죽여 버린다.

태종은 급히 그들을 피하여 도망가려고 했으나 잡히고 말았다. 서로 옥신각신 승강이를 하다가 최판관이 부른 무서운 얼굴을 가진 귀졸들에 의하여 간신히 빠져나와 다시 얼마를 걸어가니, 저 멀리 장엄하고 화려하기 이루 말할 수 없는 푸른 기와지붕에 덮인 한 누각이 보인다.

은은한 붉은 안개는 천 갈래로 나타나 주위를 둘러싸며 괴상한 짐승 머리들은 처마 끝에 매달려 밝게 빛나며 움직인다. 몇 줄의 금못을 박은 커다란 문 사이에 백옥으로 만든 계단을 따라 올라가니, 새벽 연기는 궁전 안의 크고 붉은 등불들의 불빛을 받아 하얗고 푸르게 빛나다가 붉게 물든다. 높이 솟은 누각은 마치 회색 하늘에 닿은 듯하며 양 옆에는 사나운 악마의 얼굴을 한 지옥의 두 장수가 서 있다. 죽은 이의 혼백은 이곳에서 긴 흰 비단을 따라 들어가니 이곳이 바로 염라대왕의 궁전이다.

태종은 최판관을 따라 다시 긴 복도를 따라서 커다란 두 쌍의 촛불이 켜져 있는 곳으로 들어가니, 그곳에 열 명의 지옥 왕들이 근엄하게 앉아 있다.

당나라의 황제인 태종이 들어오자, 그들은 약간의 예를 차리어 정중히 인사하며 묻는다.

"황하의 용왕이 당신에게 도움을 청하여 약속을 받았다가 도리어 죽음을 받았다는데, 어찌된 일인지 말하시오!"

태종은 사실대로 이야기 하며 꿈속에서 있었던 일이라 자기의 힘으로는 알 수도 없었을 뿐더러 어찌할 수 없었다고 말하자, 염라대왕은 말한다

"어찌 되었든 그 용왕은 태어나기 전부터 이미 '승상의 손에 죽을 것!' 이라는 내용이 죽음의 장부에 쓰여 있어 우리는 알고 있지만, 용왕은 우리들에게 폐하를 이리로 불러 심판해 달라고 하도 청하는 바람에 이렇게 묻는 것이니 이해하십시오! 그리고 그 용왕은 다시 세상에 태어나게 하고자, 윤회의 수레바퀴에 보내어 빙글빙글 돌리며 경을 읽게 하여 이곳에서 내보낼 것입니다."

그리곤 최판관에게 즉시 인간 세상의 수명이 적힌 책을 가져오라고 명하니 최판관은 서고에 가서 역대 제왕들의 수명이 적힌 책을 꺼내어 펼쳐 본즉 분명히 '당태종 정관 3년에 죽다' 라고 쓰여 있다. 깜짝 놀란 최판관은 3자 앞에 2자를 덧붙이어 23년으로 고쳐 쓰곤 염라대왕에게 갖다 바친다.

그 책을 본 지옥 왕은,

"폐하께선 아직도 20년의 수명이 더 있으니, 아무 염려 마시고 곧 돌아가십시오!"

하며 최판관에게 태종을 이승으로 돌려 보내라고 명한다.

태종은 염라대왕에게 감사의 절을 하며 최판관을 따라가는데, 자세히 보니 왔던 길이 아닌 전혀 다른 길이었다.

"판관! 길이 다르지 않소?"

앞에 걸어 가던 판관은 고개를 돌리며 말한다.

"원래 이곳 지옥에 오는 길은 있어도 나가는 길은 없습니다. 단지 지옥의 벌을 받는 곳을 지나쳐야만 이승에 갈 수 있는데, 보통 영혼은 길도 모를 뿐더러 이곳저곳에서 헤매다가 못 나가지요. 그리고 급한 것은 폐하가 죽은지 3일안에 이승으로 못 나가면 폐하의 육신을 매장하므로 어서 서둘러야 합니다!"

최판관은 얼굴이 무섭고 힘이 센 지옥의 장수를 한 사람 부르더니 앞장서서 가기 시작한다. 태종은 할 수 없이 그들을 따라 어두컴컴한 길을 걸어 가다보니, 홀연 높은 산이 나타나는데 시커먼 구름이 공중에 잔뜩 끼어 있고, 짙은 회색빛 안개가 땅에 서리어 깔려 있다.

"판관, 도대체 저 산의 이름은 무엇이오?"

"저것이 바로 그 유명한 태음산입니다. 두려워 마시고 따라 오십시오."

태종은 겁에 질려 겨우겨우 그들 뒤를 따라 음산한 큰 바위들 옆을 지나 올라가는데 그 형상은,

울퉁불퉁 거칠게 마른 땅에 바위들은 험준하고 귀신과 요괴들이 얽히고

설킨 가시덤불 속에 숨어서 눈들을 번쩍번쩍하며 노려보고 있다.

　짐승과 새들조차 없는 메마른 산속엔 오락가락하는 요괴들만이 눈앞에 보이고 검은 안개만이 음계의 찬바람에 외로이 불리며 뒤덮고 있다. 깊은 산골짜기의 어둠 속에서 귀신들이 입으로 내뿜는 독기운으로 인해 산 고개도 동굴들도 모두 희미하게 가려져 있고 나무들도 모두 죽어 있다.

　물도 흐르지 않는 이 어둡고 깊은 골짜기 속에는 요사스러운 혼들의 이상한 고함소리만이 들려올 뿐! 목은 바늘구멍만 하고 배는 산만큼 큰 반나체의 굶주림에 울고 있는 아귀 귀신들은 돌이라도 먹을 듯이 허둥지둥 무언가를 찾고 있다. 산 귀신들을 쫓아내며 앞장서서 걷는 지옥의 장수 뒤를 따르는 급한 태종의 발자국 뒤에서 시커먼 안개가 분분히 일어난다.

　태종은 두 사람을 믿고 겨우겨우 앞으로 나가는데 여기저기서 들려오는 가슴을 죄이는 듯한 슬픈 소리는 끊임없고, 고개들을 넘어 지나가는 곳마다 문득문득 나타나는 악괴들에 모골이 송연하도록 깜짝깜짝 놀란다.

　음산을 겨우 넘어서자, 갑자기 전경이 바뀌는데 넓은 허허벌판에서 벌어지는 일들은 차마 설명할 수조차 없는 공포의 광경이다!

　최판관은 말한다.

　"이곳은 아홉 겹의 지옥으로 음산의 뒤에 있는 곳으로서 죄를 지은 영혼들이 이곳에 끌려와서 고통을 받는 곳이지요."

1. 외롭고 번뇌가 가득 찬 참담하게 가슴 아픈 지옥.
2. 불에 지지고 태워져서 피부가 터져 흐르고 살기름이 불에 튀기며 스스로의 음화에 안절부절못하고 불 속에서 고통받는 이들의 지옥.

3. 혀를 길게 잡아 빼내어 못질을 하고 칼로 베며 이빨을 뽑고 주둥이가 찢어지게 하는 지옥.

4. 끝없는 슬픔에 처참하게 울며 큰 돌을 가슴과 어깨에 눌리어 숨이 막힐 듯한 지옥.

5. 피와 근육이 터져 나오고 잔뜩 때가 낀 얼굴과 더벅머리에 이맛살을 잔뜩 찌푸리고 걱정 근심이 가득 차 있는 지옥.

6. 나체의 몸에 얼음 속에 갇혀서 몇 백 년이고 얼음물이 점점이 피부에 떨어지는 고통과 추위를 받는 지옥.

7. 깜깜하여 아무것도 볼 수 없는 작은 감옥에 서로들 밟히고 짓눌려서 숨 조차 쉴 수 없는 좁은 지옥.

8. 머리를 부수고 팔·다리·목을 꺾으며, 근육을 자르고, 뼈를 분지르는 아픔의 지옥.

9. 목구멍은 바늘 구멍 같고 배는 산만 한데 눈앞의 음식을 보고 먹어도 입 속에 넣는 즉시 불에 타는 고통을 받는 지옥.

이렇게 고통 받는 지옥 영혼들을 보며 무서움과 두려움에 겨우겨우 발을 옮기는 태종의 마음은 놀랍고 아프기만 하다.

지나가는 바로 옆에서는 한때의 영혼들이 모조리 줄에 묶이고 포박되어 있으며 소대가리·말대가리 등의 귀졸들은 그들을 쇠망치로 마구 치고 창으로 사정 없이 찌르고 해서 머리에서는 피가 뚝뚝 떨어지며 얼굴이 온통 시뻘겋게 피로 물들고, 불에 타다 못해 잔뜩 찌푸려진 고통스런 얼굴들……

영혼들의 그 신음소리와 울부짖는 소리가 크게 검붉은 지옥 하늘에 가득하게 퍼지지만 누구 하나 그들을 돕는 이가 없다.

최판관은 그들을 가리키며 말한다.

"이들은 모두 입으로는 좋은 소리만 하고 마음으로는 악한 자들, 간사스런 말로 사람들을 이간질시키며 괴롭히는 자들, 다른 이들을 속여 먹는 장사치들, 강제와 폭행으로 착한 사람들을 부려먹고 이용한 자들, 짐승들을 도살한 자들, 사기를 쳐서 남의 재물을 빼낸 자들, 살인을 한 자들 등으로서 스스로 마음을 깨끗이 하지 않으면 몇 백 년이고 고통을 받습니다!"

이때, 문득 저 멀리 공중에서 승려의 모습을 한 보살이 석장을 잡고 나타나서 큰 자비심과 신통력으로 지옥의 불들을 약하게 하며 그들의 고통들을 늦추시고, 연민심으로 가득 찬 음성으로 커다랗고 똑똑히 말씀하신다.

"그대들이 지금 받고 있는 끝없는 고통들은 스스로 지은 나쁜 업(카르마)에 의하여 생기는 것이니, 악한 마음이 없어진다면 죄의 근본은 본래 공한 것이다. 스스로의 마음을 바로 지켜보아 지금 받고 있는 이 고통들은 환상이라고 지켜보라! 그리고 큰 마음을 내어 스스로의 지은 잘못을 뉘우치고, 부처님을 생각하라! 스스로의 마음을 똑바로 지켜보아 공법을 깨닫는다면 이 모든 아픔들이 그대들을 다치게 하지 않을 것이다!"

그러자 겨우 몇 사람만이 그 고통 속에서 자리를 훌훌 털며 자유롭게 일어나 평안한 얼굴로 보살님께 합장하며 나오는데, 그 나머지는 워낙 강한 고통 속에 마음이 몽매해져 혼란되어 알아듣지를 못한다.

태종은 최판관에게 묻는다.

"저 성인은 도대체 누구요?"

"저분은 이 지옥 세계에 몇 만 겁을 사시며 '만일 이 지옥에 한 사람이라도 남아 있다면 결코 부처가 되지 않으리라!' 는 큰 서원을 세우시고, 이 지옥의 영혼들을 고통에서 구해내고자 애쓰시는 지장보살님입니다."

짧은 시간이지만, 멀리서나마 지장보살님을 바라본 태종은 기분이 차분해지고 마음이 깨끗해지는 것 같아 그 동안의 두려움이 없어져 살 것 같은 기분이 난다.

다시 벌판을 지나 얼마를 가자, 거대한 큰 강물이 나타나는데 건널 다리가 보이지 않는다.

강가에 도착한 최판관은 "다리를 놓아라!" 라고 크게 소리치자, 어디서 나타났는지 깃발을 든 한 떼의 귀졸들이 와서는 "영차영차!" 금세 다리를 만든다.

그 환영 같은 투명한 다리 위를 걸으며 강물을 내려다보니 그것은 물이 아니고 음산한 찬바람 속에 거세게 몰아치며 흘러가는 핏물로써, 그 속에서 허우적대며 울부짖는 영혼들이 끝없이 떠내려간다.

태종은 겁나고 놀라서 묻는다.

"이곳은 또 어떤 곳이오?"

"이 강은 죽은 영혼도 건널 수 없는 저승의 피 강물입니다. 지옥의 고통 받는 영혼들이 이곳에서 도망가려고 헤엄을 치다가는 핏물에 빠져 고생한 뒤 다시 잡혀 돌아올 뿐이지요."

아! 지옥이란 바로 고통과 죽음만을 수없이 반복하는 곳이 아닌가?

사람의 뼈조차 녹는다는 지옥의 피 강물! 음산하게 퍼져 있는 피비린내의 역겨움은 가슴을 송곳으로 찌르는 듯하고 한 척의 배를 띄운다 하더라도 피 물결의 파도와 귀신들이 잡아당겨 강물 밑으로 가라앉는다!

이곳을 건너는 것들은 맨발에 더벅머리인 창을 잡은 지옥의 병사들뿐!

아! 저기 절벽 언덕 위와 나무에 나체로 앉아 있는 여인들은 또 누구인가? 어떤 여인은 여러 가지 색깔의 거의 투명한 얇은 옷을 걸쳐 입고, 어떤 여인은 완전 나체로 매우 성적인 몸매에 언덕에 엎어져 개에게 물리면서 신음하고 있고 뱀들에게 휘감겨 신음하니 그 울고 아우성치는 여인들은 바로 매음부들이다. 피를 흘리며 고통인지 즐거움인지 모를 신음소리를 지르는 나체의 여인들…….

이 강물을 건너자마자 다리는 곧장 없어져 버린다.
태종은 이 고통의 광경들에 놀라고도 당황하여 머리를 묵묵히 숙이고 슬픔에 젖어 있는데, 문득 눈앞에 크고 부서진 성이 나타나며 여러 사람들의 아우성치는 소리가 들리다.
"이세민이 왔다. 이세민이 왔어!"
이 외치는 소리들에 태종은 놀라 부들부들 떨고만 있는데, 한때의 귀신들이 일제히 앞을 막아서며 부러진 다리는 질질 끌고, 허리는 잘려지고, 팔들은 끊어져 나갔으며, 발은 있어도 대가리는 없는 그런 꼴들이었다.
"내 생명을 돌려 보내다오, 내 목숨을 돌려 보내줘!"
태종은 무섭고 당황하여 이리 피하고 저리 피하며 소리를 지른다.
"판관! 나좀 살려 주시오! 최 선생, 나를 좀 도와줘요!"
"폐하, 그렇게 놀라서 소리치지 마십시오! 그러시면 저들은 더욱 덤벼듭니다. 저들은 모두 136군데의 전쟁터, 그러니까 폐하의 태자시절부터 싸워온 전쟁터에서 목숨을 잃은 여러 왕자들과 장군들 그리고 군사들입니다. 그들은 억울하게 죽어 누군가 거두어 주지를 않아서 이렇게 외롭고 가난한 영혼들이 되어 있는 것입니다. 폐하께서 이들에게 얼마씩의 용돈을 주시면 이 곳을 빠져나갈 수 있습니다."

"이곳까지 빈 몸으로 온 내가 돈이 어디 있겠소?"

"폐하의 성안에 상량이라는 사람이 이 지옥에 13개의 돈 창고를 가지고 있으니 그의 돈 창고 하나를 빌려 쓰신다며 인간 세상에 돌아가신 후 갚아 주시면 됩니다."

태종은 이를 듣고 기뻐하며 그러마고 약속을 하니 최판관은 돈들을 그들에게 나누어 주며 명령하듯이 말한다.

"이제 그대들은 이분을 놓아 주도록 하라! 이분이 인간 세계에 돌아가시면 곧 수륙대회(모든 죽은 이들의 영혼에게 베푸는 제사)를 열어 그대들을 다시 살아 나가게 할 터이니, 길을 열어라!"

이 말을 듣는 귀신들은 돈을 받아들더니, 묵묵히 앞으로 나갈 길을 비켜선다.

이 성안을 겨우 지나니, 어떤 큰 길이 나오는데 다시 여섯 갈래의 길로 나뉘어진다. 가만히 살펴보니, 어떤 이는 깨끗한 옷에 구름을 타고 어느 한길을 날아가며, 어떤 이는 제왕의 옷차림으로 어느 길을 걷고 있고, 승려들, 날짐승, 들짐승, 도둑의 무리 등 도깨비와 허깨비들조차 제각기 다른 길로 갈라지며 갈 길을 찾아 나간다.

"이 길들은 또 뭐요?" 하고 물으니,

"이 길들은 이승으로 태어날 때 여섯 갈래의 길로써 각자 살았을 때의 업을 지은 것에 따라 어떤 이들은 제왕의 길을, 어떤 이들은 보통 사람이 되고, 짐승이 되기도 하며, 귀신의 세계에 떨어지는 갈림길들 입니다. 그리고 이제부터 시간이 촉박하니 말을 타고 갑시다!"

말하며 성 앞에 매어둔 검은 갈기 털에 붉은 몸인 저승 말들을 각기 한 마리씩 타고서 달리니, 나는 화살처럼 빠른 말들은 순식간에 인간과 저승의 경계인 어느 강변에 도착한다.

최판관은 황제에게 말한다.

"세상으로 돌아가시면, 반드시 수륙대회를 베풀어 억울한 영혼들을 구제하여 주십시오. 저승에서 원한의 소리가 없어야만 인간 세상이 태평하고 즐거울 수 있습니다."

태종은 그 말에 약속하고 문득 강물을 바라보니 한 떼의 금빛 잉어들이 물 위에서 물결을 헤치며 뛰논다.

그 아름다운 광경을 보며 마냥 감탄하고 있는데, 최판관이 소리친다.

"폐하, 시간이 늦기 전에 빨리 이승으로 돌아가셔야 합니다!"

이 재촉하는 말이 들리는지 안 들리는지, 태종은 그저 금빛 물고기들에 정신이 팔려 그것만 보고 있다.

최판관은 "빨리 서두르시라니까, 무얼 그리 한눈 파십니까!"라고 큰소리로 야단치듯 외치며 태종의 등을 확 하고 밀어대니 첨벙 하는 소리를 내며 물에 빠지는데, 이리하여 마침내 태종은 다시 이승으로 돌아오게 된다.

이때 궁중에서는 태종의 장례를 준비하고 황태자를 황제로 모시기로 의논하며 황후 등 여러 신하들과 소곤거리고 있을 때, 돌연 관 속에서 연방 호통치는 소리가 들린다.

"짐을 물에 빠져 죽게 하려는 거냐! 빨리 건져 주시오!"

관 속에서 외치는 그 호통 소리에 모든 신하들과 황후·비빈들은 깜짝 놀라서 몸들을 부들부들 떨며 관에서 멀리 떨어져 선다.

그래도 그들 중에 대담한 장수들과 문관 한 사람이 관 앞으로 가서 절을 하며,

"폐하, 편하지 않으신 점이 있으시면 소신들에게 분부하시옵고 이렇게 유

령이 되시어 권속들을 놀라게 하시지 마시옵소서!"

그러자 승상 위징이 나서며 말한다.

"이것은 유령이 아니라 폐하께서 저승에서 다시 돌아오시는 소리오! 어서 연장들을 가져오너라!"

하며 곧 관 뚜껑을 열게 하니 아직도 태종이 눈을 감고 소리치고 있다.

승상이 앞으로 나아가 부축하며,

"폐하, 정신 차리시옵소서! 저희들이 이곳에서 이렇게 모시며 받들고 있사옵니다!"

그제서야 겨우 눈을 뜬 태종은 숨을 몰아쉰다. 날짜를 따지면 3일 낮 3일 밤을 저승에서 헤맨 셈이다. 이로부터 사람이 죽으면 시체를 관에 넣고 집안에 두고 밤낮으로 경을 읽으며 3일 후에야 땅속에 묻는 습관이 생겼다.

편안히 하룻밤을 잘 자고 나서 정신을 가다듬은 태종은 다음날 아침모임에서 그 동안 지옥에서 있었던 일들을 모두 설명하니 신하들 중 놀라지 않는 사람이 없었다.

태종은 즉시 명령을 내려 감옥에서 처형될 사형수 5백 명과 중범 죄수들 천 명을 풀어주며 돈을 얼마씩 주어 고향으로 돌려보내고 내년에 다시 돌아와 가벼운 형벌을 받으라 하였으며, 궁궐에서 일을 시키는 여인들 3천 6백 명을 가족들에게 돌려보냈고, 외롭고 가난한 이들을 위하여 잠잘 곳과 음식들을 제공해주니 천하의 사람들은 모두 황제의 어진 정치에 감사한다.

태종은 또한 염라대왕에게 감사의 표시로 〈누군가 지옥에 가서 수박을 바칠 사람을 찾는다〉라고 방문을 써 붙이고, 한편으로는 한 장군을 시켜 한 창고의 돈을 가지고 성내의 상량이라는 사람을 찾아가 주라고 명한다.

방문을 써 붙인지 며칠이 지나자, 한 젊은 무사가 저승으로 가겠다고 나타난는데 사연인즉, 그의 애인이 갑자기 병으로 죽자 그녀를 사랑함에 이 세상에 살 이유를 잃어버린 그 무사는 스스로 그녀를 따라가겠다고 한다. 태종은 그를 궁궐로 불러 수박 한 수레를 준비하고 저승의 돈을 그의 소매에 넣고 독약을 먹여 수박 수레 옆에 죽게 한다.

마침내 독약을 마시고 죽은 그 젊은 무사는 수박이 가득 실은 수레를 끌고 이승을 떠나 지옥문에 당도하니 그곳을 지키던 지옥의 장수들이 소리친다.

"너는 누구인데, 감히 이곳에 들어오려고 하느냐?"

"나는 당나라 황제의 명령으로 염라대왕에게 이 수박들을 바치러 왔소!"

그 말을 들은 지옥 장수는 그를 데리고 염라대왕에게 간다. 지옥에서 보기 힘든 이 수박들을 보자 염라대왕은 매우 기뻐하며 그 젊은 무사에게 고맙다고 인사하자, 그 무사는 꼭 한번만이라도 다시 자기의 애인을 만나고 싶다고 한다.

염라대왕은 즉시 명령한다.

"이 무사의 애인을 찾아오라!"

지옥에서 다시 만난 그들은 서로 붙들고 운다. 이것을 본 염라대왕은 그들을 세상에 다시 태어나게 하는데, 그만 실수하여 두 여자애로 태어나니 이것이 동성애의 시초이다.

삼장법사

한편, 한 창고의 돈을 여러 수레에 가득 싣고 상량을 찾아나선 장군은 이웃들에게 알아보니 물장수를 하는 노인네로 돈을 벌면 그는 약간의 용돈 정도만 남기고 나머지는 모두 절에 시주하며 금·은의 종이 돈을 사서 창고에 넣어 태우곤 했다.

그저 착하고 가난한 물장수 노인은 어떤 장군이 군사들을 데리고 가지고 온 많은 돈을 내려놓자, 혼비백산하여 땅에 꿇고 빌며 그 많은 돈을 받으려고 하지를 않는다.

"노인, 일어나시오. 우리는 황제의 명령으로 노인에게 돈을 갚아드리려고 온 것뿐이오."

노인은 부들부들 떨며 겨우 대답한다.

"글쎄, 소인은 아무에게도 돈을 꾸어준 일이 없는데, 어찌 까닭을 모르는 재물을 받을 수 있겠습니까?"

그 장군은 친절하게 웃으며 말한다.

"노인께선 지금 가난하지만 절에 시주하고 종이 돈으로 저승을 위해 태운 연고로 저승에 있는 노인의 그 많은 돈들 중에 우리 황제께서 한 창고를 빌려 쓴 까닭으로 이렇게 돌려드리는 겁니다!"

그리 설명을 해도 노인은 막무가내로 말한다.

"소인이 이 돈을 받으면 빨리 죽을 겁니다. 그것은 저승의 일일 뿐, 지금 이곳에서 어찌 받을 수 있겠습니까?"

"지옥의 최판관이 증인으로 선 것이오."

"글쎄, 죽어도 받을 수 없습니다요!"

할 수 없이 장군은 돈을 싣고 다시 궁궐로 돌아와 태종에게 이 사실을 아뢴다.

이 말을 들은 태종은 명령한다.

"그럼, 이 돈으로 절을 짓고 스님들을 불러 경을 읽게 하며 대법사를 초청하여 지옥에서 외롭게 고통 받는 혼들을 위하여 수륙대회를 열도록 하라!"

그리하여 천하의 명산대찰에 이러한 편지를 전달하자, 한 달 사이에 수많은 고승들이 참석한다. 그런데 이러한 거창한 불사를 반대하는 몇몇의 신하들이 나타나 글을 써서 그들의 뜻을 태종에게 올린다.

> 장래의 복은 이미 지은 좋고 나쁜 행동에 따라 정해지는 것이니
> 입으로 경전들을 외워 그 죄를 면해 보려 하는 것은 헛된 것입니다!
> 인생의 길고 짧음은 자연에 그 근본이 있고 복덕과 지위는
> 임금님께 달린 것입니다.

그런데 지금 국가의 많은 경비를 들여 불법을 일으켜서 마치, 모든 것이
부처에게 달린 것처럼 믿으라고 하시니 상고시대에도 불법이 없었으나
모든 법들은 바로 세워지고 나라는 평안하였습니다.
지금 폐하께서는 오랑캐의 법을 믿으려 하시니
이것은 마치 오랑캐가 중국을 쳐들어 오게 하는 것과 같습니다.
부디, 중지하시길 바라옵니다!

이 글을 읽은 태종은 그 문제를 모든 신하들에게 읽혀 토론하게 하니 승상 위징이 말한다.

"불법은 이 세상뿐만 아니라 하늘·지옥에까지 그 좋은 법을 펼쳐서 모든 괴로움의 영혼들을 바르게 인도하며 착한 이들의 정신을 더욱더 깨끗하게 이끌어 주므로 삼세(과거·현재·미래)에 이익될 뿐이니, 버릴 만한 까닭이 없습니다!

비교를 하자면, 유교는 마치 규율과 속박을 통해서만 자기들의 할 일을 겨우 알아들을 수 있는 가장 기본적인 차원의 법이요, 도교는 자연의 음양오행의 이치를 통달하여, 모방하여 배우거나 규제를 할 필요 없이 스스로 무위의 경지에 들어 평화스럽고 화합할 수 있는, 나라의 가장 이상향의 수준입니다. 그리고 불교는 음양의 상대적인 차원과 선과 악의 구별조차 떠난 가장 높은 진리로서, 깊은 선정과 넓은 지혜를 닦아 깨달으면 부처가 되어 육도의 윤회를 벗어나고 천상의 옥황상제께서도 공경하는 이 우주에서 가장 성스러운 법인데, 이를 비방하는 자들은 엄형에 처벌함이 마땅하옵니다!"

이 말을 듣고 불법을 반대하는 이들은 즉시 승상에게 이렇게 반박한다.

"예의 근본은 임금을 섬기고 어버이를 받드는 것이거늘 부왕의 뜻을 저버

리고 나라를 버렸으며 혼자만의 이익을 위해 도망친 부처는 세상의 근본 이치를 배반한 것이오! 승상께선 지금 아비 없는 교를 보호하고자 하니 이것은 곧 황제폐하와 부모에게 불효하는 것이오!"

승상은 의연히 대답한다.

"작고 보잘것없는 것을 숭상하고 크고 훌륭한 것을 배척하는 그대들의 생각들이야말로 스스로 갖고 있는 보배를 모르고 똥 속에서 진주를 찾고자 애쓰는 어리석은 짓이오!

부처님은 맑고 어지신 분으로 근본불교에서 가르치는 인과의 법은 바로 유교의 법과 같고, 대승불교에서 가르치는 훌륭한 공법을 깨닫는다면 수없이 많은 이들을 악에서 근본적으로 구제할 수 있으니, 그 공덕은 말할 수 없이 높으며 그 마음은 무념에 들어 순수하고 깨끗하니 이것이 바로 최상의 길이 아니겠소?

부처님이 부귀영화를 버리고 출가하신 것은 모든 중생들을 바른 깨달음의 길로 인도하고자 하신 대자대비의 연민심 때문이지, 불효를 하고자 한 것이 아니오! 부처님은 성불하신 후, 고국에 다시 돌아와 부왕과 친속들에게 불법을 말씀하시어 그들의 마음을 밝게 해주셨고, 또한 하늘에 계신 어머니 마야부인과 천상의 신들을 위해 도솔천궁으로 올라가시어 설법하신 일들을 그대들은 모르고, 왜 쓸데없는 질투심으로 올바른 길을 비방하는 거요?"

이 말을 들은 태종은 크게 기뻐하며 명한다.

"승상의 말이 지극히 옳도다. 다른 의견을 말하는 자는 벌 하리라!"

이때부터 부처님을 비방하거나 경전의 가르침을 교묘한 말로 훼방하는 자는 혀를 끊고 팔을 자르는 법을 제정했다.

이튿날 황제의 명으로 승상은 덕과 학식이 풍부한 다섯 사람의 신하들을 거느리고 많은 고승들 중에 가장 덕행이 높고 불법에 통달한 스님 한 분을 선출하였으니, 그는 바로 작은 암자의 선승이었던 백학 노스님이 다시 탄생한 현장스님이다.

28세의 젊은 현장스님을 천거한 다섯 신하들은 모두 함께 현장스님을 데리고 궁궐로 들어가 먼지를 털고, 손을 휘젓고, 발을 구르는 법식의 인사를 마치고는 이렇게 아뢴다.

"여기 소신들이 분부를 받들어 현장이라는 고승을 선출하였습니다!"

현장스님을 바라보는 태종은 무척 기뻐하며 말한다.

"과연 잘 천거했도다! 진실로 착하고 덕행 있는 스님이로다!"

현장스님과 태종은 앞장서서 절로 들어가 탑을 돌며 부처님의 이름을 외우며 향을 피우고 꽃을 뿌린다. 그 뒤를 따르는 7백여 명의 고승들과 수백 명의 황족들 그리고 많은 신하들이 뒤를 따르며 부처님 앞에 절하고 향을 피우니, 그 장엄한 광경은 실로 엄숙하며 그 경건한 마음들로 상서로운 기운이 주위에 가득 찬다.

모두들 자리를 정하여 앉고 약간의 조용함을 지킨 뒤에 태종은 자리에서 일어나 현장스님에게 합장하며 청한다.

"저 외롭고 불쌍한 영혼들을 위하여 법문을 청합니다!"

현장스님은 높은 법상에 올라앉아 약간의 침묵을 지킨 후, 깨끗하고 조용한 목소리로 법문을 시작한다.

"지옥과 허공에 있는 가여운 영혼들의 모든 방황은 사라지고 죄 지음과 억울함도 없어지며, 지옥에 갇혀 고생하는 모든 영혼들은 이 법문을 듣고 마음을 맑혀 편안함에 돌아가라!"

이렇게 크게 허공에 외치며 법문을 시작하는데,

그대들이 지은 모든 나쁜 업들은 끝없이 탐내고,
성내고, 어리석음을 따라서 시작된 것이며
몸과 입과 마음에 의하여 생긴 것들이다!
그러니 큰 마음을 내어 스스로 뉘우치고,
착한 마음을 내며 부처님들의 이름을 부른다면
그대들의 고통 받는 마음들이 편안해지리라!
살생과 훔친 일들로 다른 이들에게 고통을 준 것을,
지금 참회합니다.
거짓말과 나쁜 말들로 다른 이들에게 고통을 준 것을,
지금 참회합니다.
탐냄과 성냄과 어리석음으로 다른 이들에게 고통을 준 것을,
지금 참회합니다.
백 겁 동안 쌓아 모인 죄들이라도
한 생각의 짧은 순간에 문득 없앨 수 있으니,
마치 마른 풀을 태워 버리는 것같이 남김 없이 사라져
죄의 흔적이 없으리라!
죄의 근본은 없으며 오직 마음에 따라 생길 뿐!
마음이 공하면 죄 또한 없어지리라!
마음과 죄가 둘 다 공하면
이것이 바로 참된 뉘우침이다!
극락 정토의 아미타부처님께 귀의합니다!
큰 연민심의 관음보살님께 귀의합니다!
관음보살의 본심에 있는 미묘한 여섯 글자의 크고 밝은 진언
옴마니파트메훔(3번)

이 법문을 듣는 이천 명 가까이 되는 사람들도 스스로 지은 죄들을 뉘우치며 또한 죄의 공성을 관하니 이 절 안의 상서로운 기운은 하늘에까지 뻗치고 지옥에까지도 스며들어 모든 영혼들을 편안하고 기쁘게 하였다.

이렇게 7일 동안 법문을 하고 경을 읽는데, 한편 서쪽으로 가서 경전들을

가지고 올 스님을 찾던 관음보살은 마침 나라에서 전국의 유명한 고승들을 초청하여 수륙대회를 연다는 소식을 듣고 이곳에 온 스님들 중 하나가 되리라는 예감으로 기뻐하며 부처님에게서 받은 가사옷을 들고 거리에 팔러 나간다.

맨발에 누더기를 걸친 거지스님으로 변장한 관음보살의 손에 든 부처님의 옷을 본 돌중들이 몇 푼의 돈을 가지고 있다가 건들거리며 거만하게 묻는다.

"헤이, 거지스님! 그 가사는 얼마에 팔 건가?"

보살은 그들을 지그시 바라보며 말한다.

"금 칠천 냥이오."

돌중들이 이 말에 웃으며 소리친다.

"저 거지중이 미쳤군. 살아 있는 부처라도 그렇게는 비싸지 않을 것이다. 가라, 가! 안 산다! 저 하잘것없는 것이 황금 칠천 냥이라니!……."

관음보살은 그저 조용히 다시 걸어갈 뿐, 이때 궁궐의 아침모임을 마치고 집으로 돌아가는 승상이 훌륭한 수레 위에 앉아 동쪽문을 나와 큰길을 따라 가니 모든 사람들은 길을 비키는데, 보살은 태연히 가사를 들고 길 한복판에서 승상을 마주 대하고 서 있다.

가사에서 번쩍번쩍 광채가 빛나는 것을 본 승상은 아랫사람을 시켜 그 값을 알아오게 한다.

"금 칠천 냥이오."

이 말을 들은 승상은 놀라며 거지승려에게 묻는다.

"얼마나 진귀한 물건이기에 값이 그다지 비싼가?"

"이 가사는 좋은 점과 나쁜 점이 있고, 값을 받을 경우와 받지 않을 경우가 있습니다."

"좋은 점과 나쁜 점이란?"

"이 가사를 몸에 두르면 모든 재난을 피할 수 있고 물에 빠지지도 않으며, 설사 지옥에 간다 하더라도 지옥의 갖가지 무서운 고통들도 이 가사를 입은 이에게 접근할 수 없습니다! 이들이 좋은 점이고, 만일 어리석고 화를 즐겨 내며 탐심으로 마음이 깨끗하지 않으면 이 가사를 알아볼 수 없으니 이것이 나쁜 점입니다."

"그럼, 돈을 받을 경우와 받지 않을 경우는 또 무엇이오?"

"삼보를 공경치 않고 불법을 모르면서 이 옷을 억지로 사고자 하면 금 칠천 냥을 받을 것이오. 불도에 귀의하고 선행을 기뻐하면 그냥 이 가사를 주어 나와 좋은 인연을 맺으리니 이것이 돈을 받지 않는 경우입니다."

이 말을 들은 승상은 얼굴에 빙그레 웃음을 띠고 수레에서 내려와 보살에게 절하며 말한다.

"큰스님을 몰라본 이 승상의 죄를 용서해 주십시오! 지금 우리 황제께서는 많은 고승들을 초청하여 수륙대회를 여시는데, 이 법회를 이끌어 가는 대법사이신 현장스님에게 이 가사를 입힘이 가장 적당할 겁니다. 지금 나와 같이 궁궐에 들어가 폐하를 만납시다!"

승상은 보살과 함께 폐하가 있는 궁으로 가서 비서에게 "연락하라!"고 말한다.

태종은 승상과 거지승려를 보며 묻는다.

"승상은 무슨 일이오?"

"제가 집으로 돌아가는 큰 길가에서 가사를 파는 이 거지승을 만났는데, 현장법사에게 입힘이 좋을 것 같아 데리고 왔습니다."

태종은 기뻐하며 묻는다.

"그래, 그 가사의 값이 얼마인가?"

"황금 칠천냥이옵니다."

황제는 놀라며,

"무슨 특별한 점이 있기에, 값이 그렇게 높은고?"

이에 거지승려가 대답한다.

"이 가사는 하늘에서도 가장 좋은 금비단으로 천녀들이 금실을 꼬고 선녀들이 조각조각 따로 작은 옷감을 짜서 그곳에 다시 용의 수염과 봉황의 깃털로 꽃무늬를 장식하여 꿰맸으니, 한번 몸에 걸치면 붉은 안개가 온몸에 휘돌고 일단 벗으면 채운이 일어나 둥근 빛이 천리 밖에까지 뻗치며 그 빛을 보기만 해도 복덕이 생깁니다.

이 가사의 안쪽에는 하늘에서도 가장 강한 금강석에서 빼낸 강하고 섬세한 실로 겹겹이 짜여 있어 어느 날카로운 무기라도 이 가사를 뚫을 수 없으며 북두성에서만 나오는 번쩍번쩍 빛나는 작은 구슬들이 연이어 박혀 있고, 네 귀퉁이에는 야명주가 달려 있어 밤에도 낮과 같이 밝게 합니다. 그리고 이 가사 꼭대기에는 보석 한 알이 박혀 있는데 이것은 하늘의 옥황상제님도 하나만 가지고 있는 귀중한 것으로 이것을 싸고 싸고 또 싸더라도 붉은 무지개 빛이 스며 나오고, 성자가 입었을 경우에는 모든 귀신들과 천신들도 놀라 두려워서 경외심을 냅니다.

또, 이 가사의 줄을 따라 용궁에서 가장 귀한 여의주 등 9가지의 구슬들이 줄을 지어 달려 있으니, 끝없이 줄기줄기 일어나는 광채들은 하늘에까지 가득 차게 빛나고 달보다 희고 해보다 붉어서, 그 그림자가 산속에 드리우면 무서운 호랑이들도 겁이나 도망가고 바닷속에 비칠 때는 큰 용들도 놀라 움직입니다.

 만일, 용이 이 가사의 한 오라기라도 걸치면 금시조(날개의 길이가 9,000미터가 넘는 큰 새로 배가 고프면 바다를 가르고 용을 잡아먹는다)에게 잡혀 먹힐 화를 면하고, 학이 이 줄을 걸치면 속세를 초월하여 신선의 경지에 드는 묘함을 얻을 수 있으니 이 옷을 한번 입으면 하늘의 신들도 절하며, 한번 움직이면 모든 성인들이 따르나이다!"

 태종은 이 놀라운 말을 듣고 조심스럽게 그 가사를 펼치고 살펴보니, 과연 굉장한 물건이다.

 태종은 보살에게 겸손히 묻는다.

 "대사! 짐이 이 동쪽 땅에 불법을 펴서 착한 일들을 행하게 하고 지옥에서 고통 받는 영혼들을 위해 법회를 여는 중인데, 그곳에서 법을 설하는 현장스님을 위해 이 가사를 사고자 하니 파시겠소?"

 보살은 높은 소리로 말한다.

 "덕행이 높은 스님이라면 이 가사를 그냥 드리지요!"

 하며 거지승려는 그 가사를 놓고 훌쩍 떠나려고 하니, 승상은 그 거지승려를 붙잡았고 태종는 자리에서 일어나며 엄하고 정중한 목소리로 말한다.

 "애초에 그 값을 부르던 물건을 짐이 사겠다 하는데 돈이 필요치 않다고 하며 나간다면, 임금의 지위를 이용하여 그대의 물건을 강요했다고 말들을 하지 않겠는가? 짐이 황금 칠천 냥을 지불할테니, 사양하지 말라!"

 보살은 손을 들어 거절하며 간단히 대답한다.

 "오해 마십시오. 나는 언제나 '덕이 많고 불법을 잘 아는 고승을 만나면 그분에게 이 옷을 선물하리라!' 고 생각하고 있었습니다. 지금 폐하께서 저와 같은 입장이시니 이 옷을 그냥 드리는 겁니다."

말을 마친 거지승려는 그 옷에 아무 미련 없이 나가버린다.

태종은 곧 현장법사를 궁궐로 불러서 말한다.

"그대가 좋은 일에 힘쓰고 있어도 보답할 것이 아무것도 없던 차에, 어느 고승이 가사 한 벌을 바치고 가기에 이것을 법사에게 주노니 번거롭지 않다면 이 가사를 입어 짐에게 보여 주시오."

법사는 감사의 절을 하며 곧 그 가사를 펼쳐 입고 황제 앞에 서니, 그 우아하고 준수한 얼굴과 늠름한 모습은 마치 부처님이 오신 것처럼 굉장하여 스님을 바라보는 임금과 신하들은 모두들 기뻐하며 존경한다.

부처님의 옷은 몸에 맞춘 듯 잘 어울렸고, 휘황찬란한 빛들은 천지에 가득 찼으며, 오색 찬란한 하늘비단의 광채는 우주를 누를 듯 번쩍이니 이는 실로 부처님의 제자임에 헛됨이 없는 훌륭한 모습이다.

태종은 기쁨을 감추지 못하고 즉시 법사에게 가사를 입고 수백 명의 문인과 무인들의 호위를 받으며 궁궐 정문을 나가 큰 거리를 한 바퀴 돌고 절로 돌아가라고 하니, 그 위엄은 실로 한없이 크고 점잖았다.

길거리의 사람들이며 가게의 주인들, 왕족들, 시장 사람들, 남녀노소 할 것 없이 모두들 칭송하면서 한결같이 이구동성으로 말한다.

"정말 훌륭하신 스님이다! 마치 살아 있는 보살님이 속세에 오신 듯 하구나!"

현장스님이 절로 들어오자, 그 모습을 보는 모든 승려들은 좌우양편으로 제각기 시립하며 말한다.

"이는 바로 지장보살님이 아니신가?"

어느덧 시간은 마치 문 틈새를 화살이 날아 지나가는 것처럼, 잠시 사이에 칠일째가 되어 법회의 분위기는 지극히 무르익었고, 태종은 모든 신하들과 황족들을 거느리고 절 안으로 들어가며 성안 사람들도 법문을 듣고자 절 안으로 몰려온다.

관음보살은 '오늘이 재의 마지막 날이니 그 법사가 부처님의 가사를 입을 수 있는 덕이 있는가? 보고 어느 경전을 강하는가 보자!'라고 생각하며 사람들 속에 섞여서 절 안으로 들어간다.

이야말로 보살의 임무를 마치고 본래의 보리도량으로 돌아갈 수 있는 기회가 아닌가? 절에 들어가면서 주위를 둘러보니, 과연 이 사바세계에서 비교할 수 없는 크고 부유한 나라이며, 부처님께서 계시는 기원정사에 비해서도 손색이 없을 정도로 장엄하다.

관음보살이 높은 자리에 앉아 있는 현장법사를 멀리서 자세히 바라보니 그 모습은 깨끗하고 밝아서 세속의 먼지를 털어버린 듯하다. 보살은 법사의 강의를 한동안 듣고 있다가 앞으로 썩 나서며 법상을 두드리고 음성을 높여 소리치듯 말한다.

"그대는 소승경전만 알지, 대승경전은 모르는가 보군!"

이 말을 들은 현장스님은 문득 자리에서 뛰어내려와 보살을 향해 우러러 합장하며,

"성스러운 객스님! 이곳은 아직 대승교법이 전해지지 않아서 제가 알고 있는 몇 권의 대승경전을 인용했지만, 겨우 그것만 알 뿐이니 안타깝기 그지없습니다!"

"그대가 지금 설하는 이 소승의 가르침들은 스케일이 작고 기본적인 불법에 지나지 않아 죽은 이들을 도와주기가 힘들 것이오! 내가 알고 있는 대승의 가르침들은 저승의 영혼들을 승천케 하고, 이승에서의 괴로움에 시달리는 사람들도 구원 받을 수 있는 비교할 것이 없는 훌륭한 경전들이오!"

이런 장면을 목격한 장군 한 사람이 태종에게 아뢴다.

"폐하, 어느 한 거지중이 법사를 끌어내려 허튼 수작을 부리고 있사옵니다!"

깜짝 놀란 태종은 즉시 그 중을 끌어 오라고 명령한다.

잡혀온 그 거지중은 절은커녕 손끝 하나 까딱 하지 않고 얼굴을 똑바로 하고 묻는다.

"폐하께서는 저에게 무슨 일을 묻고자 하십니까?"

오히려 태종이 그를 알아보고 말한다.

"아니, 그대는 전날 내게 가사를 준 화상이 아닌가?"

"바로 맞혔습니다."

"그대가 설법을 들으러 이곳에 왔다면, 조용히 듣고 밥이나 얻어먹을 일이지, 법사에게 실없는 수작을 하여 짐의 불사를 방해하려는 이유는 무엇인고?"

"저 젊은 법사가 강의하는 것을 들자니, 그 가르침들이 작고 현상적인 것뿐이라 죽은 자들을 승천하게 하기는 힘듭니다. 내가 알고 있는 대승의 가르침은 지옥뿐만 아니라 이승의 모든 이들을 해탈케 하고 영원한 생명을 얻을 수 있게 합니다!"

태종은 기뻐서 정색을 하며,

"그렇게 그대의 대승법이 훌륭하다면, 어디에 그것이 있는가?"

"서쪽으로 거의 5천 킬로미터를 가면 석가모니 부처님이 계신 곳에 그 대승법이 있으니 그 경전들을 이곳으로 가져오면 모든 가지가지의 원한과 억울함, 죄들이 마치 따뜻한 봄햇살에 솜눈 녹듯 사라져 마음이 깨끗해질 겁니다!"

"그대는 그 가르침들을 기억하여 외울 수 있는가?"

보살은 빙그레 웃으며 대답한다.
"기억하지요!"
태종은 매우 기뻐하며 말한다.
"그럼, 그대가 법상에 올라가 법을 설하라!"
그 말대로 거지승려는 즉시 몸을 솟구쳐 공중으로 뛰어오르니, 본 모습으로 돌아온 보살의 몸에서는 엄청난 광채가 뻗쳐 나와 대낮인데도 온 허공과 땅이 신비한 빛으로 가득 찼다!

허공의 상서로운 구름 위에 서서 천천히 법상 위로 내려오며 본래의 몸인 자비로운 관음보살의 법신을 드러내니 왼손에는 모든 고통을 씻어주는 버들가지와 정병이 들려 있고, 오른손의 엄지와 중지 사이에는 몸과 마음의 병을 치료하는 금단약이 들려 있다. 흰옷을 입은 여인의 몸인 관음보살의 주위에는 흰 광명이 가득하고 그 빛들은 둥글게 점점 허공 위로 커지며 이 세상의 모든 이들에게 자비의 기운을 전해준다.
관음보살을 바라보는 태종은 감동하여 보살을 향하여 큰절을 하며 우러러 보고, 이곳에 있는 모든 사람들도 감격하여 절하며 기도한다.
"훌륭하신 보살님이시여! 정말 훌륭하신 보살님이시여!"
보살의 그 모습에 취한 태종은 강산도 자신의 지위도 스스로 조차도 잊어버리고 이곳의 수만 명의 사람들도 모두 도취되어 있다.
이때, 누군가가 "나무 관음보살!(관음보살님께 귀의합니다!)"을 소리내자 모두들 따라 외우며 합장한다. 마침 성내에서 그림을 잘 그리는 화가가 이곳에 있어서 즉시 관음보살의 살아 있는 모습을 그리니, 지금까지 우리가 관음보살의 모습을 볼 수 있는 것도 그 때문이다.

이윽고 구름 위에 서 있는 보살은 점점 공중 위로 멀리 올라가기 시작하더니, 순식간에 금빛이 되어 사라져 버린다.

잠시 후 그 공중에서 한 장의 종이가 펄펄 날아 내려오는데 그 글을 읽어보니,

> 당나라의 황제께 올리오니 신묘한 가르침이 서쪽에 있습니다!
> 그 길은 멀고 험하여 위험하며
> 만일 가려는 자가 있어서 경을 가지고 오면
> 수많은 중생들과 영혼들을 이익되게 할 것입니다.

이 글을 읽은 태종은 절 안에 있는 모든 이들에게 묻는다.

"누가 짐의 뜻을 받아 부처님을 찾아뵙고 경전을 가지러 서쪽으로 갈 것인가?"

이 말이 채 끝나기도 전에 현장법사가 앞으로 나와 절을 한다.

"소승이 비록 재주는 없으나 폐하께서 허락하신다면 많은 이들을 깨달음으로 이끄는 대승경전을 구하러 목숨을 아끼지 않고 가겠습니다!"

매우 흡족한 태종은 친히 현장스님에게 다가와 손을 잡고 부축해 일으키며,

"그대가 그 멀고 험한 산천을 두려워하지 않고 가 준다니……, 짐은 그대와 형제를 맺겠노라!"

과연 그 어질고 덕이 높은 태종은 당장 현장을 데리고 부처님 앞에 나아가 절하며 말한다.

"황제의 아우, 성승!"

다음날 아침, 태종은 신하들을 시켜 국경을 넘을 수 있도록 문서를 작성

하여 황제의 도장을 찍고 시종 둘과 백마 한 마리, 노잣돈을 이미 기다리고 있는 현장에게 주며 차를 한잔 따라주고 허리를 굽혀 약간의 흙을 찻잔에 털어 넣고 마시라 하니 현장은 어리둥절해 한다.

"아우님! 오늘 한번 떠나가면 언제쯤이나 다시 돌아올 수 있을지 모르니 고향 땅을 잊지 마시오!"

그 간절한 말뜻을 알아차린 현장은 눈물을 글썽이며 그 차를 다 마시자, 황제는 묻는다.

"그런데 아우는 호를 갖고 있소?"

"아직 없습니다."

"관음보살님이 서천에 삼장(경·율·논)이 있다고 하였는데 이 이름으로 그대의 호를 쓰는 게 어떻겠소?"

현장스님은 삼장이란 법호를 받고, 황제와 그 밖의 모든 이들과 작별하며 길을 떠난다.

여행의 시작

때는 어느덧 9월 중순, 초가을이 차츰 느껴지면서 바람은 썰렁해지고 나뭇잎들이 하나 둘 떨어지기 시작한다. 이틀을 걸어 삼일째 되는 늦은 오후, 큰 벌판 저 멀리에 커다란 산들이 아련히 보이기 시작하고 모든 정경들이 왠지 적막해진다.

어두워지기 시작하는 벌판에 쓸쓸히 날리는 낙엽들 사이로 황혼이 온 세상을 물드니, 노을도 붉게 태양도 붉게, 하루 해가 조용히 지기 시작한다. 그것은 마치 멀리 펼쳐진 세월 속으로 끝없이 걷고 있는 것처럼, 언제 돌아올지 기약할 수 없는 이 긴 여행 길에 낙엽이 한잎 두잎 길가에 쌓인 그 길을 따라 하룻밤을 쉬고자 근처의 절을 찾아 걸어간다.

유명하기를 바라는 것도 아니요
부귀영화를 바라는 것도 아니네.

죽은 뒤의 헛된 이름을 바라는 것은 더욱 아니니
옷이 떨어지면 겹겹이 지어 입고
양식이 떨어지면 가끔씩 얻어먹을 뿐,
오로지 대승경전을 구하여
많은 이들을 깨우치고자
이 길을 간다.

한가한 시골 동네에서 약간 떨어진 작고 조용한 절에서 차와 식사를 대접받은 후, 법당에서 저녁예불을 마치고 나와 한 점의 티끌도 없는 밝은 달 아래에서 경내를 천천히 걷고 있는데 시원한 가을바람이 조용히 불어 나뭇잎들의 그림자들을 움직인다.

이 더없이 고요한 밤에 어디선지 우수수 — 마른 나뭇잎들이 서로 비비며 낙엽지는 것 같은 소리들에 밤의 고요함은 더욱더 깊어진다.

현장은 잊을 수 없는 사연들, 헤어질 때 슬픈 누나의 얼굴 그 서글픔에 이슬비를 맞으며 걷던 작은 암자의 외로운 산길들······. 어느 땐 죽도록 울고 싶은 미칠 것 같은 고독함. 그리고 금산사의 일들. 이 모든 추억들이 가슴속에 스며 오고 다시 아련하게 사라진다.

저 멀리 산 아래 동네의 가물거리는 불빛들에 밤의 흐름은 말없이 흐르고 현장은 방으로 들어와 밤이 이슥하도록 앉아 있다.

새벽녘이 되어 나머지 달마저 떨어지고, 닭은 하늘을 열라는 듯 외치며 새벽구름은 하늘에 퍼져 오른다.

삼장 일행은 길을 재촉하여 열흘 정도 걸어가자, 산길은 점점 높아지고 가을은 더욱더 깊어져서 삼장, 시종 둘, 백마 이렇게 넷이서 맑은 새벽서리를 맞으며 길을 간다.

다시금 보름달이 다가와 저녁 길이 환하니 밝아 그 달빛 아래에서 산길을 걷자니 문득 앞길이 더 이상 보이지 않는다. 풀을 헤치며 나갈 길을 찾는데 종자 하나가 그만 발을 헛디뎌 굴 아래로 떨어져 버린다. 삼장과 다른 종자는 당황하여 어찌할 줄을 모르는데, 저기 어디에선가 안쪽으로부터 큰소리로 호통치는 소리가 들린다.

"저놈들을 잡아라!"

순간, 무서운 바람이 일어나더니 어디선지 3~40명의 요괴들이 나타나 일행을 끌고 간다.

삼장은 밧줄에 꽁꽁 묶여 앉아 큰 의자에 앉아 있는 두목을 흘끗 바라보니, 위풍당당한 큰 몸집과 사나운 기운이 가득 찬 눈빛에 뺨에는 송곳 같은 이빨이 드러나 있고 갈고리 같은 손톱은 흉악하기 그지없어 삼장은 그만 놀라서 맥이 탁 풀리고 종자들은 혼비백산 기절할 듯 비실거린다.

두목은 자리에서 벌떡 일어나 부하들에게 명령한다.

"자! 이제 이 녀석들을 잡아먹자!"

하며 우르르 달려드는 차에 떠들썩한 소리가 밖에서 들려오며,

"산군께서 오십니다!"

라고 부하 요괴의 외치는 소리가 들린다.

삼장에게 달려들던 두목은 그만 손을 멈추고 그 괴물손님을 영접하는데, 그녀석 또한 우락부락 무지하게 생긴 게 가관이다. 몸은 뚱뚱하지만 날쌔고 건장하여 기운이 넘쳐 흐른다.

산군이란 녀석은 안으로 쑥 들어오며 삼장 일행을 흘낏 보고는 두목 녀석에게 인사한다.

깨달음으로 가는 여행

"처사님, 늘 그렇게 즐거운 얼굴을 하고 계시니 축하합니다!"

대장녀석은 흠칫 놀라며,

"아? 산군이시오. 마침 잘 오셨소! 그렇지 않아도 인간 셋을 오늘 잡아서 산군님께 한턱 낼려고 부르려던 차에 이렇게 오셨군요!"

두 요괴녀석은 자리를 잡고 앉아 인사말을 한다.

"그래, 요즘 어찌 지내시오?"

"그럭저럭 지내고 있소!"

"오늘 셋 다 먹기는 좀 그러하니 두 놈만 먹고, 하나는 남겨두었다가 내일 먹기로 합시다!"

"그럽시다!"

그들은 곧 부하들을 시켜 두 종자의 배를 갈라서 심장과 염통·대장·위장 등을 따로 접시에 담게 하고, 사지는 토막토막 쳐서 먼저 머리부터 먹기 시작하더니 심장·염통 등을 먹은 후 팔을 우두둑!우두둑! 소리를 내며 먹더니 그만 배가 부른지 대장·다리 등을 부하들에게 나누어 준다.

그걸 보는 삼장은 그만 까무러칠 듯 놀라 아무 소리도 안 나온다. 어릴 적부터 절에서 곱게 자라고 시와 불경만 외우던 그가 여행한 지 며칠 안 되어 인간을 먹는 괴물들을 만나다니!

삼장은 밤새 혼이 나간 듯 멍하니 묶여 있는데 어느덧 날이 밝기 시작하자, 산군이란 녀석은 돌아가고 처사란 녀석은 잠을 자는데 삼장이 넋을 잃은 채 가만히 그 두목 녀석을 보니 엄청나게 큰 산돼지이다.

이때, 어디선가 수염이 긴 하얀 도복을 입은 노인이 나타나더니, 지팡이로 그 바위만한 산돼지 녀석을 후려치니 그놈은 놀라서 죽어라 달아나고 노인이 손을 한번 내저으니 삼장의 몸을 묶은 밧줄이 스르르 풀어진다. 그런 다음 노인은 삼장에게 단약 한 알을 먹이니 삼장은 겨우 정신을 차리며 기운이 돌아온다.

삼장은 큰절을 하며 고마워한다.

"노인, 저의 목숨을 구해주시어 정말 감사합니다!"

노인은 답례하며 자상하게 묻는다.

"그래, 어디 다친 데나 잃어버린 물건은 없소?"

"저의 종자 두 사람을 그 요괴들이 잡아먹었습니다. 말과 보따리도 어디에 있는지 모르겠습니다."

노인은 지팡이로 저쪽을 가리키며 말한다.

"저기 있지 않소!"

삼장은 그걸 보고 안도의 숨을 쉬며 노인에게 묻는다.

"도대체 이곳은 어떤 곳이기에, 저렇게 요괴들이 많습니까?"

"이곳은 늑대들과 범들로 우글거리고 괴물들과 요정들이 장악하고 있는 곳이오. 처사란 녀석은 산돼지의 요정이고, 산군이란 곰의 요정인데 당신의 근본이 뚜렷한 이유로 감히 손을 대지 못한 모양이오. 자, 나를 따라오시오."

삼장은 노인을 따라 길 안내를 받으며 큰길로 나서자, 큰절을 하며 다시 감사의 말을 하는데 노인은 홀연 맑은 바람을 일으키며 하얀 학을 타고 하늘로 날아가 버린다.

그때 바람에 날리며 글이 쓰여진 종이가 한 장 날아 내려오는데 삼장이 그것을 받아 읽어보니,

나는 하늘의 태백금성으로
이곳에 내려와 그대를 도와주는 것이오.
그대가 가는 여행 길에

많은 하늘의 신들이 도와주리니
고통스럽다 하더라도 참고 길을 가시오!

　삼장은 하늘을 우러러 감사의 합장을 하며 이제는 단지 말과 자신 혼자뿐인 쓸쓸하고 외로운 길을 걷기 시작한다. 이 험하고 높은 산길을 겨우겨우 오르는데 사람의 집은커녕 그림자도 보이지 않는다. 산길은 점점 거칠어지며 다리도 피곤하고 배도 고픈데 문득 백마가 소리를 지르며 무언가에 놀라서 앞으로 나가려 하질 않는다.
　삼장은 심상치 않아 주위를 살펴보니, 숲 속에서 두 마리의 호랑이와 멀지 않은 반대편에서 괴상하게 생긴 짐승들이 노려보며 서 있질 않은가?
　삼장은 그만 소스라치게 놀라 그 자리에 비틀비틀 주저앉을 찰나에 갑자기 괴상한 짐승들은 소리를 지르며 달아나고 그들 뒤에 한 장수가 산비탈을 나는 듯이 달려 내려오며, 활을 한 대 뽑아 호랑이 한 마리를 쏘아버리니 날아오는 화살에 놀라 하나는 달아나 버리고, 큰 놈 한 마리는 성을 내며 산이 떠나가라 할 만큼 큰소리를 내며 몸을 날려 사냥꾼에게 덤빈다. 사냥꾼도 큰 칼을 빼서 호랑이와 맞서 싸우는데, 그것을 보는 삼장은 또 기겁하여 비실거리며 땅바닥에 주저앉는다. 이 세상에 태어난 후로 저처럼 무섭게 싸우는 광경은 처음 보는 것이다.
　호랑이와 사냥꾼은 낙엽들을 날리며 먼지 속에서 무려 한 시간 이상이나 싸우더니 호랑이의 발톱이 차츰 느려지자, 사냥꾼은 그 틈을 타서 호랑이의 가슴에 큰 칼을 꽂으니 호랑이 몸에선 피가 뿜어지며 큰 외마디 소리를 지르면서 쿵 하고 쓰러진다.
　순식간에 온몸에 피가 묻어 낭자한 사냥꾼은 태연한 얼굴로 삼장에게 말한다.

"오늘 스님을 만난 덕택으로 운수가 좋은 날입니다. 이렇게 호랑이 한 마리도 잡았으니 스님께 며칠 동안 고기 대접을 해 드릴 수 있을 것입니다!"

삼장은 그를 칭찬한다.

"시주님께서는 정말 영웅이십니다!"

"이까짓 호랑이 한 마리 잡았기로서 영웅이라니, 너무 과찬의 말씀을!"

그는 호랑이를 번쩍 어깨에 메더니 앞장서서 걷고 삼장은 말을 끌고 뒤를 따라간다. 약간 산길을 돌아 내려가자 사냥꾼의 집이 나타난다. 사냥꾼은 어깨에 멨던 호랑이를 털썩 땅에 내려놓더니 심부름 하는 아이들에게 소리친다.

"얘들아, 이것의 껍질을 잘 벗기고 그 고기를 손님에게 대접하도록 해라!"

사냥꾼은 삼장을 어머니에게 소개시키며 말한다.

"이 스님은 서쪽으로 가서 부처님을 만나뵙고 경을 가지러 가는 분입니다."

노파는 몹시 기뻐하며,

"얘야 잘 됐다! 오늘이 마침 너의 아버님 제삿날이니 이 스님께 염불 좀 부탁하자!"

거친 사냥꾼의 생활 속에서도 효성이 지극한 그는 "예! 어머님!"하며 향을 준비하고 삼장에게 염불을 부탁한다. 곧이어 김이 무럭무럭 나는 호랑이 고기를 큰 쟁반에 수북하게 담아 식탁에 올려놓으며 사냥꾼은 삼장에게 권한다.

"스님, 밥은 짓고 있는 중이니 고기부터 천천히 드십시오."

삼장은,

"저는 어릴 때부터 출가한 몸이라 육식을 못합니다."

그 말에 약간 생각하던 사냥꾼은,

"그럼 고기와 같이 삶은 채소만이라도 드십시오."

하며 조심스럽게 채소를 고기 속에서 따로 골라 접시에 담아준다. 그렇게 저녁 식사를 마친 후 날이 차츰 어두워지자, 삼장은 모친의 부탁으로 염불을 해준 후에 편안히 하룻밤을 보낸다. 아침이 되자, 사냥꾼은 어머님의 말씀대로 삼장을 먼곳까지 전송해 주고자 약간의 떡을 삼장에게 싸주며 같이 길을 떠난다. 약 반나절을 가니 눈앞에 큰 산이 나타나는데, 높기가 하늘을 찌를 듯하고 여지껏 지나온 그 어떤 산들보다 험준해 보인다.

사냥꾼은 얼마쯤 올라가더니 삼장에게 말한다.

"스님, 저는 그만 돌아가야 합니다. 여기서부터는 혼자 가십시오."

삼장은 부탁한다.

"아, 수고스럽겠지만 조금만 더 같이 가 주시겠습니까?"

"스님은 잘 모르시겠지만 이 산은 사방이 수백 킬로미터나 되는 깊은 산들로 다섯 개의 손가락 같은 산들이 서 있어 오행산이라 하는데, 북쪽의 반은 오랑캐에 속하고 남쪽의 반은 당나라에 속합니다. 이 산속에는 더 크고 거친 호랑이들과 도적들이 살고 있어 저도 싸우기 힘듭니다. 어차피 스님께선 먼 길을 혼자 가셔야 하니 부디 아무 탈 없기를 빌겠습니다."

삼장은 그 말을 듣곤 가슴이 서늘해지고 겁이 나 눈물을 글썽거린다. 할 수 없이 마지못하여 작별의 인사를 하는데, 갑자기 산 위쪽에서 우레와 같은 고함소리가 들린다.

"우리 사부님이 오신다! 우리 사부님이 오신다!"

그 소리에 삼장과 사냥꾼은 어리둥절한 채로 어리벙벙하니 서 있는데…….

삼장과 오공의 만남

"사부님! 어서 오십시오!"
또, 커다랗게 외치는 소리가 들려온다.
"이것은 분명 산 중턱의 돌 감옥 속에 있는 원숭이의 고함소리일 것입니다."
"어떤 원숭이인데요?"
"이곳 근처에 사는 노인들의 말을 빌리면, 약 오백 년 전에 갑자기 하늘에서 이 산을 내려 보내어 원숭이 한 마리를 눌러 버렸다고 합니다. 그런데 이상하게 그 원숭이는 얼어 죽지도 않고 굶어 죽지도 않아 여지껏 살아 있는데, 이 산의 주인인 산신령의 감시하에 '배고프다!' 하면 철환을 먹이고 '목마르다!' 하면 구리즙을 마시게 하지요. 바로 그것이 악을 쓰고 있는 건데 스님께서는 겁내실 것 없습니다. 이곳에서 그리 멀지 않으니 한번 보러 가시지요."

산을 약간 더 오르니, 과연 좁은 돌 감옥 속에 작은 원숭이 한 마리가 갇혀 있다.

원숭이는 겨우 머리를 내밀고 팔을 뻗쳐서 손을 내저으며 말한다.

"사부님, 왜 이제야 오십니까? 어서 저를 구해주십시오. 제가 사부님을 보호하며 서쪽으로 모시고 가겠습니다!"

몹시 기쁜 듯이 눈을 두리번거리는 그 원숭이는 말은 썩 잘하는 편이지만, 몸은 마음대로 움직이질 못한다.

삼장법사가 가까이 가서 자세히 살펴보니, 약간 나온 동그란 주둥이에 턱 밑에는 수염도 없고, 금빛 나는 눈동자에 머리 위에는 이끼가 덮였으며, 귀 밑에 난 가는 털은 흡사 푸른 풀 같고, 미간에는 흙이 묻었으며, 콧구멍에는 진흙이 끼여 있고, 손발은 모두 거칠며, 몸에는 먼지와 때가 끼여 있어서 어딘가 귀여운 듯 하지만, 너무 더러워서 볼썽 사납기 그지없다. 이 원숭이야말로 오백 년 전 그렇게 말썽을 부렸던 손오공이 아닌가?

대담한 사냥꾼은 앞으로 썩 나서며, 원숭이의 귀밑에 난 풀을 뽑아주면서 묻는다.

"할 말이 있는 게냐?"

그러자 원숭이는,

"나는 할 말이 없습니다. 저 사부님 좀 이리로 불러주십시오. 제가 드릴 말씀이 있습니다!"

삼장이 다가서며 말한다.

"어서 말해 보아라!"

"저는 오백 년 전 천국을 소란케 하고, 뭇 사람들에게 까분 죄로 관음보살님의 손에 이곳에 이렇게 갇히고 말았습니다. 얼마 전 보살님께서 저에게 오시었는데 제가 구해달라고 하자, 서쪽으로 여행 가시는 사부님의 말씀을 하시며 '너의 스승이 될 스님이 이곳에 와서 너를 구해줄 것이니, 두 번 다시 나쁜 짓을 하지 말고 불법에 귀의하여 경을 가지러 가시는 스님을 보호하며 서천에 가서 부처님을 만나뵙거라!' 하고요. 그 후부터 저는 아침부터 저녁까지 하루 종일 정신을 바짝 차리고 사부님께서 나타나시기만을 기다리고 있었습니다. 저는 사부님을 보호하며 경을 가지러 가고 싶습니다! 사부님의 제자가 되고 싶으니 저의 소원을 들어주십시오!"

이 말을 들은 삼장은 대단히 기뻐하며,

"너를 도와주고 싶지만 나에게 아무 연장이 없으니, 어떻게 너를 그 돌 속에서 꺼낸단 말이냐?"

"그런 걱정하실 필요 없습니다. 이 산꼭대기에 관음보살님이 붙여놓은 여섯글자 진언의 금종이가 있는데, 그것만 떼어 주시면 제가 스스로 나갈 수 있습니다."

삼장은 사냥꾼을 보며 말한다.

"우리 한번 산 위로 올라가 봅시다!"

사냥꾼은 의심하며,

"저 원숭이의 말이 참말인지 거짓말인지 어찌 알겠습니까?"

원숭이는 이 말을 옆에서 듣곤 크게 외친다.

"정말입니다. 결코 거짓말이 아닙니다!"

할 수 없이 사냥꾼은 삼장을 부축해 가며 높은 산으로 올라가는데 겨우겨우 기듯이 매달리듯이 어려움을 겪으며 제일 높은 산꼭대기에 이르니, 과연 이 위에는 금빛이 가득 찼고 서기가 줄기줄기 피어나는 바윗돌에 〈옴 마 니 파트 메 훔〉이라고 쓰여진 금종이가 붙여져 있다.

삼장은 그 앞으로 가까이 다가가서 절을 세 번하며 기도를 한다.

"제자 현장이 모든 중생들을 위하여 서쪽으로 경을 가지러 갑니다. 저 아래 눌려 있는 원숭이를 제자로 삼을 인연이 있다면, 이 금종이가 떨어져 나가고 그렇지 않다면 떨어지지 않게 하십시오!"

다시 합장으로 절을 한 후 몸을 일으켜 여섯 개의 금자를 떼내려고 하는 순간, 문득 향기로운 바람이 살며시 일더니 진언의 금종이가 스스로 공중으로 날아가며 공중에서 목소리가 들린다.

"손오공을 눌러 감금시킨 것은 나다. 오늘 이곳에서의 그의 고난이 끝났으므로 그대를 도와 서쪽으로 여행할 수 있도록 하노라!"

그 부드럽고 자비심이 가득 찬 목소리에 삼장과 사냥꾼은 소스라치게 놀라며 하늘을 우러러 절한다. 그들은 기쁜 마음으로 산 아래로 내려와 원숭이에게 말한다.

"금종이가 떨어졌으니 어서 나오너라!"

원숭이는 크게 기뻐하며 소리친다.

"사부님, 저리 좀 비켜 주십시오! 그래야 제가 나갈 수 있습니다."

삼장과 사냥꾼은 말을 끌고 산 밑으로 4킬로미터쯤 내려가니 원숭이가 소리친다.

"더 멀리요, 더 멀리!"

그들이 산에서도 멀찍이 떨어진 곳에 이르자, 땅이 갈라지고 산이 무너지는 듯한 소리가 들리며 원숭이가 있는 곳에 커다란 먼지가 치솟는다. 원숭이는 이미 삼장의 발 앞에 나타나 벌거숭이의 몸으로 꿇어앉으며 말한다.

"사부님, 절 받으십시오!"

원숭이는 삼장에게 절을 다섯 번씩이나 한 뒤 사냥꾼을 돌아보며,

"형님, 정말 수고가 많으셨습니다. 우리 사부님을 이곳까지 바래다 드리고, 내 얼굴에 덮인 풀까지 뜯어 주시니 정말 감사합니다!"

그 원숭이는 인사를 끝내더니, 스스로 짐을 말 등에 싣는 등 떠날 차비를 한다. 삼장이 그의 행동을 가만히 보니 몸이 좀 더럽지만 정말 착하고 진실되어 불문에 귀의한 사람이나 다름없다.

"내 제자야! 너의 이름은 무엇이니?"

"예, 저의 성은 손이고 이름은 오공이라고 합니다!"

"오! 그건 절에서 쓰는 알맞은 법명이다! 그런데 너의 몸에서 냄새가 좀 나는데 씻고 오는 것이 어떠냐?"

"예, 좋습니다. 사부님!"

시원스레 대답하며 휙 하고 달려간 행자는 어디로 가서 씻었는지 금세 돌아오는데 열심히 씻고 오는 손오공을 바라보니 몸도 얼굴도 깨끗하고 눈들도 반짝이는 게 제법 영리하게 생겨서 삼장의 마음을 흡족하게 한다.

그들을 보는 사냥꾼은 삼장에게 인사하며 말한다.

"스님께선 좋은 제자를 얻으셔서 기쁘시겠습니다. 저 작은 제자는 스님을 모시고 갈 만한 것 같으니 축하드립니다. 그럼 저는 이만 여기서 작별 인사를 드리지요."

삼장도 사냥꾼에게 고마움의 작별 인사를 한다.

"정말 여러 가지로 감사합니다. 그럼, 제가 돌아오는 길에 다시 만나뵙길 바라며……."

그리하여 삼장은 말을 타고, 보따리를 어깨에 둘러맨 손오공은 앞장서서 걷는다.

금테 머리띠

어느덧 늦은 오후가 되어 오행산의 산 그늘들은 점점 커지고 길가에 길게 늘어지는데, 느닷없이 수십 마리의 늑대들이 나타나 으르렁거리는 게 아닌가!

삼장은 기겁을 하며 깜짝 놀라고 손행자는 즐거운 듯 말한다.

"사부님, 아무 걱정하지 마십시오. 저것들은 저에게 옷을 갖다주려고 온 것입니다."

그러더니 여의봉을 귓속에서 빼내 한번 휘두르니, 적당한 크기로 커지며 길어진다.

"오백 년 동안이나 이걸 못 썼지, 어디 한번!"

오공이 번개처럼 늑대 무리 속으로 뛰어들며 빙 돌려치니 5~6마리가 순식간에 맞아 이빨들이 날아가면서 흰 거품을 내며 죽고, 다른 늑대들은 꽁지들이 빠져라 하고 도망들 간다. 그 바람에 깜짝 놀란 삼장은 말 위에서 굴러 떨어졌다.

손오공은 죽은 늑대들 중 아름다운 흰털을 가진 큰 놈 하나를 골라 한 가닥 꼬리털을 뽑아서 날카로운 칼로 변하게 한 뒤, 순식간에 가죽을 벗겨내더니 적당한 크기로 두 장을 잘라 한 장은 보따리에 넣고 한 장은 허리에 질끈 동여매어 아랫도리를 가린다.

깨끗한 흰 늑대 털로 허리를 감싼, 안아주고 싶을 만큼 귀여운 오공은 삼장에게 다가와서 말한다.

"자 사부님, 이제 다 됐으니 말 위에 오르십시오."

삼장은 가는 도중 궁금하여 오공에게 묻는다.

"얘야, 너는 정말 동작도 빠르고 힘도 세구나. 그런데 늑대들을 잡던 그 철봉은 어디로 갔니?"

"제 귓속에 있지요!"

행자는 그것을 용왕에게서 얻은 것이고 자기의 과거에 싸웠던 이야기들을 입에 침이 튀도록 모두 자랑스럽게 이야기하며,

"이제 두고 보십시오. 언제든지 어려운 일들이 닥치면 저의 재주를 보여드려 기쁘게 해드릴테니!"

삼장은 그 말을 듣고 마음이 뿌듯해지고 든든해졌다.

얼마 동안 걸었을까? 배도 고프고 목도 마른데, 날씨도 아침저녁으로 싸늘해져 가며 겨울을 알리는 것 같다. 두 사람이 오랫동안 말없이 걷고 있을 때, 갑자기 길 옆에서 휘파람 소리가 나더니 일곱 명의 산적들이 제각기 손에 날이 시퍼렇게 선 큰 칼과 창들을 손에 들고 길을 막으며 호통치는 게 아닌가?

"에이, 거기 중놈들아! 가진 물건들을 모두 내려놓고 가거라! 네 놈들의 목숨만은 놓아줄테니."

삼장은 그만 놀라며 말 위에서 부들부들 떠는데 오공은 웃으며,

"사부님, 걱정 마십시오. 이놈들은 우리들에게 노잣돈을 건네주려고 온 것 뿐입니다. 헤이! 거기 좀도둑 아저씨들! 너희들 가진 돈들을 다 내놔! 아니면 이 형님이 몽둥이 찜질을 해 줄테니!"

이 말에 거친 산적들은 화를 내며 즉시 오공의 머리에 칼을 마구 내려치며 창으로 찌르고 하기를 수십 차례 하더니 혀를 내두른다.

"이 작은 돌중 녀석, 굉장한데! 무슨 대가리가 이리도 단단하단 말인가?"

오공은 그저 빙그레 웃으며,

"그래, 겨우 이것뿐이냐? 그럼 형님의 솜씨 좀 봐라!"

하며 당장에 여의봉으로 귀신도 놀랄 만큼 빠른 속도로 일곱 명 모두에게 제각기 내려치니 그들은 도망갈 틈도 없이 오공에게 즉석에서 맞아 머리골들이 부서지며 피를 쏟고 죽으니, 오공은 그들의 돈들을 챙기곤 자랑스럽게 삼장에게 돌아와 말한다.

"사부님, 이놈들을 모두 끝냈으니 계속 길을 갑시다!"

삼장은 오공의 그 잔인스러운 행위에 화를 내며,

"너는 어째서 그 사람들을 파리 죽이듯 하느냐? 그들이 못된 짓을 하려 할 때 쫓아 버리면 그만이지, 일곱 명이나 때려죽이고는 아무 가책도 없으니 어떻게 승려가 되겠다는 거냐?"

"제가 그들을 죽이지 않았다면 그런 녀석들은 쉽게 이곳을 지나가는 이들을 죽일 겁니다! 그래서 그놈들을 아예 없애버린 거죠!"

"그렇더라도 출가인으로서 남을 해쳐서는 안 된다. 설사 죽음을 당하는

일이 있더라도!"

"사부님, 제가 그 옛날에 사부님의 그런 연약한 소리처럼 했다면 영웅이 되지는 못했을 겁니다."

"그 당시 너는 감히 하늘을 속이고 제멋대로 까불었기 때문에 오백 년 동안 그런 고통을 받은 것이다. 아직도 그때처럼 나쁜 짓을 계속한다면 서쪽에 가는 것은 물론 승려가 될 수도 없다!"

본래 이 원숭이는 남에게 꾸지람을 들을 성격이 아닌지라, 삼장의 이 말에 그만 발끈하여 소리치고 싶은 대로 지껄인다.

"그렇게 이러쿵저러쿵 말씀하실 필요 없이, 제가 이대로 사부님과 헤어지면 그뿐 아닙니까?"

오공은 삼장의 잔소리 같은 말은 더 이상 들을 필요 없다는 듯이 몸을 깡충 공중으로 뛰어 구름 위에 서며,

"자, 손오공은 이만 떠나겠습니다."

그리고는 순식간에 어디론지 사라져 버린다. 삼장은 얼른 고개를 두리번거리며 찾아보았으나 오공은 이미 사라졌을 뿐, 더 이상 보이질 않는다.

오공으로부터 버림받은 삼장은 쓸쓸하고 처량한 기분에 혼자 탄식한다.

"몇 마디 꾸지람을 했다고 흔적도 없이 사라지다니, 옹졸한 녀석 같으니라구! 갈테면 가라지. 타이르는 말도 못 알아듣는 녀석을 제자로 삼은 내가 바보지."

삼장은 말 위에 짐을 실은 채 말고삐를 잡고 혼자 터벅터벅 걷기 시작한다. 얼마쯤 가니 한 할머니를 만나게 되는데, 그 노파의 손에는 승려들이 쓰는 모자가 들려 있다.

서로 공손히 합장하며 길을 비켜 주는데 노파가 묻는다.

"스님께선 무슨 걱정이라도 갖고 계십니까? 얼굴색이 별로 안 좋으신 것 같은데요?"

삼장이 나긋나긋한 목소리로 대답한다.

"예, 사실은 저의 제자가 도적들을 죽이기에 야단을 좀 쳤더니 그것을 고깝게 생각하여 어디론가 가버리고 말았습니다."

이렇게 말하며 삼장은 쓸쓸한 표정으로 멀리 시선을 보낸다.

노파는 손에 들고 있던 모자를 주며,

"이것은 금테를 박은 승모입니다. 그 제자가 돌아오면 그에게 쓰라고 주십시오."

"고맙습니다만, 그 애는 벌써 가버린 걸요."

"어느 쪽으로요?"

"동쪽으로 갔습니다."

"아! 그러면 저의 집 쪽으로 갔으니 그 제자 분을 만나면 제가 당장에 스님에게 돌아가라고 보낼테니 그가 오면 이 모자를 쓰라고 한 뒤, 한편의 주문을 외우세요. 그러면 그 모자 속의 금테가 줄어들어 제자의 머리를 아프게 할테니 스님의 말씀을 잘 들을 겁니다."

그 노파는 삼장의 귓속에 주문을 비밀히 말해 준 뒤 금빛으로 변하며 동쪽으로 사라진다.

한편, 오공은 구름을 타고 동해 용왕의 궁전으로 날아갔다.

용왕은 오공을 보더니,

"얼마 전에 듣자하니 대성께선 잘못을 뉘우치고 스님을 모시고 부처님을 뵈러 갔다고 하던데, 어째서 서쪽으로 가지 않고 동쪽으로 오셨소?"

"참! 그 당나라 스님은 이 손도사의 성미를 몰라보고……, 내가 도둑들을 좀 때려죽였거늘 그걸 보곤 나에게 살생을 한다고 꾸지람을 하지 않겠소? 잘 아시겠지만, 내가 누구한테 야단 맞는 성격이오? 그래서 옛날에 살던 곳으로 돌아가던 길에 용왕님을 만나뵙고 차나 한잔 하러 왔소이다."

차를 대접 받던 오공은 문득 벽에 걸려 있는 한 노스님이 젊은 스님 앞에서 부엌을 밟아 부수는 그림을 보고는 "저게 무엇이오?"라고 묻는다.

용왕은,

"이것은 얼마 전에 있었던 이야기인데 어느 한 젊은이가 선사에게 불법을 배우러 오자, 그 선사는 그에게 부엌을 만들라고 하셨소. 그 젊은이가 부엌을 다 만들었다고 스승에게 말하자, 그 선사는 제자가 만들어 놓은 진흙 부엌을 발로 밟아 부서버리곤 다시 만들라고 하시니 이렇게 하기를 아홉 번! 그 인내심 많은 제자는 나중에 큰 깨달음을 얻은 선사가 되니 아홉 번이나 부엌을 새로 만들었다고 하여 이름을 구정선사라 하지요. 오공! 그대가 만일 그 당나라 스님을 떠나 바른 가르침을 받지 않는다면 요사스런 신선밖에 될 수 없으니, 올바른 성인이 될 길이 없소."

이 말을 들은 오공은 무언가 곰곰이 생각한다.

"오공, 쓸데없는 성미에 마음대로 행동을 해서 바른길을 그르치지 마시오!"

"아, 아! 여러 소리 마시오. 이 손도사가 다시 돌아가서 그를 모시면 될 게 아니오."

용왕과 작별한 오공은 재빠른 동작으로 바다 속에서 공중으로 뛰쳐나와 구름을 타고 날아가는데, 곧 관음보살과 마주치게 된다.

오공은 당황하여 보살에게 꾸벅 절을 하며,

"어! 보살님은 여기에 어쩐 일이십니까?"

"오공, 너는 어째서 삼장스님을 모시지 않고 여기서 무엇을 하고 있느냐?"

"그분께서 제가 마음에 안 든다고 꾸중을 하시기에 한번 떨어져 본 겁니다. 이제 다시 그분을 모시러 가는 길입니다."

"말썽 피우지 말고 그분을 잘 모셔라!"

"예!"

오공은 시원스럽게 대답하며 단숨에 삼장에게 날아가니, 삼장은 그때 길가에 앉아 밀가루 떡을 점심으로 먹고 있었다.

"사부님, 다녀왔습니다!"

"어딜 다녀왔단 말이냐?"

"동해 용왕과 차 한잔 마시고 왔습니다. 그런데 이 빛나는 모자는 무언가요?"

"이건 어떤 할머니가 내게 주신건데, 이걸 쓰면 경전을 배우지 않고도 외울수 있고 저절로 예의를 지키게 하는 모자라고 하시더라!"

"그걸 제가 쓰면 안 될까요?"

"네가 갖고 싶다면 써 봐라."

오공이 그걸 머리에 쓰자, 아주 귀엽게 잘 맞는다.

이것을 본 삼장은 묵묵히 주문을 외우니 오공이 소리를 친다.

"아이구, 머리가 아픕니다!"

삼장이 계속 외워대자, 오공은 아픔을 참지 못하고 모자를 쥐어뜯으며 땅에 뒹군다.

삼장은 그 금테가 끊어질까 두려워 주문을 멈추니, 오공은 말이 없다. 손을 들어 스스로 제 머리를 만져보니, 금테는 벌써 머리에 뿌리를 내려 뽑아

지지도 끊어지지도 않을 것 같다. 오공은 여의봉으로 금테 틈에 끼우고 마구 휘저으니, 삼장은 겁이 나서 주문을 다시 외운다.

오공은 땅에 때굴때굴 구르며 외친다.

"아이구, 아파요. 그만 두세요!"

주문을 그친 삼장은 오공에게 묻는다.

"그럼 내 말을 잘 들을테냐?"

"네, 잘 듣고말고요!"

이렇게 대답은 했지만 오공은 분하고 괘씸한 생각이 들어 여의봉으로 뒤에서 삼장을 내려치려고 하는 순간, 삼장은 당황하며 주문을 급히 외우니 오공은 즉시 땅 위에 뒹굴며 소리친다.

"사부님, 아파요! 그만, 그만!"

"그렇게 약속을 해놓고도 어째서 나를 치려 하느냐?"

"어찌 감히 사부님을……, 그런데 그 할머니는 누굽니까?"

"누군지 나는 모르겠고, 너를 보내 준다고 하며 금빛이 되어 동쪽으로 날아 가시더라."

"그녀는 분명 관음보살인데 어째서 나를 이리도 괴롭히지? 나중에 만나면 이 철봉으로 한 대 쳐야지!"

"아서라, 아서! 너는 그분의 손바닥도 벗어나지 못한 주제에 어찌 그분에게 대든다고 하니?"

영리한 오공은 이 말에 퍼뜩 정신을 차리며 삼장에게 빈다.

"이제부터 사부님의 말씀을 잘 받들겠으니, 제발 아무 때나 말씀하시듯 주문을 외우지 마십시오!"

백마

　오공은 삼장을 모시고 서쪽을 향해 며칠을 계속 걸어가니, 때는 11월 말쯤이라서 추운 날씨는 제법 뼛속까지 스며들고 하늘조차도 회색빛으로 어두워진다. 멀리서 들려오던 물소리는 걸음을 옮길 때마다 거창하게 가까워 오고 이윽고 그곳에 당도하니, 높은 산에서 내려 떨어지는 큰 폭포 아래 넓게 흐르는 강물은 바다와도 같아 정말 그 광경은 장관이다. 문득 저 멀리 새 한 마리가 날다가 갑자기 강물 속으로 빠지더니 다시 나오지를 않는다.
　강가에서 그걸 보는 행자는 삼장에게 말한다.
　"저 새는 이 강물이 깊고 넓어서, 그리고 너무 맑고 깨끗해서 강물 위를 날아가다가 물속에 비치는 제 그림자를 보고 자기의 동료인 줄 알고 빠진 겁니다."
　이 말을 마치기도 전에 갑자기 물속에서 무슨 소리가 일어나더니, 한 마리의 커다란 용이 나와 삼장을 덮친다. 깜짝 놀란 행자는 삼장을 안고 도망치는데 그 용은 즉시 말을 통째로 집어삼키고 물속으로 들어가 버린다.

그걸 본 삼장은,

"저, 저걸 어쩌냐! 저 용이 내 말을 먹었으니 이제 어떻게 이 험한 산과 물을 건넌단 말이냐?"

"걱정 마세요, 내가 그놈을 찾아 말을 내놓으라고 할테니!"

오공은 즉시 그 용이 사라진 곳으로 날아가 여의봉으로 맑은 강물을 마치 황하의 넘쳐나는 파도처럼 마구 더럽히며 소리친다.

"이놈아! 우리 말을 내놓아라!"

물속에서 조용히 있던 용은 자기를 욕하는 소리를 듣자, 화를 내며 급히 물속에서 나와 오공과 싸우는데,

> 백옥같이 늘어진 긴 수염에 두 눈은 번쩍번쩍!
> 용이 발톱을 내밀어 치며 불을 뿜으면
> 오공은 피하며 여의봉으로 휘두른다.
> 수염 아래 빛나는 찬란한 여의주!
> 강물 위엔 안개가 자욱하다.
> 용은 천하의 망나니, 오공은 요정.
> 둘은 서로 떨어졌다가 덤벼들며 엎치락뒤치락!

얼마쯤 싸우다가 이윽고 용은 지쳐 물속으로 도망가듯 들어가니 오공은 즉시 뒤따라 간다.

"이놈, 어딜 도망가!"

또다시 맹렬한 싸움이 물속에서 벌어지는데, 그 용의 성난 움직임에 강물은 마치 거친 파도처럼 거세게 일어난다.

이미 지친 용은 재빨리 아주 작은 물뱀으로 변해 물가의 풀 속으로 숨으니, 오공은 즉시 찾아 들어갔으나 천 개 만 개의 작은 구멍들이 연결되어 있어 결국 그를 찾지 못하고 삼장에게 돌아온다.

오공은 즉시 도가의 호흡법으로 귀와 코·입으로 연기를 뿜으며 '옴' 자 주문을 외우니 이곳의 토지신과 산신이 나와 절하며,

"저희들을 부르셨습니까?"

"저 망나니 같은 용은 도대체 어떤 녀석이냐?"

"그 녀석은 얼마 전에 관음보살님의 도움으로 죽을 운명에서 벗어나 이곳에서 살고 있으니 보살님을 청해 오시면 저절로 항복할 것입니다!"

오공은 그들에게 명령한다.

"너희들은 나의 사부님을 이곳에서 보호하고 있으라! 내가 얼른 보살님께 다녀올테니!"

오공은 말을 마치자마자 즉시 남쪽 바다로 날아가 관음보살이 사신다는 섬에 도착하니, 대나무 숲 속으로 흐르는 맑은 감로수와 밝게 지저귀는 새들의 전경은 매우 평화스럽다.

제자의 안내로 관음보살을 만난 오공은 보살에게 성을 발끈 내며 소리친다.

"석가여래보다 이 세상에 먼저 나왔다는 과거 칠불의 스승이요, 자비의 어머니라고 일컫는 당신은 왜 나에게만 못된 술법을 써서 괴롭히는 거요?"

보살은 조용한 음성으로 말씀하신다.

"너는 스승의 말을 듣지 않고 그저 네 멋대로 까불고 날뛰니, 언제 어떻게 나쁜 짓을 할지 아느냐? 그래서 그 금테를 씌운 것뿐이다."

"좋습니다. 그건 그렇다치고, 지금 보살님이 도와준 용이 우리 사부님의

말을 잡아먹고 날뛰니 도와주십시오!"

보살은 오공과 그곳으로 같이 날아가 강물가에서 말하신다.

"그대, 옥룡은 물속에서 나오라!"

용은 즉시 물 밖으로 뛰어나와 준수한 사람으로 변하더니, 보살에게 절을 하며,

"일찍이 보살님의 은혜를 입고 이곳에서 경을 가지러 가는 스님을 기다리고 있으나, 아직 아무 소식도 없습니다."

보살은 손가락으로 오공을 가리키며 말한다.

"이 원숭이가 그의 첫째 제자이니라! 너는 이제부터 저기 앉아 있는 스님을 태우고 서쪽으로 여행해야 하니 흰말로 변해라!"

보살의 말씀대로 그 용은 몸을 한번 뒤틀자, 매우 아름답고 힘센 백마로 변한다.

보살은 버드나무 가지로 물병에서 감로수를 말에게 뿌리고 기운을 맑게 하는 신선함을 주시며 부드럽게 말씀하신다.

"네가 이제부터 저 법사를 도와 바른길을 간다면 보통의 용에서 벗어나 성스러운 존재가 될 것이다."

보살은 곧 향기로운 바람을 휘감으며 남해섬으로 날아간다.

전번 말보다 훨씬 튼튼하고 씩씩해 보이는 백마를 얻은 삼장은 매우 기뻐하며 말 위에 오르니 백마가 된 용은 순식간에 강을 헤엄쳐 건넌다. 강을 건넌 오공과 스승을 태운 말이 함께 들판을 걸어갈 때…… 어느덧 붉은 해는 기울어 점점 어두워지니 그 광경은,

맑은 구름에 붉은 해가 찬란하게 비추고
하늘의 찬 기운은 서릿발을 일으키며
사방의 바람소리는 온몸에 스며든다.
한 마리 외로운 새는 저 멀리 하늘 위로 날아가고
떨어지는 노을에 밝은 곳의 먼 산이 낮아지네.
외로운 원숭이가 울부짖는 쓸쓸한 산 아래,
먼 길을 돌아가는 강물 위의 배는 밤으로 들어간다.

 겨울은 점점 깊어가 하얀 눈이 내리기 시작하니 온 산과 들판은 흰눈으로 덮여서 온 세상이 조용한데, 오공과 삼장을 태운 말은 그 흰눈 위에 발자국을 남기며 저 멀리 걸어간다. 눈 내리던 회색빛 하늘은 약간 밝아지며 푸른 하늘로 되는가 싶더니, 다시금 하루 해가 다 되어 어두워지기 시작한다. 스승과 제자는 말을 멈추고 저 멀리 바라보니, 흰눈에 가득 덮인 절이 아득하게 보인다.

검은 바람의 괴물

용마를 탄 삼장과 오공이 절에 도착하니 적막함은 극락과 같고 깨끗하고 맑기는 과연 도 닦는 곳 같다. 말에서 내린 삼장과 오공이 함께 절 문 안으로 들어서니 허리에 비단띠를 두른 티 없이 깨끗한 옷을 입은 승려들이 조용히 지나간다.

삼장이 공손하게 절을 하며 하룻밤 묵기를 부탁하니 그들은 방장으로 안내하며 차를 대접하는 중, 이 절의 스승이 되는 노승이 들어오는데 그 차림을 보니 머리에는 번쩍번쩍 빛나는 보석을 박은 승모를 썼고 몸에는 금 가사를 둘렀으며 팔보가 달린 신발을 신고 큰 키에 흰 머리카락은 신선처럼 길고 눈매와 눈썹은 마치 동해 용왕과 같다.

삼장은 얼른 일어나 허리를 굽히니, 노승도 답례하며 말한다.

"그래, 서쪽으로 불경을 구하러 먼 길을 가신다고 말을 들었습니다. 나는 평생을 이곳에서 보냈으니 스님과 비교하면 우리는 이곳 우물 안의 개구리와 같군요."

"별 말씀을…… 그런데 스님께선 연세가 얼마나 되셨습니까?"

"이 헛된 나이 어느새 270살이오."

손오공이 그 말에 대뜸 말을 받는다.

"내 증손자뻘쯤 되는군."

삼장이 눈짓으로 오공을 꾸짖는다.

노승이 차를 내오라고 하니 은으로 만든 쟁반에 금테 두른 찻잔을 내놓고 차를 따르니 그 향기로움은 말할 수 없고 빛깔은 석류꽃같이 아름답다.

삼장은 감탄하며 말한다.

"아, 그릇도 아름답고 향기도 좋습니다!"

노승은,

"칭찬이 과하십니다. 스님께선 여러 곳을 여행하시며 진기한 물건을 많이 보셨을텐데 가져오신 게 있으시면 좀 보여주시지요?"

"저에겐 그러한 물건도 없거니와 먼 길이라 가지고 다닐 수도 없습니다."

옆에서 듣고 있던 오공이 문득 중간에 나서며,

"사부님, 왜 그 가사 한 벌 있지 않습니까? 그걸 보여주세요!"

이 말을 옆에서 듣고 있던 여러 중들이 웃으며 말한다.

"우리 스승께선 훌륭한 가사만 해도 80벌은 가지고 계세요."

손행자는 대뜸 묻는다.

"그럼, 어디 한번 보여주시오!"

그들이 자랑 삼아 가져와서 하나씩 펼쳐 거니, 각기 다른 비단에 갖가지 꽃들을 수놓고 여기저기 금을 박아 눈앞이 황홀할 정도로 화려하다.

손행자는 웃으며,

"그렇다면, 우리 것도 보여드리지!"

삼장은 은근히 걱정되어 오공에게 조용히 말한다.

"애야, 사람이란 좋은 것을 보게 되면 마음이 움직여 반드시 구하고 싶은 욕심이 생기는 법! 그것이 심하면 생명도 위태롭게 될 수 있으니 그렇게 자랑하지 말아라!"

"염려마세요! 뭐, 보여주기만 하는 건데요."

오공이 부지런히 보따리를 푸는데, 벌써 노을빛 광채가 뻗치기 시작하고 가사를 펼치니 성스러운 붉은빛과 상서로운 기운이 마당에 가득 차며 사원 전체에 퍼지기 시작한다. 모든 승려들은 놀라며 탄복하니 그것은 바로 하늘과 바다에서도 가장 진귀한 보석들과 비단으로, 하늘의 선녀들이 정성 들여 짠 부처님의 가사로 한번만 걸쳐도 삼매를 얻어 천상에 태어난다는 옷이 아닌가?

노승이 이 가사를 보자, 역시 탐심이 일어난다.

그가 눈물을 흘리니 삼장은 놀라며 묻는다.

"노 스님께선 어디가 편찮으십니까?"

"그게 아닙니다. 내 이제 죽기 전에 이렇게 훌륭한 가사를 보다니! 스님께서 부디 자비를 베푸시어 하룻밤만 빌려주신다면 내일 아침 돌려 드리겠습니다."

이 말에 삼장은 오공을 바라보며 걱정하듯이 말한다.

"그것 보아라, 어찌하면 좋으냐?"

"그까짓 게 뭐 대단한 일입니까? 갖고 가서 실컷 구경하라고 하세요. 무슨 일이 일어나면 제가 책임지지요."

삼장은 할 수 없이 승낙하니 노승은 기뻐하며 가사를 들고 뒷방에 들어와

통곡하자 제자들은 의아해서 묻는다.

"스승님, 어찌 이리 우십니까?"

"이렇게 좋은 가사에 비하면 나의 가사들은 걸레쪽처럼 하찮은 것! 내일이면 이 가사를 돌려주어야 하니 어찌 슬프지 않겠느냐?"

그러자 어느 승려가 나서며 말한다.

"이 가사를 오래 두고 입으실 수가 있습니다!"

노승의 귀가 번쩍 뜨이며,

"무슨 방법이?"

"저 두 승려들은 지나가는 객이고 벌써 피곤하여 잠에 떨어졌을테니, 힘 센 우리들 몇 명이 저들 방에 들어가서 칼로 찔러 죽인 후에 뒷 정원에 묻어버리면 그 누가 알겠습니까?"

이 말에 노승은 기뻐하며,

"그들에겐 좀 미안하지만, 그렇게 하기로 하자."

그러자 다른 승려가 나서며 말한다.

"그것은 위험한 생각입니다! 저 원숭이 같은 자는 쉽게 처치하기 어려울 것 같으니 그들이 자고 있는 방 밖에 마른나무를 쌓아놓고 태워버리고 나서는, 실수로 일어난 불처럼 하면 되지 않겠습니까?"

이 말에 모두들 찬성하며 즉시 나무를 날라 불을 놓으니, 방 안에서 삼장은 그저 마음 푹 놓고 깊은 잠에 빠졌으나 영특한 오공은 잠이 들었어도 정신은 맑게 깨어 있었다. 갑자기 문밖에서 시끄럽게 나무 타는 소리가 들리자, 문득 의심이 들어 후다닥 일어난 오공은 한 마리 벌로 변해 문틈 밖으로 나와 불난 것을 보곤 혼자 말한다.

"역시, 사부님의 말씀이 맞았구나! 그 가사를 탐내어 우리를 죽이려 하다니!"

급히 구름을 날려 단숨에 남쪽 하늘문에 당도하니, 그곳을 지키는 눈이 큰 천왕(광목천왕)이 인사하며 묻는다.

"오래간만이군. 듣기로는 스님을 모시고 서천으로 경을 가지러 간다고 하던데, 여기는 왜 왔나?"

"긴 얘기는 나중에 하기로 하고 우리 스님이 지금 불에 타 죽게 되었으니 불을 피할 수 있는 담요 좀 빌려주시오!"

"불이 났으면 물로 꺼야지, 불을 피하는 담요는 잘못이지!"

"물로 끄면 다 태울 수가 없으나, 그 담요로 우리 스님만 구하면 나머지는 타든 말든 그만이오! 급하니 어서 빌려주시오!"

천왕은 웃으며 말한다.

"원숭이지만 못된 생각이로군! 제 생각만 하다니."

"설교는 그만두시고…… 그것, 참! 빨리 주시오. 큰일 다 망치기 전에!"

담요를 받은 행자는 재빨리 구름을 타고 내려와 삼장을 싸서 가린 후에 다시 지붕 위로 올라가서 신통술로 숨을 내뿜으니 일진광풍이 불어 본래의 불기운을 훨씬 더한다.

> 적막한 산속은 흰눈에 덮여 새하얀데
> 악마의 혀 같은 불길은 천지를 밝히네!
> 온 세상의 흰눈을 녹일 듯
> 이글이글 타오르는 욕심의 불꽃!
> 불상조차 태워버리고 사원의 건물들을 온통 태워버리네!

이 상상 외의 불길에 온 사원의 승려들은 가구들을 옮기는 등 불을 끄기 위해 물을 나르는 등 아우성을 친다.

그런데 그곳에서 약 5킬로미터 떨어진 곳에 검은 바람의 산이라는 곳이 있는데, 그곳에 살고 있는 괴물이 동굴 속에 웅크리고 있다가 사원에서 일어나는 큰 불길을 보자 깜짝 놀라며 일어선다.

"이크, 저곳에 불이 난 모양이군! 도와주어야지!"

괴물이 당장 구름을 타고 연기 속으로 가니 불기운은 이미 하늘을 찌를 듯 하고 온 사원이 불길에 휩싸여 훨훨 타고 있다. 그런데 누군가 지붕 위에서 바람을 일으키는 것을 보곤 심상치 않게 여겨 방 안으로 들어가 보니 엄청난 광채가 나는 금 가사가 놓여 있지 않은가?

괴물도 탐심이 일어 도와주는 것도 잊고 가사를 훔쳐 구름을 타고 동굴로 돌아와 버린다. 새벽이 되어 불이 꺼지자 오공은 빌렸던 담요를 천왕에게 돌려주곤 급히 자던 방으로 돌아오니 삼장은 아직도 꿈속이다.

"사부님, 일어나실 시간입니다!"

삼장은 기지개를 켜며 일어나니 사원은 간 곳 없고 시커먼 벽들만 몇 개 남아 있질 않은가? 삼장은 두눈이 휘둥그레지며 묻는다.

"아니, 이게 웬 일이냐?"

"어젯밤 저들이 가사를 탐내어 불을 지른 것입니다. 거기에 제가 바람으로 도와서 다 태웠지요."

삼장은 그 말을 듣고,

"맙소사! 불을 꺼주기는커녕 불을 도왔다고? 그럼 가사는 어디에 있느냐?"

"저 노승의 방에 있을테니 곧 가져오지요."

오공이 그곳으로 달려가니 노승도 가사를 찾지 못하고 사원도 다 타버려 마음은 극도로 초조하고 번뇌에 가득 차서 나아갈 수도 물러설 수도 없는 상황이라, 그만 벽에 머리를 힘껏 들이받으니 골수가 쏟아지고 피가 흘러 온몸을 붉게 물들이며 혼백이 흩어진다.

아! 부처님의 가사라도 탐심으로 구한다면 보통의 물건과 무엇이 다르리오!

노승의 시체만 보고 온 오공은 삼장이 화가 나서 머리를 아프게 하는 주문을 외울까봐 겁이 나서 3백여 명이나 되는 승려들의 옷을 벗겨도 보고 온 사원의 재 속을 뒤집어 보기도 했으며, 다시 노승의 방을 샅샅이 뒤져도 보고 방 밑을 3미터나 파 보았지만 허사였다.

화가 난 삼장은 드디어 주문을 외우니 오공은 머리가 굉장히 아파서 고통으로 땅 위에 떼굴떼굴 구른다.

이 광경을 본 승려들은 그만 안타까워서 삼장 앞에 엎드리며 빈다.

"스님께선 잠시 참으십시오! 저희들의 잘못이니 용서하십시오."

아픔이 잠시 그친 틈을 타 오공은 승려들에게 묻는다.

"혹시 이 근처에 요정이나 괴물이 살고 있느냐?"

"예, 남쪽으로 곧장 가면 검은 왕이란 괴물이 살고 있는데, 노승께서 가끔씩 그에게 설교를 하셨습니다. 저기 멀리 보이는 산이 그곳입니다."

"사부님, 틀림없이 그 요괴의 짓일 것입니다. 그곳으로 가서 찾아오겠습니다."

오공은 구름을 타고 순식간에 동굴 앞에 당도하니 겨울의 눈들에 온 산이 하얗게 덮여 있는데도 이곳은 마치 봄인 양 푸릇푸릇한 대나무 숲 속에 겨울 난초들이 여기저기 피어 있고, 동굴 주위에도 꽃들이 울긋불긋 흐드러지게 피어 있어 마치 신선이 사는 곳 같다.

동굴문 좌우측에 각기 한 줄씩 시가 붙어 있는데,

'고요히 깊은 산속에 묻혀 속세를 떠나니
신선동굴 속에서 지극히 명상하며 우주의 진실을 즐긴다.'

그 글을 읽은 오공은 조용한 생각에 잠기며,

'이놈이 그래도 속세의 때를 벗고 먼지 속을 떠나 도를 즐기는 요괴로구나.'

오공은 갑자기 목청을 높여 소리친다.

"이 날도둑아! 우리 사부님의 가사를 훔치고는 무슨 신선처럼 살고 있느냐! 어서 빨리 가사를 내놓아라!"

하며 여의봉으로 돌문을 두드리며 소리치니 파수 보는 요괴가 문을 열며,

"누군데 함부로 이곳 신선 동굴의 문을 두드리느냐?"

"너희 같은 짐승들에게는 신선의 글자가 개발에 보물이니라. 네 목숨이 아깝거든 어서 그 시커먼 놈에게 훔친 가사를 돌려주라고 일러라!"

밖에서 고함치는 오공의 목소리를 들은 요괴왕은 화를 내며 갑옷을 입고 창을 들고 나온다.

검은 투구는 마치 숯덩이에 윤을 낸 것 같고
갑옷 또한 시커먼 광채가 인다.
검정 비단옷의 소매는 바람에 너풀거리고
희번덕거리는 두 눈에
창을 잡은 손도 검정색! 신발도 검정색!

오공은 그 차림을 보고 "하하!" 웃으며,

"네 놈은 어디서 숯장사 하다가 요괴가 되었니? 캄캄한 밤에는 보이지도 않겠다."

"이 방자한 원숭이 놈, 네 놈이 어제 바람을 불어 불을 일으키는 것을 봤는데 그런 큰 죄를 짓고 무얼 달라고?"

"가사나 내놓아라, 아니면 황천을 골백번 왔다갔다 할 정도로 때려줄테니!"

요괴는 창으로 냅다 찌르니 오공이 여의봉으로 막아내며 싸우는데 서로 옷들이 찢어지고 갑옷과 투구가 찌그러질 정도로 한참을 싸우다가 결국 요괴는 지쳐서 훌쩍 몸을 날려 동굴 속으로 들어가 돌문을 잠가버린다.

오공은 할 수 없이 삼장에게 사실들을 얘기한 후, 부지런히 밥을 먹고 다시 동굴 쪽으로 날아가는 도중 아래를 내려다보니 한 요괴가 편지를 들고 바삐 걸어가고 있다. 오공이 달려들어 철봉으로 한번 내리치니 그 요괴는 가련할 정도로 쭉 뻗어 버린다. 그 편지를 읽어보니 모레 열리는 생일 잔치에 오라는 노승에게 보내는 초청장이다.

'흥, 그 노승도 이놈과 한패였군, 어쩐지 270살이나 살았으니 아마 요괴에게 호흡법을 좀 배운 모양이지!'

오공은 즉시 죽은 노화상으로 변하여 동굴 앞에 이르러서 문을 두드리니, 문지기 요괴는 대왕에게 달려가 노승이 왔다고 하자 요괴는 깜짝 놀라며,

"아니, 지금 초대장을 보냈는데 벌써 오셨단 말이냐?"

요괴는 잔뜩 의심하며 노승을 맞이한다.

"아, 이리로 오십시오. 그런데 모레 오시라고 편지를 보냈는데 어찌하여 오늘 오셨습니까?"

"바로 지금 놀러오는 길이라 그렇게 되었소. 그런데 생일날 보여주겠다는 그 가사가 궁금하니 어디 좀 봅시다."

요괴는 웃으며,

"무슨 말씀을! 그 가사는 스님의 방에 있었고, 그것을 이미 보셨을텐데?"

"물론 빌리긴 했지만, 저녁이라 소승의 눈이 어두워 아침에 보려고 했던 참에 불이 나서 소동 속에 없어졌다가 대왕께서 그것을 얻으셨다니 어디 좀 봅시다."

이때 한 요괴가 달려오며 보고한다.

"대왕님, 큰일 났습니다! 초대장을 들고 가던 친구가 누군가에 맞아 죽었습니다!"

그 말을 들은 요괴는 생각한다.

'역시 빨리 왔다 했더니, 이는 바로 원숭이로구나.'

즉시 몸을 날려 창을 들고 오공을 찌르니 오공도 귓속에서 철봉을 꺼내어 맞붙어 싸우는데 졸개 요괴들은 놀라 흩어지고 다시 산속을 뒤흔드는 싸움이 된다. 둘은 구름을 타고 산꼭대기 부근에서 싸우는데, 잠시도 여유를 주지 않고 대담하게 마구 후려치는 오공을 당할 수 없는 요괴는 검은 바람으로 변하여 동굴 안으로 도망간다.

오공은 할 수 없이 삼장에게 돌아와서 시원스럽게 말한다.

"그놈이 힘이 좋아서 승부가 빨리 나지를 않습니다. 우선 저녁밥 좀 먹고 방법를 찾을테니 걱정하지 마십시오."

밥을 잔뜩 먹고 난 오공은 피곤한지 벌떡 누워 잠을 자더니 자정쯤 되자, 오뚝이처럼 발딱 일어나며 삼장에게 말한다.

"제가 관음보살님에게 부탁해서 가사를 찾아오겠습니다."

말을 끝내자마자 쏜살같이 구름을 타고 밤 하늘을 날아가는데, 티 없이 맑은 밤 하늘엔 은하수가 흐르고 세상이 모두 잠이 들은 이 밤에 하늘에 가득 찬 별빛만이 찬란하다. 그 아래에 한없이 드넓은 푸른 바다 위를 날아가는 오공……

천 가지 신기로운 꽃들과 백 가지 상서로운 풀들이 나 있는 관음보살의 섬에 도착한 오공은 끝없이 보아도 싫증이 나지 않는 신기한 경관을 바라보고 있다가 대나무 숲 속으로 들어가 연꽃으로 만들어진 자리에 앉아 계신 보살 앞에 나아가 꾸벅 절을 한 후,

"저의 사부님의 가사를 검정곰의 요정이 훔쳐 가서 찾아오기 힘들어 보살님께 도움을 청하러 왔습니다."

"그건 네가 가사를 가지고 자랑삼아 노승에게 보여주고 거기에다 불까지 더 퍼트려서 사원을 전부 태워 버리고선 무슨 도움을 받으러 왔느냐?"

오공은 그 말에 찔끔하며,

"보살님, 저의 죄를 용서해주시고 그 요정을 잡아주십시오. 가사를 못 찾으면 언제 길을 떠날지 모르겠습니다."

그리하여 보살과 오공은 구름에 올라 순식간에 요괴의 산에 당도하였는데 문득 두 개의 단약을 쟁반에 들고 날아오는 신선과 공중에서 마주치게 되었다. 오공은 바람처럼 철봉을 날려 선인의 머리통을 박살내니 그는 골수가 쏟아져 나온 채 피투성이가 되어 쓰러진다.

이를 본 보살은 기겁을 하며,

"이런 못된 놈 봤나! 내 앞에서도 이렇게 못된 짓을 하다니! 그 사람이 너와 무슨 원한이 있기에 살생을 하느냐?"

"노여워 하시지 마십시오. 이놈은 그 요괴와 친구로 지금 선물을 가지고 가는 길입니다. 저에게 지금 좋은 생각이 있으니 보살님께서 제 뜻을 받아들인다면 힘들여 싸울 필요도 없이 가사를 도로 찾을 수 있고, 그렇지 않다면 저는 동쪽으로 보살님은 서쪽으로 가는 꼴입니다."

보살이 웃으며 묻는다.

"도대체 너는 어떤 꾀가 있기에, 그렇게 장담하니?"

"보살님은 바로 이 신선의 모습으로 변해 주십시오. 저는 이 단약을 먹고 약간 더 크게 변하겠으니 이 두 개의 단약 중에 큰 것을 요괴에게 주시며 장수를 축하하시면 저는 뱃속에서 주먹으로 치고 발길질을 해서 가사를 내놓게 하겠습니다."

보살은 그 말에 빙긋이 웃으시며 한없는 자비심과 무궁무진한 법력으로 마음을 고요히 하여 황홀한 순간에 죽은 신선으로 변한다.

천 년을 살아온 듯한 고고한 얼굴에
살포시 허공을 걸을 듯한 학의 몸매!
마음은 가고 또 가도 끝이 없고
같은 것 같으나 어딘지 다름이 있네!
모든 것은 하나로 돌아가는 법.
그 하나는 어디로 돌아가는가?

오공은 보살의 변한 모습에 감탄한다.

"우와, 정말 훌륭하십니다! 요정보살이신지? 아니면 보살요정이신지?"

보살이 웃으며,

"오공아, 보살이나 요정이나 마음 하나로 된 것뿐! 근본을 따지자면 모두 공에 돌아가므로 다를 것이 없느니라."

오공은 무언가 깨닫는 바가 있어 잠시 조용히 생각하더니, 훌쩍 몸을 날려 한 알의 둥글고 밝은 단약이 된다. 보살은 쟁반에 단약을 받쳐 들고 요괴의 동굴로 가는데 주위에는 잔잔한 물소리에 맑은 샘물이 고여 흐르고 깎아지른 절벽의 소나무 사이로 사슴들은 뛰논다.

보살은 경치를 지극히 바라보며,

'이 못된 짐승이 그래도 어느 정도 도를 분간할 줄 아는 모양이군!'

동굴 앞에 다다르니 부하 요괴들이 절을 하며 요괴대왕도 동굴 밖에까지 나와 인사한다.

"어서 오십시오. 신선님!"

보살은 쟁반 위의 단약을 괴물에게 주며,

"제가 다른 선물은 준비하지 못했고 이렇게 단약을 올려 천 년 장수를 빕니다."

하며 큰 알을 권하니 요괴는 단약을 입에 넣는데 약은 마치 살아있는 듯 저절로 목구멍 속으로 굴러 들어간다.

뱃속으로 들어간 오공은 본 모습으로 돌아와 손으로 쥐어뜯고 발로 마구 차니 요괴는 배가 아파 땅바닥에 뒹굴며 괴로워한다. 보살은 본 모습으로 돌아와 가사 둔 곳을 물어 즉시 꺼내고 오공은 콧구멍으로 빠져나온다.

겨우 정신을 차린 요괴는 창을 잡고 보살을 찌르는데 어찌된 일인지 옷자락 하나도 건드릴 수가 없다. 보살이 섬세하고 아름다운 손가락으로 한번 요괴에게 튕기자 요괴는 몸이 굳어지며 땅에 쓰러져 움직일 수도 없다.

오공은 즉시 여의봉으로 내리쳐서 요절을 내려하자 보살이 황급히 말리며,

"죽이지 말아라!"

"왜요?"

"나의 산 뒤를 지키는데 쓰려고 한다."

"참, 자비로운 보살님이시네요. 이까짓 녀석을 살려주시다니!"

일을 마친 보살은 몸이 큰 검정곰을 뒤에 세우고 오공과 작별한다.

유성장군

가사를 다시 찾은 삼장은 기뻐하며 길을 떠나는데, 시간은 바람처럼 흘러 어느덧 봄이 되니 초목에는 신선한 새싹들이 돋아나고 온 들판에는 수백 가지의 들꽃들이 흐드러지게 피어 따뜻한 날씨의 아지랑이와 함께 머리가 어찔할 정도로 봄의 들판은 현란하도록 아름답다.

스승과 제자가 봄 경치를 구경하며 어느 마을 입구에 들어서는데, 죽은 이를 화려한 꽃관에 메고 가는 마을 사람들을 만난다. 그들은 모두 흰 소복들을 입었고, 한 사람이 앞에 서서 사방으로 요령을 흔들며 아미타부처님을 선창하고, 상여를 멘 사람들은 후창을 하며 따라가는데 수십 명의 가족들 또한 슬피 울며 그 뒤를 따라간다. 꽃상여가 마을 다리를 지나기 전에 이제는 이 마을로 다시 돌아올 수 없는 죽은 자의 서러움을 요령을 잡은 이는 노래하는데, 애잔하게 들리는 노랫소리는 눈물이 나도록 아름답고 슬프다.

그들은 다시 상여를 메고 화려한 꽃 들판을 가로질러 저 멀리 언덕 위로 사라지는데, 죽은 자는 멀고 외로운 북쪽의 저승으로 가야 하지만, 부디 아미타부처님의 극락세계에 가도록 끊임없이 길고 비장하게 노래하는 소리들……

삼장은 오공과 체리나무 꽃잎들이 눈처럼 하얗게 떨어져 내리는 그 나무 아래에 서서, 저 멀리 걸어가는 그들을 바라보며 봄날씨와 함께 나른한 슬픔을 느낀다. 슬프지만 부드럽고, 처량하지만 정겨운 느낌을 주는 그 노랫소리들은 삼장에게 어느덧 포근하고 우아한 누나를 생각나게 만든다.

> 헤~
> 사람이 살면 얼마나 사느냐~
> 죽음에 있어서 남녀노소가 있느냐~
> 꿈이로다 꿈이로다.
> 모두가 꿈이로다.
> 너도 나도 꿈속이오
> 이것저것 꿈이로다.
> 꿈 깨니 또 꿈이오
> 깨인 꿈도 꿈이로다.
> 꿈속에 나서 꿈속에 살고
> 꿈속에 죽어 가는 우리의 삶이여!
> 옛사랑이 그리워
> 나도 모르게 눈물이 흐르네!
> 꿈속에서 만난 님과의 사랑은 너무 짧아
> 가슴속에 슬픔만을 머금고 나는 죽어 간다.
> 인제 가면 언제 오나 헤~

곳곳에 핀 꽃들이 향기를 봄바람에 날리고, 지는 해는 산과 마을을 붉게 비춘다. 초가집들이 옹기종기 모인 가운데 저녁 연기는 굴뚝에서 나오고, 배부른 돼지와 닭은 졸고 있다.

삼장과 오공은 어느 집의 문을 두드려 하룻밤 신세를 지게 되는데, 사람들은 친절하고 조용하면서도 무언가 걱정이 있는 듯하다. 사연인즉 몇 년 전에 어느 장수 한 사람이 이 마을에 왔는데, 큰 키에 푸른 눈동자의 잘생긴 얼굴 한번만 보아도 여인들의 가슴은 뛰어 얼굴이 붉어지네! 기운은 마치 하늘의 산들을 누를 듯, 음성은 무서우리만큼 커서 한번 소리를 지르면 마치 천둥이 치는 것 같았다. 또한 식욕이 많아 진수성찬을 좋아하고 술과 여자들을 좋아하여 술에 취하면 토실토실한 아낙들을 희롱한다. 이 마을에서도 딸을 잃어버린 집이 몇이나 된다.

삼장은 집주인에게 말하길,

"경찰에게 도와달라고 부탁하면 되지 않습니까?"

"그 녀석의 신통술 또한 대단하여 경찰뿐만 아니라, 이 근처의 큰 무리의 산적들조차 그를 두려워합니다."

"오늘의 꽃상여도 그와 연관된 일입니까?"

"예, 그 녀석은 돈도 많고 힘이 좋은데다가 얼굴도 잘생겨서 여자들이 그를 좋아합니다. 그리고 그 녀석은 많이 먹는 식성답게 처녀든 결혼한 여인네든 몸매만 그럴 듯하면 관계를 합니다. 그리곤 금방 싫증을 내서 여자들을 자주 바꾸니 사랑을 잃어버린 여인들은 스스로 목숨을 끊어 버리는 일들이 허다하지요. 오늘도 그 예 중의 하나입니다. 저의 딸도 그곳에 있어서 이렇게 걱정입니다."

오공이 듣고 있다가 말한다.

"내가 그 녀석을 처치하여 이곳을 편안케 하겠소!"

"이렇게 작은 분이오? 동자스님께서는 스님이나 잘 모시면 그것으로 족합니다."

"허, 이 양반! 사람 보는 눈이 그토록 어둡다니! 눈은 있어도 눈동자가 없으시구먼! 내가 아무리 작아도 그 녀석만 이 마을에서 내쫓으면 될 게 아니오? 그 녀석은 지금 어디 있소?"

"그는 경치 좋은 저 언덕 위의 높은 담장이 있는 큰 집에 살지만, 본래는 어느 산속 동굴에 산답니다."

오공은 쏜살같이 달려 나가며 말한다.

"그럼, 사부님 그 녀석을 혼내주고 오겠습니다."

언덕 위의 큰 집 안에 날아 들어간 오공은 열 살쯤 되어 보이는 사내아이로 변하여 정원을 기웃거리는데, 한 예쁜 여자애를 만난다.

"얘, 너는 이 아래 동네에 사는 애니?"

라고 오공이 묻자,

"응, 그런데 너는 누구니?"

"나는 너의 아버지에게서 사정얘기를 듣고 도와주러 왔으니, 어서 집에 가!"

"이렇게 담은 높고 문은 굳게 잠겼는데 어떻게 나가니?"

오공은 여의봉을 꺼내어 큰 대문을 한번 내려치자 잠겼던 문은 단박에 부서지며 열린다. 소녀는 집으로 달아나고 오공은 즉시 그 소녀로 몸을 바꾼 후 집 안으로 들어가는데 안은 제법 훌륭하게 잘 꾸며져 있고 성숙하고 아름다운 많은 여인들이 오고 가는데 모두가 선녀들처럼 아름답다. 그녀들은 인간이면서도 아름다운 밤의 불빛을 받아 그런지 마치 요녀들처럼 차갑고 요염한 분위기를 자아낸다.

오공은 이 녀석이 어디에 있나? 하며 집 안을 두리번거리고 있는 순간, 문득 밖에서 돌을 굴리고 모래를 흩날리는 것 같은 일진광풍이 몰아치는데 그 소리는 나무를 쓰러뜨리고 강을 뒤집는 듯하여 귀신조차 두렵게 하고, 큰 바위가 부서져 굴러 내리고 산이 허물어질 듯이 천지가 진동한다. 기와 지붕은 종잇장처럼 흔들리고 땅의 신, 산신들은 놀라 숨어 버린다. 이렇게 거센 바람이 다시 한번 진동하더니 공중에서 한 장수가 내려오는 게 보인다.

모든 여인들은 허리를 굽혀 인사한다.

"어서 오세요, 장군님!"

하며 다가가는데, 오공만 두 눈을 반짝이며 그를 쳐다본다. 술과 진수성찬이 잘 차려진 가장자리에 그가 앉자, 여인들은 그의 옆에 앉아 애교 있게 술을 따르고 음악을 연주하며 춤을 춘다.

아! 그녀들은 선녀들인가?
꽃들의 요정들인가?
젊고 풍만한 가슴과
윤이나는 긴 머리카락들!
온몸의 매끈한 속살이 훤히 들여다보이는 비단옷에
굴곡이 있는 부드럽고 요염한 허리를 휘감듯이 흔들며
촉촉이 젖은 듯한 눈망울로 깊이 바라보면서
회전하며 춤을 추는 그녀들은
그 무엇을 그리워하는 듯!

술에 거나하게 취하기 시작한 그 장수는 옆에 앉아 시중드는 여인들의 허리와 엉덩이를 슬슬 주무르니 몸이 달아오른 여인들은 그와 키스를 하며 이상한 신음소리를 낸다. 오공은 그런 것들과는 상관 없다는 듯이 '언제 이 녀석을 한대 때려줄까?' 생각하고 있던 차에, 문득 장수가 오공을 가리키며 말한다.

"오늘은 저 여자애랑 같이 잘테니 잠자리를 준비하라!"

오공은 속으로 웃는다.

'이놈이 나와 한번 놀아보자는 것이로구나!'

두 명의 여인들을 따라간 오공은 먼저 촛불이 켜져 있는 화려한 가구들이 잘 정돈된 방으로 들어가 침대 중간에 앉아 있다. 잠시 후, 그가 들어오더니 오공을 안고는 입을 맞추려 한다. 오공은 생글생글 웃으며 교태를 부리듯 약간 거절하는 양 슬쩍 밀어 제치니, 그 장수는 그만 침대에서 밀려 나가 바닥으로 사정없이 떨어지고 만다.

장수는 깜짝 놀라며,

"아니, 내가 너무 술이 취했나? 너 언제부터 그렇게 힘이 세어졌지? 나와 몇 번 자더니 힘이 솟구치나 보군!"

"오늘은 불을 끄고 자고 싶어요."

하며 입으로 촛불을 훅 하고 갑자기 끄니 장수는 어둠 속에서 더듬더듬 침대위로 올라오는데, 오공은 벌떡 일어나 옷장 위로 획 날아 앉으니 장수의 더듬는 손에는 빈자리만 만져진다.

"너, 오늘은 정말 이상하구나. 어디에 있니?"

"이상한 것은 장군님이죠. 훌륭한 장군님의 출처도 모르고 우리는 시중만 들어야 하니까요."

"그래? 그렇다면 나에 대해서 말해주지. 나는 본래 하늘 은하수의 팔만 수병의 대장이었는데 술을 마시고 선녀들을 희롱하며 같이 잠을 잤던 죄로 하늘에서 쫓겨난 유성장군이시다! 자, 이제 알았으니 이리로 오너라!"

오공은 놀려줄 생각으로 자기의 꼬리를 슬쩍 장군의 손에 쥐어준다. 그것을 만진 장군은 기겁을 하며 소리친다.

"어쩐지, 이상하다 했더니! 너는 어떤 괴물이냐?"

오공은 즉시 장군의 목덜미를 덥석 움켜잡으며 우렁찬 목소리로,

"네 이놈, 죄를 지었으면 조용히 부처님 앞에 가서 '잘못 했습니다!' 라고 빌기나 할 것이지, 이런 곳에 도망와서 같은 죄를 저질러?"

깜짝 놀란 장군은 정신을 집중하여 오공을 쳐다보니, 어둡지만 작은 눈에 두 눈이 이글이글 타오를 듯 금빛이 번쩍거린다.

장군은 갑자기 옷을 쫘악 찢어 버리더니 바람으로 변하여 오공의 손아귀를 벗어나 긴 칠성검을 움켜쥐고 지붕을 뚫고 공중에 서니, 그의 성난 기운에 몸에서 나오는 화광으로 인해 주위는 대낮처럼 밝다. 오공도 여의봉을 들고 공중에 서서 얼마간 서로 노려보다가 싸우는데, 둘의 모습들은 너무 빨라서 마치 움직이는 불빛 같다.

> 유성은 물의 신.
> 오공은 불의 신!
> 저쪽이 물이 흐르듯 긴 칼로 자유롭게 베어 나가면
> 이쪽은 불꽃 튀듯 여의봉을 마구 휘두른다.
> 저쪽이 은빛 광채의 안개라면
> 이쪽은 붉게 타는 노을!
> 칼의 몸놀림은 마치 봉황이 꽃 속을 뚫고 날아가는 것 같고
> 봉의 움직임은 마치 용의 여의주와 같이 자유자재하다.

오공의 여의봉과 불꽃을 일으키며 맞부딪치는 긴 칠성검. 장군의 팔은 차츰 저려 오기 시작하는데, 오공의 여의봉은 지칠 줄 모르게 빨라 결국엔 장군 쪽이 검을 떨어뜨린다. 장군은 즉시 구름을 날려 어두운 하늘 위로 몸을 솟구치며, 한없이 많은 반짝반짝 빛나는 은하계로 숨고자 도망간다. 그러나

뒤쫓는 오공이 훨씬 빨리 날아와서 그의 앞을 막고 단번에 여의봉으로 내려 칠려고 하는 찰나 장군이 손을 저으며,

"자, 잠깐만 참으시오! 그대는 혹시 손오공이 아니시오?"

오공은 자기의 이름을 알아주는데에 기분이 흐뭇해져서 부드럽게 묻는다.

"그건 왜 묻느냐?"

"나도 사실은 바른길을 닦고자 하지만 방법이 없던 차에, 지금 문득 옛날의 말썽꾼이었던 손오공이 어느 스님을 모시고 서쪽으로 불경을 가지러 갔다는 말이 생각나니 만일 당신이 손오공이라면 나도 그 여행에 데리고 가주시오! 내 도움은 될지언정 방해는 되지 않으리다."

"너는 여자들을 너무 밝히고 음식에 욕심이 많으니, 그것은 사치고 낭비야! 불도와는 알맞지 않다. 나의 이름을 알아주는 고로 목숨은 살려 줄테니, 이곳에 머물지 말고 딴 곳으로 가라!"

"그렇다면, 스님을 한번만이라도 뵙게 해주시오."

오공은 '그 녀석 참, 생긴 것 답지 않게 되게 달라붙네!' 라고 생각하며 할 수 없이 그를 삼장에게 데리고 간다.

삼장은 그의 준수한 얼굴에 호감이 들어 반겨 맞이한다.

"그러잖아도 내가 오공이 다른 괴물들과 싸울 때 나를 보호해줄 사람이 하나 더 있었으면 하고 원했다."

삼장은 당장에 허락하고는 유성거사라 이름을 지어준다.

"그대는 육식을 하며 여자를 즐긴다니 승려로서는 알맞지 않다. 그러니 거사로서 나를 보호하도록 해라!"

유성장군은 씩씩하게 대답한다.

"예! 사부님!"

오소선사와 운문선사

　오공은 철봉을 메고 앞에 서서 걷고, 삼장은 말을 타며, 둘째 제자가 된 유성은 짐을 지고 삼장의 뒤를 따라간다. 이렇게 길을 가기를 한 달, 문득 높은 산이 나타나서 그곳을 지나가는데 이제 제법 여름이 가까워 녹음이 짙푸르고 산새소리는 드높으며 산골짝의 물이 졸졸졸 흐르는 곳에 꽃사슴이 입에 꽃을 물고 서서 일행을 바라본다.

　그 옆에는 한 그루의 커다란 나무가 서 있는데, 높은 나무 위에는 나뭇가지와 풀을 모아 새집처럼 만든 자리에 어느 선사가 앉은 채로 꾸벅꾸벅 졸고 있다.

　"앗, 위험하다!"

　자신도 모르게 외쳐지는 삼장의 목소리에 문득 눈을 뜬 선사는 삼장 일행을 잠시 바라보더니 입을 열며 말한다.

"위험한 건 내가 아니고 바로 그대들이오. 그대들은 아직도 이 세상에서 오욕과 상대적인 것들에서 방황하고 있으니 그것이 더 위험한 것이오."

이 말에 부끄러움을 느낀 삼장은 아무 말도 못하고 있자 유성이 묻는다.

"그런데 부처님을 만나려면 어느 길로 가야 합니까?"

"동서남북! 어디에서나 부처님을 만날 수 있지! 그러나 이 말뜻을 모른다면, 험준한 산들을 넘고 많은 요괴들의 시련을 거쳐야만 하리니 하늘에서 타락한 돼지장군은 음욕의 짐을 짊어지고, 화를 잘내는 개구쟁이 돌원숭이! 둘이 서로 물어보면 부처님에게 가는 길을 알리라."

이 말을 들은 오공은 냉소하며,

"사부님, 어서 떠납시다. 저분에게 물어볼 것 없이 제게 물어보시면 됩니다."

삼장은 높은 나무 위에 앉아 있는 오소선사에게 절을 하며 떠나려고 하는 차에, 오공은 심술 사납게 길게 늘인 철봉 끝으로 둥우리를 마구 찔러댄다. 그러자 선사의 주위로 강한 금빛이 사방으로 뻗치며 수천 송이나 되는 연꽃들이 둘러싸여 떨어지니, 지옥을 뒤흔들고 하늘을 어지럽힌 오공도 한낱 새 둥우리에 앉은 선사를 떨어뜨리지 못한다.

삼장은 오공의 행동을 막으며 야단친다.

"너는 무슨 이유로 선사님의 자리를 부수려고 하느냐?"

"방금 우리 형제를 욕했습니다. 타락한 돼지니, 화 잘내는 돌원숭이니 하고!"

"그 말씀을 교훈으로 들어야지, 화를 내면 네가 무얼 배우겠느냐? 그만하고 갈 길이나 어서 가자."

삼장 일행은 산을 넘어 얼마를 가니 또 다른 산이 보이는데 마치 구름들이 겹겹이 쌓여 펼쳐진 것처럼 아름답다.

이 산의 이름은 보이는 경치처럼 운문산(구름 문의 산 Wolkentor-Berg)이라고 산의 입구에 쓰여 있는데, 때는 마침 둥근 달이 뜨는 보름날 아침이라서 운문선사는 높은 자리에 올라앉아 오백여 명의 승려들에게 법을 설한다.

"너희들은 나의 꽁무니를 따라다니며 흘린 침이나 받아 삼키고는 자기 것인 양 '나는 선을 알고 도를 안다'고 자랑하듯이 떠들고 다니니 그것은 바로 똥에 모여든 파리들처럼 서로 머리를 맞대어 싸우고 빨며 계산하면서 다른 이들을 괴롭히는 것이다. 설사, 나의 질문에 그대들이 옳은 대답을 한다 하더라도 그것은 벌써 그대들의 머리에 스스로 똥을 퍼붓는 것이다. 사량분별의 그 지독한 냄새를 그대들은 알겠는가?"

수백 명의 제자들은 아무 말도 못하고 얼마간 조용히 있더니, 한 승려가 자리에서 일어나 묻는다.

"어디에도 의지할 곳이 없는 고독한 이는 어디로 가야 합니까?"

"그대가 질문하는 것을 분명히 보고 있는 자가 있다."

"무엇이 깨달음입니까?"

"너의 움직임, 그 자체니라!"

그러자 다른 한 승려가 일어나 묻는다.

"지금 부처님의 나라에는 수많은 종파가 있다는데, 그것은 무엇입니까?"

그러나 이 질문은 즉시 운문선사의 노여움을 샀다. 왜냐하면 오직 이것! 즉 본래 우리에게 있는 깨끗한 한마음을 찾으려 하지 않고 자질구레한 곳에 관심을 두었기에…… 선사는 화난 듯이 이렇게 대답한다.

"인도에는 96가지의 종파가 있는데, 그대는 그 중 가장 저질의 종파에 속하네!"

또 다른 승려가 일어나 묻는다.

"깨끗한 한마음이란 무엇입니까?"

"떡!"

이 말을 들은 유성은 즉시 혼잣말로,

"아, 우리가 배고픈 걸 어떻게 아시지?"

오공은 옆에서 은하의 말을 듣곤,

"그게 아니고, '떡'이란 뜻은 떡이나 먹고 입 닥치라는 뜻이야!"

운문선사는 즉시 오공의 입을 작대기로 치니 오공은 미처 피할 사이도 없이 한 방 맞는다.

"아야!"

"이놈아, 생각으로 분별하면 어긋난다고 금방 일러주었는데 약삭 빠르게 생각으로 뜻을 이해하면 어찌하느냐? 틀렸다, 틀렸어!"

오공은 맞은 입이 아파 화를 내며 크게 떠들 듯 소리내어,

"뜻이 있으면 말로 하고 덕이 있으면 행동으로 모범을 보이라, 했는데 스님의 행동은 왜 이리 거칩니까? 흥, 세상에서 제일 빠른 내가 두 번 다시 당신에게 맞을 줄 알아요? 자, 한 번 칠테면 쳐보시오!"

오공의 이 말이 미처 끝나기도 전에 선사의 지팡이가 휙 하고 날아와 오공의 머리에 일격을 가한다.

"아이구, 아파라!"

다시 한 대 맞은 오공은 아픔에 머리를 감싸쥐고 있다가, 문득 화가 나서 여의봉을 빼들고 선사를 공격하는데, 선사의 움직임이 어찌나 빠른지 몸은 볼 수 있어도 피하는 동작은 볼 수 없다.

"쯧쯧, 너무 쉽고 매우 어렵군! 그렇게 쓸데없는 힘만 쓰면 너만 피곤하

지. 하긴 돌이 원숭이가 되었으니 피곤한지도 모르겠군!"

하며 콱 하고 힘껏 오공의 가슴을 치니 오공은 그만 저쪽 담벼락으로 날아가 쾅 하고 부딪힌다. 이 바람에 담벼락 돌이 와르르 무너지며 오공을 뒤덮는다.

잠시 후, 오공은 그 속에서 돌들을 헤치며 나오는데 선사는 알 수 없는 소리를 한다.

"너는 비록 천지 음양과 팔괘산의 조화로 돌알이 크리스털로 변하였고 여신 아카샤의 정기를 받아 반 원숭이 반 인간의 몸을 갖추었지만, 평상심을 터득하지 못했다. 평상심이란 무엇인가? 아무 조작 없이 마음이 뚜렷하게 깨어 있는 것! 너는 영리함 더하기(+) 건방진 마음이 있어! 그래서는 상대뿐 아니라 너 자신의 마음도 볼 수 없지. 그래서 너는 싸우는 마음이 있는 거야. 너의 술법은 집을 짓고 하늘의 별들을 측정하는 등의 자잘한 기술적인 것에 지나지 않아! 그것들을 다 마음이 만들어낸 것뿐이지. 알겠니, 꼬마야?"

라고 말하며 뒤돌아서는 선사에게 오공은 또다시 달려들어 선사의 뒤를 내려친다. 이 순간, 휘돌려치는 선사의 지팡이에 다리를 맞아 허공으로 붕 떠서 사정없이 나가떨어지는 오공.

옆에서 유성이 보고 있다가 소리친다.

"형님, 그만두시오. 우리는 선사님의 상대가 못돼요."

그도 그럴 것이 무심조차 뛰어넘은 깨달은 선사들의 열린 공의 마음은 전 우주를 덮고도 남고 번갯불보다도 빠르다고 하지 않는가?

삼장은 약간 의심스러운 눈으로 오공을 보며 묻는다.

"오공아, 네가 하늘나라를 어지럽혔다는 게 정말이냐?"

"정말입니다, 사부님."

"그럼, 어떻게 무술도 모르는 선사에게 이렇게 당한단 말이냐?"

"그건 저도 모르겠습니다."

라며 오공은 머리만 긁적거린다.

운문은 삼장에게 뚜렷한 목소리로 말한다.

"삼계(하늘·이 세상·지옥)는 마음에서 만들어지고, 끝없이 깨끗한 공한 마음은 흔적없이 삼계를 초월하여 유유히 노닌다! 라는 구절을 객스님은 모르시오? 하긴, 이 말뜻을 안다면 종이에 불과한 그것들을 얻으러 먼 길을 가지도 않겠지! 모든 것은 자기 안에 있으니까!"

이 말을 알아듣지 못하는 삼장 일행에게 선사는 다시 말한다.

"날도 늦었으니 차나 한잔 하고, 쉬어 가시오."

항상 본체(모든 이들에게 있는 근본의 진실한 몸)와 사용(모든 움직임마다 드러내 보이는 진실)을 들어 자성을 밝히는 선사의 말씀을 못 알아듣는 삼장 일행은 그저 따라주는 차나 마신다.

유성은 차를 따라주는 선사의 어린 제자에게 묻는다.

"아까, '너무 쉽고 매우 어렵다' 라고 하신 선사의 말씀은 무슨 뜻입니까?"

차를 따르고 난 뒤, 어린 제자는 유성에게 똑똑하게 대답한다.

"너무 쉽다는 뜻은 저 원숭이의 마음이 훤히 보이니까! 매우 어렵다는 뜻은 상대의 기량도 모르고 저 원숭이가 마구 덤비니까!"

삼장은 선사에게 묻는다.

"오공이 아카샤의 정기를 받고 태어났다는 말씀은 무슨 뜻입니까?"

"여행 도중 그대들은 언젠가 그 귀부인을 만날 것이오."

이렇게 차를 대접받은 삼장 일행에게 운문선사의 어린 제자스님은 하룻밤 쉬어갈 방으로 안내하면서 말한다.

"그 아카샤란 부인은 본래 비로자나 부처님의 화현입니다. 태양 빛이 미치는 별들과 그곳보다 더 먼 어두운 우주 공간조차 이 여신에게 속하며, 몇 억 년마다 되풀이되는 우주의 수많은 별들의 삶과 죽음(생겨나고 부서지는)조차 그녀의 허공에서 생기는 일들입니다. 가장 완벽한 성스러운 중성인 그녀는 음양으로 되어 있는 이 우주세계의 중심으로 모두 그녀 속에게 죽고 태어나는 삶을 반복하지요. 단지 공의 영원성을 깨달은 선사들만 이 우주 안팎에서 자유롭답니다."

이날 밤 삼장 일행은 마치 허공의 무한성을 느끼는 듯, 꿈속에서 여신 아카샤를 만나는듯, 마음이 맑고 깊은 고요함에 들어 밤새도록 편안하고 황홀한 경지에서 하룻밤을 보낸다. 그들은 온밤을 한숨도 자지 않은 듯 깨어 있었지만, 아침이 되자 몸과 마음이 더욱더 가볍고 경쾌함을 느끼며 자리에서 일어난다.

일행은 길을 떠나기 전, 운문선사에게 작별의 인사를 한다.

오공은 선사에게 꾸뻑 절을 하며,

"선사님, 감사합니다!"

선사는 묻는다.

"너는 무엇을 알았다고 이러느냐?"

"어제 선사님의 때림은 저의 내려치는 것과는 다른 경지로써 무심이 되면 다른 사람보다 더 빨리 움직일 수 있고, 그들이 움직이기 전조차 미리 알아챌 수 있으니까요."

운문선사는,

"이제부터 너의 움직임은 전보다 더 빠르고 강해질테니, 언제나 스스로의 마음을 지켜보아라!"

오공은 시원스레 대답한다.

"예!"

이리하여 일행은 경쾌한 발걸음으로 길을 떠나는데…….

노랑 바람의 괴물

어느덧 한 여름철을 맞아 세 사람은 땀으로 뒤범벅이 되어 긴 여름날을 며칠동안 걸어간다. 문득 저 멀리 험준한 산이 눈앞을 가로막고 섰으니, 높이는 하늘을 찌를 듯 하고 흐르는 시냇물은 맑기가 거울 같다. 산허리를 감은 흰구름에 높이 솟아올라 있는 기괴한 돌들은 문을 지키는 장수들처럼 곳곳에 준엄하게 서 있다.

이때 갑자기 이상한 바람이 휙 지나가니, 삼장의 뒤에서 걷던 유성은 앞서 걷는 오공에게 소리친다.

"형님, 이것 보통 바람이 아닌 것 같소!"

오공은 고개를 갸우뚱하며,

"흠, 호랑이 아니면 요괴겠지."

이 말이 채 끝나기도 전에 산길 옆 쪽에서 한 마리의 거대한 밤색 호랑이가 나타나 삼장에게 덤비자, 유성은 재빨리 긴 칠성검으로 막아서며 달려드는 용맹한 호랑이의 가슴을 찌른다.

유성의 번쩍! 빛나는 긴 칼에 가슴을 찔린 호랑이는 "아후!" 하는 큰소리와 함께 껍질을 홀딱 벗으니, 소름이 온몸을 뒤덮을 만큼 끔찍한 형상이 된다.

유성이 검으로 호랑이의 눈을 찌르려 하자, 호랑이는 다시 본 모습으로 돌아가 도망가니 오공이 소리친다.

"놓치지 말아라!"

호랑이를 저 멀리 뒤쫓는 유성 앞에 갑자기 수십 명의 요괴들이 나타나서 덤비니 오공은 삼장에게,

"사부님, 유성을 도와주고 오겠습니다."

오공이 그곳으로 달려가자, 호랑이는 자기의 가죽을 벗어 바윗돌에 덮어버리고 어느새 바람으로 변하여 삼장을 낚아채 간다.

동굴로 돌아온 호랑이 요괴는 노란 비단옷을 입은 작은 몸의 괴물에게 삼장을 끌고 와서,

"대왕님, 술안주로 하시라고 여기 승려를 하나 잡아왔습니다!"

삼각형의 작은 얼굴에 입이 뾰족이 나온 몸집이 작은 대왕은 말한다.

"안녕, 작은 고양이! 그와 같이 있는 일행은 없었니?"

"예, 금빛 눈동자를 한 원숭이 같은 녀석과 긴 칼을 가진 키가 큰 녀석이 있었습니다."

"이것 큰일났다! 내가 전에 말했지! 먹기 복잡한 것은 잡아오지 말라고! 그 원숭이 녀석은 굉장히 거칠다고 소문이 났단다! 우선 저 중을 묶어놓고 3~4일이 지나도 아무 일이 없으면 삶아 먹든지 구워 먹든지 하자!"

한편 요괴들을 쳐서 물리친 오공과 유성은 길 옆에 웅크리고 앉아 있는 호랑이를 보자, 오공이 달려들어 철봉으로 힘껏 내리치니 호랑이 털 속에 덮여 있던 커다란 바위가 쩍 하고 쪼개진다.

이것을 본 오공은,

"큰일났다, 그 녀석의 껍질을 벗는 술법에 속았다!"

둘이 급히 돌아와 보니 삼장은 없고 허허로운 산골짝일 뿐! 졸지에 삼장을 요괴에게 빼앗긴 오공과 유성은 주위를 찾아보았으나 헛수고였다.

유성은 눈물이 그렁그렁하며 오공에게 묻는다.

"어디에서 사부님을 찾습니까?"

"울지 말라구, 내 마음 약해지니까!"

둘이 다시 산속으로 뛰어들어 칼끝처럼 봉우리가 솟은 고개들을 정신없이 넘으며 스승을 찾고 있을 때, 문득 저 멀리 대나무 숲이 우거져 있고 한 줄기 폭포가 길고 가늘게 떨어져 내리는 곳에 동굴이 하나 보인다.

"동생! 짐과 말을 이곳에 숨기고 있게. 내가 저놈들을 때려잡고 사부님을 구해오지!"

오공은 번개같이 동굴 앞으로 날아가 여의봉으로 큰 돌문을 벼락처럼 내려 쳐부수며 고함친다.

"이놈들! 손오공의 사부님을 속히 내보내지 않으면 이곳을 가루로 만들겠다!"

그 우레 같은 소리를 들은 동굴 안의 대왕은 긴장하여 호랑이 장군을 불러서 걱정스러운 얼굴로 말한다.

"너는 산돼지나 양들이나 잡아올 것이지, 어째서 저 중을 잡아와 골치 아프게 만드니?"

"걱정마십시오, 대왕님! 저 작은 녀석을 곧 처치하고 오겠습니다."

"그렇게 해라! 그래야 내가 저 중의 고기를 한 점 맛볼 게 아니냐?"

호랑이 장군는 많은 요괴들을 이끌고 우르르 밖으로 나와서 동굴 앞에 서 있는 오공에게 소리친다.

"네 놈의 사부는 우리 대왕님의 먹이로 잡아왔으니, 너는 우리들이 구워 먹겠다."

오공은 불길 같은 사나운 두 눈을 부릅뜨고,

"이놈, 이 철봉 맛이나 봐라!"

하며 대들어 얼마 동안 싸우는데 요괴가 거위알이라면 오공은 돌알이니, 어찌 생알이 돌알을 견디겠는가?

어깨를 한 방 맞아 한 팔이 떨어져 나간 호랑이는 피를 흘리며 급히 산골짜기로 도망간다. 이때 마침 유성은 자기 쪽으로 달려오는 커다란 호랑이 요괴를 보자, 요괴의 머리를 긴 칼로 둥그렇게 휘둘러 삭 베어 버리니 순식간에 대가리는 저 멀리 날아가 떨어지고 목에선 피가 콸콸 솟구치며 죽는다.

요괴의 뒤를 따라 쫓아온 오공은 이것을 보고 손뼉을 치며,

"훌륭하네, 동생! 내가 이 송장을 끌고 가서 다시 싸움을 걸어 우리 사부님을 찾아오지!"

한편, 싸우다 도망온 요괴들은 허겁지겁 말한다.

"대왕님, 호랑이 장군님이 원숭이에게 쫓겨 산속으로 도망갔습니다!"

이 보고에 늙은 요괴는 기분이 나빠 얼굴을 잔뜩 찡그리고 있는데, 또 다른 요괴가 달려와 소리친다.

"대왕님, 원숭이가 우리 호랑이 장군님을 동굴 밖에서 갈기갈기 찢어 던지며 싸움을 걸고 있습니다."

"허! 지독한 놈이로구나. 제 사부를 잡아먹지도 않았는데 나의 장군을 죽이다니! 못된 놈, 내가 그 녀석을 잡아 원수를 갚으리다!"

늙은 요괴는 금빛 투구에 금빛 갑옷을 입고 바늘 모양의 금 쇠지팡이를 잡고 동굴 밖을 나오니 그 광채는 번뜩이며 노란 비단옷은 바람에 휘날려 그 모습은 마치 성난 사나운 용의 수염 같다.

동굴 밖으로 나온 늙은 요괴는 위엄 있게 소리친다.

"어떤 놈이 손오공이냐?"

호랑이 시체를 밟고 있는 오공은 거만한 듯이 서서,

"여기 계시다!"

한쪽 다리를 호랑이 시체 위에 척 올려놓고, 떡 버티고 서 있는 오공을 본 늙은 요괴는,

"아니? 이건 꼬마 원숭이 아니야?"

이 비웃는 말에 오공은,

"이놈아, 너도 짧은 다리에 쥐 얼굴을 하고 있으면서 뭘, 그래?"

화가 난 요괴는 다짜고짜 바늘 같은 쇠 지팡이로 오공의 가슴을 찌른다. 오공은 철봉으로 그것을 휘감아 막고 요괴의 머리를 공격하면서 짧은 다리를 치는데, 운문선사에게 무심의 법을 배운 오공의 동작은 전보다도 훨씬 빠르고 힘차다.

그러나 요괴의 쇠바늘로 찔러 오는 날카로움도 만만치 않아 둘은 제법 시간을 끌며 싸우는데, 차츰 힘이 약해지는 요괴는 초조해지자 문득 입으로 오공의 얼굴에 확 하고 누런 독바람을 뿜어댄다. 갑자기 독이 있는 강한 바람을 맞은 오공은 눈이 아파 도망칠 수밖에!

한편, 오공을 기다리던 유성은 갑자기 누런 바람이 온 산을 뒤덮으며 무

섭게 휘몰아치자, 땅의 깊이 패인 곳에 엎드려 피한다. 얼마의 시간이 흐른 뒤, 바람이 그치자 머리를 들고 동굴 쪽을 바라보니 아무도 보이질 않고 잠잠하여 궁금하기도 하고 불안하던 차에 오공이 눈물을 철철 흘리며 오는 것이 아닌가?

"형님, 어떻게 된 일이오?"

"아, 그 녀석의 지독한 독바람은 내 생전에 처음이야! 그나저나 우선 이 아픈 눈을 고쳐야 되겠는데, 어쩌지?"

"이 깊은 산속에 의사는커녕 사람 하나 볼 수 없으니 어쩌지요?"

둘은 어두워지는 숲 속을 빠져나와 한참 길을 걸었는데 저 멀리 희미한 등불이 보인다. 그곳에 도착한 두 형제가 주인을 부르자 한 노인과 두 여인이 나온다.

"누구시오? 이 밤중에……."

"우리들은 서쪽으로 불경을 가지러 가는 스님의 제자들입니다. 길을 가던 중 요괴들이 우리 사부님을 잡아가 그들과 싸우다가 이렇게 눈병이 걸려 하룻밤 신세를 지려고 왔습니다."

노인은 깜짝 놀라며,

"아니 이렇게 작은 동자스님이 그 요괴와 싸웠다구요? 그 요괴의 삼매신풍(삼매 속에서 일으키는 바람)은 천지를 어둡게 하고 귀신조차 두려워하며 돌조차 녹이는 독바람인데, 신선만이 살아날 수 있을 거요!"

눈물을 흘리며 서 있는 오공은 말한다.

"우리는 신선은 아니지만 신선은 나의 후배요. 그래서 이렇게 눈만 시큰거리는 거요."

노인은 몸매가 아름다운 두 딸들에게 약단지를 가져다 오공의 눈에 바르게 하며 옆에서 말한다.

"이 마을에는 오래 전부터 그 독바람이 일어나면 쓰이는 안약이 있으니 이것을 바르고 하룻밤 푹 자면 내일 나을 것이오."

유성은 오랜만에 보는 예쁜 여인들이 오공에게 눈약을 발라 주는 것을 보자 '나도 눈이 아팠으면 좋았을 걸!' 하고 그 여인들의 생각에 마음이 들떠 밤새 잠을 못 자는데, 오공만이 코를 쿨쿨 골며 잠을 잔다.

이윽고 날이 밝자 눈을 뜬 오공은,

"야! 전보다 더 잘 보인다, 더 잘 보여!"

라며 사방을 둘러보니, 간밤의 집은 간 곳 없고 허허벌판의 풀밭에 큰 버드나무들만 서 있다.

오공은 아직도 깊은 잠에 빠져 있는 유성을 깨우니 새벽녘에서야 황홀한 꿈을 꾸기 시작한 유성은 졸린 눈을 비비다가 깜짝 놀라 짐과 말을 찾는다.

"짐은 자네의 머리맡에 있고, 말은 저곳에서 풀을 뜯고 있으니 걱정 말게. 어제 저녁엔 산신과 이 버드나무가 우리를 도와준 모양이군!"

둘이 다시 동굴 근처에 다가가자 오공은,

"자넨, 여기서 기다리고 있게. 내가 가서 동정을 살피고 오지!"

오공은 즉시 모기로 변하여 동굴 안으로 날아 들어가니, 삼장이 기둥에 묶여 앉아 있다.

스승을 본 오공은 '야, 역시 우리 사부님답게 의젓하게 앉아 계시는군!'

오공은 삼장의 머리 위로 앵앵거리며 날아가 소리친다.

"사부님!"

하고 부르니 삼장은 오공의 목소리를 단박에 알아듣고 머리를 이리저리 돌리며 말한다.

"애야, 너는 어디에 있니?"
"바로 사부님 머리 위에 있습니다. 곧 구해 드릴테니 좀 참으십시오."
말하곤 늙은 요괴한테 날아가는데, 이때 부하요괴가 달려오며,
"대왕님, 제가 숲 속을 순시하던 차에 그 원숭이 일행을 만나서 잡힐 뻔 하다가 도망왔는데, 그 원숭이 녀석은 안 보였습니다."
"그렇다면 어제 죽었거나 구원병을 청하러 갔겠지!"
부하요괴는 걱정하듯이,
"혹시, 그 녀석이 하늘의 군대를 불러오면 어쩝니까?"
"흥, 그 따위 신병이야 나의 삼매신풍에 아무것도 아니지! 영길보살이라면 모를까."
오공은 이 말을 듣고 '횡재로구나!' 싶어 즉시 숲 속으로 날아와 갑자기 유성 앞에 우뚝 서니 깜짝 놀란 유성은 묻는다.
"형님, 사부님은 어떻게 되었소?"
"내가 사부님에게 위로의 말씀을 드리고 그 요괴의 비밀을 알아냈는데 영길보살 외에는 자기의 바람을 막을 수 없다고 하더군! 문제는 영길보살이 어디 계신지 알아야지!"
이렇게 숲 속에서 둘이 서로 얘기를 하고 있을 때, 문득 한 노인이 길 옆으로 걸어가고 있다.
백 살이 넘은 것 같은 나이. 긴 수염에 눈빛은 번쩍이며 뼈와 살이 튼튼하여 지팡이도 필요없고 용모는 마치 하늘에서 내려온 신선 같다.
오공과 유성은 옷깃을 여미며 공손하게 그 노인에게 다가가서 묻는다.
"저, 혹시 이곳에 영길보살님이 어디 사시는지 아십니까?"
"여기서 서북쪽으로 3천리를 가면 작은 수미산이 나오는데 그 산속에 보

살님이 경을 강론하고 계시오. 그대들은 그분에게 경을 배우러 가오?"

"아니오, 다른 일 때문에요."

둘은 감사의 절을 하고 나서,

"아우는 여기서 기다리고 있게, 나는 지금 수미산으로 가서 보살님을 모셔오러 갈테니!"

오공은 즉시 공중으로 솟구쳐 날아 단숨에 구름이 자욱한 수미산에 당도하니, 향기로운 연기가 감도는 선원이 보인다.

오공은 바위 위에 조용히 좌선하는 승려에게 썩 나서며 인사를 올린다.

"이곳이 영길보살님께서 강론하시는 곳입니까?"

"예, 그렇소만 무슨 일로?……."

"수고스럽지만 말씀 좀 전해주십시오. 저는 동쪽 나라 당나라 황제의 아라인 삼장법사의 첫 번째 제자인 제천대성, 손오공입니다. 부탁이 있어 보살님을 뵙고자 합니다."

오공이 길게 자기소개를 하자 그 스님은 웃으며,

"손님의 이름은 길어서 기억하기 어렵군요."

"그럼, 삼장스님의 제자 오공이 왔다고 전해 주십시오."

스님이 오공을 데리고 강단으로 들어가서 전하니 그 안에는 수백 명의 승려들이 위엄 있게 자리에 앉아 법화경을 가만가만 외우고 있다.

불빛은 무지개처럼 휘황하게 뻗치고 향기로운 향 냄새가 가득히 날리는 높은 법상 위에 앉은 영길보살이 차를 대접하자,

오공은,

"차는 주시지 않아도 좋습니다. 저의 사부님께서 노란 독바람을 일으키는 요괴에게 잡혀서 고생 중이시니 보살님께서 위대하신 법력을 쓰시어 우리

사부님을 구해 주십시오."

"그 녀석은 본래 부처님이 계신 산 아래에서 도를 닦던 쥐였는데, 부처님의 등잔불을 켜는 유리그릇을 깨고 내게 붙잡혔을 때, 산속에 들어가 죄 짓지 말라고 목숨을 살려 주었는데 또 나쁜 일을 하고 있다니!⋯⋯."

보살은 구름을 타고 오공과 함께 동굴 앞에 도착한 다음 말한다.

"그 녀석은 나를 겁내니 우선 그대가 밖으로 요괴를 꾀어내면 내가 법력을 쓰겠소."

오공은 여의봉으로 동굴의 돌문을 한 방에 박살을 내며 소리친다.

"우리 사부님을 내놔라!"

이 요란하게 동굴문이 부서지는 소리에 동굴 안의 늙은 요괴는 화를 내며,

"이 무례한 원숭이 놈! 올 때마다 남의 문을 부수다니!"

라며 동굴 속에서 나와 오공과 싸우는데, 쇠바늘과 철봉이 몇번 얽히고설키더니 갑자기 요괴는 입을 딱 벌리고 독바람을 일으킨다. 이때 영길보살이 공중에서 금강저를 던지며 주문을 외자, 커다란 한 마리의 새 금시조(날개의 길이가 9,000미터가 넘는 큰 새로 배가 고프면 바다를 가르고 용을 잡아먹음)가 나타나더니, 두 발로 요괴를 움켜쥐고서 사정없이 바윗돌에 몇 번 후려친다. 정신을 잃은 요괴는 본 모습이 드러나는데, 그것은 누런 털을 가진 한 마리의 큰 쥐였다.

오공이 철봉으로 내려치려하자 보살이 막으며,

"오공, 살생하지 마라! 그놈을 부처님에게 되돌려 보낼테니."

보살은 정신을 잃은 누런 쥐를 동그란 모양의 쇠창살에 넣고 가둔다. 오공과 유성이 감사의 절을 하는데, 보살은 벌써 서쪽으로 사라지고 있다. 구원을 받은 삼장은 제자들에게 자초지종을 들으며 감격해 한다.

끝없이 거칠게 흐르는 강

　세월은 흐르는 물처럼 흘러서 소슬한 바람이 스치는 가을로 접어드니 파란 하늘은 점점 높아지고, 해는 점점 낮아져 세 사람의 여행 길은 긴 그림자를 끌며 허허벌판을 지나간다. 그 넓은 가을벌판을 가로지르니 물결 사납고 끝도 없이 드넓은 한 강가에 다다르게 된다.
　삼장은 말에서 내려서며 걱정하며 말한다.
　"애들아, 이 넓은 강물은 깊고 거치니 어떻게 건너야 하나?"
　유성도 물결을 바라보며,
　"글쎄요, 배도 안 보이는데요."
　"내 눈에는 강 건너 끝도 안 보이니 도대체 이 강은 얼마나 넓냐?"
　오공은 즉시 몸을 공중으로 솟구쳐 손을 이마에 얹고 바라보더니,
　"넓이는 90킬로미터가 족히 되고, 강의 길이는 내 눈에도 안 보입니다."

유성은 신기해 하며 묻는다.

"형님은 그 넓은 거리를 어찌 아시오?"

"내 눈은 100킬로미터에 떨어져 있는 모기 다리도 볼 수 있거든!"

그들이 강물가에 다가가서 자세히 살펴보니 물결이 너무 거칠어 오리나 거위 따위도 물 위에 뜰 수조차 없을 것 같다.

그런데 이때 갑자기 강 속에서 물결이 산처럼 오르고 파도가 쏴아 하고 뒤집히는 소리가 나더니 흉측한 요괴 한 마리가 나오는데, 뇌성벽력 같은 고함과 함께 입으로는 안개를 뿜으며 서슬이 시퍼런 긴 쇠창으로 공격을 하면서 삼장을 덮친다.

오공이 황급히 삼장을 안고 멀리 피하는 사이에 유성은 재빨리 짐짝을 벗어놓고 긴 칠성검으로 요괴와 싸우는데 삼장과 강가에서 오공이 요괴를 바라보니 머리에는 시뻘건 털이 불꽃같이 솟아 있고, 이글거리는 눈동자에 이빨은 악어같이 날카롭고 목에는 아홉 개의 해골을 걸고 있다.

"사부님, 여기에 잠깐 계십시오. 저놈을 처치하고 오겠습니다."

하며 오공은 강물로 달려간다.

넓은 강물 위에서 유성과 요괴는 싸움의 극에 달해 물결이 사방으로 거칠게 튀고 물 안개가 흐트러져 그들의 주위가 뿌옇게 회색빛으로 어두워져 있다.

오공이 요괴의 뒤로 가서 뒤통수를 보기 좋게 후려치자, 요괴는 당황하여 급히 강물 속으로 도망친다.

"아니? 형님! 막판에 그놈을 쫓으면 어떡해요?"

오공은 헤헤 웃으며,

"내 손이 심심해서 한번 철봉을 휘돌려 본 것뿐이야."

할 수 없이 둘은 삼장에게로 돌아오니 삼장은 걱정하며 말한다.

"이걸 어쩌냐, 설사 배가 있어 강을 건넌다해도 도중에 그 요괴가 공격하면 헤엄도 못치는 나는 물에 빠져 요괴의 밥이 될 텐데!"

오공은 눈을 동그랗게 뜨고 놀란 듯이 삼장을 쳐다보며 놀리듯 묻는다.

"아니? 사부님, 수영도 못하십니까?"

삼장은,

"어떻게 점잖은 승려의 체면에 발가벗고 동물처럼 움직일 수 있겠니?……"

이에 유성은,

"저 요괴녀석은 이곳에 오래 살아서 강물의 사정을 잘 알테니 죽이지 말고 사부님을 강 건너로 모시는데 씁시다. 나는 왕년에 은하수의 8만 수병들(물에서 싸우는 군사들)의 대장이었으니 물결에 대해서 경험이 있소. 내가 강물 속으로 들어가 그 녀석을 꾀어 밖으로 끌어낼 테니 땅으로 유인하면, 그때 형님이 잡으시오!"

유성은 즉시 옛 재주를 살려 물속으로 첨벙 뛰어들어 물을 밀며 들어간다. 강물 아래에서 그것을 보는 괴물은 냉소하며 창으로 마구 찌르면서 소리친다.

"네 이놈! 여기가 어디라고 함부로 들어와. 네 놈을 내 창에 한번에 꿰어 회를 만들어 초간장에 찍어 먹겠다!"

유성도 질세라 외친다.

"이놈, 내 칼이나 받아라!"

얼마 동안 둘은 물속에서 창과 칼을 맞부딪치며 서로 공격하다가 강물 위로 솟아나와 서서 싸우는데 그들의 주위에는 파란 물안개가 자욱이 깔려 있고, 달려오고 달려가며 싸우는 유성과 괴물이 두 다리로 일으키는 물결은 사방으로 튀어 근처의 산들을 뒤덮고 파도가 밀리니 천지가 어두워진다.

유성이 칠성검으로 괴물의 옆구리를 찌르면 괴물은 쇠창으로 막는 즉시 감아 돌리며 물 위를 빙 돌아 서로 떨어졌다가 다시 붙어 싸우는데, 얼마 후 유성이 짐짓 맥없이 싸움에 패한 채 하며 강기슭으로 요괴를 끌어오자, 강가에 서서 보고 있던 오공은 그만 참지 못하고 철봉으로 요괴의 대가리를 내려친다. 당황한 요괴는 다시 강 속으로 뺑소니를 친다.

"아니, 원숭이 형님은 성질도 급하시지! 내가 그놈을 좀더 끌고 나올 때까지 기다리지, 그걸 못 참고 그놈을 또 도망치게 했으니 어쩝니까?"

어쩔 수 없이 일행은 망연히 강물만 바라보다가 때가 되자, 삼장은 주먹밥을 먹고 유성은 강물만 바라보고 있는데 오공은 말한다.

"이 손오공의 재주라면 허리만 한번 꿈틀해도 120킬로미터는 거뜬히 날 수 있는데 사부님이 문제란 말이야."

"그렇게 간단하면 사부님을 업고 강물 위를 지나가면 요괴와 싸울 필요도 없을 게 아니오?"

"자네도 구름을 탈 줄 아니 사부님을 모시고 날지 그래?"

"사부님은 인간의 몸이라서 무겁기가 태산 같아 나의 구름으론 안 돼요. 형님의 구름이라면 모를까!"

"큰 산을 밀어 보내기는 오히려 가벼우나, 범부를 데리고 속세를 벗어나기가 더 어렵다는 말을 아우는 모르는가? 사부님은 보통 인간의 몸이라 구름도 탈 수 없을 뿐 아니라, 스스로 애써 노력하지 않으면 고해에서 초탈할 수가 없네. 그래서 매 걸음마다 스스로 가셔야만 하지. 우리야 사부님을 보호하고 모실 뿐이지, 그 괴로움을 대신 할 수는 없네! 우리가 쉬운 방법으로 부처님을 뵈온들 경을 주시겠나? 고초를 겪은 후에라야 귀한 것을 얻는 법이지."

태평한 유성은 그 말에 그저 고개만 끄덕이고는 반찬 없는 주먹밥을 먹고서 강기슭에 누워 잔다.

그 다음날 아침,

"이거 정말 큰일인데, 사부님을 배에 싣고 가다가 저 요괴가 물결을 일으켜 배를 뒤집어놓으면 헤엄도 못하는 사부님은 이 거센 강물 속으로 빠져들어 곤란을 당할텐데!"

이렇게 오공은 걱정한다가 문득 삼장에게 말한다.

"사부님, 걱정 마십시오, 제가 관음보살님께 다녀오겠습니다."

유성은 의아하여 묻는다.

"거긴 왜 가요?"

"경을 가지러 간다는 생각부터가 관음보살이 시작한 것이고 나를 이렇게 불문에 입문시킨 것도 관음보살이시니, 이 강물을 건너는 것도 그분이 어떻게 해줘야 될 것이 아니겠냐? 그러니, 저 요괴를 잡으려 애쓰는 것보담 그분을 청해오는 것이 더 빠르다구!"

오공이 당장에 구름을 타고 남해의 보타산에 이르니, 마침 관음보살은 용왕의 어린 용녀와 연못가에서 연꽃 구경을 하고 있었다.

오공이 그들에게 다가가 공손히 절을 하며 도움을 청하니 보살은 말한다.

"그 요괴는 천상에서 커다란 옥그릇을 깬 죄로 옥황상제의 노여움을 사 그 강물에 떨어져서 하늘에서는 매 15일마다 보검을 날려 백 번이나 그의 옆구리를 찌른 후에야 칼을 다시 허공으로 거두니 그 아픔을 사라지게 한다면 그대들을 도울 것이다."

보살은 오공과 함께 즉시 그 강물 위로 날아와서 성스러운 흰 빛을 강물 속으로 뻗쳐 어두운 강물 밑을 밝히며 말씀하신다.

"그대의 고통을 멈추게 할테니, 겁내지 말고 나오너라!"

이 소리에 요괴는 귀가 번쩍 띄어 쏜살같이 물살을 가르며 나와 관음보살에게 절한다.

보살은 그에게 말씀하신다.

"너는 천상에서 죄를 짓고 또 이곳에서 서쪽으로 불법을 배우러 가는 스님들을 잡아먹었으니 언제 다시 속죄할 기약이 있겠느냐?"

요괴는 죄송하다는 듯이 머리를 조아리며,

"하늘에서 보검이 날아와 제 가슴 밑을 찌를 때마다 아픔을 참을 수 없다가도 승려들을 잡아먹으면, 이상하게 그 고통들이 사라집니다. 그들을 잡아먹은 후 거위털도 가라앉는 이 강물 속에 뼈들을 집어던져 가라앉히는데, 어찌된 일인지 아홉 승려의 해골들만 강물 위에 둥둥 떠서 떠내려 가지도 않고 해서 이렇게 목에 걸고 있습니다."

"그들은 벌써 성스러운 경지에 들어가기 시작하여 보통의 몸을 벗어나기 시작하는데, 네가 무지하여 그들을 잡아먹었으니 그 죄를 어찌하랴! 너는 지금 다시는 그런 짓을 않겠다고 맹세하고 다음부터는 이곳을 지나가는 이들을 도와 주도록 해라!"

괴물이 그러겠다고 약속하자, 보살은 그에게 죄를 씻는 진언을 주어서 외우게 하며 머리 위에 감로수를 뿌리니, 그 요괴는 금방 아주 훌륭하게 잘생긴 본 모습의 건장한 남자로 변하면서 가슴에 있는 흉측한 칼자국의 상처도 씻은듯이 사라진다.

"본래 죄의 성품은 공한 것, 그대의 마음이 공하면 죄 또한 없어지리니 이

청정한 마음을 잘 간직하여 다른 이들을 해치지 말라!"

하고 말하시며 가지고 오신 버드나무 가지를 물 위에 띄우고 그 주위에 괴물이 걸고 있던 고승들의 해골들을 구궁팔괘에 맞추어 배열하니, 한 척의 훌륭한 배가 되어 물결은 잔잔해지고 바람만 시원하게 불어서 그 배 위에 올라탄 일행은 순식간에 강을 건넌다.

강을 건넌 후 보살이 버드나무 가지를 거두자, 해골들은 제각기 아홉 줄기의 빛을 발하며 음풍으로 변하여 슬며시 사라진다. 삼장 일행은 보살에게 감사의 절을 하니, 보살은 벌써 흰빛을 남기며 순식간에 날아가시고 세 사람은 서쪽으로 걸음을 옮긴다.

꽃의 여인들

 차가운 가을바람에 서리꽃은 하얗게 내리고 온 산은 단풍으로 붉게 물든다. 귀뚜라미 울음소리는 먼 고향을 생각하게 하고, 차가운 밤하늘에 날아가는 기러기 떼는 점점 멀어진다.
 밤이슬이 촉촉이 내리기 시작하자 말 위에서 삼장은 말한다.
 "날이 저물었으니, 어디 하루 쉴 데를 찾자."
 이 말에 오공은 삼장을 돌아보며,
 "사부님, 원래 도를 닦는 이들은 우주를 집으로 알아서 땅을 침대로 삼고 하늘을 담요로 삼아, 달을 바라보며 서리 위에서 잠자는 것은 자연의 이치인데 가다가 멈추는 곳이 바로 집이 아닙니까?"
 뒤에서 걷던 유성은,
 "형님은 짐도 없이 가벼운 몸만 가니 다른 사람 힘든 걸 어찌 아시겠소.

산을 넘으며 짐까지 졌으니 나는 어디 인가에서 밥 좀 얻어먹고 몸을 쉬어야 겠소."

"너! 무척 원망스러운 어투인데, 한번 옳은 일을 하고자 불문에 들었으면 고생을 많이 해야 진정한 제자 노릇을 할 수 있는 게 아니냐?"

"형님은 이 짐이 얼마나 무거운지 아시오? 밧줄이 여덟 묶음, 비받이 담요가 네 장, 구리와 쇠로 만든 밥그릇들이 일곱, 찻잔들이 셋, 차잎들…… 형님은 훌륭한 제자요! 나는 머슴살이나 같아요!"

오공은 웃으며,

"내가 짐을 지고 싶지만 짐의 크기가 커서 땅에 질질 끌릴테고 궤짝이 망가질테니, 잘생겨서 여자들에게 인기 좋은 키 큰 너는 짐과 말을 지키고 나는 사부님을 보호하는 것이 우리에게 알맞은 임무이니 게으름 피우지 말아!"

"어쨌든 형님의 오만한 성격에 짐을 질 리는 없고, 저 살찐 말 뒤에 내 짐의 몇 개만 나누어 얹어주는 것도 형제 간의 정이 아닙니까?"

오공은 유성에게 다가와 살며시 말한다.

"네 눈엔 말로만 보이겠지만, 저 말은 서해 용왕의 아들로서 잘못 죄를 짓고 관음보살의 도움을 받아 말로 변하여 사부님을 서천까지 모시게 된 것이니 모두 각자의 임무가 있는지라 말을 건드려서는 안 되지!"

"정말 용이라면 능히 구름을 몰고 안개를 내리며 바다를 뒤흔드는 신통력이 있다는데, 이 말은 어찌 이리 느릿느릿하오?"

"네가 저 말이 빨리 가길 원한다면 내가 보여주지!"

오공이 여의봉을 한번 번쩍 쳐드니, 천 갈래로 금빛이 뻗치고 놀란 말이 순식간에 앞으로 달려간다.

삼장은 말고삐를 꼭 잡고 말등에 엎드리니 한참을 나는 듯 달리던 말은 산 언덕에 오르자, 다시 천천히 처음대로 걸어간다. 언덕에 오른 삼장이 먼 곳을 바라보니 울창한 소나무 숲 속에 높직한 기와집이 몇 채 보인다.

뒤따라온 오공이 삼장에게 묻는다.

"사부님, 다치시지 않으셨습니까?"

"못된 원숭이 녀석 같으니라고, 말을 놀라게 하다니……."

"제 탓이 아닙니다. 유성이 말이 느리다기에 속력을 좀 내게 한 것뿐입니다."

유성이 헐떡거리며 뛰어오면서 투덜거린다.

"제길, 짐이 어깨를 누르는 통에 말을 따라 뛰자니, 어이구 숨차라!"

삼장은 기와집을 가리키며 말한다.

"오늘은 저곳에서 신세를 지자."

그곳에 도착하니 경사스러운 구름이 감돌고 노을이 아름답다.

연꽃무늬가 있는 대문의 울타리에는 들국화가 만발하고, 난초들은 정원에서 요염하게 얼굴을 보이며 향기를 풍기고 있다. 웅장하고 고요한 이 집에 오공이 무턱대고 들어가려고 하자, 삼장은 막으며 사람이 나올 때까지 기다리라고 말한다.

오공은 좀이 쑤시는 듯 안을 기웃거리는데, 홀연 뒷문에서 발자국 소리가 나더니 여인의 간드러진 소리가 들려온다.

"누구신데, 남의 과붓집 문 앞에서 어정거립니까?"

삼장은 당황하여 합장하며,

"우리는 이곳을 지나가는 일행인데 하룻밤 쉬어 갈까 해서요……."

부인은 살며시 웃음 지으며 말한다.

"다들 들어오세요."

일행은 부인을 따라 안으로 들어가는데 유성은 힐끔힐끔 여인의 몸매를 훔쳐 살펴본다.

짧은 분홍의 윗옷에 아래로는 얇고 긴 비단치마에 붉은 꽃들을 수놓았고 가느다란 허리에는 금빛의 띠를 매어 걸음 마다 흔들리며 작고 탐스러운 발에는 꽃신을 신고 검고 윤이 나는 긴 머리에는 칠보로 장식한 두 개의 아름다운 비녀를 꽂았다. 화장도 하지 않은 얼굴이지만 자연스럽게 풍기는 아름다움은 소년 같은 싱싱함이 보인다.

부인은 예를 갖춘 뒤, 차를 준비시키니 병풍 뒤에서 머리를 두 갈래로 땋아 내린 두 명의 어린 여자애들이 황금 쟁반에 흰 옥잔들과 뜨거운 차를 내오는데, 향기로운 냄새와 김이 모락모락 올라 군침을 돌게 한다. 봄날의 죽순같이 매끈한 손으로 옥잔을 들어 차를 나눠주는 부인의 손은 세 사람의 눈을 현혹시킨다.

삼장은 조심스레 여인에게 묻는다.

"이 고을의 이름은 무엇입니까?"

아름다운 부인은 맑은 눈으로 삼장을 똑바로 바라보면서 말한다.

"이곳은 티베트와 여러 작은 나라들 사이의 마을로 자주 국경과 마을 이름이 바뀝니다. 지난해 저는 남편을 잃고 딸만 셋이라 여자들만 이곳의 재산을 지키고 있자니 불안하던 차에, 마침 이렇게 힘도 좋고 잘생기신 분들을 뵙게 되니 저희들에게 꼭 알맞는 분들이라 생각하는데 의향이 어떠신지요?"

대답하며 묻는 부인의 이 갑작스런 질문에 삼장은 눈을 꼭 감고 귀도 입도 안 열리는 듯 마음을 가다듬고 있는데…….

부인은 말을 계속 한다.

"저희 집 안에는 8~9년은 족히 먹을 만한 많은 식량과 좋은 비단들이 있고, 논·밭·과일·소·양 등 부족한 것이 없습니다. 금·은도 일평생 마구 소비해도 남을 정도로 많이 있고요. 그리고 저의 딸들은 20살, 19살, 17살로서 저보다도 훨씬 예쁘며 음식도 잘하고 시도 지을 줄 알며 노래도 할 줄 압니다. 손님들께서 이곳에서 비단옷을 입으시며 저희들과 함께 즐겁게 인생을 즐기신다면, 그 더러운 동냥 그릇에 시커먼 옷을 걸치고 방랑하는 것보다는 낫지 않겠습니까?"

여인의 이 말에 삼장은 얼빠진 사람 모양 눈만 껌벅거리고 먼 산만 바라볼 뿐이다. 유성은 딸들이 미인이라는 소리에 군침을 삼키며 엉덩이를 들썩대다가 삼장의 옷자락을 와락 부여잡으며,

"사부님, 부인의 말씀에 무슨 대꾸가 있어야 예의가 아닙니까?"

삼장은 점잖게 눈을 내리깔고 말한다.

"출가한 우리에겐 부귀와 여인들은 알맞지 않아!"

부인은 그 말끝에 웃으며,

"가엾기도 하셔라! 절에 들어가 아무것도 가진 것 없는 단조로운 생활이 무엇이 그리 좋습니까?"

부인은 생글생글 웃으며 시를 읊는다.

따뜻한 봄날엔 꽃차를 마시며
나른한 온몸에
아름다운 여인들에게
마사지를 받으며 즐기고,

무더운 여름이 되면
시원한 계곡에 들어가서

예쁜 여자들과 함께 목욕을 즐기네!

모든 것이 무르익는 가을이 오면
화려한 진수성찬에
맛있는 술과
젊은 여인들의 노래와 춤을 즐기며

흰눈이 오는 겨울엔
사냥을 가고
긴 밤이 오면
따뜻한 방에서 술에 취한 얼굴로
비단 이불 속에서 밤새 욕락을 즐기니
이것이 바로 고행 없는 극락세계가 아니오?

삼장은 이 시에 간단히 답한다.

부귀와 사랑은 무상한 것!
음양의 조화는 내 몸 안에 스스로 있네.
마음을 밝혀 진실을 깨달으면
이것이 한없는 즐거움이니
어찌 덧없는 것에 욕심을 내리오?

부인은 약간 화가 난 듯 삼장에게 말한다.
"당신이야 속세를 즐기지 않는다 하더라도, 제자 한 사람쯤은 우리 집에 놓고 가시면 되지 않습니까?"
삼장은 점잖게 오공에게 말한다.
"그럼, 오공아! 네가 여기 있거라."
오공이 대뜸 대답하기를,

"사부님, 저는 어릴 적부터 이런 일들은 하지 못합니다. 유성이 남아 있게!"

"형님, 놀리지 마시오. 저는 사부님의 제자가 된지 겨우 몇 달 안 됐는데, 이곳에 남으라니요? 모두가 잘 의논해서 할 일이오."

부인은 모두의 말을 듣고 화가 난 듯 그만 벌떡 일어나 뒤쪽 방으로 가더니 나오지를 않는다.

유성은 원망하듯 말한다.

"참, 사부님도 고지식하시지. 적당히 말씀하시어 저녁이나 얻어먹고 내일 그럭저럭 떠나면 될 것을 이젠 영락없이 굶겠구먼요!"

오공은,

"자네, 옛 생각이 나서 마음이 흔들리는 모양인데 이 집에서 그냥 살지 그래? 그러면 우리도 한 상 잘 얻어먹을텐데."

"아, 참! 형님도 날 그만 놀리시오. 그나저나 나는 배가 고프니 밖에 나가서 신선한 바람이나 들이키고 오겠소!"

라며 유성은 일어서더니 밖으로 나간다.

유성은 싱글싱글 웃으며 정원을 지나, 살며시 뒷문을 여니 음악소리와 여인들의 웃음소리가 방 안에서 흘러나온다. 유성은 호기심에 다가가서 문틈으로 안을 엿보는데 웬걸! 딸들은 모두 하나같이 미인들이 아닌가?

가슴이 쿵쾅거리는 것을 겨우 억제하며 유성은 헛기침을 한다.

"어머, 밖에 누가 왔나 봐?"

작은 딸이 일어나 문을 열며 유성을 보더니,

"어머? 어서 오세요! 장사님."

하며 반갑게 맞이한다.

방으로 들어온 유성은 부인에게,

"어머니, 저의 사부님을 대신해서 사과하러 왔습니다."

부인은 살포시 유혹적인 웃음을 유성에게 흘리며,

"까다로운 것은 바로 당신들의 사부님이야, 우리 예쁜 딸들을 마다하다니!"

유성은 웃으며 말한다.

"저는 양편이 다 좋도록 할테니 우선 사부님에게 밥 좀 갖다 주십시오."

이렇게 하여 삼장과 오공은 저녁을 먹고 있는 차에 유성은 신나게 웃으며 술을 따라주는 딸들과 음식을 같이 먹으며 즐기는데 그녀들의 몸에서 풍기는 미묘한 향 냄새는 화사한 봄의 살결처럼 은근하고 가을의 단풍 냄새처럼 신선하여 아리따우며 요염한 몸매와 함께 유성을 가뜩이나 흥분시킨다.

딸들은 유성의 몸에 약간씩 기대며 교태를 부린다.

"아이, 참 잘생기기도 하셨어라!"

몸을 휩싸고 도는 향기며 허리를 나긋나긋하게 움직이는 교태는 욕정을 강하게 자극하고 깊은 달빛에 젖은 듯한 눈빛의 흐르는 애교는 부처님과 지옥의 악마라도 녹아 버릴 것만 같다.

술이 오르기 시작한 유성은 그만 욕망의 솟구침을 참지 못하고 그녀들의 몸을 여기저기 사랑스럽게 만지기 시작하니, 간지러움을 타는 듯한 여자들의 웃음소리는 깊은 가을 밤하늘에 높이 오른 후 허공에 흩어져 사라진다.

애욕에 가득 찬 유성은 부인을 보며 말한다.

"어머니도 이리로 와서 같이 즐깁시다!"

부인은 기가 찬 듯이,

"내 딸들을 모두 가지더니, 이젠 장모까지 차지하려고 하네? 정말 대단한 사위로군!"

하며 다가온다.

이날 밤, 유성은 그녀들과 즐기며 황홀경에 빠져든다.

아침이 되자 삼장과 오공은 잠을 깨니 그들은 가을꽃 들판에 누워 있고 유성은 저쪽에서 이상한 꽃들에 둘러싸여 아직도 자고 있다. 오공이 그를 깨우러 가니 무언가에 취한 듯 꿈을 꾸는 듯이 신음하고 있다. 자세히 살펴보니 꽃 줄기들이 그의 온몸을 칭칭 감은 채 천천히 움직이고 있질 않은가? 오공은 꽃들을 헤치고 유성을 흔들어 깨운다.

겨우 눈을 뜬 유성은 잠기운이 가득한 몽롱한 눈으로 오공을 보더니,

"지금 한참 즐기며 자고 있는데, 왜 깨우는 거요?"

오공은,

"이 욕심 많은 동생은 아직도 속세를 벗어나지 못했군! 내가 그대로 자네를 이곳에 놓아두면 며칠 지나서 송장을 치우러 오는 것이 낫겠네. 자네는 꽃들의 정령들에게 취해서 정기를 빼앗기고 있는지도 몰랐지?"

오공은 주위를 둘러보며 말한다.

"이렇게 근사한 사위를 두고 다들 어디 갔나? 이 꽃들이 바로 자네의 장모이고 애인들이야! 그러니까 꺾지 말고 조심스럽게 일어나라구."

유성은 부끄러워 멀쑥이 일어나 주섬주섬 짐들을 챙긴다.

삼장은 유성에게 말한다.

"마음의 영역은 끝이 없어, 한도 없이 넓을 수 있고 지극히 작아질 수도 있으며, 가장 강할 수도 가장 섬세할 수도 있다. 그러므로 색욕에 너무 지나치게 맛들이면 정신을 흐트리고 몸을 해치게 된다. 욕망을 갈구하는 그 마음으로 진리를 찾아가는데 힘써라."

"예, 사부님."

하고 유성은 대답한다.

온몸에 꽃침을 맞아
황홀하게 죽어 가는 그!
욕정과 삼매가
둘이 아니지만
모르는 이만이
여기저기에서 방황하네!

인삼과일

셋이서 얼마를 갔을까?

홀연 높은 산들이 눈앞을 가로막는데 어찌나 험하고 깊은지, 산 입구에 들어서자마자 높은 산들의 그림자에 햇볕도 들어오지 않는다. 이 깊은 산골짝에는 난초들과 매화의 향기가 가득 하고 곳곳에 영지버섯이 열려 있어 마치 신선들이 사는 곳 같다.

삼장은 말 위에서 감탄하며 말한다.

"애들아, 내 여지껏 많은 산들을 보아 왔지만 이토록 특별한 경치는 처음이다. 만약 부처님 사시는 곳이 이곳에서 그리 멀지 않다면, 옷을 단정히 하고 부처님을 뵈어야겠다."

오공은 웃으며 말한다.

"거기까진 아직 멀었습니다."

유성이 그 말에 묻기를,

"그럼, 앞으로 얼마나 더 가야 하나요?"

"아직 십 분에 일도 못 갔으니까, 자네 같으면 열흘 정도 걸릴 거고, 나라면 하루에 오십 번은 거뜬히 왔다갔다 할 수 있으며, 사부님 같으면 상상도 안 되지."

삼장은,

"오공아, 네 말대로 하자면 언제쯤 부처님의 나라에 도착하겠느냐?"

"사부님께서 평생 걷기를 천 번이나 되풀이하셔도 도착하기 어렵습니다. 다만 견성하겠다는 지극한 마음으로 순간 순간을 지내신다면, 언제나 머리 돌리는 곳이 바로 부처님의 영산일 것입니다."

이 말에 유성은,

"형님, 이곳이 영산이 아니라 하더라도 꼭 훌륭한 분이 계실 것 같소."

일행은 이 깊은 산속을 지나 한참 땀을 흘리며 산을 올라가니 갑자기 넓은 둥근 벌판이 나오는데, 이곳은 또 다른 거대한 산들에 둘려싸여 있어 마치 별다른 세상 같다. 이 벌판 위에 높은 계단들이 있고, 그 위에 신선들이 수도하는 곳으로 보이는 커다란 사원이 있는데 큰 대문에는 이렇게 쓰여 있다.

〈 하늘과 수명을 함께하는 신선의 궁전 〉

이곳에는 기이한 보물이 있는데, 세상이 아직 열리기 이전에 우주의 정기를 받아 생긴 과일로 이름을 인삼이라고 한다. 3천 년에 한번 꽃이 피고, 그 다음 3천 년이 지나면 열매가 맺고, 다시 3천 년이 지나야 열매가 익어서 모두 9천 년이 되어야 맛을 볼 수 있는데 30개의 열매가 열린다.

모양은 마치 갓 태어난 아기처럼 머리와 팔다리가 갖추어져 있다. 이 열매를 한번 냄새만 맡아도 3백6십세를 살 수 있고, 하나의 열매를 먹으면 4만 7천 년을 살 수 있다고 한다.

이날 아침, 이 궁전의 주인 진원신선은 하늘로 올라가 강의를 하기로 되어 있어서 나이 어린 두 동자들을 불러 말한다.

"내가 하늘로 올라간 사이 스님 한 분이 제자 둘을 데리고 서쪽으로 불경을 가지러 가는 길에 이곳을 지나갈테니 인삼과일 두 개를 대접해 드려라."

동자들은 놀라며 묻는다.

"그런 보통 승려에게 귀한 인삼과일을 두 개씩이나 주라고요?"

"그 스님은 몇 천 년을 도를 닦아서 나하고는 전생에 몇 번 만난 적도 있는 친구였느니라. 열매가 28개가 남을테니 더 이상 없애지 말렸다!"

제자들은 대답한다.

"예, 잘 알겠습니다."

그렇게 신선은 다른 제자들과 하늘로 떠나고 두 동자들만 남아 있을 때, 삼장 일행이 사원 안으로 들어오며 감탄한다.

"와, 정말 훌륭한 신선이 사시는 곳 같구나!"

이때 얼굴이 준수한 두 동자가 나오더니, 허리를 굽히며 삼장에게 절한다.

"고귀하신 스님께선 어서 오십시오!"

이 말을 들은 삼장은 기뻐하며 그들을 따라서 사원 안으로 들어가며 중앙의 큰 건물 안을 보더니 의아해 하면서 묻는다.

"이곳엔 어째서 아무 신선들의 이름들도 없고 절을 올리고 기도할 상들도 없으며 단지 '하늘, 땅' 두 글자만 쓰여 있는 거요?"

동자들은 웃으며 말한다.

"이 세상에서 알고 있는 신들과 신선들은 모두 우리 스승님의 친구이거나 후배로서 향불을 피워 그들에게 절을 할 필요가 없으므로 그런 것입니다."

"그런데 신선님은 어디 계십니까?"

"원시천존(가장 오래된 하늘의 제왕)께서 저희들의 스승님에게 가장 높은 하늘의 미라궁으로 오시어 강의를 하시라고 하기에 그곳으로 가셨습니다."

오공과 유성이 짐을 풀고 있을 때, 동자들은 삼장에게 조심스레 묻는다.

"손님께선 '서쪽으로 경을 가지러 가는 삼장스님' 이십니까?"

삼장은 의아해 하며 답한다.

"그렇소만, 어떻게 나의 이름을 아시오?"

"저희 스승님께서 우리에게 스님이 오시면 잘 모시라고 말씀 하셨습니다."

그들은 삼장 일행에게 차를 대접한 후 저희들끼리 말한다.

"이제, 스승님 말씀대로 과일을 가지러 가자."

금 방망이를 들고 과수원으로 간 그들은 잠시 후 인삼과일 두 개를 빨간 쟁반에 받쳐들고 삼장에게 올린다.

"이곳은 가난한 산속이라 대접할 만한 것이 없습니다. 이 과일이라도 드십시오……"

인삼을 본 삼장은 기겁을 하며 말한다.

"이런, 세상에! 날더러 사람을 잡아먹으라는 거요? 이건 사흘도 안 된 갓난아기가 아니오?"

한 동자가 생각한다.

'이 스님이 속세에 오래 살더니 보통 사람이 돼버려서 우리 선가의 진귀한 보물도 모르는군!'

다른 동자가 다시 삼장에게 권한다.

"스님, 이것은 인삼이라는 귀한 과일이니 맛보십시오."

"나는 못 먹겠소! 이제 금방 세상에 나온 아이를 잡아다가 과일처럼 먹으라니!……."

"이건 나무에서 열린 것입니다."

그래도 삼장이 먹으려고 하지 않자, 할 수 없이 두 동자들은 인삼과일을 들고 자기들 방으로 들어가 한 개씩 먹는다. 왜냐하면 오래 두면 돌처럼 딱딱해져서 먹을 수 없기 때문이다.

그런데 이 방의 바로 옆 부엌에서 밥을 짓고 있던 유성이 두 동자가 금 방망이를 가지고 인삼을 따러 갔던 거며, 지금은 이 귀한 과일을 스님이 알아보지 못한다는 소리를 하며 무언가 먹는 소리를 모두 듣게 된다.

이때 마침 오공이 말을 끌고 풀을 먹인 후, 부엌 쪽으로 오자 유성은 손짓으로 부른다.

"이놈아, 밥이 모자라면 사부님께만 드려! 내가 동냥을 더 해올테니."

유성은 그게 아니라는 손짓을 하며 오공을 부르니 다가오는 오공의 귀에 대고 속삭인다.

"이곳에 귀한 보물이 있는 걸 아시오?"

"무슨 보물?"

"형님, 인삼과일을 아시오?"

오공은 깜짝 놀라며,

"말로만 들어봤지. 그 귀한 과일이 여기 있단 말이야?"

"그럼요, 저 두 동자가 사부님께 두 개를 드렸는데 갓난아기를 어찌 먹겠느냐고 사양하시자, 괘씸하게 우리에게 주지 않고 저희들끼리만 나눠 먹었어요. 형님이 살짝 몇 개 따와서 우리도 맛좀 봅시다."

"그거야 어렵지 않지!"

성질이 급한 오공이 당장 달려 가려 하자, 유성이 막으며 하는 말이,

"듣기로는 금 방망이로 따야 한대요."

"내가 다 알지, 다 알아!"

오공이 번개같이 작은 벌로 변하여 옆방으로 날아 들어가보니, 동자들은 이미 과일들을 먹어 치우고 삼장의 방으로 가서 서로 이야기꽃을 피우고 있다.

동자들의 방에서 검지 손가락만한 굵기에 팔길이 정도의 붉은 금 막대기를 발견한 오공은 그것을 들고 뒷 정원으로 가자, 입이 떡 벌어질 정도의 아름다운 꽃밭이 펼쳐진다. 부드럽게 흔들리는 섬세한 버들가지며 울긋불긋한 신비로운 많은 꽃들, 그리고 둥그런 연못가에 푸릇푸릇 피어난 난초들 하며 커다란 옥 같은 돌들이 여기저기 서 있어 이곳을 신기하게 바라보던 오공은 그 복판에 우뚝 서 있는 한 그루의 기이한 나무를 보며 다시 감탄한다.

나무 위를 올려다보니 약 30여 명의 갓난아기들이 매달려 있는 것처럼 보이는데, 바람이 부는 대로 손발을 휘두르며 무슨 이상한 소리까지 내는 것 같다.

"야, 정말 신기한데!"

오공은 기뻐하며 단숨에 바람같이 나무에 올라간다. 본래 원숭이는 나무 위에 올라가 과일 따기는 식은 죽 먹기 아닌가? 날쌔게 금 방망이로 하나를 내려치자, 아래로 뚝 떨어진다. 오공은 얼른 내려와 열매를 찾았으나 아무리

풀 속을 뒤져도 보이질 않는다.

'이상한데, 손발이 달려 있어서 담 밖으로 달아났나? 아니면 혹시 이 땅의 신이?' 당장에 '옴' 자 주문을 외우며 이곳 정원의 신을 잡아내니 그 신은 오공에게 절을 하며 묻는다.

"무슨 분부하실 일이 있습니까?"

오공은 화를 내며 묻는다.

"너는 어찌하여 내가 딴 과일을 꿀꺽 했느냐?"

"그것은 오해입니다. 저 같은 작은 신이 어찌 감히 이 세상에서 가장 오래된 신선님의 과일을 훔치겠습니까?"

"그러면, 어째서 과일이 없어졌느냐?"

"이 과일들은 구천 년이 되어야 익는 것으로써 겨우 30개만 열립니다. 그리고 오행과 상극이 되어 불을 만나면 타고, 물을 만나면 녹고, 나무를 만나면 시들고, 금을 만나면 떨어지고, 흙을 만나면 들어가 버립니다. 오공께서 땅에 떨어뜨렸기 때문에 사라진 것입니다. 이 흙은 세상이 생기기 전부터 있어서 구멍도 뚫을 수 없고 쇠보다도 강합니다."

오공이 이 말을 듣고 여의봉으로 땅을 한번 세게 내려치자 어찌나 강한지 흙 먼지도 안 난다.

"흠, 그랬군……"

오공은 이번에는 웃옷을 벗어 과일 두 개를 따서 담고 나무에서 내려와 유성에게 달려와서는 얼른 옆방에 금 막대기를 던진 후 각기 하나씩 나눠 먹는다. 유성은 식탐이 많아 단숨에 꿀꺽 삼키고는 맛있게 먹고 있는 오공에게 묻는다.

"형님, 그거 맛이 어때요?"

이 말을 들은 체도 않는 오공은 과일을 아작아작 다 먹고 나서 말한다.

"먼저 먹고 누구에게 묻냐?"

"급히 먹다보니 맛이 어떤지도 몰랐소. 우리 몇 개 더 따다가 먹읍시다!"

"안 돼, 이 귀한 과일들을 한 개만 먹어도 큰 복이 아니냐?"

이때 마침 부엌 옆을 지나가던 동자들은 오공과 유성의 말소리에 인삼과일이 어떠니 하는 소리를 듣고는 문득 의심하여 뒷 정원으로 달려가 과일 수를 세어보니 28개가 있어야 할 것이 25개밖에 달려 있지를 않은가?

"이것, 큰일 났네! 부엌에 있는 두 제자들의 짓이 틀림 없어. 스님에게 가서 따지자!"

화가 난 동자들은 삼장에게 가서 참아 입에 담지 못할 욕을 하니, 듣기에 민망한 삼장은 말한다.

"내가 제자들을 불러 알아 볼테니, 잠시 흥분들을 참으시오."

삼장이 오공과 유성을 부르자, 오공은 벌써 눈치 채고는 말한다.

"이거 창피하게 됐는 걸! 우선 시치미를 뚝 떼자고!"

삼장에게 온 오공은 먼저 말한다.

"사부님, 밥이 다 되었는데요?"

"밥이 문제가 아니고 누가 인삼과일을 훔쳐 먹었느냐?"

유성은,

"인삼이라니요? 보도 듣도 못했습니다."

두 동자 중의 하나가 오공을 보며 손가락으로 가리키며 말한다.

"웃는 사람이 범인이다!"

빙그레 웃고 있던 오공은 동자에게 말한다.

"나는 본래 어머니 뱃속에서부터 웃는 얼굴이오……."

두 제자들의 말에 삼장은,

"출가인이 거짓말을 하면 안 된다. 사과하면 될 일을 가지고 뭘 그렇게 따지고 있느냐?"

이 말에 오공은 솔직히 털어놓는다.

"사부님, 사실은 유성이 저 동자들이 인삼과일을 먹는 소리를 옆방에서 듣고, 먹고 싶은 마음에 저에게 부탁하여 두 개를 따와서 함께 먹었습니다."

이 말에 동자들은 욕을 하며 말한다.

"두 개를 먹었다고? 세 개를 따 먹었잖아!"

이 말에 유성은 펄쩍 뛰며 오공에게 소리친다.

"형님만 욕심을 채웠군요!"

이 억울한 말에 오공은 화가 나서 강철 같은 이빨을 부드득 갈며 속으로 말한다.

'흥, 너희들이 이렇게 못되게 논다면 본때를 보여주지!'

오공은 즉시 가짜 오공을 만들어놓고는 진짜는 스르르 빠져나와 정원으로 달려가 인삼나무를 통째로 뽑아놓으니, 인삼과일들은 모두 땅속으로 들어가 사라져 버린다.

"흥, 이젠 화낼 것도 없겠지!"

그리곤 다시 본 자리로 돌아온다.

아무리 화를 내도 묵묵부답인 오공을 보는 동자들은 저희들끼리 속삭인다.

"저 녀석이 저렇게 아무렇지도 않은 듯한 표정을 하고 있는 것을 보면 혹시 훔치지 않았는지도 모르겠다. 다시 가서 세어보자."

두 동자가 뒷 정원의 인삼나무에 가 보니 웬걸!? 둘은 심장이 오그라들고

깨달음으로 가는 여행 245

다리가 후들거려 말도 안 나온다.

"이, 이럴수가?!…… 우리 스승님이 돌아오시면 무어라고 설명하지?"

한 동자가 말한다.

"우리는 우선 모르는 척하고 있다가 기회를 보아서 저놈들을 방에다 가두자! 저 원숭이 같은 녀석의 짓이 틀림없으니 나중에 스승님이 돌아오시면 벌을 주시든 용서를 하시든 어떻게 하시겠지!"

삼장에게 다시 돌아온 동자들은 말한다.

"스님, 무례했던 말들을 용서 하십시오. 저희들이 잘못 세었을 뿐 과일들은 다 있습니다."

이 말을 들은 삼장과 유성은 안심하지만, 오공은 속으로 말한다.

'흥, 그 말을 누가 믿어!'

잠시 후 저녁 먹을 시간이 되어 삼장 일행이 밥을 먹고 있을 때, 문득 밖에서 쇠문 소리가 나더니 덜컥! 덜컥! 여러 개의 자물쇠 잠그는 소리가 난다.

소리나는 쪽을 바라본 유성이 웃으며 말한다.

"이곳에선 문을 잠그고 밥을 먹나?"

이 말이 끝나기도 전에 두 동자들의 소리치는 소리가 들린다.

"이 도둑놈들, 과일을 훔치다 못해 나무까지 뽑아놓다니! 어디 우리 스승님이 오시면 혼 좀 나봐라!"

삼장은 이 말을 듣자, 큰 돌덩이에 가슴이 얻어맞은 것 같아 그만 밥그릇을 내려놓는다.

"이 못된 원숭이 놈아! 왜 번번이 말썽만 일으켜 속을 썩이니? 네 아버지가 재판장이라도 봐줄 수 없겠다!"

오공은 삼장의 귀에 대고 속삭인다.

"사부님, 조용히 하십시오!…… 저놈들이 들어간 사이에 우린 이곳에서 떠나면 되지 않습니까?"

"형님, 이렇게 겹겹이 잠긴 쇠문들을 열고 어떻게 나갑니까?"

"걱정할 것 없어, 내게 다 술수가 있으니까!"

이윽고 달이 떠오르자, 오공은 여의봉을 비틀어 순식간에 자물쇠들을 풀어 버리니 겹겹이 잠긴 쇠문들이 모두 벌컥벌컥 열린다. 삼장과 유성은 오공의 이 신기한 재주에 놀랄 뿐이다.

"야! 형님 재주 하나는 정말 끝내주는군!"

"쉿! 천천히 조심해서 나가라고…… 난 동자들의 방으로 가서 한 달 정도 잠자게 만들테니!"

삼장과 유성은 말을 끌고 조심조심 사원 밖으로 나가고 오공은 동자들 방으로 가서 그들에게 깊은 잠에 빠지는 술법을 건다. 이렇게 하여 일행은 달빛 아래에서 밤새도록 달아나다가, 날이 밝기 시작하자 소나무 풀숲에서 밤새 못잔 잠을 잔다.

한편, 땅의 신선은 하늘에서 강의가 끝난 후 제자들을 거느리고 사원으로 돌아왔는데 큰 대문부터 많은 방문들이 활짝 열려 있는 것이 아닌가? 깜짝 놀란 신선 일행이 안으로 들어가며 사원 안을 살펴보는데, 이상하게도 아무런 수상스러운 점을 발견할 수 없고 두 동자들만 정신없이 자고 있다.

땅의 신선이 제자들에게 명한다.

"저 애들을 깨워라!"

제자들 중 한 신선이 자고 있는 동자들에게 물을 뿌리며 주문을 외자, 둘은 눈을 비비며 깨어난다.

"어? 스승님 벌써 돌아오셨습니까?"

"놀라지 말고 그간의 있었던 일들을 얘기해라."

두 동자들이 겁이 나 울며 모두 다 말한다.

"그들이 너희를 때렸느냐?"

"때리지는 않았지만 한 원숭이 같은 녀석이 우리 인삼나무를 뿌리째 뽑아 버렸습니다!"

이 말에 땅의 신선은 별로 놀라지도 않고 이렇게 말한다.

"그 오공이란 녀석은 본래 이 세상이 생기기 전부터 태어난 요망한 신선으로서 이제는 원숭이 같은 몸을 받아 흐트러진 행동만 하고 다니니 그런 일들을 저지를 만도 하지."

스승은 다른 신선 제자들에게 명한다.

"너희들은 형틀을 준비해라. 내가 그 녀석들을 잡아와서 때릴 것이니!"

신선은 고고히 공중으로 치솟아 상서로운 빛을 뻗치며 구름을 타고 서쪽을 살펴보니 겨우 50킬로미터쯤에 걸어가고 있는 삼장 일행이 저 멀리 아래에 내려다 보인다. 그들의 앞으로 구름을 날린 신선은 즉시 구름에서 내려와 보통도사로 변하여 길가에 앉아 쉬고 있는 삼장에게 다가가 허리를 굽혀 절을 하며 인사한다.

삼장도 황급히 일어나 합장으로 답례한다.

"스님께선 어디에서 오시기에 피곤해 하십니까?"

"우리는 동쪽에서 불경을 가지러 가는 도중에 잠시 쉬고 있는 중입니다."

"아, 그러면 저의 산을 지나 오셨겠군요."

"어느 산을 말하시는지?"

"인삼나무가 있는 진원신선이 사는 곳입니다."

삼장은 뜨끔하여 말을 못하고 망설이고 있는 차에 오공이 수상히 여기고 얼른 대답한다.

"아니오. 우린 다른 길로 왔습니다."

신선은 "흥!" 하고 냉소하며 오공에게 호통을 친다.

"이 말썽꾸러기 원숭이 놈! 나의 인삼나무를 쓰러뜨리고 밤새 도망간 주제에 거짓말을 하느냐? 어서 돌아가 나무를 살려놓거라!"

이 호통치는 말에 오공이 문득 여의봉으로 신선을 후려치자, 땅의 신선은 날쌔게 피하며 구름 위로 올라가니 오공도 잽싸게 구름을 불러 타고 공중에서 신선과 싸운다.

삼장이 땅 위에서 본 모습으로 변한 진원신선을 바라보니 머리에는 금빛나는 도사들이 쓰는 모자를 썼고 학과 같은 몸매에 흰 비단옷을 입었으며 가죽신에다 세 갈래의 긴 수염을 휘날리며 온몸에서는 금빛 광채가 뻗쳐 허공에는 커다란 둥근 빛이 그 신선의 몸 주위에 감싸고 있다.

삼장은 그저 죄스럽고 황송하여 어찌할 줄을 모르는데 신선은 구름 위에서 오공의 여의봉을 대수롭지 않다는 듯이 몇 번 피하더니 소매 속의 하늘과 땅이라는 술법으로 오공을 포함하여 삼장 일행을 모두 소매자락에 넣어버린다.

유성이 외친다.

"이크, 우리가 소매자락 안에 잡혀 들었네!"

오공과 유성이 손으로 만져보니 소매 안의 촉감이 부드러워서 칼과 여의봉으로 구멍을 뚫으려 하니 쇠보다 더 단단하다. 사원에 도착한 신선은 소매 속에서 한 사람씩 꺼내 각기 기둥에 묶는다.

"애들아, 이들을 채찍으로 치자! 인삼나무의 분풀이를 해야지."

한 제자가 용의 가죽으로 만든 채찍을 가져와 물에 축이며 스승에게 묻는다.

"어느 놈을 먼저 때릴까요?"

"제자들의 경박한 행동은 스승으로부터 생기는 것이니 저 스님부터 30대를 쳐라!"

이 말에 오공은 문득,

'우리 사부님이 저런 무지막지한 채찍에 한 대만 맞으면 끝장일텐데! 나 때문에 어쩌면 좋지?……'

생각하며 외친다.

"신선, 과일을 훔친 것도 나무를 쓰러뜨린 것도, 모두 내가 했으니 나를 먼저 때리시오!"

진원신선은 웃으며 말한다.

"그래도 큰소리는! 그렇다면 우선 저놈부터 과일 숫자대로 30번을 쳐라!"

채찍을 든 제자가 사정없이 오공의 짧은 다리를 30대 치니 옷이 걸레처럼 떨어져 나가고 짧은 오공의 다리는 용의 가죽채찍에 맞아 반들반들 윤이 난다.

묶여 있는 오공은 자기의 다리를 내려다보며 혼잣말로,

"쳇, 간지럽지도 않잖아?……"

신선은 아랑곳하지 않고 제자들에게 소리친다.

"이제 삼장을 때려라, 제자를 잘못 교육시켰으니!"

오공은 다시 말한다.

"그건 오해요. 과일을 훔칠 때 사부님은 아시지도 못했고 교육을 잘못시킨 죄라면 제자가 대신 맞을 수도 있으니 나를 때리시오!"

이에 신선은 감탄하며 말한다.

"저 못된 놈이 효성은 있구나! 그럼 저 녀석을 더 때려라."

다시 30대를 더 맞은 오공의 넓적다리는 아주 반들반들해졌으나 오공은 아프기는커녕 간지럽지도 않았다.

어느덧 날은 저물어 신선과 제자들은 잠을 자러 모두 방에 들어갔고 삼장의 일행만 기둥에 묶여 있다. 밤이 깊어 사방이 조용해지자, 오공은 스스로 묶인 줄을 재빨리 풀더니 삼장과 유성에게 가서 줄을 풀고 유성에게 소나무 세 그루를 베어오라고 한다. 고개를 갸우뚱하며 잘 드는 긴 칠성검으로 순식간에 조용히 나무들을 베어 오자, 오공은 나무들을 각 기둥에 묶고 입김을 뿜으며 주문을 외우니 삼장 일행의 세 사람으로 변한다.

일행은 다시 밤새도록 말을 달리며 뛰자, 날이 밝을 때쯤에서 삼장은 피곤하여 말 위에서 꾸벅꾸벅 졸며 간다.

그를 보는 오공은,

"사부님, 이러시면 남들 보기에 창피해서 어쩝니까? 말에서 잠깐 내려 나무그늘 아래에서 좀 쉬었다 갑시다."

한편, 아침을 먹고 난 신선은 제자들과 함께 삼장의 일행에게 와서 말한다.

"오늘은 삼장부터 때리겠다."

소나무 삼장은 말한다.

"때려라!"

삼장·오공·유성에게 각기 30대씩 때리고 다시 치기 시작하자 강한 채찍에 나무인간들은 그만 견디지 못하고 본래의 모습을 드러낸다.

제자들이 신선에게 아뢴다.

"스승님, 저 녀석들이 소나무로 변했습니다."

신선은 차갑게 웃으며 말한다.

"오공이란 놈, 역시 재주가 좋군. 감히 나를 속이다니! 내가 그들을 다시 잡아오지."

구름을 날리며 서쪽으로 가니 저 아래에 삼장 일행이 걷고 있는 것이 보인다.

"이놈, 오공아! 어딜 가느냐? 내 인삼나무를 살려 놓아라!"

소리나는 쪽의 공중을 바라보며 유성은 놀라 목을 움츠리며 말한다.

"이크, 저 원수덩어리가 또 쫓아왔군!"

오공은 삼장에게 말한다.

"사부님, 미안하지만 '착함'이라는 글자는 잠시 잊어 주십시오. 우선 저 신선을 요절내고 달아나야 하겠습니다."

삼장이 안절부절못하며 어쩔 줄 모르고 있을 때, 오공과 유성은 공중에 뛰어올라 땅의 신선에게 대들어 싸우나 아무리 신출귀몰한 재주를 가진 둘도 신선의 옷자락 하나 건드리지 못한다.

결국 일행은 소매자락 속에 갇혀서 다시 기둥에 묶인다.

"가마솥을 가져와 기름을 넣고 불을 지펴라! 이번에는 이 녀석들이 술법을 쓰지 못하게 펄펄 끓는 기름에 넣어야겠다."

이 말에 오공은,

'마침 잘됐다. 그러잖아도 몇 달 동안 목욕을 못하여 몸이 근질근질하던 차에!······.'

이렇게 생각하던 오공은 문득,

'혹시 기름 속에서는 술법이 통하지 않는 게 아닌가?'

싫어 겁이 더럭 난다. 문득 주위를 살펴보니 옆에 돌사자가 있다. 재빨리 몸을 옆으로 뒹굴어 돌사자를 오공으로 바꾸고 돌사자가 된 오공은 그들의 하는 짓을 커다란 돌사자의 눈으로 바라본다. 몇 명의 제자들이 펄펄 끓는 기름 가마에 오공을 넣으려고 달려들자, 꿈쩍도 하지 않는다.

"이렇게 몸도 작은 녀석이 왜 이리 무거워?"

20여 명의 제자들이 간신히 오공을 들어 기름 가마 속에 풍덩 하고 던지니 단박에 가마 밑이 깨지며 뜨거운 기름은 사방으로 튀어 신선의 제자들에게 화상을 입힌다. 뜨거운 기름은 완전히 새 버렸고 깨진 가마 속에 있는 돌사자를 보자 신선은 화를 벌컥 내며 소리친다.

"이 못된 원숭이 놈! 끝까지 나를 골탕 먹이는군. 그놈은 바람 잡는 거와 같으니 가마솥을 갈고 삼장을 넣어라!"

돌사자가 된 오공은 이 소리를 듣고 깜짝 놀라 본 모습으로 돌아와서 신선 앞에 합장하며 말한다.

"우리 사부님에게 그럴 것 없이 나를 다시 넣으시오."

신선은 오공을 꽉 움켜잡고 말한다.

"네 재주와 용맹은 익히 들었으나 나의 인삼나무를 살려놓지 않는다면 절대로 너희들을 놓아주지 않겠다!"

이 말에 오공은 웃으며 큰소리를 친다.

"하, 이런 답답한 분 봤나! 진작 나무를 살려 달라고 하면 될 걸! 어찌 이리 서로 고생합니까?"

"그렇다면 너희들을 용서해 줄 것이고 싸울 일도 없다."

"우리 사부님을 먼저 놓아주시오. 그러면 내가 당신의 나무를 살려놓지!"

신선은 그들이 도망가지 못하리라는 것을 알고 제자들을 시켜 삼장과 유성을 풀어준다.

삼장이 오공에게 묻는다.

"애야, 너는 어떻게 나무를 살려놓을 생각이냐?"

"사부님, 제가 이제부터 신선들이 산다는 세 개의 섬들과 하늘나라의 신선들을 찾아다니며 방법을 물어서 저 인삼나무를 살려놓겠으니 염려마십시오."

"얼마나 시간이 걸리겠느냐?"

"삼 일이면 충분합니다."

"알았다. 만일 그 안에 돌아오지 않으면 머리를 아프게 하는 주문을 외울테니, 그리 알고 가거라."

"예!"

오공은 문을 나서며 신선에게 말한다.

"내가 삼 일 안에 돌아올테니 우리 사부님을 잘 모셔주시오. 매일 차 세 번, 밥 세 끼를 정성껏 해드리고, 간식 두 번에 옷도 잘 빨아드리고 매일 안마도 해 주시고, 그리고 뭐가 있더라?"

신선은 이 장황한 말에 손을 내젓는다.

"거, 웬 말이 그리 많으냐! 굶겨 죽이지는 않을테니 어서 갔다오너라."

오공은 번개같이 구름을 타고 곧장 신선들이 산다는 동쪽의 봉래섬으로 흐르는 별처럼 빨리 날아간다.

섬 주위로는 항상 거친 파도가 일어나 보통의 인간들이 들어올 수 없는 성스러운 신선들의 섬. 오색구름에 휩싸인 이 섬 속에 어디에선가 옥 피리 소리가 나고, 신기하고 맛있는 과일들과 향긋하고 기이한 풀들만이 자라나는 이곳은 흰 구름에 싸여서 신비에 신기함을 더한다.

　이렇게 군침이 돌 만한 맛있는 과일들을 보고도 오공은 본 체 만 체 신선들을 찾다가 바둑을 두고 있는 세 신선들을 저 멀리서 보고는 소리치며 달려간다.

　"여! 친구들…… 그 동안 안녕하신가?"

　세 사람의 신선들이 오공을 보자 바둑판을 치우며 반갑게 맞이한다.

　"오공은 이곳에 어쩐 일이오?"

　"당신들이 보고 싶어 왔지!"

　"우리가 듣기엔 오공은 스님을 모시고 서쪽으로 부처님을 뵈러 갔다고 하던데 여기엔 어쩐 일로 왔소?"

　"솔직히 말해서 우리가 땅의 신선이 사는 곳을 지나가게 되었소."

　세 노인들은 깜짝 놀라며 말한다.

　"혹시, 그 궁전에 있는 인삼과일을 훔쳐 먹지 않았소?"

　"아니 그것 좀 몇 개 훔쳐 먹었기로서 뭐가 어떻소?"

　"당신은 참 버릇없는 원숭이라서 분간이 없군요. 그 과일은 이 세상이 생기기 이전에 열린 하나밖에 없는 신령스러운 것으로 그 인삼과일을 먹는 그분의 수명은 하늘과 같이할 수 있는 분이오. 이 세상의 모든 신선들의 도를 다 합쳐도 그를 따를 수 없을 것이오.

　우리는 아직도 정수(육체를 생기 있게 하는 몸속의 특별한 액체)를 간직하여 기르고, 기운(정이 맑아지고 가득 차므로 인하여 생기는 정보다 가벼운 에너지로서 정신을 강하게 하는데 도와줌)을 단련하여 신(몸안에 있는 최고의 높은 단계로 이것을 깨끗이 하면 죽지 않는 영원한 삶을 얻는다)을 높게 하며 태극음양을 조화시키고 팔괘를 공부해도 그분의 도를 따라가려면 얼마나 많은 시간이 걸릴지 모르는데, 당신은 그의 인삼을 훔쳐 먹고 대수롭게 생각하다니, 그것은 이 세상에 하나밖에 없는 신령스러운 나무요!"

"신령스러운 나무? 신령스러운 나무라고? 나는 그 신령스럽다는 나무를 뿌리째 뽑아버렸소!"

이 말에 세 신선들의 얼굴은 그만 창백해진다.

"뽑, 뽑아버렸다니?…… 아니 그것을 어떻게 뽑았단 말이오?"

세 신선들에게 자초지종을 얘기한 오공은 부탁한다.

"그러니, 우리 사부님을 살리려면 그 인삼나무를 살려야 하니 어서 그 방법을 말해 주시오."

세 노인은 침통한 얼굴로 걱정스럽게 말한다.

"아무리 원숭이지만 그대는 사람을 잘못 봤소. 인삼나무의 주인이 되는 그 분은 땅의 조상이시고 우리들이나 하늘의 어느 신선이라도 그분의 후배이니 어느 누구라도 그분의 손 안에서 벗어날 수 없을 거요. 만일 그대가 짐승이나 보통 나무를 죽였다면 우리의 단약만 가지고도 살릴 수가 있지만, 그 인삼나무는 누구도 살릴 수 없을 거요."

이 말에 오공은 실망하여 화가 나서 양미간이 잔뜩 찌푸려진다.

세 신선 중의 하나가 말한다.

"오공, 혹시 다른 곳에 처방이 있을지 모르니 그렇게 근심하지 마시오."

"내가 이 세상 구석구석을 다 돌아다녀서 방법을 구한다 해도 우리 사부님은 아량이 없고 매우 엄격해서 삼 일 안에 돌아가지 않으면 주문을 외워 내 머리를 아프게 할 것이오."

"하하하…… 그것 참 잘된 일이오! 그렇게라도 그대를 구속하지 않으면 또 하늘을 뒤덮을 것 아니오? 걱정 말고 다녀 오시오. 그 신선은 비록 선배

이기는 하지만 우리와 서로 친분이 있으니 우리가 직접 그분에게 가서 오공의 딱한 사정을 말씀드리고 그대의 사부님에게는 머리 아프게 하는 주문을 외우게 하지 않게끔 이를테니 오 일이든지 십 일이든지 다녀오시오."

오공은 기뻐하며 말한다.

"그럼, 세 분만 믿고 난 가요."

이렇게 하여 오공과 세 신선들은 헤어지고……

한편, 진원신선의 궁전에서는 갑자기 하늘에서 가득히 상서로운 빛들이 뻗치며 아득한 향기가 퍼져 내려와 제자들 모두가 위를 바라보니 오색안개에 휩싸여 구름을 타고 오는 신선 세 사람이 보인다. 그들은 모두 건강한 몸에 위엄이 서려 있고 혈색 좋은 붉은 얼굴엔 기쁨이 가득 차 근심이 없으며 허리에 찬 보배는 복·록과 수명을 가져다 주는 듯 신비로운 빛을 발한다.

공중의 그들을 본 동자 하나가 진원신선에게 달려가 아뢴다.

"스승님, 동해바다의 세 신선께서 오십니다!"

삼장과 한가로이 차를 마시며 이야기하고 있던 진원신선은 얼른 계단을 내려와 세 신선들을 영접한다. 삼장도 황급히 일어나 그들에게 합장하며 인사한다.

세 신선들은 진원신선에게 깊이 절을 하며 말한다.

"오랜만에 뵙게 되어 반갑습니다. 오공이 이 궁전을 어지럽혔다기에 특별이 찾아와 문안 드립니다."

"오공이 그대들의 섬에 갔었던가?"

"예, 저희들에게는 인삼나무를 살릴 방법이 없어서 다른 곳으로 떠났습니다. 그러니 삼장스님도 당분간 오공의 머리를 아프게 하는 주문을 외우지 마십시오."

삼장은 이 말을 듣고,

"예! 그러고말고요, 그러고말고요!"

이때, 오공은 두 번째 신선의 섬인 방장산에 당도한다. 오공은 이 섬의 아름다운 경치에 정신이 팔려 잠시 멍하니 보고 있는데, 문득 저 멀리서 학의 울음소리가 들리더니 그윽한 향기가 코앞을 스치며 백학 한 마리가 날아온다. 그쪽을 바라다 보니 저 멀리 신선 한 분이 서 있는 것이 보인다.

이 섬에는 전번보다 더 신비로운 기이한 화초들과 향기로운 나무들이 오색구름에 둘러싸여 있고, 수많은 금빛에 빛나는 궁전은 굉장히 화려하다. 여기저기 피어 있는 꽃들은 어디에서도 본 적이 없을 만큼 깨끗하고 이곳의 신선은 항상 부처님을 만나뵙는다는 동쪽의 가장 큰 신선인 동화대제군이 아닌가?

오공은 신선 앞에 다가가서 공손히 절을 한다.

"제군님, 오공이 문안 드립니다."

"아?…… 어서 오시오. 오공! 누추한 곳이지만 차나 한잔 합시다."

오공이 그의 뒤를 따라가니 이 궁전의 크기는 암만 보아도 끝이 없다. 훌륭한 옥돌들과 향기나는 나무들로 정교하게 깎아서 지어진 이 궁전은 하늘 궁전 못지않게 아름답다.

차를 내오는 동자들조차 눈빛 찬란한 비단 도복을 휘날리고 허리에 맨 띠는 광채를 번쩍이며 걸음걸이 또한 빈틈이 없어 이곳 주인의 도가 깊음을 보여준다. 차를 마시는 오공은 제군에게 공손히 묻는다.

"실은 부탁이 있어서 이곳에 왔습니다. 며칠 전 저의 일행이 서쪽으로 길을 가는 도중 진원신선의 궁전을 지나가게 되었는데 그곳 동자들의 무례함에 화가 나서 제가 인삼나무를 뿌리째 뽑아버려 죽게 했습니다. 그 나무를 살릴 방법을 알려주신다면 감사하겠습니다."

오공의 말에 제군은 놀라는 얼굴로,

"그대는 원숭이 몸으로 어찌 가는 곳마다 사고요? 어떻게 그분의 나무를 건드릴 수가 있었소? 과일을 훔쳐 먹은 것만 해도 큰일인데 나무까지 죽였으니 그분의 노여움이 얼마나 크겠소?"

"우리가 아무리 달아나도 소매 속에 잡아넣고 마치 공깃돌 다루듯 합니다. 우리 일행이 여행을 계속하려면 그 나무를 살려내야 하니 어쩌면 좋습니까?"

"나에게 있는 단약은 모든 생명들과 보통 나무들은 살릴 수 있지만, 그곳의 땅과 인삼나무는 이 세상이 생기기 전에 생긴 것이라서 나도 어떻게 도와줄수가 없소!……"

오공은 매우 실망하며 힘없이 말한다.

"그럼 할 수 없지요. 이만 가 보겠습니다."

제군이 딱하다는 듯 옥에서 짜낸 즙을 한잔 대접하려 하니 오공은,

"급한 일을 두고 머뭇거릴 수 없습니다."

다시 구름에 오른 오공은 세 번째 신선들이 산다는 섬인 영주산에 도착한다.

이곳 역시 아름다워 깨끗이 빛나는 자연의 경치는 마치 구슬처럼 빛나고 산 골짜기에 흐르는 물들은 옥의 즙처럼 맑다. 이곳의 경치는 억만 년을 두고 변치 않을 것처럼 상서로운 아지랑이와 함께 향기롭게 빛난다.

오공이 바라보니, 저쪽 커다란 구슬나무 아래에서 수염을 하얗게 늘어뜨린 여덟 명의 신선들이 배와 대추를 안주 삼아 술을 마시며 노래하고 있는 게 보인다. 그곳 주위에는 기이한 붉은 안개가 감돌고 그들은 마치 물결을

따라 마음대로 바다 위를 소요하고 한가로이 우주에 자유롭게 드나들며 대자연인 하늘과 땅에 정원을 거닐 듯, 그렇게 걱정 없이 논다.

그들 여덟 신선들에게 다가간 오공은,

"신선 세계의 시간은 영원하다! 고 하더니, 정말 노인들은 한가하십니다."

즐겁게 놀고 있던 신선들은 고개를 돌려 오공을 바라보며,

"오공도 그 옛날에 말썽만 피우지 않았다면 우리보다 더 한가했을 거요. 그런데 이곳엔 무슨 일로 왔소?"

사정 얘기를 듣는 여덟 신선들은 놀라 눈들이 커진다.

"이런, 이번에도 또 큰일을 저질렀군! 우리에겐 아무 방법이 없소!"

오공은 실망하며 자리를 툭툭 털고 일어난다.

"할 수 없지요. 또 떠나는 수밖에!……."

신선들이 먹을 것을 권하나 오공은 겨우 차 한잔과 연(꽃)뿌리를 하나 집어 먹고 날아간다.

얼마를 가니 관음보살이 사시는 섬이 보인다. 이때 보살은 붉은 대나무 숲 속에서 여러 하늘의 신들과 용의 딸들에게 설법을 하고 있었다. 깊은 깨달음의 세계와 삶의 아픔 속에서 허덕이는 세상 사람들의 중간에 선 자비로운 관음보살의 기이한 신통력과 무궁한 지혜는 끝이 없고, 그녀의 설법을 들으면 마음속에 한없는 편안함을 느끼며 몸은 깨끗해지는 것이다.

보살은 벌써 오공이 올 줄 알고 이 산을 지키는 신을 보내어 오공을 부른다.

검정 곰의 신은 오공을 부르며,

"오공은 어디로 가시오?"

검정 곰을 바라본 오공은 성을 내며,

"못된 놈, 네가 함부로 부르라는 이름이 아니야! 그때 당시에 내가 너를 작살냈더라면 지금쯤 검은 바람의 산에서 귀신이 되어 헤매고 다닐 녀석이 오늘날 보살을 모시고 좋은 인연을 만나 정법을 들었다면 나를 '오공님!'이라고 불러야 되지 않냐?"

하긴 보살을 만나 이곳 산을 지키는 신이 된 것은 오공의 덕분이다.

검정 곰의 신은 빙그레 웃으며 말한다.

"점잖은 사람은 옛날의 나쁜 일을 생각하지 않는 법이오. 공연히 옛일을 끄집어 화낼 건 없소. 보살님의 명으로 데리러 왔으니 이리로 오시오."

오공은 그 말에 큰 기침을 하며 대나무 숲 속으로 들어간다.

오공이 관음보살에게 꾸벅 절을 하니,

"그래, 너희들은 어디까지 갔느냐?"

"진원신선의 궁전까지 갔는데 그만 그의 인삼나무를 뽑아버리는 바람에 사부님이 잡혀서 한 발짝도 못 움직이고 있습니다."

"너는 어딜 가나 말썽이로구나! 그 귀중한 나무를 뽑아버렸으니 어쩌면 좋냐?"

"그것이 그렇게 귀한 것인 줄은 저도 몰랐습니다. 그리고 그 동자들이 우리 사부님 몫인 인삼을 우리에게 안 주고 저희들끼리 먹기에 슬쩍 제가 두 개만 따다 먹었는데, 그 녀석들이 하도 욕을 퍼부어서 나무를 뽑아버린 것입니다. 누군가 방법을 일러준다면 빨리 돌아가 나무를 살리고 서쪽으로 길을 떠날까 합니다."

"너는 어째서 이곳으로 곧장 오지 않고, 섬들을 돌아다녔느냐?"

이 말에 오공은 문득 생각한다.

'아, 보살님은 인삼나무를 살릴 수 있으신가 보구나!'

기쁨에 찬 오공은 말한다.

"보살님께서 저를 좀 도와주십시오!"

"이 병 속의 깨끗한 감로수(물)로 그 나무를 살릴 수 있을 것이다."

이렇게 하여 관음보살은 감로수가 담긴 깨끗한 병을 들고 나서니, 오공은 신바람이 나서 보살의 뒤를 따른다.

> 모든 이의 괴로움을 구할 수 있는
> 자비로운 관음보살.
> 과거에는 아미타 부처님을 모셨고
> 지금은 영겁토록
> 욕심의 바다에서 헤매는
> 중생들을 위하여
> 악한 마음의 물결을 가라앉히네.
> 이 감로수는
> 몸의 모든 질병과
> 마음의 더러움을
> 씻어주니
> 이 물은 마치
> 미묘한 진리와 같아서
> 마시는 이는
> 영원한 자유를 얻으리라!

이때 진원신선은 삼장스님과 봉래산의 세 신선들과 이야기를 하다가 갑자기 하늘에서 들리는 오공의 외치는 목소리에 고개를 돌려 위를 바라본다.

"보살님이 오십니다! 어서 맞이하시오, 어서!……."

이 소리를 들은 모든 이들은 곧 옷깃을 단정히 여미고 뛰어나와 보살을 공손히 맞이한다. 구름에서 내려온 보살은 먼저 진원신선과 인사하고, 세 신선과 절을 한 후 자리에 앉으니, 삼장은 유성과 함께 절을 올리고, 이어 진원신선의 모든 제자들이 나와 절을 올린다.

진원신선이 보살에게 공손히 말한다.

"저희들의 일에 보살님께서 이곳까지 오셔야 하는 수고를 드려 정말 죄송합니다."

"삼장은 나의 제자요. 오공이 선생의 나무를 망쳐놓았으니 나는 당연히 그 나무를 살려주어야지요."

관음보살과 일행 모두는 사원의 건물들을 지나 뒷 정원에 들어가보니 인삼나무는 허옇게 뿌리를 드러낸 채 땅에 쓰러져 잎사귀들은 시들고 가지들도 말라 있다. 보살이 감로수 병의 물에 적신 버드나무 가지를 쓰러진 인삼나무에 뿌리며 깊은 삼매에 드니…… 잠시 후, 나무의 가지에서 잎사귀들이 파릇파릇 살아나기 시작한다.

보살은 조용히 오공에게,

"오공아, 너는 나무를 똑바로 세워라."

오공이 짧은 두 팔로 쓰러진 거대한 나무를 일으켜 세우자, 보살이 뿌리에 감로수를 부으니 곧장 땅이 다시 굳어지며 사라졌던 인삼열매 26개가 매달려 있다.

오공은 속으로,

'옳지, 그날 내가 두 개는 따서 유성과 같이 먹었고, 한 개는 떨어져 땅속으로 들어갔었다! 그런데 유성은 나를 보고 두 개를 먹었다고 억울한 소리를 했지. 이제 누명이 벗겨졌으니 속이 시원하다!'

이 신기한 일을 보는 모든 사람들은 감탄을 하고 진원신선은 기쁨으로 얼굴에 웃음을 가득 지으며 그 자리에서 제자들에게 명하여 인삼과일 10개를 따오게 하여 보살은 가운데 자리에 앉고 다른 이들은 양쪽으로 늘어 앉아서 인삼과일을 먹으며 화기애애한 대화를 한다. 삼장도 이제는 인삼과일을 알아서 한 개를 먹는다.

> 신령한 나무라도 쓰러뜨리면
> 죽어가지만
> 감로수에 적시면
> 다시 새롭게 살아나네!

오공은 보살에게 감사의 절을 하며 남해로 돌아가시는 길을 전송하고 세 신선 또한 작별하며 봉래산으로 돌아간다.

깊은 산속의 아름다운 여인

삼장은 인삼과일을 먹은 후, 살과 뼈에 힘이 생겨 얼마 전의 비쩍 마른 모습과는 달리 생기가 돌고 정신도 맑고 상쾌하여 날씨는 초겨울이지만 추위도 안 타고 건강하여 딴사람 같다.

진원신선과 아쉬운 작별 인사를 하며 길을 떠난 일행은 십오 일 정도 걷자, 나무들과 풀들이 빽빽이 가득한 깊은 산에 도착한다. 이 숲 속에는 하나의 작은 오솔길만 있는데 그 좁은 길을 따라 걸어 올라가자니 여기저기서 무수한 사슴들과 산돼지들이 뛰어다니고 여우와 토끼들이 깡충거리며 큰 구렁이와 뱀들은 풀 속에서 기어다닌다. 이따금씩 들리는 호랑이와 늑대들의 울부짖는 소리에 삼장은 가끔씩 깜짝깜짝 놀란다.

그래도 점심때가 되어 슬슬 배가 고파 오자 삼장은 오공에게 명한다.

"오공아, 배가 고픈데 어디 가서 먹을 것을 좀 구해 오너라."

"이곳엔 산짐승들만 득실거리니 그것들을 잡아오면 육식은 안 하실테고, 어디 제가 한번 인가를 찾아보지요."

오공은 즉시 몸을 날려 구름 위에 올라 사방을 살펴보니 인가는커녕 연기조차 안 보인다. 그런데 저 멀리에 울긋불긋한 열매 같은 것이 보여 우선 삼장에게 날아 내려와서 말한다.

"사부님, 이 근처에 인가는 없고 저 멀리 복숭아처럼 보이는 것이 있는데 제가 가서 따 올테니 기다리십시오."

삼장은 반가워하며,

"그거라도 먹을 수 있다면 더 바랄 게 없지!"

오공은 순식간에 구름을 날려 저 멀리 산쪽으로 복숭아를 따러 날아간다.

산이 높고 험하면 반드시 요정이나 괴물이 있게 마련! 이 숲 속에도 요정이 하나 살고 있는데, 오공이 번개같이 날아서 지나가자 요정은 놀라 목을 움츠렸다.

요정은 공중에 뛰어올라 구름 속에 몸을 숨기고 사방을 살피다가 삼장을 발견하자 뛸 듯이 기뻐한다.

"이 무슨 행운이냐! 말로만 듣던 저 중이 이곳에 있다니! 누구든지 저 고기를 먹으면 오백 년은 더 오래 산다고 하던데! 이게 웬 떡이냐!?"

하고 단숨에 내려가 삼장을 움켜잡으려 하니 유성이 재빨리 삼장을 가로막으며 긴 칼을 빼어든다.

삼장을 잡지 못한 요괴는 씩씩거리며 묻는다.

"너는 누구냐?"

"나는 삼장스님의 둘째제자다!"

유성의 위풍당당함에 요괴는 어찌하지 못하고 물러가며 생각한다.

'이놈들을 좀 희롱해 볼까?'

일단 숲 속으로 들어간 요괴는 몸을 한번 뒤틀자 아름다운 여인으로 변한다.

눈과 목이 매우 수려하고 도톰한 빨간 입술 사이로 약간 보이는 깨끗하고 하얀 고른 이빨에 먹을 것과 향기 나는 차를 들고 숲 속을 나온다.

스님이 바위에 앉아서 쉬고 있자니 홀연 아름다운 여인이 긴 머리를 한들거리며 다가온다.

> 푸른 윗옷은 나비 같고 손가락은 어찌나 예쁜지!
> 살짝 감춘 듯한 웃음 속에 분 바른 얼굴은 땀이 송송 배어 있고
> 눈동자는 이슬을 먹은 꽃이요,
> 섬세한 긴 속눈썹은
> 보는 여인의 눈을 더욱 아름답게 하네.

정신놓고 보자니, 바로 이쪽으로 가까이 오는 게 아닌가?

삼장은 여인을 바라보며 유성에게 묻는다.

"사람 없는 이 깊은 산중에 웬 여인이냐?"

유성은 그리로 걸어 가며 대답한다.

"제가 가서 알아보고 오지요."

유성이 여인에게 가까이 다가갈수록 아리따운 자태가 역력하니 유성은 더 가까이 간다.

> 얼음같이 신선하고 깨끗한 살결에
> 흰 옥 같은 뼈를 감추었고

부드러운 목 아래의 옷깃 사이로
토실토실한 가슴이 드러난다.
버들 잎새 같은 눈썹은 검푸르게 짙으며
살구 같은 눈망울엔 은빛 별이 뜨고
달빛 같은 용모에 아리따운 태도는
자연적인 선녀의 모습이다.
이 여인의 애교스러움은
갓 피어난 작약꽃을
부드러운 봄바람이 희롱하는 듯하다.

유성이 아름다운 이 여인을 보자 엉뚱한 마음으로 먼저 말을 건넨다.
"여인께서는 어디로 가십니까? 그리고 손에 들고 있는 것은 무엇입니까?"
유성이 아무것도 모르고 말을 건네자, 여인은 웃으면서 대답한다.
"이것들은 쌀밥과 맛있는 반찬들입니다. 스님들께 드리려고요."
유성은 기뻐하며 얼른 삼장에게 돌아와 말한다.
"사부님, 저 여인이 우리에게 주려고 밥을 가져 왔습니다. 배도 고픈데 우선 식사를 하시지요. 형님이 복숭아를 따 오겠지만 덜 익은 그것들을 먹어 보았자 설사밖에 더 합니까?"
삼장은 믿겨지지 않는 듯 말한다.
"이 깊은 산속에 며칠을 걸어 왔어도 사람 하나 만나지 못했는데 이제 갑자기 저 여인이 나타나니 좀 이상하지 않느냐?"
여인의 몸매에 정신이 팔린 유성은 삼장의 말이 답답하게 꽉 막혔다는 듯,
"참, 사부님도! 저렇게 예쁜 여인을 보시고도 의심을 하시다니!……."

여인이 차츰 삼장에게 다가오자, 삼장은 옷깃을 바로 하고 합장하며 묻는다.

"댁이 사시는 곳은 어디신데 여기까지 오셨습니까?"

여인은 매우 애교 있는 웃음을 삼장에게 흘리며 말한다.

"스님, 이곳은 뱀들이 나오고 커다란 호랑이가 나타나는 위험한 곳입니다. 이 골짜기를 조금만 내려가면 저의 집이 나오니 그리로 가서서 하루 쉬었다 가시지요?"

"죄송하지만…… 우리가 여기 오는 걸 어찌 아셨습니까?"

"저의 어머님의 도는 비록 깊지 못해도 앞날을 내다보는 일쯤은 잘 압니다. 그래서 그분의 명으로 '이곳을 여행하는 스님께 음식을 갔다 드려라!' 하여 이렇게 음식을 들고 온 것이니 걱정 말고 이 밥을 드세요."

"아, 참으로 좋은 일이오. 그러나 나의 제자가 과일을 따러 갔으니 곧 올 거요. 그때 같이 먹지요."

배가 잔뜩 고픈 유성은 이 말을 듣고 화가 나서 혼자 투덜거린다.

"세상에, 우리 사부님같이 잔잔한 사람은 처음 보네! 배가 고픈 이때에 코앞에 있는 밥을 왜 마다해? 원숭이가 오면 나눠 먹어야 할텐데, 기다리자는 말인가? 우리 둘이서 먹으면 얼마나 좋아!"

한편 오공은 복숭아들을 잔뜩 따 가지고 곧장 삼장에게 돌아오니 웬걸, 이 무슨 광경이냐? 오공은 단번에 그녀가 요괴임을 알아차리고 여의봉으로 후려치니 그 아름다운 여인은 그만 피가 땅에 낭자하게 흐르며 숨이 끊어진다.

삼장은 기절할 듯 놀라며 오공에게 소리친다.

"이 잔인한 놈! 살생은 첫째 가는 죄악인데 이 연약한 여자를 죽이다니!"

오공은,

"저 여자는 사람이 아니라 요괴입니다. 못 믿으시겠으면 잠시만 이 시체를 보시며 기다려 보세요."

유성은 그만 여인의 몸매를 생각하며 속으로 오공을 욕한다.

'흥, 예쁘면 됐지! 요괴면 어때? 여자도 모르는 원숭이 놈아! 아이고, 아까워라!……'

그런데 잠시 후에 정말로 여인의 시체가 빠른 속도로 변하기 시작하더니, 마침내는 꼬리가 아홉 개 달린 여우로 변하는 게 아닌가?

삼장은 그저 놀라워하며 오공에게 미안해 한다.

"오공, 아이 엠 쏘리!"

유성은 그래도 아쉬워 속으로,

'정말 아깝구먼! 그런 예쁜 요괴를 만나기도 쉽지는 않을 텐데!'

사랑의 아픔

삼장 일행은 다시 길을 가는데 11월도 거의 끝나가 겨울이 되고…… 단풍나무 가지 끝에 매달려 있는 말라 비틀어진 몇 잎의 이파리들만이 썰렁한 회색 하늘 아래 외롭게 흔들리고 있다. 그 나무들 밑을 지나 걸어 가는 일행들의 모습은 사라져 가는 시간들과 함께 차츰 멀어져서 작은 점들이 되고 있다.

슬슬 배고픈 시간이 되자 유성은 스스로 자청한다.

"사부님, 이번에는 제가 밥을 얻어 오겠습니다."

하며 구름 위에 올라가서 주위를 바라보니, 저 멀리 북쪽에 작은 주막이 보인다.

구름을 날려 그곳에 도착한 유성은 술과 고기 냄새를 맡자, 군침이 돌아서 혼자 중얼거린다.

'야! 이 냄새! 정말 오랜만에 맡는군! 이것들을 가져가 봤자 사부님과 오공형에게 야단만 맞을테고, 어쩐다?…… 그래! 우선 내가 먼저 먹고 나서 밥과 채소반찬을 가져가자! 나는 승려가 아니니까 오랜만에 고기맛 좀 봐도 되겠지!'

이렇게 생각한 유성은 술과 고기를 잔뜩 주문하여 혼자 열심히 먹는다. 산처럼 쌓인 음식을 다 먹은 후, 배도 부르고 오랜만에 술을 마셔서 그런지 그만 정신이 팽 도는 게 갑자기 잠이 쏟아진다.

"에라, 모르겠다! 약간 잠 좀 자고 가야지."

삼장과 오공이 아무리 기다려도 유성이 돌아오질 않자, 걱정이 된 삼장은 오공에게 말한다.

"어디 가서라도 좀 유성을 찾아보아라."

"예!"

삼장의 말에 언제나 시원스레 대답하는 오공은 쏜살같이 날아 유성을 찾으러 간다. 한참을 앉아서 기다려도 둘은 돌아오지 않자, 삼장은 답답하여 숲 속을 천천히 거니는데 남쪽 산 모퉁이를 돌아가자 문득 금빛의 광채가 번쩍번쩍 빛나는 탑이 있는 절이 보인다.

삼장은 넋을 놓고 혼자 중얼거린다.

"우리들이 걷고 있던 산의 뒤쪽에 이렇게 훌륭한 절이 있는데, 유성과 오공은 왜 못 보고 어디로 갔을까?"

오래되어 쓰러진 고목나무 옆을 지나
깊은 산골 시냇물을 가로질러
이슬에 젖어 반짝이는 풀 끝을 스쳐 지나가서
달이 차츰 허공에 떠올라
물 위에 비추이는 것을 보며

돌다리를 건너니
아래에는 맑은 샘물이 콸콸콸!
겨울 안개 낀 담장을 돌아
절 안으로 들어서니
늙은 소나무의 송진 향 내음이
코를 찌른다.

　삼장이 금탑 옆의 대문 안으로 들어서자, 누군가 초저녁 잠을 자고 있는데 이상하여 어둠 속에서 자세히 살펴보니 검푸른 얼굴에다 딱 벌린 입에 이빨은 사냥개 같고 두 주먹은 큰 그릇과 같으며 비단옷에서 나온 두 발은 털이 숭숭 난 그야말로 괴물이다.
　삼장은 깜짝 놀라 뒤로 물러서며 후들후들 떨리는 다리로 그곳을 간신히 나오는데 감각이 예민한 요괴가 무서운 금빛 눈을 뜨더니 소리친다.
　"얘들아, 밖에 누가 왔나 나가 보아라!"
　부하 요괴가 문밖을 보더니 말한다.
　"대왕님, 큼직한 얼굴에 귀가 축 늘어졌으며 살이 토실토실하게 찌고 껍질이 야들야들한 아주 맛있을 듯한 중이 보입니다!"
　"하하! 파리란 놈이 잡아 먹히려고 두꺼비에게 날아온 격이구나. 어서들 가서 잡아 오너라!"
　벌 떼처럼 우르르 몰려나간 부하 요괴들은 금방 삼장을 잡아온다. 높은 의자에 앉은 요괴왕이 슬그머니 내려다보니 위풍당당한 외모를 가진 멋진 중이다!
　'분명 대단한 인물 같은데 함부로 해서는 안 되겠다. 위엄을 보여 줘야지!'

요괴는 마치 보름달이 뜨면 울부짖는 늑대처럼 시뻘건 머리를 하늘을 향해 들고는 찢어진 두 눈을 부릅뜨며 호령한다.

"저 중을 당장 이리로 데려 오너라!"

부하 요괴들이 삼장 뒤에서 왈칵 떠미니, 갑자기 요괴왕 앞으로 밀려온 삼장은 엉겁결에 절을 한다.

"너는 어디서 와서 어디로 가는 중이냐?"

"저는 중국에서 황제의 명령으로 서쪽으로 경을 가지러 가는 도중 길을 잘못 들어 대왕님을 놀라게 했으니 용서해 주십시오."

이 말을 들은 요괴는 한바탕 껄껄 웃더니,

"과연, 내 생각대로 높은 인물이구나! 너희들은 일행이 몇이나 되느냐?"

"동냥 간 제자가 둘, 백마가 한 필, 그리고 보따리가 두 개 있습니다."

"그렇다면 네 마리니 한 끼로는 충분하겠군!"

부하 요괴가 나서며 잡아 오겠다고 하니,

"제자 녀석들이 동냥 갔다 돌아와서 저희들 사부를 찾다가 없으면 분명 이곳에 올테니 그때 나가 잡으면 된다."

한편, 유성을 찾아나선 오공은 저 멀리 북쪽 방향에 인가가 보이자, 그곳으로 날아가 집집마다 기웃거리며 유성을 찾고 있는데 한참 후에야 주막에서 코를 골며 자고 있는 유성을 발견한다.

오공은 유성의 코를 비틀고 귀를 잡아 당기며 깨운다.

"이 게으른 놈, 여기서 술에 취해 잠만 자고 있다니!"

깜짝 놀라 잠이 깬 유성은 눈을 비비며 묻는다.

"지금이 몇 시오?"

"사부님은 동냥은커녕 네가 걱정돼서 나보고 찾아오라고 하셨다."

둘이 밥을 가지고 돌아와 보니 삼장이 안 보인다.

"야, 유성아! 너 때문에 사부님이 요괴에게 잡혀 가셨는가 보다."

"원 형님도, 쓸데없는 소리는! 이렇게 깨끗하고 조용한 곳에 요괴가 있을 리가 없지! 아마도 기다리기 지루하시니까, 어디 이 근처에 산책 가셨겠지요."

둘이서 근처를 아무리 찾아도 삼장은 없는데, 문득 남쪽 방향에 번쩍번쩍하는 탑이 보인다.

유성은 말한다.

"역시 사부님은 복도 많으셔! 저렇게 훌륭한 탑이 있는 걸 보니 저 절에서 분명히 대접을 잘 받고 계실 거야!"

둘이 그 사원에 도착하니 어쩐지 분위기가 이상하다.

오공은 대뜸 의심하며,

"이곳은 사원이 아니고 요괴들이 사는 동굴 같다. 사부님이 이곳에 계시면 어쩌지?"

유성은 삼장과 오공에게 미안한 감도 있어서 문앞에 다가가 고함을 친다.

"이 안에 혹시 우리 사부님 계십니까?"

잠근 대문 안에서 부하 요괴가 살며시 문틈으로 힐끔 밖을 내다보더니, 급히 안으로 들어와 보고한다.

"대왕님, 일이 생겼습니다! 밖에 원숭이 같은 녀석과 키가 큰 놈이 문을 열라고 소리칩니다!"

"그 원숭이 같은 녀석은 오공이라는 유명한 말썽꾸러기인데, 그 녀석들이 저 중의 제자들이란 말인가? 섣불리 해서는 안 되겠다. 애들아, 칼을 가져 오너라!"

검푸른 비단옷에 징그럽게 냄새를 풍기는 손으로 혼을 뺄 만한 무시무시한 넓고 큰 칼을 들고 문밖을 나서며 소리친다.

"어느 녀석이 감히 내 집 앞에서 소리를 치느냐?"

유성이 소리친다.

"우리는 경을 가지러 가는 스님의 제자들로 우리 사부님이 그 안에 계시다면 어서 내보내라!"

"그래 맞다! 나는 그에게 사람고기로 만든 만두를 대접하고 있으니 너희들도 들어와서 먹어 볼래?"

이 말에 유성은 날카롭고 긴 칼을 힘차게 잡아 빼어 요괴의 얼굴을 겨누며 달려든다. 요괴는 몸을 옆으로 돌려 얼굴을 홱 피하더니 곧바로 유성의 허리를 가른다. 유성은 홱 뒤로 물러섰다 다시 달려드는데 요괴도 질세라 무거운 대도를 무섭게 유성의 목과 팔다리를 겨누며 휘두른다.

오공은 그들의 싸움을 바라보며,

"흠, 유성도 제법 하는군! 저 녀석이 우리를 잘못 봤지!"

회오리바람 같은 먼지를 일으키며 싸우는 둘의 승부가 쉽게 끝날 것 같지 않자, 성질 급한 오공은 달려들어 덤비니 요괴 늑대는 겁내는 기색 없이 태연하게 오공과 유성의 공격을 받으며 싸운다. 그 요괴의 초강력한 힘은 마치 은빛처럼 발산하며 겨울안개와 먼지는 이리저리 뒤섞여 몰려다닌다.

망령된 생각이 아직도 남아 있으니
어찌 진실을 바라겠는가?
자성의 근본은 누구에게나 있는 것!
어찌 미혹과 깨달음에 앞뒤가 있겠는가?
깨우치면 순간에

억만 년의 삼매와 지혜를 이루고
만겁의 미혹은 영원히 흘러가리라.
만일 한 마음이
진리에 들어갈 수 있다면
강가의 모래들과 같은 많은 죄들이
사라지리라.

한편 동굴 안에 묶여 있는 삼장이 혼자 이곳에 발을 들여놓은 것을 후회하고 있을 때, 문득 동굴 안에서 30세쯤 보이는 아름다운 귀부인이 나타나며 묻는다.

"스님, 어째 여기에 오시어 묶여 계십니까?"

아름다운 여인을 이곳에서 본 삼장은 깜짝 놀라 묻는다.

"당신은 보살이십니까? 아니면 요괴입니까?"

"저의 이름은 흰꽃이라 하고 이곳에서 서쪽으로 200킬로 가량 떨어진 곳의 성에 살던 셋째공주입니다. 15년 전 달구경을 하다가 요괴에게 잡혀와 부부 행세를 하며 아들딸을 낳았지만, 부모님들에게 알릴 방법도 없고 해서 이렇게 살고 있습니다. 스님께선 어떻게 되어 이렇게 묶여 계십니까?"

삼장에게 사정 이야기를 들은 공주는 웃음을 머금으며 말한다.

"제가 스님을 구해 드릴 테니, 저의 편지를 갖고 아버님께 전해주세요."

몸이 풀린 삼장은 급히 쓴 공주의 편지를 받으며 말한다.

"구해주신 은혜, 감사합니다! 이 편지를 국왕님께 꼭 전해 드리겠습니다."

공주는 편지를 품안에 넣은 삼장을 뒷 정원으로 인도하며 말한다.

"사실은 스님의 제자들이 밖에서 요괴왕과 싸우고 있는데 모든 부하 요괴들이 그곳에 정신이 팔려 있으니 지금 이 뒷문으로 나가세요. 잠시 후 제가 요괴왕을 부를 테니 그러면 스님께선 제자들을 만나실 수 있을 것입니다."

삼장은 다시 공주에게 감사의 절을 하며 뒷문으로 빠져나가는데, 하늘에선 구름 사이로 달빛이 은빛으로 부서져 내리며 숲 속을 밝혀주고 있다. 삼장은 그 달빛을 받으며 오후에 오공과 같이 있었던 장소로 걸어 돌아가 기다린다.

공주는 삼장이 나간 얼마 후 앞문으로 나가 싸움을 바라보니, 셋은 공중전을 벌이는데 넓은 칼과 긴 칼은 달빛에 반사되어 마치 춤을 추는 것처럼 아름답고 여의봉은 금빛의 번갯불처럼 달빛 아래 날뛴다. 날카로운 무기들을 휘두를 때마다 그들의 내뿜는 기합들은 저 아름다운 움직임들과는 정반대로 살벌하게 하늘에 높이 울려 퍼진다.

잠시 그 광경을 바라보고 있던 공주는 있는 힘을 다하여 소리친다.

"늑대 씨!"

갑자기 날카로운 여자의 비명소리에 늑대괴물의 귀가 번쩍 뜨인다. 공주에게는 꼼짝 못하는 요괴이므로 그녀가 자기를 부르는 소리를 듣자, 당장에 싸움을 그만두고 공주 앞으로 날아 내려와 놀란 눈으로 묻는다.

"여보, 무슨 일이 났소?"

"당신이 걱정되서 그래요. 어휴! 이 땀 좀 봐!"

공주는 짐짓 땀으로 흠뻑 젖은 요괴의 몸을 닦아주고 애교를 피우며 상냥하게 말한다.

"하나밖에 없는 당신의 몸이 혹시 상하기라도 하면 저는 어떻게 해요! 그래서 제가 이미 저들의 사부를 놓아 주었으니 당신만 싸우지 않는다면 저들은 물러갈 거예요. 그리고 스님의 고기를 맛보고 싶다면 얼마든지 다른 곳에 가서 잡아오면 되잖아요."

　요괴도 오공·유성과 더 길게 싸우면 자기에게 불리하다는 것을 알고, 또한 공주가 자기를 생각해 주는데 감격하여 싸우기를 그만두고 공중에 대고 소리를 지른다.

　"너희들 사부는 이미 놓아 주었으니, 그만 물러가라!"

　이 말에 오공과 유성은 즉시 삼장을 찾으러 구름 사이로 비치는 달빛만으로 숲 속을 살피다가 말 있는 곳에 오니 삼장이 풀 속에서 몸을 숨기고 있다가 벌떡 일어선다.

　"얘들아! 나 여기 있다. 너희들은 모두 무사하냐?"

　"사부님, 고생이 많으셨지요?"

　하고 오공이 물으니,

　"다행히 요괴의 부인 덕분에 그곳에서 나올 수 있었다!"

　삼장은 공주의 사정 얘기를 하며,

　"그러니, 어서 공주님의 편지를 전해 주도록 하자! 그것이 우리가 입은 은혜에 보답하는 길이니!"

　일행은 밤새 쉬지 않고 산길을 걸으니 차츰 하늘이 밝아지며 햇살이 벌겋게 번지기 시작하자 길 옆에 자리를 만들고 잠시 눈을 붙이기로 한다. 삼장은 요괴한테 잡혔던 일과 밤새 걸었던 탓으로 피곤한데다가 긴장이 풀어지자 배고픔도 모르고 풀 섶에 몸을 누이자마자 코를 골며 잠이 든다.

　해는 서서히 높이 떠올라 뙤약볕이 뜨겁게 내리쬐고 산새들도 시끄럽게 잠자는 세 사람의 머리맡에서 지저귀니 오공은 발딱 일어나고 삼장과 유성도 부시시 눈을 뜬다. 그들은 모두 샘물가에 가서 맑은 물에 정신이 번쩍나도록 얼굴과 손을 씻고 배가 부를 때까지 물고기처럼 물을 마신다.

세 사람은 새로운 기분으로 길을 가는데 며칠을 걸었을까? 문득 저 멀리 훌륭한 성이 보인다. 커다란 성문 안으로 걸어 들어가니, 길가에는 수많은 기와집들이 줄을 지어 서 있고 성안의 사람들은 모두 좋은 옷들을 입고 다니는 것을 보아 이 성이 부유한 것을 짐작할 수 있다.

얼마쯤 걸어가니 우뚝 솟은 궁전이 보이는데 삼장은 정문의 책임자에게 가서 이 나라를 지나가기 위한 증명서를 바꾸러 왔다고 전하자, 신하는 즉시 국왕에게 아뢴다.

"폐하, 당나라의 고승이 증명서를 바꾸어 가겠다고 묻습니다."

이 나라 국왕은 당나라는 큰 나라이며 그곳의 고승이 왔다 라는 말에 매우 흥미 있어 하며 만나려 한다.

"그것, 반가운 일이군. 어서 이리로 모시어라!"

신하가 삼장 일행을 궁전 안으로 안내하는데 20개도 넘는 커다란 궁전들이 여기저기 서 있어 이 나라의 위엄과 경제력를 보여준다.

삼장은 가장 큰 궁궐 안으로 안내를 받아 들어가는데, 흰 옥돌 계단을 올라가 중앙 입구에 들어서니 수백 명의 신하들이 양쪽으로 줄지어 늘어서서 삼장 일행을 바라보고 있다.

삼장은 아홉 걸음을 나아가서 두 번 절하고 세 걸음 물러나서 한 번 절하는 식의 예의를 세 번 반복하니, 모든 신하들은 놀라지 않는 이가 없다.

"과연, 큰 나라의 인물답다! 저렇게 예의와 위엄이 훌륭하다니!……."

국왕도 매우 기뻐하며 친절하게 묻는다.

"그대들은 무슨 일로 이 나라에 오시었소?"

"저희들은 서쪽으로 여행하여 부처님을 뵙고 경을 가지러 가는 중이옵니다."

삼장이 증명서인 여권을 보이자, 거기에 써 있는 힘차고 위엄 있는 당나라 황제가 직접 쓴 필체에 감탄하며 자기 나라의 옥새(왕의 도장)를 찍어 삼장에게 되돌려 준다.

삼장은 감사히 증명서를 받아 넣고 신중하게 말한다.

"이제, 폐하께 집안의 편지를 올리겠습니다."

"우리 집안의 편지?"

"며칠 전에 제가 늑대 요괴에게 납치되어 죽게 되었을 때, 15년 전 실종된 폐하의 셋째 공주마마를 만났었습니다. 공주님은 저를 풀어주시며 폐하에게 이 편지를 전해주라고 부탁하셨습니다."

국왕은 불시에 눈물이 글썽거리며 삼장의 손을 잡고 목이 메어 겨우 말한다.

"15년 전…… 사랑하는 막내공주가 감쪽같이 없어진 후에 가끔씩 신하들도 없어진 이들이 허다한지라 이상히 여겼소. 백성들 또한 행방불명이 된 이들이 부지기수라 성 안팎을 이잡듯 뒤졌으나, 찾을 수도 없었을 뿐더러 그들은 두 번 다시 돌아오지 않았소. 그것이 모두 요괴의 짓인 줄 누가 알았겠소! 아, 아!…… 금옥같이 자란 내 사랑하는 막내딸이 그 흉측한 요괴에게 잡혀가 그 동안 세월을 어찌 견디었는지!……."

이렇게 말하는 국왕은 가슴이 무너지고 창자가 끊어지는 듯한 아픈 슬픔에 눈물이 걷잡을 수 없이 볼을 타고 흘러내린다.

가뜩이나 마음 연약한 삼장도 그만 참지 못하고 눈물 보따리를 터뜨리며 국왕과 함께 울면서 소매자락에서 편지를 꺼내 준다. 국왕이 떨리는 손으로 편지를 받아 보니 겉봉투에 쓰여진 '평안'이라는 공주의 글씨를 보자, 눈물이 앞을 가리고 두 손이 벌벌 떨려 편지를 열지 못하고 옆의 한 신하에게 건네주며 말한다.

"그대는 나를 위해 이 편지를 읽어 주시오……."
그 신하마저 떨리는 손으로 봉투를 열고 조심스럽게 낭독하니,

> 사랑하는 아버님에게!
>
> 저는 부모님의 지극한 사랑과 보살핌을 어려서부터 항상 받아왔음에도 불구하고 15년 전, 8월 보름달을 구경하다가 갑자기 요괴에게 납치되어 그의 아내가 되었으나 항거할 길도 없었고 도망갈 수도 없어서 이미 요괴의 자식을 둘이나 낳았습니다.
>
> 아버님이 그리울 때마다 그저 망연히 문에 기대어 아버님이 사시는 쪽의 하늘만을 바라보며 눈물을 흘릴 뿐이었습니다…….
>
> 괴롭고 괴로운 나날을 보내며 매일 해가 질 때면 고향이 그리워 항상 슬픈 눈물을 흘리니, 덧없는 세월은 어느덧 15번의 외로운 가을이 지나갔군요.
>
> 이제는 무상한 인생의 괴로운 마음만 남아 모든 걸 체념하고 살던 중에 그래도 혹시나 아버님을 한번이라도 뵈올 수 있을까? 바라던 중 뜻밖에 스님 한 분이 이곳으로 잡혀 와서 목숨을 걸고 스님을 탈출시키며 이렇게 글을 올립니다.
>
> 그 동안의 사연들은 모두 적을 수 없고 다만 제가 살아 있음을 알려 드리오니 아버님께서는 저를 불쌍히 여기시어 군사들을 파견하셔서 요괴를 잡으시고 저를 이곳에서 구해 주시기만을 깊이깊이 마음속으로 바라옵니다!
>
> 아버님의 셋째딸 흰꽃 드림.

신하가 편지를 다 읽고나니 국왕과 모든 신하들은 슬픔으로 눈물의 물결

을 이루니 온 성이 울음으로 흔들릴 지경이다. 삼장도 함께 눈물로 합장한 채 슬픔에 젖어 있다.

얼마를 울고 난 후에 국왕은 정신을 차리며 신하들에게 말한다.

"나의 사랑하는 공주가 요괴에게 납치되어 15년 동안이나 눈물과 한숨으로 지낸 걸 생각하면 내 가슴이 미어지는 것 같다…… 누가 군사를 이끌고 요괴를 잡고 공주를 구하겠는가?"

국왕이 신하들을 굽어보며 이렇게 간절히 묻는데도 누구 하나 용감하게 나서는 자가 없다. 마치 물을 끼얹은 것 같은 침묵만이 국왕을 더욱 서럽게 만든다. 국왕이 몇 번이나 같은 말을 되풀이하는데도 장군들은 나무로 깎아 만든 인형처럼 뻣뻣하고, 신하들은 흙으로 만든 동상처럼 말없이 서 있을 뿐이다.

그들의 행동을 멀거니 구경만 하던 오공은 앞으로 썩 나서며 말한다.

"폐하, 편지를 가져온 사람은 저의 사부님이니 공주님을 구하는 것도 우리들이 할 수 있도록 허락해 주십시오!"

이 말을 들은 국왕은 반가움에 귀가 번쩍 뜨였으나 오공의 작은 몸을 보자, 믿으려 하지 않는다.

"말은 고맙지만 사양하겠소. 그대와 같은 작은 어린 스님은 사부님의 뒤나 따라다니면서 잘 모시면 돼요!"

이 말에 오공은 신통력으로 당장에 50미터도 더 높은 큰 몸으로 변하니 국왕과 신하들은 그만 놀라서 벌집을 쑤셔놓은 것처럼 발칵 뒤집힌다.

이때 장군 한 사람이 용기를 내어 오공을 올려다보며 묻는다.

"당신이 이렇게 커질 수 있다면, 얼마나 더 커질 수 있지요?"

"만 미터도 더 커질 수 있지!"

이 말에 국왕은 손을 저으며,

"그, 그만 두어라. 그대의 신통력은 알겠으니!"

오공이 본 모습으로 돌아와서,

"이제 그 요괴를 잡으러 가는 것을 허락 하시겠습니까?"

국왕은 매우 기뻐하며,

"그대만 믿겠소!"

오공은 재빠르게 구름을 불러 타고 날아간다. 유성도 삼장에게 오공을 도와주러 가겠다고 하며 구름을 타고 순식간에 저 멀리 사라지니, 국왕은 놀라 외친다.

"아이쿠! 저들은 모두 구름을 탈 줄 아는구나! 스님! 스님께선 부디 나와 함께 여기에 있어 주시오. 구름은 타지 마시오!"

"폐하, 재주는 제자들이 가지고 있고, 저는 보호만 받고 있을 뿐입니다."

"호오, 그래요? 나는 그 재주를 모두 스님이 가르친 줄 알았소! 훌륭한 제자들을 두어서 부럽소이다."

국왕은 삼장의 손을 잡고 차를 마시며 서로 이야기를 나누는데, 마치 오랫동안 사귄 친구와 같다.

한편, 오공은 자기의 뒤에서 유성이 외치며 힘껏 따라 날아오는 것에 의아해 하며 구름을 멈춘다.

"너는 왜 따라오지? 그새 사부님에게 무슨 일이 생겼나? 아니면 이 형님이 그리워 따라오나?"

"참! 형님이 그리울 게 뭐가 있소? 그 요괴녀석이 보통이 아니니 형님을 도우러 온 것이오."

오공과 유성은 일시에 구름을 날려 요괴의 동굴 앞에 도착한다. 오공은 즉시 여의봉으로 돌문을 찌르니 순식간에 큼직한 구멍이 뚫려 안쪽이 들여다보인다.

갑작스럽게 부서지는 돌문에 놀란 문지기 요괴가 문에 구멍이 뚫리며 밖에 있는 오공과 유성이 보이자, 황급히 안으로 뛰어 들어가 보고한다.

"대, 대왕님, 큰일 났습니다! 얼마 전에 왔던 원숭이 같은 녀석과 긴 칼을 찬 녀석이 와서 시비를 걸고 있습니다!"

이 보고를 받은 요괴는 놀라며,

"아니, 그 녀석들이 또 왔다고? 사부를 놓아준 은혜를 갚으러 왔다면 모르되 문을 부쉈다니, 괘씸한 놈들!"

"혹시, 무슨 물건을 놓고 가서 다시 찾으러 온 것은 아닐까요?"

"이런 멍청한 녀석! 물건을 잊고서 찾으러 왔다면 어째서 문을 부수겠냐? 다른 이유가 있을 것이다."

요괴가 무장을 단단히 하고서 동굴을 나가며 소리친다.

"이놈들! 내가 친절을 베풀어 너희 사부를 놓아 주었거늘, 왜 다시 와서 소란을 피우느냐?"

오공은 소리친다.

"15년 전에 공주님을 납치한 일부터 지금까지 네 녀석이 저지른 죄들을 보면 네 놈의 대갈통을 박살내도 시원치 않은데 친절을 베풀었다고? 그 동안 공주님을 강제로 데리고 산 것만 해도 나의 매질을 못 면한다."

이 말에 요괴는 화가 나서 분에 못이겨 강철 같은 이빨을 부드득부드득 갈고 두 눈은 굴러 떨어질 듯 커다란 흰자위를 굴리며 오공을 잔뜩 노려보더니, 시퍼렇게 날이 선 넓은 칼을 망나니처럼 휘두르며 오공을 공격한다. 오공은 태연히 머리에 날라오는 칼을 슬쩍 피하며 요괴의 얼굴을 여의봉으로 후려친다. 이렇게 하여 둘의 격렬한 싸움이 시작되는데 유성은 팔짱만 낀채 구경만 한다.

요괴의 특기는 대도(흔히 사형수들의 목을 자를 때 쓰는 넓은 칼)로 춤을 추듯이 둥글게둥글게 온몸을 돌며 허리고 목이고 베어내려 하며, 어느 땐 마치 화살을 비오듯이 쏘아 대듯 마구 얼굴이고 가슴이고 할 것 없이 미친 듯이 찔러댄다. 오공은 요리조리 잘도 피하며 여의봉으로 멋지게 막아 돌려치니 둘의 싸움은 승부를 분간하기 어려울 것 같다.

그러나 요괴가 강철 같은 몸이라면 오공은 금강철이 아닌가? 얼마간 시간이 지나자, 요괴의 팔이 저리기 시작하며 기력이 소모되어 속도가 느려진다. 결국, 요괴는 숨을 한숨 돌리고자 재빠르게 동굴 속으로 후퇴한다.

동굴 안으로 들어가기 전에 요괴는 화가 나서 오공 쪽에다 소리친다.

"이놈들, 내가 공주를 납치한 건 사실이나 그동안 온갖 보배로 부러울 것 없이 살게 해 주었는데, 네 놈들이 무얼 안다고 남의 사생활에 참견하느냐?"

"이놈아! 부귀영화도 나름이지 네 놈의 몸에서는 고약한 냄새가 나고 더러운 요괴들만 득실거리는 소굴에 세상의 좋은 것들을 다 모아 놓아도 공주님이 기뻐 하시겠냐? 네 놈의 얼굴은 징글맞게 생긴 데다가 두 번 보기도 끔찍한데 공주님께서 그 동안 남몰래 눈물로 사신 걸 생각하면 내 가슴이 찢어질 듯 아프다!"

부하들 앞에서 오공에게 모욕적인 말을 들은 요괴는 자존심과 질투심으로 화가 나서 살기가 번들번들한 눈으로 오공을 노려보다가 동굴 안으로 들어오며 생각한다.

'저놈들이 어떻게 내 아내의 일들을 알았지?…… 이것은 분명 그 중을 놓아 주던 날, 아내가 그 중과 내통이 있었을 거야! 그렇지 않다면 저놈들이

다시 이곳에 와서 시비를 걸 리가 없지!'

요괴는 마침내 흉악한 근성이 드러나서 그 동안 아끼고 사랑해 오던 공주를 죽여 버릴까? 하고 생각한다.

이런 줄도 모르는 공주는 동굴 속 깊은 방에서 얼굴을 매만지며 몸단장을 하고 있는데, 갑자기 방 안이 쿵쿵 울리며 요괴가 거칠게 들어오는 소리가 들리자 화장을 멈추고 문을 연다.

요괴가 아름다운 공주의 얼굴을 보니 죽이기에는 아까운 생각이 드나 생각할수록 화가 치솟아 문안으로 썩 들어오는 얼굴은 사납기 그지없어 흰자위가 허옇게 보이는 눈은 잔뜩 치켜 올라가서 부릅뜨고, 이빨은 부드득부드득 갈고 있다.

공주는 속으로 놀라고 불쾌했지만 꾹 참고, 두 번도 보기 싫은 소름 끼치는 얼굴이지만 억지로 생글거리며 요괴의 팔을 잡고 웃으면서 말을 건다.

"무슨 일로 이렇게 기분이 상하셨나요?"

아주 부드럽게 묻는 공주의 말에 요괴는 눈에 불을 켠 듯 공주를 노려보며 입에는 게거품을 물고 욕을 퍼붓는다.

"이 나쁜 년아! 나는 너와 15년 동안 같이 살면서 비단옷이며 많은 보석들을 선물했는데 하루아침에 등을 돌리다니! 네 년이 원하는 것이라면 바다 속에라도 뛰어 들어가서 구해 주었는데 이럴 수가 있느냐? 그리고 매일 저녁마다 너를 즐겁게 해 주었는데 무엇이 부족해서 부모 생각만 했느냐?"

이 말에 공주는 속으로 깜짝 놀라 심장이 화닥닥 뛰었지만, 마음을 가다듬고 눈물을 글썽거리며 묻는다.

"당신이 무슨 말을 하는 건지 잘 모르겠지만, 왜 저를 버리시려는지 알 수 없군요!"

이상하게 되받는 공주의 말에 요괴는 화를 더 내며 소리친다.

"내가 너를 버리는 것이 아니라, 네가 나를 싫어하니까 그렇지! 전번에 네가 그 중을 놓아 주었을때, 이미 너는 내가 허락하기 전에 그 중을 뒷문으로 내 보냈으니 분명 어떤 편지 같은 것을 주었을 거야! 그렇지 않으면 저 녀석들이 내가 너를 납치한 사실도 모를 텐데, 어떻게 이곳에 와서 너를 내놓라고 하겠느냐?"

이 말에 공주는 간이 콩알만해지며 정신이 혼미했으나,

"오랫동안 나는 당신의 많은 사랑을 받으며 토끼 같은 귀여운 아이들을 둘이나 낳았는데 무엇이 부족하여 여기를 떠날 생각을 하였겠습니까? 그 스님을 보내준 것은 당신을 걱정해서일 뿐이니 그렇게 나에게 억울한 죄를 뒤집어씌워서 죽이려면 그냥 죽이시오!"

공주의 이 대담한 말을 들은 요괴는 어찌된 영문인지를 모르고 눈만 끔벅이다가 못 믿고 다시 호통친다.

"네가 앙큼스럽게 나를 속이려 하지만, 저 밖에 있는 녀석들과 대면을 해서 네가 편지 보낸 것이 사실이라면 너를 찢어 죽일 것이다!"

요괴는 흉악하고 푸르죽죽한 갈고리 같은 손으로 공주의 예쁘게 단장한 머리채를 휘어잡더니 거칠게 동굴 밖으로 끌고 나간다. 평소에는 그토록 사랑하고 아끼며 공주의 말이라면 순한 양같이 순종하더니, 이 순간에는 잔악한 요괴일 뿐이다.

공주는 머리카락이 아프고 공포에 전신이 바들바들 떨렸으나 죽을 때 죽더라도 버텨보려는 결심으로 이를 악물고 소리도 지르지 않은 채 끌려 나간다.

동굴 앞에 나온 요괴는 공주를 팽개치니 가여운 공주는 머리가 헝클어지고 옷이 더러워지며 힘없이 요괴 앞에 쓰러진다.

오공과 유성은 쓰러진 공주 옆에 요괴가 큰 칼을 번뜩이며 눈을 부라리고 서 있자, 깜짝 놀라 소리친다.

"이 나쁜 요괴 놈! 죄 없는 공주님을 그토록 학대하니 공주님이 그 동안 지옥에서 산 것보다 더 고생했던 것을 알겠다!"

"네 놈들이 이년과 짜고 편지를 가져갔던 것을 내가 다 알고 있다! 국왕이 그 편지를 보고 너희들을 다시 이리로 보낸 것이 틀림없지?"

요괴가 눈을 부라리며 공주를 잡아먹을 듯이 하자, 유성은 오공에게 소근대며 말하기를,

"형님, 이것 큰일났소! 저 녀석이 눈치가 빨라 공주가 편지 보낸 것을 알아 냈으니! 공주는 우리 사부님을 살려주신 은인인데, 공주를 구하러 왔다가 공주를 죽게 만든다면 은혜를 원수로 갚는 격이니 어쩌면 좋지요?"

오공은 한 꾀를 내어 요괴한테 소리친다.

"이 미련한 녀석아! 우리는 저분이 공주님인지도 몰랐었다. 우리 사부님이 비록 공주님 덕에 풀려 나셨지만 편지를 받은 적은 없고, 우리가 여기를 떠나 공주님의 나라에 도착하여 국왕을 만났을 때, 공주님의 모습을 그린 그림을 보여 주시며 오는 도중에 혹시 이런 여자를 본 일이 있느냐고 물으시기에 사부님께서 솔직히 말을 하셨다. 이야기를 들으신 국왕은 한참 슬프게 우시며 우리에게 공주님을 구출해 올것을 부탁하시어 이렇게 된 것이다!"

요괴는 오공의 거침없이 하는 이 말에 의심 없이 칼을 땅에 던지고 공주를 두 손으로 안아 일으키며 사과한다.

"여보, 내가 그만 잘못 생각하여 큰 실수를 하였소! 나는 혹시 당신이 나를 버리고 도망칠 생각을 하는 줄 알고 정신이 혼란해져서 당신을 욕보였으

니 정말 미안! 미안!……."

요괴는 언제 그랬느냐는 듯이 온순해지며 공주의 흐트러진 머리카락을 쓰다듬고, 얼굴에는 미안한 표정을 가득 담으며 공주를 안고 동굴 안으로 들어간다.

이에 오공은 유성과 한시름 놓으며 말한다.

"저 녀석을 잘못 건드렸다간 공주가 죽게 되겠군! 날도 어두워지니 우리는 이곳 근처에서 하룻밤 지내며 기회를 보자!"

하며 오공과 유성은 어두워지는 숲 속으로 들어간다.

동굴 안으로 들어온 요괴는 잔뜩 미안한 마음에 공주를 자리에 앉히고 마치 발가락을 혓바닥으로 핥을 것같이 친절하다. 얼마의 시간이 지난 후, 요괴는 침실로 들어가더니 깨끗한 옷으로 갈아입고 나온다.

의아한 눈으로 쳐다보는 공주에게 요괴는 말한다.

"당신은 여기에서 애들이랑 놀고 있어요. 나는 장인님께 인사를 하고 오겠소!"

공주는 눈이 휘둥그레지며 묻는다.

"장인님이라니? 누구?……."

요괴는 히죽 웃으며,

"아, 당신의 아버지이지 누구란 말이오! 내가 정식으로 당신의 남편임을 알려야 말썽이 없을 거요."

"아, 안 돼요! 안 돼!"

요괴는 기분이 상하여 입을 씰룩거리며 묻는다.

"왜 안 된다는 거요?"

"저의 아버님은 다른 나라와 전쟁을 하며 나라를 세운 용맹한 장수의 출

신이 아니고, 조상 대대로 이어 물려받은 성 밖의 험한 것들을 모르시는 분입니다. 그런 온순한 분이 당신의 울퉁불퉁한 모습을 갑자기 보신다면, 장인 사위를 가리기 전에 당장에 기절하시어 돌아가실테니 가지 마세요!"

요괴는 껄껄 웃으며,

"걱정 마시오. 그 까짓것 외모가 문제라면 잘생긴 모습으로 찾아가면 될 게 아니오?"

요괴가 몸을 한번 꿈틀대자, 지금까지 공주가 본 적이 없는 아주 매력 있는 준수한 사나이로 변한다.

> 멋진 모자에
> 옷과 신발이 훌륭하고
> 키가 훤칠하며
> 아름답게 맑은 얼굴은
> 귀족티가 나고
> 말씨와 행동도 의젓하다.
>
> 시와
> 악기도 잘 다루니
> 풍류 또한 넉넉하네.
>
> 깊은 골짜기에 우뚝 솟은 봉우리처럼
> 튼튼하게 서 있는 그의 모습을
> 보는
> 여자들의 마음이
> 현란하다.

공주는 자기의 눈을 의심하며 몇 번이고 요괴의 아래 위를 쳐다보면서 기뻐한다.

"이 모습이 정말 당신이라면, 얼마나 좋을까! 당신이 궁전 안으로 들어가신 다면 모두들 반갑게 맞이할테니 혹시, 저의 아버님이 파티를 여신다면 술을 많이 마시지 마세요. 본색이 드러나게 되면 곤란하니까!"

"그런 당부는 하지 않아도 내가 잘 알아서 실수 없이 할테니 염려 놓으시오. 사람들이 마시는 술은 내 간에 기별도 안 가니 아무리 마셔도 취하지 않을 거요. 진작에 장인님에게 인사를 올렸으면 아무 말썽이 없었을 텐데, 어째서 이제야 그 생각을 했는지 모르겠군!"

요괴가 동굴 밖으로 걸어나가 구름을 타니 순식간에 공주의 성안에 이른다.

잠시 후, 삼장과 조용히 대화를 나누고 있는 국왕에게 신하가 오더니,

"폐하, 지금 궁궐 문 앞에 웬 준수한 청년장수가 와서 셋째 사위로서 인사를 드리러 왔다고 합니다."

이 보고를 받은 국왕은 갑자기 셋째 사위란 소리에 귀가 쫑긋 하며 옆에 있는 신하들에게 말한다.

"나에게는 사위가 둘밖에 없는데, 셋째가 왔다니 그것 참 이상한 일이군?!"

옆에 있는 신하들은 허리를 굽혀 절하며 아뢴다.

"셋째라 함은 분명히 흰꽃 공주마마를 납치해 간 요괴가 온 것일 겁니다!"

"으음……, 나도 그렇게 생각했지! 그렇다면, 그를 불러들이는 게 좋겠는가? 아니면 궁전 문앞에서 쫓아내는 것이 좋겠는가?"

신하들은 그를 불러들였다가는 무슨 후환이 생길까 걱정되어 아무 대답도 못하고 서로들 머리를 맞대고 고민한다.

삼장은 국왕에게 점잖게 말한다.

"폐하, 저 요괴는 구름을 탈 수 있고 신통력이 있으니 우리의 의사와는 상관없이 그가 마음만 내면 궁 안으로 쉽게 들어올 수 있습니다. 그러니 시끄럽지 않게 불러들이는 것이 나을 겁니다."

국왕은 고개를 끄덕이며 찬성한다.

"스님의 말이 옳소! 그를 이리로 들어오도록 하라!"

요괴는 점잖을 빼며 한 신하를 따라서 들어오는데, 그 모습이 준수하고 태도가 점잖으니 모든 신하들은 그를 보며 저 젊은이가 과연 요괴인지? 의심이 생길 지경이다. 국왕도 지극히 예의 바른 젊은이의 태도에 걱정 없이 오히려 자랑스럽고 듬직하게 생각하여 흡족한 표정을 짓는다.

'저만한 인물이라면 나라도 다스릴 수 있겠지!' 라고 생각한 국왕은 그에게 친절하게 묻는다.

"그대가 스스로 셋째 사위라고 했는데, 무슨 이유로 그런 말을 했는고?"

요괴는 점잖은 태도로 고개를 숙이며 말한다.

"그러니까 15년 전, 저는 하인들을 데리고 사냥을 나간 적이 있었습니다. 그런데 문득 벌판에 한 떼의 큰 늑대들이 어떤 여인을 물고 산비탈 아래로 쏜살같이 달리고 있어서 저는 여자를 구해야겠다는 일념으로 늑대들을 화살로 쏘며 뒤쫓아 가서 겨우 기절해 있는 여자를 구했습니다.

그런데 여인은 기억을 잃어 버렸는지 자기의 이름도 모르고 살던 곳도 기억을 못해서 그만 저와 같이 살게 되었습니다. 그런데 그 늑대왕이 몇 년 동안 도를 닦더니 요정이 되어 변신도 잘 하고, 요 근래엔 사람들을 잡아먹습니다. 폐하! 저기 앉아 있는 자는 스님이 아니라, 바로 늑대가 변신하여 폐하의 눈을 속이고 있는 것입니다!"

이 말을 들은 국왕은 반신반의하며 묻는다.

"그대의 말을 증명할 수 있겠는가?"

"예, 깨끗한 물 한잔을 주시면 제가 저놈의 본 모습을 보여 드리지요."

국왕은 명령한다.

"물을 가져 오너라!"

누군가 물을 가져오자, 젊은이는 물을 한 모금 머금더니 삼장의 몸에 홱 뿜으며 술법을 쓰면서 소리친다.

"변해라!"

그러자, 삼장의 몸은 즉시 한 마리의 커다란 늑대로 변한다.

꽃 같은 아름다운 몸에 번갯불같이 번뜩이는 눈!
늘씬한 몸에 사방을 두리번거리니 무시무시하다.
발톱들은 쇠갈퀴처럼 바닥을 움켜쥐며 서 있고
긴 혓바닥에 톱날 같은 이빨은 으르렁거리니
온 궁전이 뒤흔들린다!

국왕은 놀라며 신하들의 보호 아래 어디론지 피하였고, 몇몇의 용감한 장수들만 남아서 긴 창으로 찌르고 화살을 쏘며 늑대를 죽이려 한다.

이때, 삼장이 지니고 있던 부처님 가사의 신비한 신통력으로 즉시 삼장이 변한 늑대의 주위에 보통 사람의 눈에는 보이지 않는 그물을 치니 아무리 창으로 찌르고 공격해도 삼장을 다치게 할 수 없다. 할 수 없이 장수들은 쇠 감옥을 갖고 와서 그 속에 삼장을 집어넣고 의아해 한다.

"그것 참, 이상한 일이군! 아무리 창으로 찔러도 상처 하나 없으니, 정말 요괴는 요괴로군!"

"저 정도 되니까 우리 공주님을 물어 갈 수 있었겠지!"

국왕은 크게 잔치를 열어 사위를 정식으로 환대한다.

"자, 사위! 이 술은 땅속에 30년 동안 묻어 익힌 특별한 것이니 내가 그대를 위해서 한잔 따르지! 우리 공주가 이렇게 훌륭한 남편을 맞아 같이 살고 있는 줄도 모르고 그 동안 눈물로 걱정했던 일들이 우습군!"

국왕이 큰 잔에 가득 따라주는 술을 단숨에 마신 요괴는 산속에선 맛볼 수 없는 기막힌 맛이라 혀를 날름거리며 입맛을 쩍쩍 다신다.

"과연, 이 술맛은 기가 막힙니다!"

국왕은 기뻐서 요괴에게 병째로 주며 말한다.

"사위! 내일 날이 밝거든 공주를 데리고 이곳에 와서 살게! 내가 자네에게 높은 벼슬을 줄테니!"

요괴는 속으로 은근히 켕겨서,

"폐하! 대단히 감사합니다만, 저의 마을도 제가 필요하답니다. 공주님은 그곳에서 잘 살고 계시니 며칠 간이라도 함께 이곳에 방문하러 오겠습니다."

국왕은 기뻐하며,

"과연, 과연! 훌륭한 사위로다!"

이렇게 하여 밤이 차츰 깊어 가자, 국왕은 신하들과 함께 자리를 뜬다.

요괴는 다른 방으로 안내되어 새로운 술상을 받으니, 그 방에는 촛불이 휘황하게 밝혀지고 아름다운 궁녀들이 빙 둘러앉아 시중을 들어 술을 따라주며 맛있는 음식을 입에 넣어주니 요괴는 기분이 좋아 싱글벙글 웃으며 받아먹는다. 방 한가운데에는 다른 궁녀들이 음악을 연주하며 선녀처럼 너울너울 춤을 추니, 신선의 세계에 온 기분으로 요괴는 잔뜩 취할 때까지 계속 술을 마셔댄다.

　오로지 요괴만이 수십 명의 궁녀들을 거느리고 온갖 교태와 애교를 받으며 즐겁게 시간을 보내다가 새벽 두 시쯤 되었을까? 도저히 몸을 가눌 수 없을 만큼 취한 요괴는 드디어 흉악한 본 모습을 보이며 한바탕 흉측한 웃음을 웃어 제끼더니 아름답게 춤을 추고 있는 궁녀를 껴안고는 갑자기 머리를 커다란 입으로 한 입 베어 문다.

　흥겨운 가락 속에서 요괴에게 즐거움을 주던 궁녀들은 춤추던 한 궁녀가 머리의 삼 분의 일은 떨어져 나간 채 날카로운 요괴의 이빨에 물려 피를 흘리며 요괴의 팔에 안겨 있는 것을 보자, 비명을 지르면서 사방으로 흩어져 대 혼란을 이룬다.

　　　거친 폭우의 비바람 속에
　　　아름답게 피어 있는 꽃잎들은
　　　사방으로 흐트러지며 떨어진다.

　한밤중에 궁녀들이 소리를 지르며 살기 위해 이리 뛰고 저리 뛰자, 궁전을 지키는 병사들은 이것을 보고 겁이 나 부들부들 떨며 차마 국왕이 깰까 두려워 큰소리도 못 내고 이곳저곳에 숨어 어찌할 줄 모른 채 시간만 보낸다.

　요괴는 모두가 도망나간 술자리에 여전히 앉아서 스스로 술을 따라 한잔 들이킨 후, 피가 뚝뚝 흐르는 시체를 끌어당겨 크고 날카로운 이빨로 뜯어먹고 있다.

　이때, 궁전 안의 마구간에서 풀을 뜯어먹고 있던 삼장의 백마는 문득 그곳을 지나가는 사람들의 말소리에 삼장이 늑대요정이라는 말을 듣고 생각한다.

'이게 무슨 소리야? 우리 사부님이 요괴라니!? 이건 분명히 그 늑대요괴가 이곳에 와서 마음이 착한 사부님을 모함한 것이 틀림없다! 오공과 유성은 아직도 돌아오지 않았고…… 어떻게 하지? 만일 사부님이 돌아가시게 되면 지금까지 우리가 노력했던 일들이 말짱 헛되지 않은가?'

백마는 이빨로 고삐를 끊고 몸을 꿈틀거리니 본래의 용의 모습이 된다. 곧장 하늘로 치솟아 구름을 타고 궁전 안을 살펴보니, 촛불들이 휘황하게 밝혀 있는 어떤 방에 엉망진창이 된 커다란 상 위에 요괴가 혼자 앉아서 여자의 몸을 뜯어먹고 있는 것이 보인다.

"저런 나쁜 놈! 우리 사부님을 요괴라고 소문을 내놓고 입에 피칠이나 하고 앉아 있다니! 어디 나에게 혼 좀 나 봐라!"

용은 문득 아름다운 궁녀로 변하여 그 방으로 들어간다. 얼굴도 예쁘려니와 몸매도 날렵하여 눈웃음을 살살 치며 걸어오는 그녀의 몸매는 정말로 관능적이다.

이 여인은 요괴에게 다가와 날아갈 듯이 절을 하며 유혹의 눈길을 주면서 말한다.

"장군님, 혼자서 술을 드시면 어찌 흥이 나시겠습니까? 제가 술을 따르겠으니 목숨만은 해치지 마세요!"

"죽이지 않을테니, 이리 와서 술을 한잔 따라라!"

여인은 얼른 술병을 잡고 요괴의 술잔에 술을 따른다. 그런데 술잔보다 높게 술을 따르는데도 잔에 넘쳐 흐르지 않는다.

요괴가 그것을 보고 신기해 하며 웃으면서,

"너는 몸도 귀엽지만, 희한한 재주까지 있구나!"

여인은 눈웃음을 치며,

"이보다 더 높이 따를 수도 있습니다."

"그래? 그럼 더 높이 따라봐라!"

여인이 술병을 높이 들어 바닥이 나도록 술을 따르니, 술은 천장을 향해 기둥처럼 쭉 세워진다.

요괴는 긴 주둥이로 그 술을 한번에 모두 들이킨 후 시체를 끌어당겨 뜯어먹으며,

"너, 노래도 할 줄 아느냐?"

"그럼요!"

여인은 요괴에게 아양의 눈을 흘기며 간드러지게 노래를 부르며 또 술을 따른다.

"너, 춤도 출 줄 아느냐?"

"그런 거야 어릴 때부터 배웠지만 빈손으로 추면 재미가 없지요!"

요괴는 옷자락을 훌쩍 젖히며 허리에 차고 있던 얇고 긴 두 자루의 보검을 쑥 뽑아준다.

여인은 빛나는 강철 칼을 손에 잡고 조심조심 요괴 앞을 왔다갔다 하며 서너번 칼을 휘두른 후, 얇은 비단옷이 감긴 허리를 휘돌리며 차츰 빠른 속도로 가늘고 아름다운 두 팔을 움직이자, 화려한 꽃잎들이 어지러이 떨어져 내리는 것 같은 춤이 전개된다. 그것을 바라보는 요괴는 눈앞이 어질어질하고 마음이 불안하여 몸을 뒤척이는데, 이 순간에 여인은 재빠르게 한 손으로는 요괴의 심장을 찌르며 다른 한 손으로는 요괴의 목을 자르니 깜짝 놀란 요괴가 몸을 피하자, 심장을 찌르던 칼이 옆구리에 맞아 상처를 입어 피가 솟는다. 당황한 요괴는 옆의 큰 촛대를 잡고 여인과 방 안에서 싸우다가 밖으로 나가 공중에서 싸우는데 그들의 몸놀림은 마치 흰 번갯불을 뿜는 것 같다.

여인은 날고 춤추며, 요괴는 몸을 거칠게 뒤집고 솟구친다. 술에 잔뜩 취한 요괴는 옆구리의 상처에 상관없이 정력적으로 촛대를 마구 여인에게 휘두른다. 요괴의 공격을 겨우 막아내던 여인은 손과 어깨가 아프게 시큰거리자, 마침내 두 자루의 칼을 동시에 요괴의 가슴을 향해 날카롭게 던진다. 요괴는 한 손으로 날아오는 두 개의 칼들을 휘감아 잡으며 동시에 촛대를 던지니 그것이 그만 여인의 허벅지에 맞아 피가 흐른다.

여인은 급히 구름을 내려 작은 물뱀으로 변하여 풀숲에 몸을 숨기자, 요괴는 재빨리 뒤쫓아 갔지만 결국 찾지 못하고 화를 내며,

"이런, 하룻강아지 범 무서운 줄 모르고 까불고 덤비더니 어디로 도망갔어?…… 감히 어르신네가 식사 하시는데 방해를 하다니!"

하며 술 마시던 방으로 돌아간다.

강가에서 더러워진 몸을 씻은 용은 다시 백마로 변하여 상처 난 다리를 절뚝거리며 마구간으로 돌아와 기진맥진하여 눕는다.

한편, 오공과 유성은 아침 일찍 동굴 앞에 가 보니 6~7세쯤 되어 보이는 두 사내아이들이 공을 차며 놀고 있다. 오공이 무조건 달려들어 움켜잡으니 그들은 발버둥치며 큰소리로 울어 댄다. 이 아이들은 바로 요괴와 공주 사이에서 난 자식들이다.

졸개 요괴들의 보고를 받은 공주가 급히 나와 보니 오공은 두 아이를 거머쥐고 구름 아래로 내던질 기세다.

오공은 소리친다.

"요괴를 나오라 하시오!"

"그는 어제 저녁 궁궐로 가서 장인에게 인사하고 오겠다면서 아직 돌아오지 않았습니다."

이에 오공은 놀라며,

"이것 큰일 났군! 우리가 없는 사이에 사부님에게 무슨 일이 생겼으면 어쩌지?"

오공은 유성에게 아이들을 건네주며,

"너는 빨리 이 아이들을 데리고 궁으로 돌아가 요괴를 이곳으로 유인해 와라! 성안에서 싸우게 되면 많은 사람들이 다칠 수 있으니까!"

유성은 즉시 작은 요괴 아이들을 껴안고 성으로 날아간다.

오공은 공주에게 다가가서 말한다.

"오늘은 내가 반드시 요괴를 붙잡아서 당신을 궁중으로 돌아가게 하겠소. 그러니 공주께서는 어디 조용한 곳에 숨어 계시오."

공주가 어디론가 몸을 피하자, 오공은 어느새 어여쁜 공주의 몸으로 변하여 있다.

한편 성안으로 날아온 유성은 요괴가 있는 궁전의 공중에서 소리친다.

"이놈, 요괴야! 너의 자식을 살리고 싶으면 이리 나오너라!"

술에 취한 요괴는 누군가 자기를 벼락같이 소리쳐 부르자, 벌떡 몸을 세워 위를 쳐다보니 유성이 공중에서 자기의 아들들을 움켜쥐고 있질 않은가?

믿을 수 없는 이 사실에 요괴는 놀라며 소리친다.

"아니, 저 녀석이 어떻게 나의 아이들을 납치했지? 부하들에게 잘 보호하라고 일렀는데!"

유성이 공중에서 아이들을 성벽에다 힘껏 던지자 아이들은 빠른 속도로 성 돌벽을 향하여 날아간다. 요괴는 온 힘을 다하여 전속력으로 그곳으로 달려가 자기의 어린 아이들이 돌벽에 부딪치기 전에 겨우 받아내고 주위를 둘러보니 유성은 어디론가 사라지고 없다.

요괴는 공주가 걱정되어 겨우 살린 두 아이들을 데리고 급히 자신의 동굴로 날아오는데, 먼 빛으로 요괴가 오는 것을 안 오공은 요괴가 도착하기 전에 동굴 앞에서 대성통곡을 한다.

요괴는 아내의 울음소리에 황급히 달려가 안아 일으키며 묻는다.

"여보, 무슨 일이 있었기에 이러오?"

"어찌하여 이제야 오십니까! 오늘 아침에 원숭이 같은 녀석이 우리 아이들을 납치해 갔는데 소식을 모르니 걱정이 되어서 견딜 수가 없어요!"

"걱정 마시오, 이렇게 무사하니까!"

공주로 변한 오공은 아이들을 보자 반가워하며 그들을 껴안고 볼을 비빈다.

"아, 귀여운 내 새끼들! 너희들이 납치되었을 때 이 엄마의 가슴이 찢어질 듯 아팠단다!"

요괴는 공주를 부축하여 동굴 안으로 들어가더니 은밀히 말한다.

"당신의 가슴을 아프게 해서 미안하오. 나에게 보배가 하나 있는데 그것으로 가슴을 문지르면 편안해질 것이오."

요괴가 입 속에서 메추리 알과 같은 사리(이 사리는 오랫동안 호흡을 연마하여 온 몸의 기가 하나로 통하여서 생기는 보물로 아무리 부숴도 깨지지 않는 구슬이다. 부처님의 온 몸은 수천 개의 사리로 되어 있었다고 한다) 하나를 토해내니 찬란하고 영롱한 광채가 난다.

오공은 속으로 기뻐하며 그 귀한 사리를 받자마자 즉시 입 속에 넣고 빙긋이 웃으며 꿀꺽 삼키니, 당황한 요괴는 다시 빼앗으려 했으나 어처구니없게도 이미 오공이 삼킨 뒤다.

이것을 본 요괴는 '이는 내 아내가 아니다!' 싶어 훌쩍 공중으로 치솟아 공주를 잡아 진짜인가? 확인하고자 덤벼드는데 오공은 작은 호두알 같은 주먹으로 달려오는 요괴를 호되게 한 대 치니 요괴는 동굴 벽에 날아가 호되게 부딪쳐 땅에 떨어져 버린다. 요괴는 잠시 정신이 얼떨떨해진 후, 훌훌 털고 다시 일어나더니 오공에게 힘차게 덤빈다.

그들은 서로 몇 번 거센 주먹질을 하더니, 요괴의 발길질에 오공이 나가 떨어지자 요괴는 천둥 같은 고함을 지르며 즉시 큰 칼을 잡고 화가 나서 흰 거품을 뿜으며 오공을 공격한다. 치마를 걸치고 공주의 모습으로 싸우던 오공은 본 모습으로 돌아와 재빨리 밖으로 나가니 요괴도 따라나온다. 둘은 동굴 밖에서 생사를 돌보지 않고 치열하게 싸우다가 왠지 오공은 갑자기 '말의 등을 더듬는다'라는 기법으로 태연하게 한 손은 여의봉을 땅에 집고, 다른 한 손으로는 말의 등을 쓰다듬듯이 다른 방향을 향하여 쭉 내뻗으니…….

이때, 요괴는 오공의 옆쪽에서 빈틈을 보자 큰 칼로 오공의 어깨부터 가슴을 향하여 휙 내려 그으며 자르니 순간에 오공은 즉시 왼발을 뒤쪽으로 물리며 '이파리 밑의 복숭아를 훔치다'라는 기법으로 무섭게 빠른 속도로 요괴의 머리를 내려친다. 깜짝 놀란 요괴는 머리를 옆으로 비끼며 피하려 하다가 그만 가슴을 맞아 피를 토하며 즉사 한다.

동굴 속의 부하 요괴들은 유성에 의해 벌써 죽음을 당하였고, 공주와 작은 요괴 아이들만 남아 늑대요괴의 죽음을 바라보고 있는데…… 어찌된 일인가?

요괴의 모습은 차츰 사라지고 어제 변했던 아름다운 그 모습으로 변하는 것이 아닌가?

저것이 정말 내 남편의 본 모습인가? 싶어 공주는 어이가 없어서 놀라 한다. 그러다가 차츰 무언가 오래된, 잊혀진 전설 같은…… 꿈속에서만 가끔

어릴 때부터 보던 그 슬프고 아름다운 옛날 이야기가 자기의 전생 이야기였던 것을 현실로 본 공주는 그만 왈칵 눈물을 흘리며 요괴(꿈속에서 사랑하던 이)의 시체를 감싸안고 커다란 울음을 터뜨린다.

"아!……당신이, 당신이 내 꿈속의 사랑하는 그 사람이었을 줄이야!……"

    아무리 아름다운 어여쁨도
    아침 이슬 따라 흩어지고
    고귀한 좋은 향기라도
    저녁 바람에 흘러 사라지네……
    어찌하여 잎들이 다 진 후에야
    모든 것이 허무한 것을 아는가?

공주가 요괴를 껴안고 한없이 슬퍼하며 울고 있는 것을 본 오공은 즉시 하늘로 올라가 요괴의 정체를 알아본다.

그는 늑대 별자리의 신으로서 하늘 궁전의 한 여인과 서로 사랑하게 되자, 육체적인 사랑은 지상의 몸이 필요하므로 그녀를 먼저 이 세상에 내려보내어 공주로 태어나게 한다. 이 공주가 자라나 성숙한 여인이 되자 자신도 그 근처의 깊은 산에 내려오니, 하늘에서 강한 욕망을 품은 마음으로 이 세상으로 내려오자 그는 거친 늑대요괴로 변한다.

오공은 옥황상제를 뵙고 이런 사연을 말하니, 하늘의 황제께서는 27별들의 신들을 불러 명령하신다.

"그의 영혼을 불러오라!"

이에 27별의 신들이 모두 공중의 구름 위에 올라서서 함께 주문을 외우니, 방금 전에 오공에게 맞아 정신을 잃고 죽은 늑대신의 영혼은 차츰 시체에서 빠져 나와 들려 올려지며 하늘의 신들에게 돌아온다.

하늘에서 땅으로 다시 돌아온 오공은 유성과 공주, 그리고 아이들을 안고 축지법을 써서 순식간에 국왕에게 돌아온다.

이 모든 사실들을 들은 국왕은 감탄을 하며, 삼장도 요괴가 죽음으로 인해 술법에서 풀려난다. 이리하여 모든 일들이 다시 평화롭게 되었지만, 공주만이 슬픈 눈으로 저 멀리 허공 속에 떠 있는 한 점의 구름을 바라보고 있다.

누구도 그녀의 슬픔을 달랠 수 없어 가까이 다가가지 못하고 안쓰럽게만 생각하고 있는데, 삼장은 공주에게 다가가서 조용히 말한다.

"우리 모두는 먼 과거를 잊고 살지만, 사실 아련한 과거의 일들에 의해 사랑하고 싫어하는 마음이 생기므로 이런 것은 영원한 고뇌의 씨앗이 될 뿐입니다. 우리 일행은 그런 아픔의 번뇌를 떠나고자 여행을 하고 있는 것입니다."

이 말은 공주의 가슴에 깊이 자극하여 그녀는 차츰 깊은 도의 경지에 든다.

과거의 마음을 떠나라!
현재의 마음을 떠나라!
미래의 마음을 떠나라!

과거의 모든 일들은 이미 지나갔고
현재의 시간들도 멈추지 않고 항상 흐른다.
미래의 날들은 아직 오지 않았는데 무엇을 기다리는가?

영원히 흐르는 시간 속에 매 순간마다 항상 느끼며 살아간다면
대자연의 도를 깨달으리라. 흐름 속에 고요함이여!

금뿔마귀 은뿔마귀

다시 길을 가는 삼장 일행은 도중에 배가 고프고 목이 마른 때가 허다하나 밤이 가고 낮이 가니…… 삭막한 벌판 위에서 겨울의 찬바람에 불려 이리저리 와르르 굴러다니던 마른 나뭇잎들도 사라지고 어느덧 봄이 다가온다. 훈훈한 봄은 새들에게 즐거운 노래를 주고 따뜻한 기운은 온갖 꽃들을 활짝 피우니 이 땅에 가득한 향기가 어지럽게 춤을 춘다.

일행은 새 봄의 아름다운 들판에 묻혀 길을 가는데, 저 앞에 하늘을 찌를 듯하나의 큰 산이 커다란 벽처럼 높이 서 있다. 검은 호랑이가 나타나고 하얀 까마귀가 울부짖는 까마득히 높은 산 위의 저쪽 봉우리에서는 벌써 두 마리의 요괴들이 삼장 일행을 바라보며 기다리고 있다.

하나는 금뿔대왕. 하나는 은뿔대왕.

그들은 저 멀리 삼장의 머리 위에 상서로운 기운이 떠돌고 있는 것을 바라보면서 금뿔대왕이 말한다.

"드디어, 기다리던 먹이가 오는군!"

동생이 되는 은뿔대왕이 묻는다.

"형님은 왜 그 중을 잡아먹으려고 합니까?"

"들리는 소문에 의하면 저 중을 잡아먹으면 500년은 더 오래 산다고 하더군! 저기를 봐라, 오랫동안 수행한 정신의 깨끗한 기운을!"

하며 손가락으로 가리키는데 부하 요괴들에게는 보일 리가 없다.

한편, 삼장은 온몸이 오싹오싹 한기가 돌고 소름이 끼치니, 이는 금뿔마귀가 삼장 머리 위의 기운을 향해 손가락으로 가리킬 때마다 일어나는 현상이다.

삼장은 힘없이 말한다.

"얘들아, 내가 왜 이리 갑자기 몸이 좋지 않은지 모르겠구나."

오공은,

"사부님이 먼 길을 걸으셔서 피곤하고 또 혹시, 저 산에 무엇이 있을까? 하여 조금 놀라셔서 그렇습니다. 이 오공이 있으니 걱정 마십시오!"

하며 여의봉을 몇 번 붕붕 휘두르니 찬란한 금빛이 사방으로 멀리 뻗친다. 이렇게 사부를 안심시키며 전진하는데, 멀리 산꼭대기에서 이를 지켜보는 금뿔마귀는 놀란다.

"과연, 손오공의 기운은 신비에 가깝군!"

이에 여러 부하 요괴들이,

"대왕님, 놈이 아무리 힘이 세도 우리가 여럿이 한꺼번에 달려들어 때려 잡으면 안 됩니까?"

"어림도 없는 소리! 너희들 정도야 4~5백 명쯤은 한순간에 그의 철봉에 당할 것이다."

이에 은뿔대왕은,

"형님은 동굴 안으로 들어가 계십시오. 나에게 좋은 수가 있으니 저 중을 곧 잡아 오겠습니다."

은뿔은 곧장 산 아래로 날아 내려가 도사로 변했는데, 긴 흰 수염에 얼굴은 수려하고 눈빛은 맑다. 그는 삼장 일행이 오는 길 한쪽에 누워 끙끙대며 앓기 시작하는데, 한쪽 다리에는 피가 흥건히 젖어 있다.

이곳을 지나가며 그를 본 삼장은 말을 멈추며 묻는다.

"이렇게 깊은 산속에서 변을 당하다니…… 노인께선 어떻게 이렇게 다치셨습니까?"

엉큼한 요괴는 다 죽어가는 목소리로 말한다.

"스님, 저는 이곳에서 멀지 않은 암자에 살고 있습니다. 오늘 아침 길을 가는데 갑자기 호랑이 한 마리가 나타나 저의 제자는 물려 갔고 저는 도망치다가 이렇게 다치게 되었습니다. 저의 암자까지만 데려다 주시면 고맙겠습니다."

삼장은 도사가 도저히 걸을 수 없는 것을 알고 오공에게 업게 한다.

오공은 그를 업으며 속으로,

'이 마귀 놈!…… 네가 우리를 속이며 사부님을 잡아먹으려 하지만, 웃기지 마라! 내가 속을 줄 아느냐?'

삼장과 유성은 앞에 가고 오공은 뒤따르는데, 얼마를 가니 올라가는 길은 험하고 높아서 요괴의 몸이 점점 무거워지며 삼장·유성과 오공의 거리는 점점 멀어진다.

저 멀리 앞에 걷고 있는 삼장이 보이지 않자, 오공은 이 요괴를 더 이상

업고 갈 필요가 없다고 결정내려 내동댕이치려 하였으나, 이를 알아차린 요괴는 이미 산을 옮기는 술법을 써서 근처 히말라야의 5천 미터나 되는 산을 불러 오공의 머리를 누르려 한다.

오공은 재빠르게 머리를 피하여 오른쪽 어깨에 둘러메며,

"홍! 이 따위 몸을 누르는 술법으로는 나에게 어림도 없지!"

요괴는 또다시 아미산(어메이산)을 옮겨 누르려 하니, 오공은 왼쪽 어깨에 거뜬히 떠멘다. 두 개의 큰 산을 어깨에 메고 쏜살같이 뒤따라오는 오공을 보자, 요괴는 당황하며 근처의 3천 미터 되는 큰 산을 옮겨 누르니 오공은 드디어 탈진하여 비명을 지르며 눈·코·귀·입의 일곱 구멍에서 피를 내뿜는다.

요괴는 급히 바람을 일으켜 삼장의 뒤로 날아가서 구름 위에서 손을 뻗쳐 삼장을 움켜잡으려 하니, 이를 본 유성은 당황하며 스승을 지키기 위하여 칠성검을 빼들고 싸우는데 요괴의 검과 유성의 검이 서로 부딪치며 번갯불처럼 번쩍인다.

얼마 싸우지 않아 요괴가 몸에 지닌 부채를 꺼내서 유성에게 부치자, 강한 불바람이 쏟아져 나와 유성이 이를 피하는 사이에 요괴가 은줄을 던지니 순식간에 유성의 몸을 감아 버린다. 요괴는 유성을 왼손으로, 삼장을 태운 말은 통째로 오른손으로 움켜잡고 바람같이 동굴로 날아서 도착한다.

"형님, 이놈들을 잡아 왔소!"

동굴 밖으로 나오는 금각대왕은 크게 기뻐하며,

"그래? 어디 보자!"

하며 가지고 있는 그림과 대조해 보니 틀림없는 삼장이다.

"그런데, 한 놈이 빠졌군! 그렇다면 안심하고 잡아온 녀석들을 먹을 수 없

지. 이 오공 녀석은 신통력이 무서워서 우리를 가만두지 않을 거야!"

"그 녀석은 내가 세 개의 큰 산으로 눌러 놓았으니 걱정하지 마시오."

"하지만, 반드시 그 녀석부터 잡아먹어야 내 마음이 놓일 것 같네."

은뿔은 삼장과 유성을 동굴 천장에다 매달고 난 후, 부하요괴 두 명에게 호로병을 주어 오공을 잡아오게 한다.

"너희들은 산 아래로 내려가 세 개의 큰 산들에 눌린 녀석에게 가서 '오공아!' 라고 불러라. 이에 그 녀석이 대답하면 이 병 속으로 들어갈 것이니 즉시 병마개를 닫으면 한 시간 후엔 녹아버릴 것이다."

부하요괴 둘은 즉시 산 아래로 달려 내려간다.

한편 오공은 세 산 밑에 눌려 괴로움에 허덕이니 이 소리에 놀란 세 산의 산신들 중 아미산 산신이 오공을 보고 깜짝 놀라 묻는다.

"당신은 혹시 오공이 아니시오?"

이 묻는 말에 오공은 아직도 기운 찬 목소리로,

"무엇 때문에 묻느냐?"

"정말 죄송합니다! 우리들은 마귀가 산을 옮기는 주문을 외워서 산을 이리로 날라 왔지만 밑에 깔리는 분이 오공님인 줄 미처 몰랐습니다!"

"그렇다면 너희들을 때리지는 않을테니, 이 산들을 빨리 치워라!"

"아…… 예? 예!"

아미산 산신은 즉시 다른 두 산신들에게 말한다.

"빨리 그대들의 산을 옮기시오! 조금이라도 늦어져 이분이 화를 내면 나중에 우리들을 근육이 떨어져 나가고 힘줄이 끊어질 정도로 때릴 것이오!"

산신들은 두려워 어쩔 줄 모르며 오공에게서 자기들을 때리지 않겠다는 약속을 받고서 산을 옮긴다.

산 밑에서 풀려난 오공은 아직도 화가 나서 말한다.

"내가 조금 시간만 있어도 이 산신 녀석들을 20대씩 때려 줄텐데!"

오공은 요괴의 술법에 갇힌 억울함에 하늘을 올려다보며 소리친다.

"오, 하느님! 제가 학문과 여러 가지 술법을 배웠고 오래 사는 비법을 전수 받았으나 산을 움직이는 기술은 아직 배우지 못했는데 어찌하여 한낱 요괴에게 그토록 큰 재주를 주셨습니까?"

이때, 저 멀리에서 붉은 기운이 치솟아 오르자, 오공의 옆에서 이를 보던 아미산 산신은 그곳을 손가락으로 가리키며 말한다.

"오공, 저것은 요괴의 보물에서 나오는 기운입니다. 저들은 호리병, 황금 줄, 불부채의 강한 보배를 세 개나 갖고 있으니 조심하십시오!"

하면서 그는 아미산을 지고 사라진다.

오공은 즉시 키가 작은 늙은 도사로 변한다. 그것은 산신에게서 이곳엔 도사들이 많이 살고 있다는 소리를 들었기 때문! 잠시 후, 마귀의 두 부하요괴가 걸어오자, 도사로 변한 오공은 여의봉을 슬쩍 요괴들에게 던지니 그들은 순간, 거세게 나자빠졌다가 툴툴 털고 일어나며,

"보아하니 도인인 듯한데? 우리를 놀라게 했지만 용서하겠소. 우리 대왕님은 도사들을 높이 받드시는 분이거든!"

오공도사는 빙글빙글 웃으며,

"그것 고맙군. 어린애들이 학문 깊은 늙은 도사님을 뵙는다는 게 쉬운 일은 아니지!"

이에 두 요괴가 자세히 도사를 살펴보니, 자기들 산의 도사가 아니다.

"실례지만, 이곳의 도인은 아니신 것 같은데…… 어디서 오셨습니까?"

"봉래산에서 온 신선이니라!"

오공신선의 이 말에 두 요괴는 단박에 무릎을 꿇고 절한다.

"신선님, 저희들이 미리 알아보지 못하여 죄송합니다!"

"이제 알았으니 됐다. 사실 내가 오늘 너희들의 산에 온 목적은, 내가 지닌 도를 전수할 마땅한 인재를 구하기 위해서이다. 누구든지 나를 따라갈 사람은 없느냐?"

두 요괴는 서로 다투어 오공신선의 제자가 되고자 한다. 이에 오공신선은 슬그머니 물어본다.

"그래, 너희들은 지금 어디로 가는 거냐?"

"저희들은 지금 저기 산 아래 깔린 손오공을 잡으러 가는 길입니다."

"그놈은 신통력이 대단한데, 어떻게 너희들이 잡을 수 있느냐?"

"간단합니다! 이 병을 열고 그를 불러서 그가 대답만 하면 이 속에 들어가 버리니 병 뚜껑을 닫고 몇 번 흔들면 한 시간 후에 놈은 녹아 버립니다."

"어디, 좀 보자."

두 요괴는 선뜻 호로병을 보여준다.

오공은 그것을 손바닥 위에 올려놓고 이모저모 뜯어보다 순간 이것을 뺏어 버릴까? 생각하다가 그것은 자신과 사부의 명예를 훼손시키는 것임을 알고 머리를 흔들며 참는다.

오공은 병을 돌려주고 그들이 한눈을 파는 사이 허리 뒤에서 꼬리털 하나를 뽑아 또 다른 호로병을 하나 만든 다음,

"이번에는 나의 병을 보여주겠다."

하며 두 요괴에게 건네주며,

"너희 병은 사람들만 잡아 넣지만, 내 것은 하늘도 잡아 넣을 수 있지!"

"정말요? 그렇다면 우리들의 호로병과 바꾸고 싶으니 보여주세요!"

"약속하지?"

"그럼요!"

"그렇다면, 잠시만 눈을 감고 있거라. 내가 비법을 쓸 약간의 시간이 필요하니까?"

그들이 두 눈을 감고 있는 사이에 오공은 가짜 오공을 만들어 세워놓고 진짜는 즉시 하늘로 솟구쳐 올라가 그 옛날 오공을 잡았던 북쪽 하늘에 사는 진군에게 가서 인사하며 잠시만 하늘을 가려달라고 부탁한다. 다시 급히 땅에 돌아온 오공은 실눈을 뜨고 슬쩍 하늘 위를 쳐다보니 진군이 검은 깃발을 들고 구름 위에 서 있다.

"자, 이제 하늘을 이 병 속에 잡아 넣겠으니 눈들을 뜨고 똑바로 보거라!"

두 요괴는 눈을 동그랗게 뜨고 오공의 하는 모양을 뚫어져라 쳐다본다. 오공이 호로병을 하늘에 던지며 소리친다.

"하늘은 이 병 속으로 들어가라!"

병은 하늘 위에서 가볍게 떠 올랐다가 땅 위로 떨어진다. 이때 진군이 검은 깃발을 펼치니 해와 달 그리고 별들도 보이지 않는 깜깜한 밤이 된다.

두 요괴는 깜짝 놀라 어둠 속에서 오공에게 묻는다.

"사부님, 왜 이렇게 어둡습니까?"

"너희들이 하늘을 잡아 넣어 보라고 하지 않았느냐? 그러니까 어둡지!"

잠시 후에는 너무 깜깜하여 옆 사람의 얼굴도 보이지 않는다.

두 요괴는 손을 휘저으며,

"사부님, 어디 계십니까? 그리고 여기는 어디입니까?"

"여기는 천 길도 넘는 절벽 위니라! 한 발만 잘못 디뎌도 며칠은 계속해서 떨어지는 끝없는 절벽이니 조심들 해라!"

두 요괴는 기겁을 하며 말한다.

"사부님, 이제 그 호로병의 위력을 알겠으니 우리들을 있던 곳으로 데려가 주십시오!"

오공은 소리친다.

"하늘은 다시 나오너라!"

그러자 금세 주위는 밝아지고 햇볕이 비치며 낮이 돌아온다. 두 요괴는 얼른 자기들의 호로병을 오공에게 주며 맞바꾸는데,

"너희들, 정말 무슨 일이 있어도 다시 되바꿔주지 않는다!"

"그럼요! 저희들이 이 약속을 깬다면 평생 머리에 부스럼 병을 앓기로 맹세하지요!"

그들의 호로병을 가진 오공은 문득 구름 위로 올라가 진군에게 감사드린 후 아래를 내려다보니, 두 요괴는 아직도 가짜 호로병을 진짜로 알고 구경하다가 문득 옆에 있던 신선이 사라져 버린 것을 느낀다.

"어? 신선님이 없어졌네?"

"정말! 왜 갑자기 사라졌지?"

조금 이상한 느낌이 들은 그들은 시험 삼아 가짜 호로병을 하늘에 던지며 소리치니 그냥 털썩 떨어질 뿐 아무것도 바뀌지 않는다.

두 요괴는 혹시나 해서 다시 위로 던지며 소리친다.

"하늘아, 이 병 속으로 들어가라!"

오공은 구름 위로 날아오는 병을 털로 바꾸어 꼬리에 붙이니 온 데 간 데 도 없는 병을 찾느라 요괴들은 서로의 옷자락이며, 풀 속, 나무 위, 사방을 찾다가 결국 포기하고 울면서 동굴로 돌아간다.

오공은 파리로 변하여 한 녀석의 머리통에 찰싹 붙어서 동굴 안으로 따라

들어간다. 물론, 호로병은 여의봉처럼 크기를 마음대로 할 수 있는 보물이어서 콩알만 한 파리로 변한 오공의 몸에 달려 있다.

이때, 한창 술을 마시고 있던 금뿔대왕, 은뿔대왕은 심부름을 시켰던 두 요괴가 다가오자 묻는다.

"손오공은 잡아 왔느냐?"

"그게, 저…… 실은 그 녀석의 꾀에 속아서 대왕님의 병을 빼앗겼습니다!"

하며 사실대로 얘기하니 금뿔은 화를 내며 걱정한다.

"이것, 큰일 났구나! 그 녀석에게 귀한 호로병을 빼앗기다니!……"

"염려 마십시오. 형님! 우리에겐 아직도 두 개의 보물이 있으니 그것을 써서 그놈을 잡으면 되니까!"

은뿔은 다른 부하녀석 둘을 불러 명령한다.

"너희들은 곧장 우리 어머님에게 가서 특별한 중의 고기도 잡수실 겸 황금 줄도 갖고 오시라고 해라! 오시는 길에 할머님을 잘 보호하도록!"

그들은 "네!" 하고 씩씩하게 대답하며 부지런히 길을 나선다.

요괴왕의 하는 말을 듣고 한참 부하요괴들을 따라가던 파리오공은 저 아래 숲 속에 돌 집이 보이자, 그곳에 할머니 요괴가 살고 있음을 눈치채고 여의봉으로 두 요괴를 후려치니 그들은 순식간에 온몸이 바스라져 흩어지며 피범벅이 되어 버린다.

오공은 그들을 숲 속에 숨겨두고 자신과 한 개의 꼬리털은 죽은 두 요괴로 변하여 할머니 요괴를 찾아가는데, 돌문이 있는 집에 당도하여 큰소리로 주인을 부르니 한 여자 요괴가 나오며 묻는다.

"당신은 누구요?"

"우리는 금뿔, 은뿔대왕님의 명령으로 할머니를 모시러 왔습니다."

여자 요괴가 들어오라 하여 돌 대문을 지나 안으로 들어가니 한 노파가 높은 마루 위에 앉아 있는데 이빨은 숭숭 빠졌으나 혈색도 좋고 눈빛도 차갑게 반짝이며 머리에는 비단 수건을 감았다. 순간, 오공은 왠지 노파에게 범상치 않은 기를 느껴 주춤하면서 가까이 가지는 않고 문득 생각한다.

'저 노파가 보통이 아닌데! 절을 하지 않자니 의심 받을 것 같고…… 내가 태어나서 여지껏 절한 사람은 세 사람! 옥황상제, 관음보살, 그리고 사부님뿐인데 저 보잘것없는 할망구에게 절을 해야 하다니!…….'

오공은 그래도 꾹 참고 다짜고짜 마루 쪽에다 절을 하며,

"마님께 인사 드립니다."

노파는 빙긋이 웃으며 말한다.

"고개를 들거라."

오공은 속으로 '흥 제멋대로군!' 하며 말한다.

"저의 대왕님이 말하시기를 할머니께서 삼장이라는 중의 고기를 먹으러 오시는 길에 황금줄을 가지고 오시라고 합니다."

노파 요괴는 즐겁게 웃으며 두 사람의 가마꾼을 시켜 가마를 들리게 하여 길을 가는데 4,5킬로미터쯤 왔을까? 오공은 일행을 잠시 쉬게 한다.

오공은 앉아 쉬고 있는 두 요괴 가마꾼들을 사정없이 쳐 죽이니 밖이 어수선하자, 노파는 머리를 가마 밖으로 내미는데 기다리고 있었다는 듯 오공은 여의봉으로 할머니 요괴의 머리를 사정없이 내리쳐 박살낸다. 가마에서 노파의 시체를 끌어내보니 한 마리의 커다란 아름다운 꽃뱀이다.

"이런 못된 짐승이 뭐? 마나님이라구? 그렇담, 나는 태조 할아버지다!"

죽은 커다란 꽃뱀의 시체에 올라선 채 그녀의 아름다운 몸을 바라보던 오

깨달음으로 가는 여행

공은 뱀의 가죽을 순식간에 벗겨서 똘똘 말아 옷 속에 넣는다.

"이제, 날씨가 따뜻해 질테니 이것으로 옷(짧은 치마)을 만들어 입어야지!"

오공은 노파로 변하고 꼬리털을 뽑아 두 명의 가마꾼을 만들어 자기를 태우고 동굴에 도착한다.

"어이구, 빨리도 오셨습니다!"

그녀가 오는 것을 반갑게 맞이하는 금뿔, 은뿔대왕 형제는 오공할머니를 동굴 안으로 모시니 대담한 오공은 할머니의 흉내를 내느라 허리를 구부리고 갸우뚱거리며 요괴왕들의 뒤를 따라 아장아장 걸어간다. 이윽고 오공할머니를 가장 높은 자리에 앉히고 두 마귀가 그 아래에서 무릎을 꿇고 절을 올린다.

"어머님, 절 받으십시오!"

"오냐! 그래, 그 동안 잘 있었느냐?"

그런데 천장 위에 매달려 있는 유성이 할머니가 허리를 구부릴 때, 치마 밖으로 슬쩍 나온 원숭이 꼬리를 보게 된다.

유성은 오공을 놀려줄 양으로 소리치듯 노래한다.

"꼬리가 길면 걸리지! 꼬리가 길면 잡히지!"

이 말을 들은 오공할머니는 유성을 흘겨보며,

"너희들이 나를 초청해서 고맙다. 그런데 나는 왠지 저 중의 고기보다는 저쪽에 매달려 있는 허여멀건하게 키가 큰 제자녀석이 더 먹고 싶구나."

"그럼, 저 녀석부터 잡아먹지요."

이렇게 금뿔대왕이 대답하고 있을 때, 밖에서 요란한 소리가 들린다.

"대왕님, 큰일 났습니다! 이곳에서 얼마 떨어지지 않은 곳에 진짜 노마님의 시체가 있습니다."

이에 깜짝 놀란 두 마귀왕은 당장에 칼을 빼어 오공에게 뛰어든다. 그러나 재빠른 오공은 훌쩍 몸을 날리니 어느새 온 데 간 데가 없다. 이는 바로 기를 흩트려서 숨는 기술이다.

금뿔마귀는 오공의 재주에 머리를 설레설레 흔들며,

"동생, 아무래도 매달린 저 녀석들을 오공에게 내주는 것이 나을 것 같네! 잘못하면 일이 더 크게 벌어질 수 있을 것 같아 걱정이 돼!"

"형님, 무슨 말씀을 그렇게 하십니까? 우리 어머님의 원수도 갚아야 하는데 저 녀석의 잔꾀를 두려워하시다니! 걱정하지 마시고 여기 계십시오. 내가 곧 잡아 올테니."

은뿔 요괴는 매화꽃을 장식한 은빛 찬란한 갑옷을 입고 머리에는 백설 같은 흰 모자를 쓰고 보검을 거머쥔 채 동굴 밖을 나오며 소리친다.

"손오공은 비겁하게 숨어 있지 말고 어서 나오너라!"

구름 위에서 그를 바라보는 오공은 소리치며 뛰어 내린다.

"이 마귀야! 우리 사부님과 아우, 백마를 내보내라! 아니면 너의 목숨이 오늘을 넘기지 못할 것이다!"

마귀와 오공은 서로 대들어 싸우기 시작하는데 요괴가 회오리바람처럼 몸을 돌리며 오공에게 칼을 휘두르니 오공은 나는 제비처럼 요리조리 잽싸게 피하다가 여의봉으로 녀석의 배를 한번 팍 찌르니 요괴는 동굴 벽에 사정없이 부딪쳐 나가떨어진다.

겨우 일어난 요괴는 이번에는 말 탄 자세(기마세)의 보법으로 오공의 허리를 향하여 좌우 수평으로 칼을 긋다가 갑자기 십자로 내리치며 올려치는 찰나 오공은 여의봉으로 칼을 후려 내려치며 그 반동으로 요괴의 머리를 과일 따듯 익숙한 솜씨로 쳐버리자, 요괴는 즉시 '호랑이의 안기'라는 식으로 여의봉을 왼손으로 막아 잡으며 보검으로 오공의 가슴을 찌른다. 이에 오공은 요괴의 머리 위 공중으로 뛰어오르며 요괴의 머리 뒤에서 뒷발로 '말 뒷꿈치 차기'라는 식으로 요괴의 뒷머리를 발꿈치로 차버리니 요괴는 다시 몇 미터 앞으로 날아가 퍽 하며 고꾸라진다.

화가 머리끝까지 난 요괴는 두 발로 땅을 박차며 공중으로 뛰어올라 날카로운 얼음칼이 떨어지듯 오공의 정면으로 내려 꽂는데, 오공은 문득 요괴할머니에게서 뺏은 황금 줄을 시험 삼아 써볼 요령으로 요괴에게 던져 묶으니, 아뿔싸! 무슨 물건이든 주인이 써야 효과가 있는 법! 공중에서 줄에 묶인 은뿔요괴는 즉시 밧줄을 풀고 오공에게 되던지며 주문을 외우니 황금 줄은 즉시 오공의 몸을 묶어 버린다. 마귀는 순간 공중에서 내려오며 보검으로 오공의 머리를 내리친다. 깡! 불똥이 튀며 강한 쇳소리와 함께 오공의 머리는 상처는커녕 머리털 하나도 안 잘린다.

"이 원숭이 놈의 대가리는 단단하기도 하네? 그렇다면 다른 방법을 써야지!"

은뿔요괴가 오공의 몸에서 호리병을 찾아내고 꽁꽁 묶인 오공을 동굴로 끌고 오자, 금뿔마귀는 기뻐서 입이 함지박만큼 커진다.

그들은 이제 삼장 일행을 삶아 먹으려고 부지런히 불을 피우고 준비를 하며 마귀왕 형제가 즐거운 축배의 술잔을 들고 있는 틈을 타서 오공은 여의봉을 작은 쇠줄로 만들어서 대여섯 번 쓱쓱 문지르니 오공을 묶었던 줄은 힘없이 끊어진다.

오공은 가짜 자기를 만들어 묶은 줄에 매달아 놓고 재빨리 동굴 밖으로 나가서 소리를 지른다.

"요괴야, 나오너라!"

술을 마시던 금뿔요괴가 깜짝 놀라며,

"저게 또 누구냐?"

하니 은뿔요괴는,

"형님, 겁낼 것 없소. 어떤 녀석이든 이 호로병에 넣어 녹이면 되니까!"

은뿔이 동굴 밖으로 나가보니 오공보다 약간 키가 작은 녀석이 하나 서 있다. 요괴는 소리친다.

"네 놈은 누구냐?"

"내 이름은 공오손이다! 네 놈들이 나의 형님을 잡아갔다기에 내가 구하러 왔다!"

"그럼, 너는 내가 부르는 말에 먼저 대답해 보아라! 공오손아!"

하고 오공의 이름을 거꾸로 부르니 오공은,

'설마 잘못된 이름에 대답 했기로 별일은 없겠지?……'

라고 생각하는데 요괴는 다시 "공오손!" 하고 부르니 오공은 그만 참지 못하고 대답한다.

"응?"

호로병은 당장 오공을 빨아들인다.

마귀는 만족한 듯 웃으며 병뚜껑을 닫고 자리에 돌아와 술을 마신다. 어두컴컴한 병 안에 갇힌 오공은 더럭 겁이 났다.

'혹시, 이 진흙 같은 끈끈한 것에 내 몸이 녹지는 않겠지?!……'

시간이 약간 지나자, 오공은 점점 초조해진다. 전번에 부하 요괴들의 말에 이 병 속에 들어오면 한 시간도 못되어 녹는다는 무시무시한 말이 생각났기 때문이다.

'나의 몸은 쇠보다도 더 강하니까, 녹지는 않겠지!'

그래도 은근히 걱정되어,

'혹시, 오줌을 싸놓으면 괜찮지 않을까?'

오공은 병 속에서 쪼르르 오줌을 싸놓은 후에 그래도 안심이 안 되어 마귀가 뚜껑을 열면 곧장 도망치려고 꾀를 부려 병 속에서 소리친다.

"아이고! 내 팔, 내 다리가 다 녹네!……."

그러나 마귀는 뚜껑을 열지 않는다.

"사람 살려! 허리뼈까지 녹네!……."

그제사 마귀가 병 뚜껑을 열며 힐끔 안을 보니 이 틈에 오공은 털을 뽑아 반쯤 녹은 가짜 오공을 만들고, 진짜는 재빨리 매우 작은 벼룩으로 변하여 톡 튀어나와 부하 요괴로 몸을 변한다.

오공이 변한 부하요괴는 두 마귀가 술을 주거니받거니 하는 사이에 가짜 호로병을 만들어 슬그머니 진짜와 바꾼 다음 동굴 밖으로 나와 소리를 지른다.

"이 괴물들아, 문을 열어라!"

이 고함소리에 은뿔대왕이 가짜 호로병을 들고 나가보니 오공은 소리친다.

"네 이놈! 나는 손오공의 아들 오공손인데 네 녀석이 나의 아버지와 형님을 잡아갔다고 하기에 복수하러 왔다!"

"나는 너와 싸우기 싫으니 내가 너의 이름을 부르면 대답할 수 있나?"

"나도 너의 이름을 부르면 대답할 수 있나?"

이를 의아하게 생각하는 마귀에게 오공은 호로병을 보여주며,

"나도 네 것과 똑같은 게 있지. 네 것이 암컷이라면 내 것은 수컷이다!"

하며 얼른 보였다가 행여 뺏길세라 곧 뒤로 감춘다.

마귀는 속으로 놀랐지만,

'어쨌든, 누가 먼저 병 속에 잡아 넣느냐? 하는 게 중요하지!'

마귀가 "오공손!" 하고 부르니 오공은,

"응? 왜? 나다! 그래! 불렀니? 왜, 또 부르니?"

하며 대답했지만 오공은 그대로 있다.

마귀는 발을 구르며,

"이럴수가? 보배도 암컷이 수컷에게 기를 못 피다니!……."

이번에는 오공이 "은뿔대왕!" 하고 부르니 마귀는 약간 두려운 마음에 입을 조금만 벌리어 "응?" 하니 순식간에 병 속으로 빨려 들어간다. 오공이 즉시 뚜껑을 닫으니 은뿔마귀의 운명은 여기서 끝이 난다. 오공이 병을 몇 번 흔들어보니 벌써 반은 녹아서 출렁거리는 소리가 난다.

오공이야 돌에서 태어났고, 먹으면 죽지 않는다는 귀한 과일들과 단약들을 많이 먹었으며, 불 속에서 49일 동안 단련도 했으니 몸이 여간 단단하겠는가? 마귀의 몸은 아직도 보통의 몸을 벗어나지 못했기 때문에 병 속에 들어가자 마자 녹아버린 것이다.

오공이 호로병을 찰랑찰랑 흔들며 동굴 앞에 당도하자, 금뿔대왕을 위시하여 부하요괴들이 은뿔대왕의 죽음을 슬퍼하며 운다. 금뿔요괴왕은 빨간 비단옷에 용의 비늘이 덮인 갑옷을 입고 보검과 불 부채를 들고 동굴을 나오는데, 그의 웅장한 고함소리는 벽력같아서 산이 무너질듯 움직인다.

"네 놈이 감히 나의 동생을 죽이다니, 용서할 수 없다!"

"흥, 일개 요괴에 지나지 않는 것들이 우리 사부님을 고생시키다니, 너는 오늘이 제삿날이다!"

이에 수백 명의 부하요괴들이 오공에게 창칼로 덤벼드니 그래 봐야 오공에겐 늦가을 바람에 불리는 낙엽들 정도이다. 오공이 몇 번 여의봉을 거칠게 마구 휘둘러대자, 수백 명의 많은 부하요괴들은 오공에게 맞아 모두 피범벅들이 되어 나뒹굴며 쓰러진다.

이것을 본 금뿔요괴는 당황하며 급히 불 부채로 오공에게 부치니 시뻘건 불길이 번갯불처럼 날아가며 온 산을 태우는데, 한가닥 연기도 없이 마치 붉은 비단을 펼쳐놓은 것처럼 나무들도 바위도 녹여 버린다.

이 무서운 불길을 본 오공은 무서움에 아랫니가 딱딱 마주친다. 오공은 재빨리 구름을 타고 요리조리 불길 사이를 피해 날아가서 동굴 안으로 들어가 보니 아까 싸움에서 다친 요괴들이 신음하며 흩어져 누워 있다. 짓궂은 오공은 즉시 여의봉으로 그들을 모두 때려 죽이니, 이 광경을 본 삼장과 유성은 오공의 잔인함에 그만 눈을 감는다.

이때, 돌아온 금뿔요괴가 자기의 부상당한 부하요괴들이 오공에게 죽음을 당하는 것을 보고 불 부채를 쓰려 하니 오공은 잽싸게 밖으로 달아나고 동굴안에 여기저기 죽어 있는 부하요괴들을 본 마귀는 하늘을 우러러 대성통곡을 하며 슬퍼한다. 늙은 마귀는 외롭고 슬퍼서 걸음걸음마다 울고 또 울다가 죽은 시체들만이 즐비한 텅 빈 적막한 동굴 속에서 갑옷을 입은 채로 쓰러져 울다가 그만 지쳐 잠이 든다.

밖으로 도망친 오공이 다시 동굴 안으로 조심스럽게 들어와 살펴보니 괴이하게 조용한 속에 늙은 마귀가 슬픈 표정으로 비스듬이 침대에 기대어 잠들어 있다. 오공은 살금살금 다가가서 부채를 날쌔게 뽑아 도망을 치니 잠결에 이상한 느낌이 들어 피로한 눈을 뜬 마귀는 부채를 들고 도망가는 오공을 본다.

분노한 마귀! 허리에 찬 보검을 빼들고 뒤쫓아가 오공과 싸우는데, 수십 번을 여의봉과 보검이 교차하자 마귀는 오공의 강한 힘에 밀려 기진맥진 하더니 결국 패하여 할머니 요괴가 살던 곳으로 도망친다.

그곳에서 여자 요괴들에게 할머니 요괴가 죽은 것을 알리고 외삼촌 요괴에게 구원을 청하니, 이미 소식을 들은 외삼촌 요괴는 긴 머리와 칼날 같은 귀에 쇠사슬로 만든 갑옷을 입고 3백여 명의 요괴들을 이끌고 온다.

"너희들은 상심할 것 없다! 우리들이 그놈들을 처치할테니!"

금뿔대왕과 외삼촌 요괴왕은 당장에 2백여 명의 여자 요괴들과 3백 명의 부하요괴들을 거느리고 바람에 부는 구름처럼 오공이 있는 동굴을 향해 쏜살같이 달려간다.

이때 오공은 삼장과 유성을 풀어주고 말과 짐을 되찾은 후 동굴을 떠나려고 하는데, 아래 산쪽에서 난데없이 요기로운 바람소리가 들리며 남녀 요괴들이 새까맣게 달려온다.

깜짝 놀란 삼장은 소리친다.

"저런, 늙은 마귀가 구원병을 청해 다시 공격해 오는구나!"

오공은 삼장과 유성에게 말한다

"사부님은 동굴 안으로 다시 들어가시고 너는 입구에서 저놈들을 막아라! 나머지는 내가 해치울테니!"

그리하여 말과 삼장은 동굴 안에 서 있고 유성은 입구에서 긴 칠성검으로 삼장을 보호하며 동굴을 막고 있는데, 오공은 요괴들 앞에 당당하게 마주선다.

위세가 등등한 요괴들은 살기 찬 눈들을 부릅뜨고 차츰차츰 오공에게 다가가니 갑자기 뒤에서 삼촌 요괴가 큰소리로 명령한다.

"공격!"

수백 개의 날카로운 무기들로 목숨을 아끼지 않고 거침없이 오공을 향해 찌르며 공격하는 5백여 명의 남녀 요괴들! 그러나 회오리바람에 휘날리는 마른 낙엽들처럼 오공의 여의봉에 요괴들은 이리저리 사방으로 튀며 날아가 즉사한다.

이를 보고 있던 삼촌 요괴는 소리치며 명령한다.

"멈춰라!"

요괴들이 주춤하자,

"이놈은 내가 맡을 테니, 너희들은 동굴 안의 녀석들을 처치하라!"

그리하여 싸움은 두패로 갈라진다.

삼촌 요괴는 끝이 초승달 모양으로 생긴 긴 창으로 오공의 목을 자르려고 찌르니 오공은 비로 바닥을 쓸어내듯 여의봉으로 요괴의 다리를 휙 돌려 친다. 이렇게 둘은 하늘에서 땅을 찍듯이, 땅에서 하늘로 솟구치듯이 공격과 방어를 하며 거칠게 싸운다.

그러나 삼촌 요괴는 오공의 적수가 되지 못했다. 조급해 하는 삼촌을 보자 금뿔요괴는 뒤에서 오공을 공격하며 셋이서 뒤엉켜 싸우는데 오공의 무서운 기세에 차츰 불리해진 삼촌 요괴가 도망치려 하니 이미 수백 명의 모든 남녀 요괴들을 처치한 유성은 재빠르게 달려들어 긴 칼로 삼촌 요괴를 베어 버린다.

갑자기 온몸에서 붉은 피를 뿜으며 쓰러지는 삼촌을 보자, 겁에 질린 금뿔요괴가 도망가려고 하는 찰나 오공은 재빨리 "금뿔마왕!" 하고 소리친다. 마귀가 엉겁결에 "응?" 하고 돌아보는 순간, 호로병 속으로 빨려 들어가고 만다.

이렇게 하여 모든 요괴들을 해치운 삼장 일행은 산길을 내려오는데, 초라한 장님이 길 옆에서 오공에게 손을 내밀며,

"내 보배를 돌려주오."

오공이 장님을 자세히 살펴보니, 이 노인 장님은 태상노군이다!

"노인께선 여기에 어쩐 일이십니까?"

오공에게 정체가 들킨 노인은 본 모습으로 돌아오며,

"오공은 내 보배를 돌려주게."

오공은 시침을 떼며,

"보배라뇨?"

"네가 갖고 있는 호로병은 나의 단약을 담던 거다. 그리고 부채는 단약을 고는 화로에 불을 땔 때 쓰던 것이고, 황금 줄은 나의 허리띠다."

"그럼, 왜 그것들을 요괴들이 갖고 있습니까?"

"그 요괴들은 이 세상이 처음일 때 생긴 커다란 꽃뱀들로 너무 성질이 격하여 자주 자연을 혼란시키므로 그 당시에 내가 잡아다가 단약을 만드는 불을 돌보게 하였는데 아직도 거친 성격이 남아 있어 내 보배를 훔쳐 달아난 것이니 그것들을 돌려주면 고맙겠네!"

오공은 심드렁해진다. 겨우 뺏은 보배를 다시 달라니 기분이 상한 것이다.

할 수 없이 오공은 세 보배를 내주니 태상노군은 호로병 뚜껑을 열고 거꾸로 세우며 두 줄기 이상한 기운을 뽑아내더니 무언가 주문을 외자, 커다란 두 마리의 꽃뱀이 흘러 나오더니 예쁜 동자들로 변한다.

태상노군이 동자들을 양쪽에 세우고 하늘로 오르니 찬란하고 상서로운 빛들이 사방으로 뻗쳐 커다란 둥근 원의 기(에너지)가 생긴다.

본래부터 같이 살되 이름도 모르고 되는대로 어울리며 그저 살아갈 뿐. 옛 성현들도 오히려 몰랐거늘! 하찮은 범부들이 어찌 알겠는가?

한밤중에 비에 젖어 나타난 왕

　삼장 일행은 다시 계속 길을 가는데, 며칠을 가다보니 저 멀리 큼직한 산 경치가 장관을 이룬다. 봄이 왔지만 아직도 산속의 날씨는 추워서 햇볕이 밝게 비치는 곳엔 새로운 초록색 잔디들이 싱싱하게 보이는 반면에 그늘진 곳에는 하얀 서리가 덮여 있어 산에 햇볕과 그늘의 부드러운 경계선을 보여준다.
　산봉우리들은 여기저기 우뚝우뚝 높이 솟아 하늘을 어루만지는 듯하고 나뭇가지 끝은 구름에 맞닿을 듯 쉬익쉬익 소리내며 스쳐가는 바람은 산골짜기를 맴돌고, 차갑고 맑은 바람은 눈을 꿰뚫어 꿈속의 혼마저 경련을 일으키게 한다. 언제나 울어대는 산속의 시 같은 산새들과 벌레들의 울음소리……

아무리 바라보아도 길 가는 나그네라곤 없는
이 외로운 언덕 위에 서서
사방을 바라보니 맹수들과 표독한 새들만이 보인다.
연약한 이 몸은 외로운 한 그루 대나무가 찬바람에 떨 듯이 하니
언제나 일을 마치고 고향에 돌아갈 수 있을까?

산 경치를 구경하며 천천히 걷자니, 어느덧 붉은 해가 서쪽의 산 뒤로 넘어가기 시작한다. 하늘의 검푸른 구름들은 사라져 가는 석양빛을 받아 붉게 물들며 엷고 짙은 회색빛 구름들과 함께 조화를 이루어 하늘에 또 다른 울퉁불퉁한 산들을 이룬다.

이렇게 화려한 색깔로 빛을 받는 산 구름들과 지는 태양의 마지막 찬란한 빛을 받아 저 멀리 하얗게 서리가 끼어 아름다운 은백색을 발하는 산봉우리는 이미 검게 어두워지기 시작한 산 아래와 함께 쓸쓸히 불어오는 바람과 고독을 같이 나눈다.

나의 꿈들도 마지막의 아름다운 석양처럼
저렇게 잠시 찬란하다가 허무하게 그냥 사라지는 것일까?
나의 인생도 늦겨울의 찬바람에 불리는 낙엽처럼
모진 바람에 그저 뒹굴리며 사라지는 것일까?
붙잡을 수 없는 찬란한 석양처럼
인생은 아름답고도 허무한 나그네인가?
따뜻한 봄이 와 꽃들은 피고 있는데
흩날리는 꽃잎처럼 나는 사라지네.

날이 저물어 일행은 산속의 외딴 초가집에서 하룻밤 묵고, 다음날 아침 길을 떠나는데…… 누군가 우는 것인가? 봄비는 꽃비처럼 촉촉이 내리며 소

매를 적신다.

　새삼 인생은 황홀하기도 하고 정겹기도 하며 어쩌면 낯설기도 한 것 같다. 사방을 둘러보면 아는 이라고는 없는 여행이지만, 스스로의 습관적인 생각에 안주하지 않고 끝내는 자신의 깊은 내부에 있는 진실에 도달하는 것, 그것이 외로운 여행의 참됨이 아닐까?

　신선한 가랑비와 산의 따뜻한 기운이 합쳐지므로 인하여 천천히 공중으로 올라가는 하얀 구름들은 산꼭대기와 하늘을 덮은 커다란 회색빛 구름과 연결되어 서로의 기를 통하고 있다. 바람 한 점 없는 비에 젖은 조용한 산 아래에 당도하니 큰 절의 입구가 보이는데 문득 구름 사이로 햇볕이 일행을 잠시 강하게 비추었다가 사라진다.

　산문을 들어서니 양쪽엔 흙으로 만든 커다란 금강역사(악한 귀신들이 사원에 들어오지 못하게 보호하는 불교의 강력한 신들)의 상이 두 눈을 부릅뜨고 문안으로 들어오는 이들을 지켜보며 서 있다. 다시 저 멀리 서 있는 두 번째의 큰 대문에 발을 들여놓으니 사대천왕(네 명의 하늘의 신왕)의 커다란 상들이 사방의 평화를 위하여 금방 하늘에서 내려온 듯 기운 차게 서 있다.

　이때, 문득 한 스님이 저편에서 마당을 쓸고 있다가 점잖은 걸음으로 삼장 일행에게 다가와 합장하며 묻는다.

　"어서 오십시오. 어디서 오신 스님들이신지?"

　삼장은 공손히 대답한다.

　"저희들은 서쪽으로 불경을 구하러 가는 일행인데, 이 절에서 하룻밤 쉬어 갈까 해서요."

　이 스님은 약간 망설이며,

　"객스님께선 이상하게 생각하지 마십시오. 미안하지만, 제 뜻대로 할 수 없습니다. 주지스님에게 물어봐서 허락을 받으면 제가 안으로 모시겠습니다.
 이리로 오십시오."

 오공과 유성은 말과 짐을 지키며 기다리고 있고, 삼장은 스님을 따라 안으로 들어간다. 방 안에 있던 주지스님은 밖에서 손님이 왔다는 소리를 듣고 즉시 자리에서 일어나 옷을 갈아입는다. 그리고 화려한 가사를 걸치더니 문을 열며 삼장을 안내해 온 스님에게 묻는다.
 "어디에 손님이 왔다는 건가?"
 "이 객스님입니다."

 삼장은 떨어진 옷에 흙과 물에 젖은 신발을 신고 피곤한 몸으로 서 있다. 주지스님은 삼장의 몸을 흘끗 보더니 화가 난 듯 소리친다.
 "이게 무슨 짓이냐! 성안의 귀족들이 불공을 와야만 내가 영접한다는 것을 너는 알텐데, 저 따위 화상과 쓸데없는 말을 나누고 와서 나에게 영접하라는 거냐? 저 더러운 몰골을 보니 아마도 갈 곳이 없어서 떠돌아다니던 중이 여기 와서 잠자리를 부탁하는 것일 게다. 신성한 우리 절에 저런 자를 재울 수 없으니 대문 밖에서 쭈그리고 앉아 있게 내버려 둬라!"

 이렇게 거친 말을 내뱉듯이 한 주지스님은 몸을 홱 돌려 들어가며 방문을 쾅 닫아 버린다. 마당 한가운데 서 있던 삼장은 그만 서러움에 눈물을 주르륵 흘린다. 어릴 때부터 곱게 자라난 삼장은 먼 여행 길에서 이제까지 많은 요괴들에게 목숨을 잃을 만큼 시달림을 받을 때마다 겨우 견뎌냈지만, 이렇게 같은 불문의 사람에게 차마 들을 수 없는 모욕을 받는 것은 여린 삼장의 마음을 아프게 하여 눈물을 복받쳐 오르게 한다.

 삼장은 쏟아지는 눈물을 간신히 억누르며 용기를 내어 다시 방문을 조심스레 열며 묻는다.

"주지스님께 여쭤볼 말씀이 있습니다."

주지는 투덜거리며 가사를 벗더니 책상 앞에 앉아 무슨 사무의 기록을 하는지 혹은 경을 읽는지 알 수는 없으나, 책상 위에 있는 가득 싸인 종이뭉치를 뒤적이고 있다.

삼장이 안으로 들어와 더 접근하여 들어가지 못하고 문턱 바로 안쪽에 서 있자, 그는 삼장이 들어온 것을 못마땅하다는 듯이 쳐다보는 둥 마는 둥, 얼마 동안 자기 일만 하더니 겨우 퉁명스럽게 입을 연다.

"어디서 오셨습니까?"

"저희들은 동쪽나라에서 여행하는 일행으로 부처님을 뵙고 경을 구하러 가는 도중에 이곳에서 하룻밤만 쉬었다가 내일 일찍 떠나려 하니 도와주십시오."

주지는 그제서야 자리에서 일어나며 공손히 묻는다.

"스님이 바로 그 먼 길을 여행하는 삼장스님이십니까?"

"예, 그렇습니다."

"이곳에서 서쪽으로 5,6킬로미터를 가면 여관이 나타납니다. 그곳에서 음식도 먹을 수 있으니 그리로 가십시오. 당신들처럼 먼 곳을 여행하는 이들은 이곳에서 재워줄 수가 없습니다."

"부처님의 제자들이라면 이 세상의 어느 절이든 머물다 갈 수 있을텐데, 경을 구하러 가는 우리들이 왜 이곳에서 하룻밤 잘 수 없습니까?"

주지는 화난 음성으로 말한다.

"당신은 이곳저곳 떠돌아다니는 중이라 입심이 상당히 좋군요! 몇 년 전에도 떠돌이 승려들이 이곳에 왔었는데 당신의 옷처럼 형편없었소. 그 당시

내가 그들을 불쌍히 여겨 잘 대접하고 새옷들로 갈아입혔는데, 몇 년이고 이곳을 떠날 생각도 않고 낮에는 하루 종일 게으름만 피우고 밤이면 아랫동네로 내려가 술을 마시며 엉뚱한 짓들만 하여 그들을 내쫓는데 애를 먹었단 말이오!"

이 말을 듣는 삼장은 속으로 울음을 삭이며 탄식한다.

'아, 가련한 이들이여! 그렇다고 우리들까지 이렇게 취급하다니!'

할 수 없이 삼장은 기운 없이 터벅터벅 절문 밖으로 나오는데, 그 곳에 앉아 기다리고 있던 오공이 삼장의 얼굴을 살펴보더니 묻는다.

"이 절의 중들이 사부님을 때렸습니까?"

"아니다. 나는 맞지 않았다."

그러자 유성은,

"분명히 맞으셨죠? 그렇지 않다면 왜 우셨습니까?"

오공은 다시 묻는다.

"그들이 사부님께 욕을 했습니까?"

"아니…… 이 절의 주지가 우리는 이곳에 머물 수 없다고 하는구나."

오공은 벌떡! 일어나며,

"아니? 저들도 우리들도 한 부처님의 제자들인데 왜 이곳에서 하룻밤 잘 수 없습니까? 제가 한번 다녀오겠습니다."

오공은 절의 마당 안으로 들어가서 다짜고짜 여의봉으로 땅을 한번 내리치니 온 절 건물들이 지진이 일어난 듯 와르르 무너질 듯 떨린다. 깜짝 놀란 주지가 뛰쳐나오려고 하는 찰나, 오공은 방문을 냅다 걷어차며 안으로 들어서니 주지는 그만 다시 방 안으로 나자빠진다.

"어서 깨끗한 방을 천 개 내놓아라! 내가 하룻밤 주무셔야겠다."

주지는 오공의 불빛 쏟아지는 화난 두 눈을 보고 겁이 나서 부들부들 떨면서 겨우 말한다.

"이 절의 종치는 방, 북치는 방, 불당들을 다 합쳐도 300개도 안 되는데 천 개를 내놓으라니? 이곳은 먹을 것도 많지 않고 당신들에게 불편할테니 다른 곳으로 가서 알아 보시오."

오공이 주지의 방 한가운데 여의봉을 우지직 꽂으니 여의봉은 화가 난 듯 곧장 지붕을 부수며 뚫고 하늘로 치솟는다.

오공은 주지에게 명령하듯 소리친다.

"이봐, 화상! 그렇게 불편한 점이 많으면 다른 곳으로 이사하면 될 거 아냐? 그렇지 않으면 너는 이 굵직한 몽둥이로 크게 한 대 맞을 것이다!"

'저 무지막지한 몽둥이에 맞기는 고사하고 쓰러져 눌리기만 해도 죽은 고깃덩어리가 될텐데!'

이렇게 생각하며 떨고 있는 주지를 보며 오공은 혼잣말로,

"이 못된 중을 한 대 친다면, 또 나쁜 짓 한다고 사부님한테 야단 맞을 거고······."

오공이 문득 방문 밖의 큰 돌사자를 보고는 단번에 내리치니 당장에 부서져 가루가 된다. 그것을 보고 기겁을 한 주지는 다리가 후들후들, 얼굴이 새파랗게 질리며 떨고 있으니 오공은 묻는다.

"이 절의 승려들은 몇 명이나 되느냐?"

"약 500명 가량 됩니다."

"당장에 그들을 불러 긴 옷으로 갈아입힌 후, 우리 사부님을 안으로 모셔라! 그러면 너를 때리지는 않을테다."

주지가 시자스님을 시켜 급히 큰 종과 북을 울리게 하여 모든 스님들이

법당에 모이자, 그들에게 긴 옷들을 입게 하고 양쪽으로 줄을 서게 하여 그들을 이끌고 앞장서서 절문 밖으로 나가 삼장에게 공손히 절하며 말한다.

"덕 높으신 큰스님께서는 어서 안으로 들어오셔서 쉬어 가십시오."

유성은 그들을 바라보며 삼장에게 말한다.

"참, 사부님은 세상일에 서투르시다니까! 직접 들어가셨을 때는 눈물만 흘리고 나오시더니, 형님이 들어간 후 무슨 재주로 이렇게 많은 승려들이 우리들을 맞이하지?"

"네가 '예의'라는 뜻을 모르는구나! 귀신들도 악한 자는 무서워하니 저들의 행동을 보면 알 수 있지."

삼장은 5백명의 승려들이 무릎을 꿇고 기다리고 있자 민망하여,

"이제, 그만들 일어나십시오."

주지는 고개를 들며 공손하게 말한다.

"스님의 제자 분이 때리지만 않는다면 이렇게 한 달 동안 꿇어앉아 있어도 저희들은 불편하지 않습니다."

삼장은 절문을 나오는 오공에게 말한다.

"절대로 누구를 때리지 말아라!"

"예, 사부님! 어느 한 사람도 아직 때리지 않았습니다."

그제서야 주지는 삼장을 정중히 모시고 절 안의 가장 큰 방으로 들어가 윗자리에 앉히고는 또 큰절을 하며 차를 내온다.

"스님처럼 위대하신 분을 저희들이 몰라뵈어 죄송합니다! 지금 곧 밥을 짓고 있으니 잠시만 기다려 주십시오."

그리고 조금 있자니 상다리가 휘어질 정도로 푸짐하게 맛있는 채소 반찬과 금방 지은 쌀밥을 차려와 삼장 일행이 배부르게 먹고 있는데, 아직도 500

명의 승려들이 방의 양 옆으로 줄을 지어 함부로 자리를 떠나지 못하고 있다. 그들을 보는 삼장은 미안해 하며,

"여러분, 이제 그만 각자 방으로 돌아가십시오."

그러자 주지는 다시 삼장에게 절하며 말한다.

"스님께서 편안히 자리 잡히셨으면 돌아가도록 하지요."

"나는 이제 편안하고, 좀 쉬고 싶으니 돌아들 가시오."

이 말에 모든 승려들은 조심스럽게 자리에서 일어나 사방으로 흩어져 자기들의 방으로 돌아간다.

얼마 후 삼장과 오공, 유성은 텅 빈 밤하늘 위에 밝게 떠 있는 둥근달 아래, 이끼 낀 오래된 돌들 위에 빛나는 이슬 방울들을 스치며 탑 그림자를 지나, 뚜렷하게 밝은 절 안의 마당을 조용히 거닐면서 부른 배를 소화시킨다. 깨끗하고 맑은 달빛이 환하게 비추는 창문의 아래에서 삼장은 등잔불을 켜고 책을 읽는데, 오공과 유성은 옆에서 이불을 같이 덮고 잔다.

'그들은 마치 물(유성)과 불(오공)의 형제들처럼 가끔씩 다투지만 이 둘의 도움이 없다면 어떻게 이 멀고도 위험한 여행을 할 수 있을까?' 생각하며 제자들의 자는 모습을 기특하게 바라보고 있자니 오공은 발로 이불을 걷어차며 짧은 다리를 내놓고 잔다.

"오공은 싸울 때는 불덩어리와 같더니, 잠잘 때는 아기와 같군!"

삼장은 이불을 끌어당겨 오공을 잘 다독거리며 덮어 준다.

다시 책을 읽고 있을 때, 밤도 깊어 거의 새벽 한 시경쯤 되었을까? 갑자기 문밖에서 쏴아 하는 바람소리가 들리면서 읽고 있던 책들이 펄럭이며 넘어간다.

이 조용하고 맑은 저녁에 갑자기 모래먼지 바람이 불어오자, 삼장은 무언

가 섬뜩함을 느끼며 방문을 걸고 잠을 자려고 등잔불을 끄려는 순간, 누군가 자기를 부르는 소리가 들린다. 삼장이 조심스레 문을 여니 밖에는 장정 한 사람이 온몸이 흠뻑 물에 젖어 눈에는 눈물이 줄줄 흘러내리며 삼장을 바라보며 서 있다.

"삼장스님…… 삼장스님!"

삼장은 떨리지만 조용한 목소리로 묻는다.

"당신은 누구요? 이 깊은 밤중에 왜 나를 부르는 거요?"

"스님, 저를 좀 도와 주십시오!"

이 깊은 밤에 도와달라는 차가운 물에, 슬픔에 젖어 있는 그를 살펴보는 삼장의 눈이 커진다.

물에 흠뻑 젖어 있는 온몸, 긴 검은 머리카락은 윤이 나고 긴 흰 비단옷에 맨발, 허리에는 용과 봉황이 새겨진 비싼 옥띠를 둘렀으며, 임금만이 가질 수 있는 옥패를 손에 쥐고, 몸매는 그 어느 왕족 못지않게 귀티가 난다.

삼장은 뒤로 나자빠질 정도로 놀라며 묻는다.

"어느 나라의 폐하이신데 이렇게 되셨습니까? 어서 이리로 앉으십시오!"

두 팔을 들어 장정을 맞이하려고 하니 삼장은 허공만 휘저을 뿐 그 장정은 그대로 서 있다.

삼장은 떨리는 가슴으로 겨우 말한다.

"어, 어서 말씀하십시오. 무슨 사연이 있으셔서 제게 오셨는지?"

장정은 한 맺힌 슬픔이 쏟아져 나오는지 두 눈에서 더욱 흘러내리는 눈물을 아랑곳하지 않으며 말한다.

"스님, 저는 이 나라를 세운 국왕으로서 이곳에서 북쪽으로 10킬로미터쯤 가면 성이 나오는데 그것은 제가 창건한 것입니다. 그런데 5년 전, 저의 나라에 3년 동안 비가 오지 않아 흉년이 들어 온 나라의 백성들이 먹을 것이 없어서 고생하고 있던 차에, 어느 도사가 저를 찾아와 비를 내려 주겠다고 하여서 제단을 만들어 빌게 했더니 당장에 많은 비가 쏟아져 내렸습니다. 저는 그의 사람됨이 의롭고 정직하여 그와 의형제를 맺고 궁중에서 같이 살았습니다.

그런데 어느 따스한 봄날, 복사꽃 살구꽃들이 만발하여 그와 함께 유유히 화원을 거닐며 봄의 경치를 구경하고 있을 때, 갑자기 나를 우물 속으로 떠밀어 버리고 우물 입구를 막아 버렸습니다. 그리고 그 스스로는 나로 변신하여 이 나라와 내 아내, 궁녀들, 신하들을 모두 차지하였습니다.

스님께서는 부디 저 괴물을 없애 버리시고 저의 억울함을 밝혀 주십시오! 저의 시체는 썩지 않고 아직도 우물 안에 있습니다."

삼장은 눈을 감고 잠시 생각하더니,

"저의 제자들은 요괴를 잡을 수 있는 힘이 있으나 힘들 것 같습니다. 왜냐하면, 폐하와 똑같은 몸으로 바꾼 요괴는 왕비와 궁녀들과 잠자리를 함께 했을 거고, 모든 신하들도 정성으로 그를 받들고 있으니 자칫 잘못하면 우리들만 곤욕을 치르게 될 것 같습니다."

"성안에는 나의 친아들인 태자가 있습니다. 태자는 요괴의 명령으로 왕비를 3년이나 만날 수 없었으니 요괴를 의심할 거며, 내가 우물에 빠질 때 지니고 있었던 이 흰 옥패를 드릴테니, 이것을 증거로 하면 스님의 말을 믿을 겁니다."

왕은 손에 들고 있던 흰 옥패를 삼장에게 건네주며 스르르 사라진다.

삼장은 왕이 떠난 것을 알고 방문안으로 들어오다가 문지방에 걸려 그만 넘어질 뻔 했는데 깜짝 놀라 눈을 뜨니, 삼장은 아직도 책상에서 졸고 있었다.

등불은 가물거리며 깜박이고 있는데, 책상에는 30센치미터 가량의 흰 옥패가 빛나며 책상위에 놓여 있다.

새벽이 되자, 삼장은 오공과 유성을 깨우면서 밤에 있었던 일을 말한다.

"이건 임금들만 가지고 있는 보배 아닙니까?"

오공은 임금이 놓고 간 흰 옥패를 만지작거리며 무언가 생각하더니,

"아?…… 알았다!"

총명한 오공은 꼬리의 털을 한 가닥 뽑아 훌륭한 금상자를 만들더니 삼장에게 말한다.

"사부님께선 이것을 법당에 놓아두고 경을 읽고 계십시오. 그 동안 제가 태자를 이리로 데려올테니, 만일 그가 이게 무어냐고 물으면 과거와 미래를 알려주는 요술 상자라고 말씀하세요. 그러면 제가 이 상자 안에서 나와 태자에게 죽은 왕의 사건들을 설명할테니까요."

삼장은 손뼉을 칠 듯이 기뻐하며,

"오공아, 참 기막힌 생각이다!"

날이 밝기를 기다려 삼장 일행이 방을 나오니 밖에는 새벽녘에 봄눈이 내려 온 산과 들판이 하얗다.

오공이 잽싸게 몸을 날려 구름을 타고 성 가까이 날아가니, 문득 태자인 듯한 장수가 허리에는 보검을 차고 활을 메고 수백 명의 병사들에게 호위를 받으며 동쪽 문을 열면서 기세 좋게 말을 몰아 사냥을 나온다.

그의 금빛 나는 투구와 고귀한 얼굴을 멀리서 바라본 오공은 잘됐구나 싶어 당장에 커다란 토실토실한 하얀 토끼로 변하여 태자 앞에 나타나 깡총깡총 함부로 뛰어다닌다. 그것을 본 태자는 즉시 활을 빼서 힘껏 쏘니 토끼에

명중한다. 그래도 토끼는 꽁지가 빠져라 달아나니 태자는 말을 몰아 뒤를 쫓아간다.

바람처럼 달아난 토끼는 이윽고 삼장이 있는 절에 당도하자 온 데 간 데 없이 사라지고 화살만 문 틈에 꽂혀 있다.

"사부님, 왔어요. 왔어!"

소리치며 달려온 오공은 즉시 작은 몸을 만들어 금상자 안으로 쏙 들어간다. 뒤쫓아온 태자는 토끼는 보이지 않고 문 틈에 꽂혀 있는 화살을 보자,

"이상하다? 분명히 내가 쏘아 맞혔는데, 왜 여기에 꽂혀 있지?"

말에서 내린 태자가 절문 안으로 들어오자, 그를 따르던 수백 명의 병사들도 뒤이어 들어오니 이 절의 승려들은 모두 당황하며 맞이한다. 태자는 법당에 들어가 부처님께 절을 하려고 하는데, 언뜻 바라보니 법당 한복판에 승려 한 사람이 꼿꼿하게 앉아 경을 읽고 있다.

태자는 화가 나서 외친다.

"이 승려는 무례하구나! 내가 사전에 연락도 없이 왔지만 자리를 비키지 않다니!"

그리고는 옆의 군사들에게 명령한다.

"저 무례한 승려를 묶어라!"

소리가 떨어지기 무섭게 양쪽에 서 있던 군사들이 밧줄을 들고 달려들자, 조용히 고개를 돌린 삼장은 태자에게 말한다.

"경을 읽을 때나 참선을 하고 있을 때는, 설사 스승이 앞을 지나가거나 어느 누가 와도 일어서서 예를 지키지 않아도 됨을 태자께선 모르십니까?"

이 말에 얼굴이 벌개진 태자는,

"내가 어찌 사원의 예의를 알겠느냐?"

삼장의 두려워하지 않는 의연한 태도에 약간 당황한 태자는 옆에 금빛이 휘황하게 빛나는 금상자를 보자 삼장에게 묻는다.

"이것은 무엇이오?"

"이 상자는 제가 가지고 다니는 보물인데, 과거와 미래를 말하는 동자가 안에 있습니다."

그것을 신기하게 여긴 태자는 열어 보라고 하니, 상자 안에서 아주 작은 오공이 팔짝 뛰어나와 귀엽게 이리저리 마구 돌아다닌다.

작은 오공을 본 태자는,

"저 꼬마 녀석이 무엇을 안다고?······."

오공은 꼬마라는 말을 듣자, 술법으로 금방 5미터도 넘게 키가 커지니 이것을 보는 군사들의 눈들이 휘둥그레진다.

"저렇게 자라면, 며칠 안으로 하늘까지 닿겠군!"

이 말에 오공은 다시 작은 모습으로 돌아오며 태자에게 말한다.

"당신은 이 나라의 태자이고 5년 전에 심한 가뭄이 들어 온 나라의 사람들이 고생하고 있었는데, 갑자기 어느 도사가 나타나서 비를 내리게 하자 국왕께서는 그와 의형제를 맺으셨습니다. 맞습니까?"

태자는 크게 감탄하며 어서 계속 말하라고 한다.

"그 후, 그 도사는 갑자기 자취를 감추었습니다. 그러면 지금의 왕은 누구인지 아십니까?"

"3년 전, 봄에 그분들은 정원에서 꽃구경을 하다가 갑자기 그 도사는 부왕의 흰 옥패를 훔쳐 달아나고 말았다. 그 후로 부왕께서 그 도사를 잊지 못하여 그 정원을 거니시는 일도 없으며 정원의 문도 굳게 닫아버렸다. 그런데 너는 나에게 이상한 질문을 하는구나. 지금의 왕이 누구냐고 묻다니! 나의 아버님이시지 누구냐?"

오공은 비웃음이 섞인 미소를 입가에 띠며 태자에게 조용히 말한다.

"드릴 말씀은 아직 더 있으나 옆에 사람들이 많아서 말하기가 곤란합니다."

태자는 즉시 손을 들어 주위의 군사들을 모두 물러나게 한다.

삼장 · 오공 · 태자 세 사람만이 불당에 남자, 오공은 조용히 말한다.

"잘 들으십시오. 사라진 사람은 바로 태자의 아버님이시고, 지금의 왕은 그 도사의 변신입니다."

태자는 이 말에 너무나 놀라,

"그게 무슨 말이냐? 나의 부왕께서는 도사가 사라진 후 나라를 더욱 안정시키셨다. 만일 부왕께서 네 말을 들었다면 너의 사지를 찢어 버릴 것이다!"

오공은 삼장에게 말한다.

"사부님, 이분이 제 말을 못 믿는데요. 어서 그 보배나 꺼내 드리고 이 나라를 떠납시다!"

오공은 흰 옥패를 태자에게 내주며 금상자를 꼬리털로 거둬들이자, 태자는 소리친다.

"네 놈이 바로 그 도사구나! 그때 이 보물을 훔쳐 달아나고는 이제 다시 무슨 흉계를 꾸미려 하느냐?"

태자가 화를 내며 보검을 빼들자 오공은,

"쉿! 진정 하십시오. 소문이 퍼지면 우리 모두가 곤란합니다. 사실은 어젯밤 태자의 돌아가신 왕께서 우리 사부님의 꿈에 나타나 울면서 그 도사가 자기를 정원의 우물에 밀어 빠트리고 우물에 뚜껑을 막아 봉한 뒤, 몸을 변하여 왕의 행세를 한다고 하소연하시기에 우리가 도와주려고 이렇게 태자님을 모셔온 것입니다."

그러잖아도 태자는 그 동안 몇 가지 의심나는 점도 있으나, 그렇다고 꼭 집어낼 만한 증거가 없어서 망설이고 있는데 오공은 말한다.

"우리들 말을 믿지 못하시겠거든 이 옥패를 보이면서 왕비님께 물어 보십시오. 그리고 조심할 것은 은밀히 만나셔야 합니다. 만일에 그 요괴가 이런 사실을 알면 두 분의 생명이 위험하니까요."

태자는 즉시 자리에서 일어나며 법당 안에서 나와 군사들에게 명령한다.

"너희들은 내가 돌아올 때까지 다른 곳으로 이동하지 말고 여기 있거라!"

장수들이 고개를 숙이며 대답한다.

"예, 잘 알겠습니다!"

태자가 쏜살같이 말을 몰아 왕비의 후문에 도착하니 문 앞을 지키는 군사들은 감히 태자를 막지 못하고 비켜 준다. 마침 왕은 없고 왕비만 홀로 자리에 앉아 눈물을 흘리고 있을 때 태자가 들어오며 생각한다.

'왜 눈물을 흘리고 계시지?'

가까이 다가간 태자는,

"어머님!"

하고 부르자 왕비는 애써 기쁜 표정을 지으며,

"오, 내 아들아! 오랫동안 널 볼 수 없더니 오늘은 어떻게 이렇게 틈을 내어 왔니?"

"궁금한 점이 있어 왔습니다. 지금 왕으로 계신 분이 정말로 누구인지 아십니까?"

왕비는 섬뜩 놀라며,

"아니, 얘가 큰일 날 소리를 하는구나! 누구긴? 너의 아버님이시지!"

"그럼, 지금부터 3년 전과 그 후로 두 분께서 애정이 같으신지요?"

이 질문에 왕비는 태자를 부둥켜안고 하염없이 눈물을 흘린다.

"3년 전에는 온화하고 따뜻하더니, 어느 날 갑자기 돌처럼 차갑더라! 아무리 간절히 물어 보아도, 그는 몸이 늙어 일에 흥이 나지 않는다고 하더구나."

태자는 옥패를 왕비에게 보이면서 삼장과의 일들을 말한다.

"지금의 국왕은 요괴입니다!"

왕비는 흰 옥패를 보자 눈물을 왈칵 쏟는다.

"어제 저녁, 내 꿈에도 부왕께서 물에 흠뻑 젖어 나타나시어 말씀하시길, '나는 억울하게 죽었소!' 하셨단다. 너는 옳고 그름을 빨리 처리해서 부왕의 억울함을 밝혀라!"

태자는 즉시 말을 타고 삼장에게 돌아오니 어느덧 해가 진다. 태자가 오공에게 왕비의 말을 전하자 오공은 빙긋이 웃으며,

"그 요괴가 그렇게 딱딱하고 차갑다면 무슨 돌 같은 것이 변했나 보군! 태자께서는 이제 그만 돌아가십시오. 내일 날이 밝는 대로 내가 처리할테니."

태자는 오공에게 절을 하며,

"저도 이곳에 있다가 내일 스님과 함께 같이 가겠습니다! 오늘 하루 종일 사냥 갔다가 토끼 한 마리도 못 잡았으니, 이대로 돌아가면 어차피 그 괴물이 의심할 것은 뻔하니까요."

이 말에 오공은 즉시 구름 위에 올라가서 술법으로 산신을 불러 명령한다.

"태자가 오늘 하루 종일 사냥을 못했으니 지금 당장에 사슴·노루·토끼 같은 산짐승들을 많이 몰아다가 저분에게 드려라!"

산신은 이 명령에 당장 이 산의 음병들(밤의 귀신군사들)을 시켜 백여 마리의 크고 작은 산짐승들을 잡아 들판에 늘어놓으니 오공은 태자에게 돌아와 말한다.

"지금 많은 짐승들이 들판에 놓여 있으니 필요한 대로 가져가십시오."

태자는 군사들을 이끌고 짐승을 거두어들여 성안으로 들어갔다. 주지와 절 안의 승려들은 삼장 일행이 태자와 상당히 가까운 사이란 것을 보고는 시시각각으로 대접을 더 잘한다.

밤이 깊어지자, 잠을 자던 오공은 무슨 생각을 했는지 벌떡 일어나 삼장에게 말한다.

"사부님!"

삼장은 사실 깨어 있으면서 자는 체 하며 시침을 뗀다.

'음…… 이 녀석이 또 무슨 장난을 치려고?'

오공은 삼장의 빡빡 깎은 머리를 더듬는가 하면 몸을 여기저기 마구 흔들면서 말한다.

"사부님, 일어나세요. 일이 있습니다!"

삼장은 자리에 누워서 입만 열며 묻는다.

"무슨 일?"

"제가 지금 유성과 함께 국왕이 빠져 죽었다는 그 우물 안으로 들어가서 시체를 건져 와야 겠습니다. 그래야 제가 요괴를 잡을 명목이 서니까요."

오공은 유성을 깨우려고 깊이 잠든 유성의 코를 세차게 비트니, 그래도 유성은 잠만 쿨쿨 잔다. 오공은 유성의 귀에다 큰소리를 친다. 깜짝 놀란 유성은 벌떡 일어나며,

"무, 무슨 일이오?!"

"할 일이 있으니 어서 일어나. 사부님, 그럼 다녀오겠습니다."

"그래, 조심해서 갔다 오너라."

잠이 덜 깬 유성은 영문도 모르고 한밤중에 오공의 뒤를 따라간다.

그들은 곧장 구름을 타고 성 위에까지 날아가 공중에서 내려다보니, 달빛 아래 희미하게 정원인 듯한 곳이 보이는데, 풀이 아무렇게나 무성하며 보기 드문 기이한 꽃들이 서로 엉킨 채 말라 죽어 있다.

조용히 아래로 내려와 무너져 흐트러진 정자 주위를 살펴보니 얼마 멀지 않은 곳에 둥근 돌로 덮은 곳이 나타난다. 돌 위의 엉킨 풀들을 헤치며 커다랗고 넓은 둥근 돌을 오공과 유성이 살살 들어 옆으로 치워내자, 저 아래 밑에서 눈같이 희고 환한 빛이 눈부시게 퍼져 나가며 점점 그 빛이 뚜렷해진다.

둘은 우물 입구에 바싹 다가가 깊은 아래를 자세히 살펴보니 아! 아? 그것은 보배가 아니라 우물 속의 물이 하늘에 뜬 별들과 달빛에 의하여 빛나는 빛들이었다.

오공은 유성에게 조용히 말한다.

"내가 이곳에서 여의봉으로 위에서 잡고 있을테니 너는 아래로 내려가 시체를 건져 와라."

아무것도 모르고 따라온 유성은 깜짝 놀라며 말한다.

"아니, 한밤중에 이 깊고 차가운 우물 속에 들어가서 시체를 메고 나오라고요? 이런 일은 귀신도 겁먹고 못하겠다 할 거요!"

"왕년에 은하수의 장군이었던 네가 안 들어가겠다고 하면 누가 할 수 있겠니?"

"제기랄!…… 그, 그럼, 천천히 내려주시오."

"걱정하지 마라. 내가 다 알아서 할테니!"

잠시 후, 겁을 잔뜩 먹고 우물 안으로 들어가며 여의봉 끝을 잡은 유성은 점점 깊이 아래로 내려가서 얼음같이 차가운 물이 발에 닿자 질겁을 하며,

"형님, 그만 멈추시오!"

하는데 오공은 여의봉을 그대로 물속으로 쑤욱 내려보내니 유성은 그만 우물 속 깊이 빠져 내려간다.

"이런, 제기랄! 물에 닿거든 천천히 하라고 했는데!…… 내 심장이 얼어 붙겠군!"

유성이 두 눈을 똑바로 뜨고 어두운 우물 안을 살펴보니, 생각보다 깊고 넓다.

얼마 동안 한참 물속 깊이 헤엄쳐 들어간 유성의 눈이 둥그렇게 커진다. 깊은 우물 속 한쪽 옆의 하얗게 빛나는 넓은 돌 위에 한 시체가 썩지도 않고 반듯이 누워 있질 않은가?

유성이 조심조심 가까이 다가가서 살펴보니, 아! 그것은 바로 영원히 잠들어 있는 화려한 흰 비단옷을 입은 왕의 시체였다.

이때 유성의 등뒤에서 누군가 톡톡 등을 건드린다. 기겁을 한 유성은 무서워서 몸이 얼어붙듯 꼼짝도 못하고, 겨우 고개만 돌리며,

"누, 누구요?……"

하고 물으며 힐끗 보니, 웬걸? 황홀하게 아름다운 물의 여신이 유성을 그윽히 바라보며 묻는다.

"이런 한밤중에 이 나라 국왕의 시체를 보러 오신 장군님은 누구십니까?"

유성은 얇은 푸른 옷 속에 보이는 빛나는 이 어여쁜 여인의 아름다운 몸매를 정신없이 바라보다가,

"아? 예!…… 실은 여차저차해서……"

설명을 들은 여신은 말한다.

"그 당시 갑자기 왕의 시체가 물속 깊이 빠지며 이 우물의 입구를 누군가 돌로 막더군요. 나는 '이 나라에 무슨 큰일이 생겼구나!' 해서 제가 즉시 시체의 눈동자와 얼굴을 바로잡고 단약을 먹여 시체가 썩지 않게 했습니다. 이분을 살릴 수 있다면 업고 가십시오."

물의 여신이 왕의 시체를 돌 위에 묶어 고정시킨 수정(크리스털)줄을 풀어 버리자, 시체는 천천히 우물 위로 떠오른다.

유성은 이 아름다운 물의 여신을 떠나기가 아쉬워 머뭇거리고 있다가, 문득 스스로 지금 해야 할 일을 알고 여신에게 정중히 인사한다.

"만나서 반가웠습니다. 그럼, 다음에 뵙기를 기약하며……."

물 위로 솟구쳐 오른 유성은 이 깜깜한 밤중에 물에 떠 있는 옆의 시체를 보자 섬뜩하여 오공에게 소리친다.

"형님, 어서 철봉을 내려 주시오! 이 시체가 나를 놀라게 하고 있으니."

반쯤 물에 뜬 시체를 등에 업고 여의봉을 잡은 유성은 천천히 우물 밖으로 나온다.

유성은 자랑 삼아,

"이 우물 속에 예쁜 여신이 살고 있는데 정말 어찌나 아름다운지!…… 내가 나와야 한다는 것도 잊어 버릴 뻔 했소!"

"그래? 그럼 우물 속에 들어간 보람이 있었네? 너의 몸은 이미 젖었으니 이 시체를 업고 가거라!"

둘은 6미터가 넘는 왕궁의 담을 훌쩍 뛰어넘어 축지법을 쓰며 달빛이 내리는 밤하늘 아래 벌판을 달려간다.

반 시간도 채 못되어 삼장이 있는 절에 도착한 오공과 시체를 업은 유성.

둘은 절 안으로 다른 승려들이 모르게 조심조심 가벼운 걸음으로 들어가는데 작은 흰 눈들이 조용히 하나 둘 줄을 잇듯이 수직으로 곱게 떨어진다…….

"사부님, 저희들이 돌아왔습니다."

문을 여는 삼장은 살아 있는 듯한 싸늘한 왕의 시체를 보자, 처참한 생각이 들어 눈물을 흘리며 혼자 중얼거린다.

"폐하께서는 어느 전생에 무슨 죄를 지으셨기에, 이렇게 억울한 죽음을 당하셨습니까?"

오공은 삼장의 우는 모습을 보며,

"이 시체가 사부님하고 무슨 연관이 있다고 그렇게 슬퍼하십니까?"

"남의 아픔을 같이 슬퍼함은 우리 불자들의 길이 아니냐?"

유성은 아까 자기를 차가운 우물 속으로 사정없이 밀어넣어 놀라게 한 것에 대한 보복으로 이렇게 말한다.

"사부님, 아까 형님이 이 시체를 살려놓겠다고 하던데요!"

이 말을 들은 삼장은 매우 기뻐하며 오공에게 말한다.

"네가 이 임금님을 다시 살려만 준다면, 우리가 부처님을 뵙고 절하는 것보다도 훨씬 더 훌륭한 일이 될 것이다!"

오공은 유성을 흘겨보며 삼장에게 말한다.

"사람이 죽어 3일 안에 다시 살아나지 않으면, 평생에 지었던 모든 선악의 업을 다른 세계에서 모두 겪고 나야만 다음 생으로 태어날 수 있다고 하는데, 지금 이 국왕의 혼은 벌써 다른 집의 아기가 되어 있을 겁니다."

"아니다, 그렇지 않다! 이분께서 이틀 전 밤에 나의 꿈에 나타나지 않았더냐?"

오공은 곰곰이 생각하더니,

"사부님, 제가 태상노군에게 다녀오겠습니다."

"그래, 빨리 갔다 오너라!"

이미 자정이 넘은 시간에 오공은 구름을 타고 쏜살같이 날아 도솔천에 도착한다. 마침 단약을 달이고 있던 태상노군은 이쪽으로 걸어 오고 있는 오공을 보자, 옆에서 시중 드는 동자들에게 말한다.

"이크, 모두들 정신차려라! 단약을 훔친 녀석이 또 나타났다!"

태상노군에게 다가온 오공은 넙죽 절한 뒤 웃으며 말한다.

"어찌 그렇게 사람을 몰라보시고 경계만 하십니까? 오래 전부터 나는 그런 나쁜 짓을 하지 않습니다."

"너는 500년 전 내 화로 속에서 들어가서 49일 동안 고생한 것을 기억하지? 그때 내가 숯을 얼마나 소비했는 줄 아느냐? 그런데 지금 무슨 일로 이곳에 왔지?"

"아! 참, 노군님도! 얼마 전에 금뿔, 은불요괴들이 훔친 세 보배까지 돌려드렸는데 왜 그렇게 의심하십니까?"

오공은 사실 국왕을 살리기 위해 이곳에 왔다고 하며 혼을 불러오는 단약을 1,000알 달라고 한다.

태상노군은 놀라서 입을 딱 벌리며,

"뭐? 1,000알을 달라고? 야! 이 단약이 무슨 밥처럼 먹는 건 줄 아냐? 그런 건 나에게 있지도 않으니 어서 돌아가라!"

"그럼, 60알이라도 주십시오."

"없으니 돌아가게!"

"그럼 몇 알만 주십시오."

"허, 이 원숭이 녀석이? 왜 이리 귀찮게 구는고? 없으니까 빨리 없어져!"

"정말 없으시다면 갈 수밖에요."

오공은 실망한 듯 고개를 푹 수그리고 밖으로 나간다.

태상노군은 문득 생각하길,

'저 녀석이 간다고 나가지만, 또 무슨 엉뚱한 짓을 할지 모른다!'

그러더니 동자를 시켜 오공을 불러오게 하더니,

"손버릇이 나쁜 너를 그대로 보내자니 내 마음이 불안하다. 여기 한 알을 줄테니 가져 가거라!"

"어차피 나는 혼을 부르는 단약을 가져 가야 할 처지니, 노군님의 다른 단약까지 없어지는 것보다는 이 방법이 서로에게 좋지요. 어쨌든 감사합니다!"

"정말, 이것밖에 없으니 가지고 가게. 이것으로 그 왕을 살릴 수 있다면, 그건 전부 자네의 공이네!"

"너무 성급하게 그러지 마십시오. 내가 먼저 맛을 보겠습니다. 이것이 가짜일 수 있으니까!"

오공은 단번에 금단을 입에 털어 넣는다. 그것을 본 태상노군은 크게 당황하여 오공의 멱살을 꽉 움켜잡으며,

"이놈, 그것을 삼켜 버리면 당장에 때려죽이고 말겠다!"

오공은 빙그레 웃으며,

"내가 무엇하러 이것을 먹겠습니까? 노군님을 약간 시험해 본 것뿐입니다."

"제기랄, 못된 놈! 어서 가거라!"

오공은 눈 깜짝할 사이에 삼장에게 돌아오니, 산에 쌓인 하얀 봄눈이 밝

아지는 새벽녘에 맑은 파란색을 띤다.

"사부님, 제가 돌아왔습니다!"

"오! 그래 단약은 구해 왔느냐?"

"예!"

오공은 즉시 맑은 물을 한 모금 입에 물고 단약과 함께 오물오물 하더니, 임금의 입 속에 천천히 흘려 넣는다.

얼마나 시간이 흘렀을까? 뱃속에선 꾸르륵꾸르륵 소리가 났으나, 몸은 움직일 줄 모른다.

오공은 낙심하여,

"사부님, 이젠 살릴 방법이 없습니다."

삼장은 조용히 말한다.

"살아나겠지!…… 죽은지 3년이나 된 시체가 어떻게 빨리 혈맥이 돌 수 있겠니? 뱃속과 창자에서 소리가 났으니, 누가 입김을 불어 기운을 넣어준다면 될 것 같은데……."

그때 유성이 선뜻 나서며 입김을 주려고 하자, 삼장은 급히 소리친다.

"안 돼! 이 일은 오공이 해야 된다!"

왜냐하면 유성은 고기를 많이 먹어 입 안에 온통 더러운 기운이 가득 차 있는 반면, 오공은 어렸을 적부터 소나무나 잣나무만을 씹어 먹어서 입 안에 맑은 기운이 감돌고 있기 때문이다. 이것을 잘 아는 삼장은 유성의 행동을 막은 것이다.

오공이 임금의 입에다 "후!" 하고 입김을 길게 불어 넣는다. 이 원기는 몸 속의 장부를 거쳐 발바닥까지 내려갔다가, 다시 단전으로 올라와 척추를 타고 올라가서 태양혈을 거쳐 미간을 타고 내려오니…….

잠시 후 왕은 입으로 "푸후!" 하고 한숨을 쉬듯 한다. 손가락을 차츰 움직인 왕은 온몸을 움직이며 주먹을 불끈 쥐고, 눈을 뜨고, 삼장을 보더니 무릎을 꿇고 큰절을 한다.

"엊그제 밤에는 혼으로 찾아왔었는데 지금은 이렇게 살아났으니, 모두가 사부님의 덕택입니다!"

삼장은 급히 임금의 팔을 부축하며,

"폐하, 제가 한 일은 아무것도 없습니다. 사례를 하시려면 오공에게 하십시오!"

오공은 빙그레 웃으며,

"사부님도…… 무슨 말씀을! 우리들은 사부님의 제자이니 사부님께서 절을 받으시면 됩니다."

이때, 아침 밥상을 차려 오는 승려들은 황제를 보자, 기겁을 하며 저희들끼리 수군댄다.

오공은 그들에게 명령한다.

"이봐, 이분도 식사를 하셔야 하니 밥을 좀더 가져오고, 몸 씻을 따뜻한 물과 새 옷도 가져와!"

여러 승려들이 바삐 움직여, 왕은 젖었던 화려한 옷을 벗어버리고 승복으로 갈아입은 다음 유성의 짐짝까지 어깨에 지며 삼장 일행을 따라간다.

오공은 왕에게,

"폐하, 누추한 옷차림에 짐까지 지셨으니 마음이 언짢으시겠습니다."

"사부님! 사부님 덕분에 제가 다시 태어났으니, 무슨 일을 시키셔도 기꺼이 하겠습니다."

"우리가 요괴를 잡을 때까지만 잠시 참으십시오."

반나절이 되어 성에 도착한 일행은 잠시 후, 궁궐 문앞에 당도하자 먼저 오공이 큰소리로 외친다.

"우리는 동쪽에서 서쪽으로 불경을 구하러 가는 일행인데 통과증을 얻고자하니 이 뜻을 안에 전해 주십시오!"

문지기 관리는 급히 궁 안으로 들어가 왕에게 아뢴다.

"밖에 네 명의 승려들이 통과증을 얻겠다고 합니다."

마왕은 그들을 들여 보내라고 승낙하니 다시 살아난 국왕도 따라 들어간다.

자기의 자리를 빼앗겨 기분이 참담해진 국왕이 슬픈 얼굴을 하고 있자, 그의 표정을 본 오공은 조용히 말한다.

"얼굴 표정이 그래서는 안 됩니다. 저 마귀가 눈치챌 수 있으니 이제 곧 나라를 다시 찾는다는 기쁨의 얼굴을 하십시오."

이 말에 국왕은 억지로 표정을 약간 밝게 한다.

수백 명의 신하들이 양 옆으로 줄을 지어 그들을 바라보고 있는 궁전 안으로 오공은 앞장서서 들어가고 그 뒤를 따르는 일행은 모두 고개를 숙이는데, 오공만은 절도 하지 않고 뻣뻣이 서서 걸어 들어간다. 이를 보는 모든 신하들은 오공의 거만한 태도에 화를 낸다.

마왕은 오공 일행에게 묻는다.

"그대들은 어디서 왔는고?"

오공은 꼿꼿하게 서서 대답한다.

"우리는 동쪽에서 와서 서쪽으로 경을 가지러 간다고 이미 말을 했을 텐데요? 이 나라를 지나가는 통과증이 필요하니 도장 좀 찍어 주시오."

이 건방진 말에 화가 잔뜩 치밀어 오른 마왕은 명령한다.

"뭐, 동쪽에서 왔다고? 너는 그렇게 항상 건방지냐? 애들아! 이 녀석을 잡아 감옥에 넣어라!"

명령이 떨어지기가 무섭게 수많은 무장들이 오공에게 달려든다.

달려드는 군사들을 본 오공은 손을 들어 소리친다.

"내 몸에 손 대지 마라!!!"

하니 덤벼드는 장군들과 군사들은 오공의 술법에 모두 동상처럼 굳어진다.

이것을 본 신하들은 당황하여 어쩔 줄 모르고 마왕은 급히 몸을 날려 오공에게 덤비려는 찰나, 오공은 갑자기 다시 살아난 국왕을 앞세우며 시 한 수를 읊는다.

> 5년 전 심한 가뭄이 들어
> 모든 국민들이 굶어죽게 되었을 때,
> 홀연, 도사 한 사람이 나타나
> 신통력으로 비를 내리더니
> 나중에 아무도 모르게
> 정원 안 우물 속으로 국왕을 떠밀어
> 살해하고는
> 스스로 왕이 되었으니
> 그 누가 아는가?
> 이제, 내가 나타나
> 죽은 그를 다시 살렸으니
> 이 사람이야말로 진짜 국왕이로다!

이 말에 마왕은 소스라치게 놀라 얼굴이 붉어지며 차고 있던 보검을 스르르 빼더니 오공에게 덤벼든다.

둘은 궁 안에서 몇 번 서로 공격하다가 구름을 타고 허공으로 올라가 한참을 싸우더니 마침내 마왕은 오공을 감당할 수 없게 되자, 갑자기 궁 안으로 뛰어들더니 삼장과 똑같이 변하여 옆에 서 있는다.

뒤쫓아온 오공이 여의봉으로 삼장을 내리치려고 하자,

"애야, 나다! 때리지 마라!"

오공이 다시 급히 다른 삼장을 때리려 하자,

"애야, 나다! 때리지 마라!"

"이, 이걸 어쩌지? 잘 골라 때려서 요괴를 잡으면 다행이지만, 그렇지 않고 사부님을 치면 낭패인데!"

하며 유성에게 묻는다.

"네가 보기에는 누가 진짜 같냐?"

유성은 도저히 분간 못하겠다고 말한다.

할 수 없이 오공은 근처의 산신들을 불러 명령한다.

"그대들이 나의 진짜 사부님을 안다면, 저 계단 위 왕의 자리에 옮기시오. 나머지는 내가 때릴테니!"

요괴는 즉시 몸을 날려 왕의 자리에 앉는다.

순간 오공은 여의봉으로 남아 있는 삼장을 치려고 하는 찰나, 아, 아! 만일에 산신들이 막지 않았다면 진짜 삼장은 곧바로 황천객이 되었을 것이다. 산신들은 황급히 손을 들며,

"잠깐! 요괴는 구름을 탈 줄 알아 먼저 왕의 자리로 올라갔소!"

오공은 재빨리 왕의 자리로 달려가니 요괴는 벌써 삼장의 옆에 와서 서 있는다.

이러지도 저러지도 못하고 있는 오공에게 유성은,

"형님, 사부님께 머리를 아프게 하는 주문을 외우게 하시오!"

오공은 이 기막힌 생각에,

"그렇지! 자아, 두 사부님은 저의 머리를 아프게 하는 주문을 외우십시오!"

왼쪽 삼장이 주문을 외우자 머리가 아파서 오공은 소리친다.

"그만!"

오른쪽 삼장이 입 속으로 웅얼웅얼 소리를 내는데, 오공은 "이쪽이다!" 하며 여의봉으로 내려치는 순간, 요괴는 재빨리 공중으로 달아나니 유성과 오공이 재빨리 뒤따라 날아가서 앞뒤로 가로막는다.

유성과 요괴가 싸우고 있는 틈에 오공이 뒤에서 막 요괴의 머리를 내려쳐 박살내려고 하는 순간, 동북쪽에서 한 떼의 구름이 일더니 그 속에서 무서운 목소리가 들린다.

"오공! 잠깐 멈추어라!"

오공이 머리를 돌려 바라보니 금빛 나는 구름 위에 서 있는 분은 문수보살이 아닌가?

여의봉을 내린 오공은 꾸벅 절을 한다.

"아? 안녕 하세요! 보살님은 어디 가십니까?"

"나는 저 요괴를 수습하러 왔다."

보살이 손가락을 들자, 요괴는 단번에 커다란 한 마리 푸른 털의 사자로 변한다.

"아니? 이 짐승은 보살님이 타시던 사자가 아닙니까?"

"20여 년 전, 이 나라 국왕은 불심이 깊었었다. 그래서 내가 그에게 영원한 생명을 얻을 수 있는 지혜를 가르치고자 보통의 승려로 변하여 이곳에 왔는데, 무슨 대화 끝에 그는 불쾌해지며 나를 결박하여 3일 동안 강물 속에 빠뜨려 담가 두었다. 성질이 아직도 거친 이 푸른 사자는 나중에 이 일을 알고 화가 나서 내 허락 없이 이곳에 와서 그 국왕에게 복수한 것이다."

"보살님의 사사로운 일로 얼마나 많은 사람들이 저 괴물에게 희생되었고, 왕비며 궁녀들이 저 녀석과 동침하여 도덕을 혼란시킨 것을 아십니까?"

"그는 누구도 해치지 않았을 뿐더러 그 동안에 농사도 풍요로워 백성들이 평안했고 여자들과의 관계도 깨끗하였을 것이다. 원래, 그는 너무 거친 사자여서 내가 거세했거든!"

오공은 사자에게 다가가 그곳을 한번 쓱 더듬어 보고 웃으며,

"이놈은 정말 덩칫값도 못하는 녀석이군!"

문수보살이 푸른 털 사자의 등에 작은 분홍빛 연꽃을 던지니, 연꽃은 점점 커지며 사자의 등에 뿌리를 내린다.

보살은 그 연꽃 위에 올라앉아 상서로운 구름을 날리며 저 멀리 사라진다……

벌거숭이 아기 요괴

오공과 유성이 궁궐로 돌아오자, 왕과 태자 그리고 모든 신하들이 몇 번이고 감사의 절을 한다. 문수보살의 말을 오공에게 전해 들은 왕은 눈물을 흘리며 오공의 손을 잡고 말한다.

"죽은지 3년이나 된 나를 사부님이 살려주셨으니, 차라리 사부님께서 이 나라의 왕이 되시면 나는 처자들과 함께 성 밖으로 나가 평민이 되겠습니다!"

오공은 웃으며,

"내가 만일 왕이 되고자 했었다면, 이미 천하의 모든 나라의 황제가 되어 있었을 겁니다. 그러나 이런 삶은 끝없는 근심과 일만 가져다 주는 것일 뿐, 나는 역시 요괴들로부터 우리 사부님을 보호하며 서쪽으로 여행을 계속해야 속이 시원하겠습니다!"

왕은 할 수 없이 다시 임금의 자리에 앉으며, 삼장·오공·유성·백마의 웃는 얼굴을 그리게 하여 궁 안에 걸어놓게 한다.

삼장 일행은 그날 하루 잘 대접받고 다음날 떠나려 하니, 왕과 왕비는 많은 돈과 금·은·비단 등을 선물했으나 삼장은 한사코 거절하며 길을 떠나니 왕은 눈물을 흘리며 말한다.

"우리의 이 작은 선물도 마다하신다면, 저의 수레라도 타고 가십시오!"

삼장은 할 수 없이 왕의 화려한 높은 수레에 앉아 얼마를 가더니 그만 거북하여 수레에서 내려와 백마에 올라탄다.

"저희들에게는 이런 것이 편합니다."

왕과 왕비, 그리고 신하들과 작별을 고한 삼장 일행은 드디어 왕궁과 흰 눈이 싸인 높은 산들을 뒤로 하며 길을 걷는다.

얼마를 걷자니 날씨는 점점 따뜻해지며 예쁘고 작은 꽃들이 꼬불꼬불한 산 옆길을 따라 여기저기서 피어나기 시작한다. 얼마 동안 그 길들을 따라 걷는데…….

문득, 저 멀리 해를 가릴 듯한 높은 산이 보인다.

하늘과 맞닿을 듯한 산꼭대기!
저승의 냉랭함과 같은
깊은 골짜기의 물소리!
차가운 동굴 속의
뚝뚝 떨어지는 물방울과
함께 들리는 이상한 외침소리!

삼장과 제자들이 신경이 잔뜩 곤두서며 긴장하고 있을 때, 어느 골짜기에

선가 갑자기 한 떼의 붉은 구름이 하늘 높이 뻗쳐 올라가더니 그 속에 강한 불기둥이 보인다.

오공은 깜짝 놀라 삼장이 말에서 내리는 것을 도와주며, 유성은 사방을 살피며 경계한다. 그 불기운은 바로 이 산의 요정으로부터 일어나는 것으로 삼장의 고기를 한 점만 먹어도 하늘·땅처럼 오래 산다는 말을 수십 번이나 들어왔는데 오늘에서야 삼장 일행이 도착한 것을 본 것이다.

멀리 공중에서 아래를 내려다본 요정은 혼자 감탄하며 중얼거린다.

"허여멀건하게 생긴 중의 살이 토실토실 하구나! 이크! 저기 키 작은 녀석의 눈빛이 보통이 아니군!"

요정은 즉시 붉은 빛을 내면서 구름을 내려 어느 산비탈에서 금세 5살 먹은 어린아이로 변한다. 옷 하나 걸치지 않은 자신의 알몸을 스스로 손발을 밧줄로 꽁꽁 묶어 높은 소나무 가지 위에 매달은 후 소리친다.

"사람 살려! 사람 살려!"

이럴 무렵 오공이 하늘을 바라보니 붉은 구름과 불기운도 사라져 삼장에게 말한다.

"이제 계속 길을 가도 되겠습니다."

얼마를 걸어 가니 어디선가 어린아이가 울며 외치는 소리가 들린다.

"오공아, 이게 무슨 소리냐?"

"괜찮습니다. 신경 쓰지 마시고 길을 계속 가십시오."

길을 갈수록 외치는 소리는 더 다가온다.

"사람 살려!"

누군가의 비명 같은 소리에 삼장은 놀란 눈으로,

"누가 도와 달라고 하지 않느냐?"

"저건 요정이 내는 소리입니다. 저 소리에 한마디라도 대꾸하면 당장에 사람의 혼을 뽑아놓고 그날 밤 잡아먹을 겁니다. 그러니 모른 척하고 가십시오."

오공은 혼자 생각한다.

'이 괘씸한 요정이 어디서 소리를 지르지? 내가 닭이 춤추고 토끼가 달아나는 술법으로 양쪽이 서로 만날 수 없게 해야 하겠군!'

오공은 삼장보다 약간 뒤쳐져 걷더니 산을 움직이고 땅을 줄이는 술법을 써서 여의봉으로 뒤쪽을 미니, 당장에 삼장 일행은 이 산의 앞쪽으로 나아가며 요정을 뒤로 한다.

"얘들아, 저 봉변 당하는 사람은 우리와 인연이 없는가 보다. 우리가 벌써 지나쳐 왔다니? 이젠 저 외치는 소리가 뒤에서 들리는구나."

오공과 유성은 아무 말도 없이 길을 간다.

한편 요정은 소리치며 기다려도 삼장 일행이 오지 않자, 문득 혹시 다른 길로 간 게 아닌가 싶어 밧줄을 풀고 붉은 빛이 되어 공중으로 솟구쳐 올라 아래를 내려다보니 저만치 앞서가고 있는 게 아닌가?

이때 오공이 등뒤에 불기운을 느껴 뒤돌아보니, 공중의 붉은 구름이 요정임을 알고 다시 삼장을 말에서 내려오게 한다.

"유성, 조심해! 요정이 우리 뒤에서 바라보고 있으니까!"

요정은 공중에서 오공과 유성이 삼장 옆에 바짝 서서 호위하는 것을 보며 감탄한다.

"그것 참, 저 토실토실한 고기 먹기가 쉽지 않네! 우선 가까이 다가가서 키 작은 녀석부터 제거해야만 살찐 중을 맛볼 수 있겠군!"

요정은 구름을 내려 다시 전번처럼 스스로 나뭇가지에 매달려 기다린다.

삼장 일행이 얼마를 가자 길 옆의 나뭇가지에 매달려 있는 어린아이가 보인다. 삼장은 불쌍하게 매달려 호소하는 아이를 보고 유성에게 말한다.

"저 애를 풀어주어라."

유성이 칼로 밧줄을 끊고 울고 있는 사내애를 데려오자 삼장은 묻는다.

"너는 어디 사는 애니? 우리가 너의 부모에게 데려다 주마."

"스님, 우리 집은 여기서 북쪽으로 산 하나를 넘어가면 됩니다. 어젯밤 도둑들이 우리 집을 약탈하며 저를 이곳으로 끌고 와 나무에 매달아 놓았습니다."

"그래 그래, 울지 말고 어서 내 말 위에 타거라. 너를 태워다 주지."

오공은 즉시 이것은 위험하다고 생각되어 삼장에게 말한다.

"사부님, 이 애는 제가 업고 가겠습니다."

사내아이는 좋아라 얼른 오공에게 달려가 등에 올라타며 속으로 웃는다.

'잘됐다. 이놈! 너부터 죽여 주지!'

오공은 아이를 업고 가는데 몸이 마치 종이처럼 가볍자 웃으며 말한다.

"이 요사스런 요정아! 감히 나를 속이려 들다니, 오늘은 네가 죽는 날이다."

사내아이는 시침을 뚝 떼고 뻔뻔스럽게 반문한다.

"요정이라니요? 저는 저 산 뒤의 부잣집 아들입니다."

"그럼 왜 너의 몸무게가 300그램도 안 되게 가벼우냐?"

"저는 본래 작은 몸에다 일찍 젖을 떼서요."

"너는 몇 살이냐?"

"5살이오."

"그래 알았으니 똥이나 오줌이 마렵거든 미리 말하고 내 등에다 싸지 말아라!"

"예!"

잠시 후 사내아이는 세 번을 길게 숨을 들이쉰 후 오공의 등에다 확 불어대자, 사내아이의 몸이 갑자기 1,000킬로그램도 넘게 무거워진다. 그리고는 즉시 껍질만 남겨놓고 본래의 몸은 공중으로 빠져 나와 오공의 목 뒤를 날카로운 쇠침으로 찌르려 하는 찰나, 오공은 요정의 분신을 길 옆의 큰 바위에 내동댕이치듯 내던진 후 사지를 갈기갈기 찢어 버린다.

오공을 뒤에서 죽이려다 이 광경을 본 요정은 공중에서 몸을 부르르 떨며 겁을 낸다.

"저 잔인한 녀석! 내가 조금만 늦었어도 비참하게 죽을 뻔했군!"

요정은 즉시 거친 모래바람을 일으켜 삼장 일행에게 날린다. 갑자기 거세게 불어오는 모래와 먼지에 일행은 모두 고개를 수그리고 있을때 요정은 삼장을 가로채 날아간다.

얼마 후 바람이 조용해지자 오공과 유성이 앞을 바라보니 말 위에 앉아 있어야 할 삼장이 보이질 않는다. 큰일 났다 싶어 오공은 유성에게 말한다.

"바람을 일으켜 사부님을 잡아간 녀석은 분명 아까 그 요정일 것이다!"

오공과 유성은 이 골짜기 저 골짜기를 헤매며 요정이 있을 만한 곳을 찾았으나 헛수고만 하자, 오공은 이윽고 눈·코·귀·입에서 불 연기를 뿜으며 이 산의 산신들을 부른다.

그러자 사방에서 많은 신들이 우르르 오공 앞에 몰려오며 절을 한다.

"우리들을 부르셨습니까?"

오공은 놀라며,

"무슨 산신들이 이렇게 많단 말이냐?"

"저희들은 10킬로미터마다 있는 작고 큰 산들의 신들로서 30명이 됩니다!"

"이곳에 요정이 얼마나 있는가?"

"한 마리가 있을 뿐입니다."

"어디에 살고 있는가?"

"이곳 삼십 개의 산들 중앙에서 북쪽으로 약간 올라가면, 골짜기의 흐르는 물이 모여 연못같이 생긴 곳의 동굴에 살고 있습니다. 그 녀석은 우마왕과 나찰녀 사이에 태어나서 삼매 속에서 일으키는 불의 힘은 굉장하여 우리들은 겁이나 그 근처에 얼씬도 못합니다."

"허, 한 나무에서 떨어진 잎들도 결국엔 큰 바다에서 다시 만난다고 하더니 그 요정의 아버지는 바로 내가 500년 전 목을 자른 화과산 뒤에 살고 있었던 우마왕의 큰형 아닌가?"

오공과 유성은 말을 끌고 요정이 산다는 연못의 동굴 근처에 도착하자 유성은 말과 짐을 지키게 하고, 오공은 동굴 앞으로 당당히 걸어 가서 창과 칼을 휘두르며 춤을 추고 있는 요괴들에게 소리친다.

"이놈들! 어서 우리 사부님을 내놓아라! 아니면 이 동굴의 모든 요괴들을 몰살시키고 말테다!"

졸개 요괴들을 귀엽게 생긴 키 작은 오공이 혼자 소리치며 다가오자, 깔보고 모두 달려들며 창칼을 휘두르니 이들이 어디 오공에게 상대나 되나? 여의봉으로 한번 부드럽게 휘돌리니 덤비던 녀석들이 한번 막아보지도 못하고 모두 그 자리에서 즉사한다.

깜짝 놀란 나머지 요괴들은 황급히 동굴 문을 닫아 잠그며 아기 요괴에게 달려가 큰소리로 보고 한다.

"큰일 났습니다!"

이때 요정은 삼장을 뜨뜻한 물에 잘 씻어 나무 상자에 넣고 쪄 먹으려고 할 참이었다. 큰일 났다는 소리에 고개를 돌리며 묻는다.

"무슨 일이냐?"

"키 작고 똘똘하게 생긴 녀석이 동굴 앞에 와서 자기 사부를 내놓으라고 소리치며 우리 동료들을 많이 죽였습니다!"

잔뜩 겁먹은 목소리로 보고를 하는 부하 요괴를 본 아기 요정은,

"흠, 그곳에서 여기까지 80킬로미터도 더 되는데 어떻게 알고 찾아왔지? 얘들아, 수레를 밖에 준비하라!"

그 즉시 부하 요괴들이 다섯 대의 오행(불·물·나무·쇠·땅) 수레를 끌고 동굴 밖으로 나간다.

곧이어 창을 들고 나온 아기 요정은
머리카락은 양쪽으로 나눠
동그랗게 동여매었고
칼로 친 듯한 눈썹은
초승달 같다.
작고 붉으며 통통한 입술은
금방 엄마 젖을 빨고 난 듯!
귀여운 얼굴은 불그스레하여
잘 익은 복숭아 같다.
귀엽게 포동포동한 작은 몸에서는
아직도 우유 냄새가 나고
조그맣고 귀여우며 동그란 엉덩이에는
귀저기를 찾네!
하지만,
목소리는 봄날의 벼락처럼 쩌렁쩌렁 울리고

매서운 눈매는 번갯불처럼 빛나며 두리번거린다.

동굴 밖으로 나온 아기 요정은 소리친다.
"어느 놈이 이곳에 와서 소란을 피우냐?"
오공이 웃으며,
"너 아까 소나무 가지에 매달려 죽어 가는 시늉을 해가며 나의 등에 업혀 재롱을 피우다가 바람을 날려 나의 사부님을 납치해 왔지? 어서 사부님을 내놔라! 이 사실을 너의 부모들이 안다면 내가 어른의 입장에서 어린애와 장난치고 있다고 꾸중할테니 그러면 내 체면이 뭐가 되겠니?"
아기 요정은 오공의 놀리는 이 말에 화가 나서 발을 동동 구르며,
"이 원숭이같이 생긴 녀석아! 너도 짧은 다리에 키도 별로 크지 않으면서 뭘그래?"
"허, 5년 전 만해도 이 세상에 생기지 않았던 녀석이 큰소리는? 너는 나와 키가 비슷하긴 해도 인생의 경험을 따지자면 네가 부지런히 지옥을 왔다갔다 하며 천 번을 태어나도 나를 못 따라올 거다."
아기 요정은 다짜고짜 불창을 오공에게 찌르며 대든다.
오공은 요리조리 피하며,
"괘씸한 녀석, 100배나 나이 많은 형님한테 대들다니!"
요정은,
"그 잘 떠드는 주둥이를 이 창으로 쑤셔 주겠다!"
불꽃 튀며 싸우던 둘은 구름 위로 올라가 맹렬하게 싸우는데 아기 요정은 겁을 모르고 달려드니 어쩌면 지독하기도 하고 순진하기도 하다.
오공은 당장에 요정을 때려 죽일 수 있으나 아직 어려서 불쌍히 여겨 삼

장만 구하면 살려줄 참이었다. 유성은 땅 위에서 구경만 하다가 평소에는 야무지게 여의봉을 휘두르던 오공이 왜 저러지? 하며 긴 칠성검을 높이 빼면서 공중으로 솟구쳐 올라 요정의 뒤에서 한번 힘차게 그어 내리자, 오공의 공격을 겨우 막아내던 아기 요정은 당황하여 달아나 버린다.

"놓치지 마라!"

오공이 소리치자 유성이 급히 요정의 뒤를 쫓아가는데 요정은 벌써 동굴 앞의 한가운데 있는 수레 위에 버티고 서서 한 손으로는 불창을 쥐고, 한손으로는 제 콧날을 두 번 두드리며 주문을 외우니 입에서 불을 토하기 시작한다.

그러자 다섯 대의 수레에서 불빛이 하늘 높이 치솟으며 순식간에 시뻘건 불기둥을 토해내니, 이 근처의 모든 산들은 거센 불과 연기에 휩싸이고 만다. 하늘과 땅이 온통 불에 타는 듯한 강한 불공격에 유성은 재빨리 차가운 연못속으로 몸을 피한다.

그러나 오공은 '이까짓 아기들 불장난쯤이야!' 하면서 불 속으로 뛰어들어 불길을 피해 날아가며 아기 요정에게 달려드는데, 요정은 더욱 거친 불을 토해내니 결국 오공도 도망가고 만다.

요괴들은 오공이 도망가는 것을 보자, 불수레들을 동굴 안으로 끌어들인 후 문을 굳게 잠그며 싸움에 이겼다면서 음악을 울리고 환성을 지른다. 겨우 도망온 오공은 유성과 상의한 끝에 저 무지막지한 불길을 잡으려면 많은 물이 필요하겠다 싶어 오공은 동해 용왕에게 부탁하러 동해 바다로 날아간다.

순식간에 용궁에 도착한 오공의 말을 들은 동해 용왕은 말한다.

"내 혼자 힘으로는 안 될 것 같으니 아우들과 함께 도와 주겠소!"

그리하여 쇠북을 치자 서해·남해·북해의 용왕들이 다 모인다.

동해 용왕은 그들에게,

"오, 모두들 와 주었군! 오공이 요괴들을 잡는데 우리의 빗물이 필요하다는군!"

사해 용왕들과 구름을 부르는 신들, 천둥과 번개를 치는 신들, 안개를 토하고 바람을 뿜어대는 신들, 이렇게 수많은 신들이 함께 아기 요정의 산 위로 날아가서 비를 내릴 준비를 한다.

오공은 여러 신들에게 말한다.

"사해 용왕님들! 내가 먼저 저 녀석과 싸우다가 소리를 치면 그때 일제히 비를 내려 주십시오!"

오공은 재빨리 숲 속에 있는 유성에게 날아가 말한다.

"너는 정신을 바짝 차리고 만일 비가 많이 내리면 우리 백마와 짐들이 물에 떠내려 가지 않게 조심해라!"

말을 마친 오공은 단숨에 동굴 앞으로 날아가서 소리친다.

"너 이놈 꼬마야! 어서 나오너라!"

동굴 안에서 이 소리를 들은 요정은 명령한다.

"수레를 준비해라! 그 녀석이 불에 타 죽고 싶어 또 왔군! 이번에는 아주 통구이를 만들어 먹어야지!"

아기 요괴는 자기의 힘이 오공에게 당할 수 없음을 알고 다른 힘센 두 요괴들과 함께 나가 오공과 싸우며 소리친다.

"야, 임마! 내가 이미 잡은 맛있는 고기를 왜 돌려 달라고 하니?"

오공은 약이 바짝 올라 여의봉을 높이 들고 세 명의 요괴들에게 덤벼든다. 그들은 역시 오공에게 적수가 안 된다.

요정은 두 부하 요괴들이 오공과 싸우게 남겨두고 자기는 즉시 동굴 앞으로 돌아와서 불수레에 올라타며 전번과 같이 코를 두 번 두드리니 아기 마왕의 눈과 입에서 시뻘건 불길이 뿜어 나오자, 다섯 수레들도 뒤따라 불기둥을 내뿜는데 전번보다도 훨씬 강하다.

오공은 하늘을 향하여 고함친다.

"비를 내리시오!"

용왕 형제들은 여러 비의 신들과 아기 요정의 불길을 지켜보며 비를 내리기 시작하는데, 바람과 함께 쏴아쏴아 하며 힘차게 내리는 거센 빗줄기는 참으로 멋지다.

순식간에 이 산의 골짜기에는 물이 불어 콸콸 요란한 소리를 내며 흘러가니 유성은 백마와 함께 산꼭대기에 올라가 이 정경을 바라본다. 그러나 거세게 내리는 비는 요정의 불길을 잡지 못한다. 용왕들이 하늘에서 내리는 비는 보통의 불이나 끄는 것이지, 아기 요정의 삼매불을 끌 만한 것이 못되어 그들이 공중에서 내리는 빗물은 마치 기름을 불에다 붓는 것처럼 요정의 불길은 더욱 맹렬히 타오른다.

오공은 즉시 불길 속을 헤치며 날아가 요정을 때려 눕히려고 달려든다. 오공이 정면에서 자기의 머리를 여의봉으로 내려치려고 하자, 순간에 아기 요정은 오공의 얼굴에 연기를 확 뿜어 댄다. 오공은 급히 머리를 옆으로 돌려 피하였으나, 이미 연기의 독기운이 눈 속에 파고들어 눈물이 비오듯 쏟아지며 머리가 어지럽다. 본래 오공은 불은 무서워하지 않지만 연기에는 맥을 못춘다.

그 옛날 태상노군의 화로 속에 갇혔을 때 연기 때문에 얼마나 고생을 했던가? 오공은 즉시 구름을 타고 공중으로 높이 솟구쳐 오른다. 이것을 본 요정은 씩 웃으며 수레를 이끌고 동굴 안으로 들어간다.

온몸에 휩싸인 불과 연기에 뜨거워 견딜 수 없는 오공은 계곡의 물속으로 첨벙 뛰어든다. 그런데 이게 웬일인가? 차가운 물이 몸에 닿으니 불기운이 심장에까지 스며 들어 가슴속이 꽉 막히며 혀끝까지 얼어붙어 온몸이 굳어져서 애처롭게 오공은 반 죽음의 상태에 이른다.

이 광경을 바라보던 용왕들은 비를 멈추며 다급히 말과 짐을 지키고 있는 유성에게 소리친다.

"그대는 어서 오공을 찾으시오!"

산꼭대기에서 이것을 지켜보고 있던 유성은 저 멀리 물에 떠내려가고 있는 오공을 발견하고 재빨리 날아가 오공을 건져낸다. 아! 손과 발이 뻣뻣하게 굳어지고 온몸이 얼음처럼 차가운 반 죽음의 오공!

유성은 눈물을 뚝뚝 흘리며,

"형님, 이게 무슨 변고입니까? 억만 년을 살 분이 이렇게 죽어 가다니!……"

유성은 얼음덩어리같이 차가운 오공의 가슴을 두 손으로 문질러 따뜻하게 해주며 안마술법으로 기운을 넣고 이미 척추에 강하게 스며든 독기운을 빼낸 뒤, 옷을 벗어 오공을 감싸 안아 자기의 체온을 준다.

이렇게 얼마의 시간이 흐르자…… 오공은 작은 소리를 내니,

"사부님……"

"형님, 정신 차리시오! 죽어 가면서도 사부님만 찾다니……"

오공은 겨우 눈을 뜨며 말한다.

"아? 유성이군. 나는 죽을 뻔했어……"

간신히 몸을 일으킨 오공은 주위를 두리번거리며,

"용왕들은 어디 있소?"

사해 용왕들은 공중에서 대답한다.

"우리들은 여기 있습니다!"

"아, 여기까지 와서 수고하셨는데 실패해서 미안하오! 기다리실 필요없이 우선 돌아가 주십시오."

용왕들은 신들을 이끌고 바람과 구름을 일으키며 돌아가고, 오공은 온몸이 저리고 쑤셔 겨우 잔디 위에 앉더니 눈물을 하염없이 흘린다.

"아, 불쌍한 사부님!"

"형님, 우리 관음보살에게 도와달라고 부탁합시다. 형님은 지금 몸이 약하니 내가 다녀오겠소. 나의 날아가는 속도는 형님보다 느리니 좀 참고 기다리시오."

"그래! 나는 사부님이 아직 살아계신지 알아나 보고 오겠다."

유성은 남쪽으로 힘껏 날아가고, 오공은 파리로 변하여 동굴 안으로 날아들어 가니 삼장은 나무 궤짝에 묶여 앉아 삶아질 때만 기다리고 있다. 그래도 그 동안 많은 요괴들에게 시달려 이제는 제법 사물을 통달한 것처럼 초연한 자세로 앉아 있다.

세상의 모든 것은 영원불변한 실체가 없고 이것과 저것이 서로 의지하여 잠시 물거품처럼 존재할 뿐, 인연이 다하여 헤어질 때가 오면 현실은 사라진다는 이치를 아시는지 마치 삶과 죽음의 공포를 넘어선 경지에 들어간 것처럼 매우 조용히 앉아 있다. 비록 몸은 묶여 있지만 삼장의 얼굴은 봄바람처럼 따뜻하게 보이고 가을하늘처럼 맑고 시원하게 보인다.

오공은 삼장의 의연한 모습에 스스로 자랑스러워 가슴 깊이 기뻐하며 요정에게로 앵 하고 날아간다.

이때 마침 아기 요정은 한 부하 요괴에게 명령한다.

"너는 지금 곧 나의 아빠 우마왕에게 가서 오래 살 수 있는 맛있는 중의 고기를 먹으러 오시라고 전해라."

명령 받은 부하 요괴는 즉시 문 밖으로 달려 나간다.

오공은 앵 하고 달려 나가는 부하 요괴의 뒤를 바싹 쫓아 날아간다. 얼마를 따라 날아가며 오공은 생각한다.

'그 꼬마요정의 아버지는 옛날에 내가 죽인 우마왕의 큰형이니 서로 생긴 게 비슷하겠지! 옛날에 나에게 죽은 그 녀석보다 약간 더 크게 변하자!'

오공은 재빨리 더 멀리 날아가 몸이 큰 우마왕으로 변한다. 그리고 꼬리의 털을 몇 가닥 뽑아 "변해라!" 하고 소리치니 몇 명의 부하 요괴들로 변한다. 그들과 함께 개들을 끌고 매들을 날리며 제법 사냥하는 체 하며 달려오는 요괴를 기다린다.

심부름하는 요괴가 부지런히 달려가는데 저기 들판 한가운데 앉아서 부하들의 사냥하는 모습을 바라보는 우마왕이 보이질 않는가?

턱 버티고 앉아 있는 우마왕의 크고 훌륭한 모습에 심부름하는 요괴는 그 앞에 털썩 무릎을 꿇고 절하며,

"대마왕님! 저는 아기대왕님의 명령으로 맛있는 고기를 잡수러 오시라고 하여 모시러 왔습니다!"

"그래? 어서 일어나거라. 나와 함께 집으로 돌아가서 옷이나 갈아입고 가자."

"그대로 가셔도 멋지십니다! 사시는 곳까지는 거리가 상당히 멀지 않습니까? 시간이 늦게 되면 저만 꾸중을 들을 테니까요."

"좋아, 좋아! 이대로 너를 따라가마!"

동굴 앞에 도착한 부하 요괴는 소리친다.

"대마왕님이 오십니다!"

모든 부하 요괴들은 줄을 서서 북을 치며 깃발을 흔들면서 대마왕을 환영한다. 아기 요정은 기뻐하며 동굴 밖으로 나와 대마왕으로 변한 오공에게 절을 꾸벅한다.

"아빠, 잘 왔어!"

"그래, 먹음직스러운 고기가 있다고?"

"응, 삼장이라는 중인데 그 고기를 한 점만 먹어도 영원히 살 수 있다고 아빠 엄마가 내가 태어날 때부터 말했잖아!"

"고맙다만, 오늘 나는 고기를 먹고 싶지 않구나. 요즈음 내가 너무 살이 쪘다고 너의 엄마가 채식을 좀 하라고 하여서 격주로 고기와 채소를 먹거든, 그러니까 다음 주에 저 중을 쪄서 같이 먹자."

아기 요정은 이 말을 듣고 오공을 의심한다.

'이상한데? 고기를 앞에 놓고 사양하다니? 내 아빠는 저런 미지근한 성격이 아닌데!'

요정은 오공이 차를 마시고 있는 틈을 타서 밖에 있는 심부름시킨 요괴에게 묻는다.

"너는 어디서 아빠를 만났느냐?"

"도중에 들판에서 사냥을 하시고 있기에 모셔 왔습니다."

"어쩐지 빨리 왔다 했더니! 저 녀석은 가짜다! 내가 다시 한번 시험해 볼 테니 너희들은 옆에서 무기를 들고 있다가 내가 손을 들면 일제히 칼과 창으로 저 가짜를 찔러라!"

여러 부하 요괴들은 각자 무기를 들고 오공의 주위로 다가온다.

요정은 오공에게 와서 묻는다.

"아빠, 얼마 전 내가 이 산에 있는 어느 도사를 만났을 때 나의 사주를 봐

주겠다고 생년월일을 묻는데 내가 너무 어려서 잊어버렸거든. 다시 한번 말해줄래?"

오공은 속으로 찔끔하여,

'이것 보통 놈이 아니네! 이제 어쩌지?'

오공은 시침을 떼고 점잖게 웃으며,

"아가야, 내가 나이를 천 살이나 더 먹다보니 너의 생일을 깜빡 잊어 버렸구나. 가만 있자…… 그렇지! 내가 너의 엄마에게 물어서 나중에 가르쳐 주마."

"흥! 아빠는 나에게 항상 생일을 일러주며, '너의 사주를 보니 이 다음에 커서 세상에서 가장 강한 사나이가 될 거다!'라고 했잖아? 그러니까, 너는 가짜야!"

아기 요정이 짧고 포동포동한 손으로 주먹을 쥐며 쳐들자, 옆에 있던 부하 요괴들이 일시에 오공을 창칼로 찌른다.

우마왕의 오공은 그들의 공격을 방어하며,

"내 아들아! 넌 참, 불효막심하구나! 세상에! 이렇게 아버지에게 덤비는 아들이 있다니!"

얼마를 싸우던 오공은 아직도 등뼈가 쑤시고 허리가 아파서 금빛으로 변하여 동굴을 빠져나간다. 잔뜩 약이 오른 아기 요괴는 화가 나서 혼자 삼장을 삶아 먹으려 한다.

얼마 전, 남쪽바다로 날아간 유성은 한쪽은 아름다운 높은 절벽으로 이어져있고, 다른 한쪽은 부드럽고 깨끗한 하얀 모래들이 바닷물에 이어져 있는 관음보살이 사시는 아름다운 이 섬의 경치를 바라보며 구름 위에서 내려오니, 이 섬을 지키고 있는 신들이 영접한다.

"어서 오십시오!"

"보살님을 뵈러 왔습니다."

신들을 따라가는 유성은 옷깃을 여미며 관음보살이 있는 정자에 도착하자, 보살은 그때 자비삼매에 들어 있었다. 아! 그녀의 몸 주위에 밝게 퍼져 빛나는 깊은 연민의 성스러운 모습!

한없는 법열에 젖어 있는 보살에게 신들과 유성이 감히 접근하지 못하고 있자, 조용한 보살의 목소리가 들려온다.

"유성은 이리로 오너라……."

유성은 지극히 공경하는 마음으로 조심스럽게 보살에게 다가간다.

"오공은 어디 있기에 네가 왔느냐?"

간략한 설명을 들은 보살은 즉시 지혜의 눈으로 삼장의 위급한 사정을 지켜 보시더니 정병을 바다 속에 휙 던진다.

그때, 바다 한복판에서 100미터가 넘는 무지무지하게 큰 거북이 한 마리가 보살의 작은 정병을 등에 업고 헤엄쳐 바닷가로 기어 나온다.

놀라서 입을 딱 벌리며 거북이를 쳐다보는 유성에게 보살은,

"저 병을 이리로 가져 오너라!"

큰 거북의 등 위에 올라가서 병을 들려고 하던 유성은 끙끙대기만 할 뿐이지 병은 조금도 움직이지 않는다. 그도 그럴 것이 엄청난 양의 바닷물이 그 속에 들었으니 흔들리지도 않지!

보살은 앞으로 나서더니 오른손의 엄지와 중지로 가볍게 병을 들어 왼 손바닥에 놓는다. 그러자 거북이는 고개를 끄덕거리며 보살에게 절을 하더니 바다 속으로 다시 들어간다.

보살은 옆에 서 있는 8살 난 아리따운 선재용녀를 시켜 연못에 가서 연꽃

을 두 개 따 오라고 하시어 한 개의 연꽃 위에는 유성이, 다른 연꽃 위에는 용녀를 타라 하신다. '이 작고 가벼운 연꽃에 올라가라니?' 유성은 보살의 말씀을 어길 수가 없어서 할 수 없이 연꽃 위에 훌쩍 뛰어오르니 작게만 보이던 연꽃 안이 바다의 배보다도 훨씬 크고 안정감이 있다.

이렇게 용녀와 유성이 제각기 연꽃 위에 올라서니 보살이 한번 입김을 훅 하고 불자, 두 사람은 순식간에 허공을 날아 오공이 있는 산에 도착한다.

오공은 허공에 갑자기 상서로운 빛이 찬란히 빛나는 것을 보고 "아, 보살님이 오시는군!" 하며 저쪽에서 날아오고 있는 보살에게 절을 꾸벅한다. 오공의 아픈 몸을 보신 보살은 몸에 지니고 있던 단약을 한 알 먹이자, 오공은 금세 힘이 솟아나며 전번보다 훨씬 기운이 솟구친다.

보살은 요정이 다섯 대의 수레를 끌어내는 즉시 떠내려가도록 신통력으로 구름 위에 정병을 고정시켜 동굴 문앞에 물을 콸콸 쏟아낸다.

"오공은 지금 곧 동굴 앞에 가서 그 요정을 이곳으로 불러내라."

"예!" 하고 오공이 쏜살같이 폭포수처럼 떨어지는 물을 빙 돌아 동굴로 날아가자, 보살은 유성에게 긴 칠성검을 달라고 하신다. 유성은 영문을 모르고 보검을 뽑아주는데 그것을 손에 잡으신 보살이 한번 휘두르자 이 보검은 128개의 검으로 변하더니, 다시 128 잎이 달린 하나의 커다랗고 아름다운 흰 연꽃으로 변한다.

이 훌륭한 연꽃을 바라본 유성은 혹시 자기의 칼이 본래 연꽃이 아니었나? 싶을 정도였다. 그 연꽃 위에 올라앉으신 보살은 유성과 용녀에게 구름 위에 올라가 숨어 있으라고 하신다. 둘은 구름 위로 훌쩍 올라간다.

이때 요정은 마침 삼장을 펄펄 끓는 물속에 집어넣으려고 하는데, 누군가 동굴문을 박살내며 소리친다.

"이 꼬마 요정아, 우리 사부님을 내놔라!"

요정은 자꾸 자기를 방해하는 오공에게 창을 들고 급히 뛰어나가니 웬걸? 하늘에서 엄청난 양의 물이 폭포처럼 끝없이 동굴 앞에만 떨어지고 있는 게 아닌가? 그래도 상관없이 요정은 소리친다.

"이 원숭이 놈, 이번에는 아주 너를 죽여 주마!"

"허! 넌 참 버릇없는 녀석이구나! 좀전에 네 아버님을 내쫓고 또 덤비려 하다니!"

화가 잔뜩 난 요정은 '성난 야생마가 동굴 속으로 뛰어들다' 라는 기법으로 날아들며 오공의 가슴을 찌르자, 별거 아니라는 듯이 살짝 옆으로 몸을 비키며 달아나는 오공!

요정은 동굴 앞에 서서,

"잘도 달아나는구나! 이 원숭이 놈! 나는 네 사부나 삶아 먹으러 가겠다. 그러면 더 이상 나를 귀찮게 굴지 않겠지!"

오공은 안 되겠다 싶어,

"야, 너! 이 아빠를 따라오려면 끝까지 따라와야지 젖먹은 힘이 부족해서 그러니?"

이 말에 정말 열받은 아기 요정은 머리에서 연기가 오르며 오공에게 달려든다. 보살의 단약을 먹어서 몸이 더욱 강해진 오공은 '한번 시험 삼아 저 녀석을 쳐 볼까?' 생각하다가 보살의 말이 문득 떠올라 약한 척하며 요정을 유인해 오는데, 달아나는 놈은 별똥처럼 빠르고, 쫓아가는 녀석은 날아가는 화살처럼 빠르다!

이윽고 관음보살이 있는 곳에 도착하자, 오공은 즉시 보살의 뒤로 번개처럼 돌아가 몸을 성스러운 둥근 빛 속으로 숨어버린다. 순간 보살을 본 아기 요정은 눈이 휘둥그레지며 묻는다.

"네가 이 녀석들을 도우러 온 구원병이냐?"

보살은 조용히 고개를 끄덕인다. 요정이 불창으로 사정없이 보살의 가슴을 찌르는 찰나, 보살은 금빛으로 변하며 하늘 높이 자취를 감춘다.

오공은 보살의 빛 속에 숨어서 따라 올라가며,

"아니, 보살님! 왜 우리가 저 훌륭한 연꽃까지 버리면서 숨어야 합니까?"

"너는 잠자코 저 녀석의 하는 짓을 봐라."

요정은 비웃으며,

"흥, 원숭이도 보살이라는 것도 별것 아니군. 내 창에 겁이 나서 모두들 도망가다니!"

아기 요정의 눈앞에 찬란히 빛나는 아름다운 흰 연꽃만 남아 있자, 그것을 작은 손으로 톡톡 치고 보살의 흉내를 내며 큰 연꽃 위에 올라가서 팔짱을 척 끼고 앉는다.

"흠, 기분이 제법 좋은데!"

이러한 요정의 건방진 행동을 멀리 구름 위에서 바라보는 오공은,

"아니, 보살님! 저 훌륭한 연꽃을 주시려면 저에게 주시지, 아깝게 왜 저 나쁜 녀석에게 주십니까?"

"그게 무슨 말이냐?"

"저 연꽃을 요정이 차지했으니, 보살님은 이제 어디에 앉으시렵니까?"

"저 요정에게 앉히려고 일부러 피한 것이다."

보살이 아름다운 손가락으로 연꽃을 향하여 가리키며,

"사라져라!"

하시니, 당장에 128개의 훌륭한 연잎들은 날카로운 칼날들로 변하여 아

기 요정의 넓적다리·손·발 등 온몸을 꿰뚫는다.

아기 요정은 순간에 자신의 살과 피부가 찢어져 몸의 이곳저곳에서 피가 콸콸 쏟아지는 것을 보면서도 신음 한번 안 내고 아픔을 견디면서 잡고 있던 창을 짚고 일어서며 찔린 칼에서 몸을 빼려고 한다.

그 광경을 보는 오공은 놀라며,

"우와! 저놈, 정말 지독한 녀석이네요!"

보살은 오공의 말에 아랑곳하지 않고 손을 한번 흔드시니 요정의 몸에 꽂혀진 많은 보검들이 구부러진다. 이제는 도저히 나올 수 없게 되자, 아기 요정은 칼날을 잡아당기며 울음 섞인 목소리로,

"보살님, 저 좀 살려 주세요!"

그제사 보살은 요정 앞에 나타나시어,

"이제 너는 나쁜 짓을 하지 않겠지?"

아기 요정은 눈물이 글썽글썽한 채로 고개를 끄덕이며 대답한다.

"예!"

"그럼 너는 이제부터 나의 제자가 되어라!"

보살이 아기 요정의 작은 머리를 한번 쓰다듬자, 빡빡 깎은 동그랗고 예쁜 머리가 나온다.

"하하하! 저 녀석, 차 심부름이나 시키면 꼭 알맞겠다!"

배를 잡고 웃으며 놀려대는 오공. 보살은 요정에게,

"너의 이름은 이제 아기 요정이 아니라, 선재동자(착한 아이)라고 하겠다."

요정은 잠자코 있는다.

보살이 손을 저으며 "없어져라!" 하시자, 요정의 몸에 찌르고 있던 많은 칼들은 하나의 칠성검으로 변하여 유성에게로 날아 돌아가고, 피범벅이 된

요정의 상처들도 씻은 듯이 아물어 버린다. 그러나 아직도 성격이 거친 아기 요정은 즉시 옆에 있는 불창을 잡고 보살의 얼굴을 찌르며 공격한다.

"네가 그 따위 술법으로 나를 항복시키려 하다니! 어림없다!"

창이 보살의 얼굴에 닿는 찰나, 요정의 몸은 굳어지며 창은 다시 땅으로 떨어진다. 옆에서 보고 있던 오공은 화가 나서 여의봉으로 아기 요정을 쳐서 작살내려고 한다.

"이 녀석이 감히 보살님을 공격하다니!"

보살은 말한다.

"오공아, 그만 두어라!"

하시며 하늘을 향해 소리친다.

"용녀는 이리로 내려오너라!"

아리따운 용녀가 구름 위에서 내려와 보살에게 사뿐히 절한다.

"너는 저 요정의 굳어진 몸을 풀어 주거라."

선재용녀가 버들가지로 보살의 병 속에 있는 감로수를 적시어 요정의 머리와 몸에 뿌리며 타고 왔던 작은 연꽃을 요정의 옷깃에 꽂아주자, 아기 요정은 굳어져 있던 몸에서 스르르 풀려난다.

요정은 아직도 화가 풀리지 않자, 작은 주먹을 쥐고 보살을 치려고 달려든다. 보살이 두 개의 고리를 던지자 아기 요정의 두 손목에 끼워져 보살이 주문을 외우니, 요정은 꼼짝도 할 수 없을 뿐만 아니라 빼내려고 할수록 더 아프기만 하다.

오공은 요정에게 다가가서 놀린다.

"이 꼬마야! 보살께서 네가 더 크게 자라지 말라고 이 팔찌를 끼워주신 거란다."

어린 용녀는 요정에게 다가와서 소근대듯이,
"보살님에게 대항할수록 너는 고통만 받을텐데 그만하지 않을래?"
상냥하게 말하는 어여쁜 용녀의 말에 아기 요정은 정말로 고개를 끄덕인다.
이윽고 보살이 선재동자가 된 아기 요정의 이마를 오른손으로 쓰다듬자, 순식간에 동자는 깊은 지혜의 눈을 떠서 이 허공계에 존재하는 비밀의 진리를 알게 되어 몸과 마음에 한량없는 기쁨이 넘친다.
그러자 귀엽기만 하던 동자의 온몸은 바뀌기 시작하는데,

옥같이 깨끗한 피부!
빛나는 보배와 같은 몸!
밝은 얼굴과
바로 연꽃에서 나온 것 같은
신선한 몸매를 보면
이 아이가 마왕의 아들이라고
그 누가 믿겠는가?
이제는 화도 욕심도 없어
마음이 곧고 부드러우니
이 아이 있는 곳에는
항상
하늘의 음악이 따르리라!
마치 순금으로 된 몸매가
보배꽃 속에 의젓하게 자리하듯
팔다리는 우아하고 부드럽다.
입에서는 은은한 연꽃의 향기가 난다.

선재동자는 자비로우신 관음보살에게 지극한 마음으로 감사의 절을 하며 부처님과 보살님들이 억만 겁을 닦은 삼매와 지혜를 배우기 위해 문수보살부터 보현보살까지 53명의 선지식을 찾아 지상과 우주의 여행 길을 떠난다.

나중에 이 아이는 생각마다 삼매에 들어 끝없이 좋은 일들을 하며 한없는 세월 속에서 티끌처럼 태어나는 중생들에게 마음의 어두움을 깨트리고 생사의 불길 속에서 벗어날 수 있는 여행의 길을 보여준다.

이리하여 보살과 작별한 오공과 유성은 산골짜기 냇물을 뛰어넘어 동굴 앞에 당도하니 부하 요괴들은 오공의 힘을 아는지라 모두들 황급히 뛰어 도망간다. 유성은 말과 짐을 찾으러 가고, 오공은 동굴 안으로 들어가니 삼장이 알몸으로 나무궤짝 속에 묶여 있다.

"사부님!"

오공은 소리치며 뛰어가서 밧줄을 풀어주고는 급히 옷을 찾아 입혀 드린다.

"그 동안 얼마나 고생이 많으셨습니까?"

삼장은 오공의 손을 잡고 눈물을 흘리며,

"고맙다! 오공아!"

"헤헤, 뭘요. 다 유성과 관음보살님이 도와서 그 녀석을 항복시킨 걸요."

삼장은 합장으로 남쪽을 향해 다섯 번의 감사의 절을 한다. 그러나 삼장의 목숨을 구할 수 있었던 것은 오공이 목숨을 아끼지 않고 전심전력으로 노력한 힘 때문이었다.

백마를 끌고 동굴로 온 유성과 오공은 쌀을 찾아 삼장과 함께 밥을 해 먹고 다시 먼 길을 떠난다…….

　　　누군가 어떤 어려움이나 두려움에서 벗어나길 원한다면
　　　관음보살의 이름을 부르거나 그녀의 모습을 생각하라!
　　　대비의 문을 열고 모든 이들을 도와 주시는 그녀……
　　　험난한 길의 두려움에서,

미혹과 속박의 두려움에서,
죽음의 두려움에서,
가난과 생활고의 어려움에서,
사랑하는 이와 헤어지는 슬픔에서,
마음을 핍박하는 이 모든 두려움에서,
따뜻한 어머니와 같이 보살은
항상 우리를 도와 주신다.

1
소설 손오공
깨달음으로 가는 여행

초판 인쇄 / 2004년 5월 19일
초판 발행 / 2004년 5월 25일

편저자 / 돈　연
펴낸이 / 김 동 금
펴낸곳 / 우리출판사

· 주　소/ 서울특별시 서대문구 충정로 3가 1-38
· 등　록 / 1988년 1월 21일 제9-139호
· 전　화 / (02)313-5047 · 5056
· 팩　스 / (02)393-9696
· 메　일 / woribook@chollian.net

ISBN 89-7561-210-4 03820
ISBN 89-7561-209-0 (전2권)

※ 값은 뒷표지에 있습니다.
※ 지은이와 협의하여 인지를 붙이지 않습니다.
※ 본 판권은 저자가 소유합니다.
※ 잘못된 책은 본사나 구입하신 서점에서 바꾸어 드립니다.